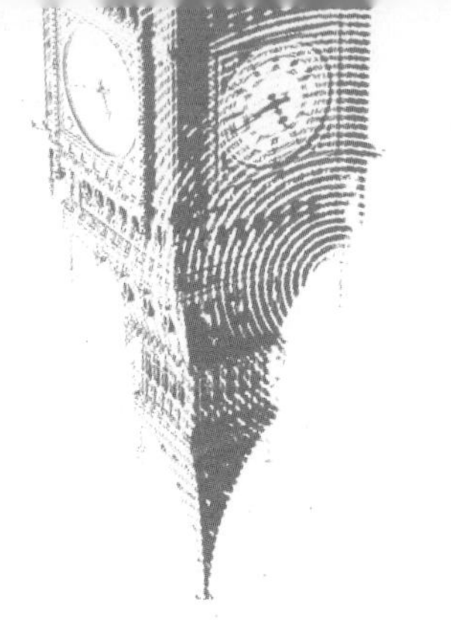

本著作出版得到国家社科基金项目资助

当代英国小说中的都市文化困境

Urban Cultural Predicament in Contemporary British Novels

刘春芳 著

北京大学出版社
PEKING UNIVERSITY PRESS

图书在版编目 (CIP) 数据

当代英国小说中的都市文化困境 / 刘春芳著 .—北京：北京大学出版社，2017.7
（文学论丛）
ISBN 978-7-301-28524-4

Ⅰ . ①当… Ⅱ . ①刘… Ⅲ . ①小说研究—英国—现代 Ⅳ . ① I561.074

中国版本图书馆 CIP 数据核字 (2017) 第 150772 号

书　　名	当代英国小说中的都市文化困境 DANGDAI YINGGUO XIAOSHUO ZHONG DE DUSHI WENHUA KUNJING
著作责任者	刘春芳　著
责 任 编 辑	李　娜
标 准 书 号	ISBN 978-7-301-28524-4
出 版 发 行	北京大学出版社
地　　址	北京市海淀区成府路 205 号　100871
网　　址	http://www.pup.cn　新浪微博：@ 北京大学出版社
电 子 信 箱	345014015@qq.com
电　　话	邮购部 62752015　发行部 62750672　编辑部 62759634
印 刷 者	三河市博文印刷有限公司
经 销 者	新华书店
	720 毫米 × 1020 毫米　16 开本　18.5 印张　323 千字
	2017 年 7 月第 1 版　2017 年 7 月第 1 次印刷
定　　价	59.00 元

目　录

序　言

刘建军

刘春芳的国家课题已经结项一段时间了，她的专著经过几番修改终于要出版问世，我听到消息很为她开心。她 2005 年考取了我的博士研究生，2009 年毕业。读博期间她一直致力于对英国浪漫主义诗歌的研究，对于情感抱着极深的研究兴趣，希望能从情感的角度对英国浪漫主义诗歌的源起、发展及至最后的衰落做出自己的解读。为此她梳理了西方理性思维发展的脉络，并提出了“情感理性”的概念，对于英国浪漫主义运动的思维模式进行了深入探究，从而对英国浪漫主义诗歌的内在逻辑和目标指向都进行了较为成熟的建构。她当时对于这项研究所持的深刻兴趣至今令我记忆犹新。

刘春芳博士对文学研究一向怀有极真诚的热爱之情，她阅读量比较大，中英文基础都不错。据我所知，她已经翻译过不少文学作品，如在人民文学出版社出版的《丧钟为谁而鸣》《格列佛游记》《奥威尔读本》《南京的恶魔》，等等。她还与译林出版社合作翻译过《德国文化中的历史诱惑》这部学术性极强的作品。最近她在上海译文出版社翻译的美国“垮掉的一代”著名作家凯鲁亚克的《大瑟尔》一书，更是让我觉得她在文学翻译与研究方面做出的努力的确执著。2013—2014 年她获国家留学基金的资助赴美访学一年，期间她查阅了很多资料，并与国外的一些专家进行了沟通，成功完成了国家社科基金项目的研究报告的撰写工作，这部作品便是她在研究报告的基础上，几经增删完善而成。

本作品的课题基础是国家社科基金项目“当代英国小说中的都市文化困境研

究”(11BWW045)。该项目结项后，受到全国哲学社会科学规划办公室的重视，并特别邀约为《中国社会科学报》撰写文章。《当代西方都市文化本质》(3000字)一文已经于2016年1月19日发表在《中国社会科学报》第六版，相关成果简报也在全国哲学社会科学规划办网站首页予以公布。

刘春芳的研究内容是当代英国小说，本质上是她对于情感范畴进行研究的一种延伸。她认为当代西方文化出现种种困境的主要原因是英国浪漫主义时期大力提倡的“情感理性”被“工具理性”代替，因此唯利益论和唯功利性成为主宰当今西方都市文化的核心理念，而丢弃了情感的人在这个过程中被异化，变得冷漠和血腥。刘春芳博士在众多的英国当代文学作品中，选择了被誉为“英国文坛三剑客”的马丁·艾米斯、伊恩·麦克尤恩和朱利安·巴恩斯，因为他们都具有深刻的都市文化背景，并且将目光集中在当代伦敦，因此他们的作品从多重侧面深刻地展现了当代西方都市文化的内在矛盾及其困境，指出了工具理性泛滥所造成的西方都市文化中的精神灾难。我认为该研究有几个亮点。

一是对“工具理性”批判要义的阐释。刘春芳博士一向对工具理性有着较为深入的认识与较明确的批判意识。“工具理性”是法兰克福学派批判理论中的一个重要概念，其核心要义是指行动只由追求功利的动机所驱使，行动借助理性达到自己需要的预期目的，行动者纯粹从效果最大化的角度考虑，而漠视人的情感追求和精神价值。随着资本主义的发展，宗教的动力逐渐丧失，物质和金钱成为了人们追求的直接目的，于是工具理性走向了极端化，手段成为了目的，成了套在人们身上的铁的牢笼。然而，工具理性带来的成功只能征服外在世界，对人的内心却毫无办法。相反，在这种思维模式引导下，人被完全过滤出工具理性目标至上的逻辑结构，成为既定模式下的爬行者，最终把自己变成了物品的手段和工具，导致人格畸变，整个社会也呈病态发展。刘春芳博士从“工具理性”的概念与内涵出发，形成了自己对于当代西方都市文化的独特诊断，并通过对大量当代英国小说进行阐释解读，建构了自己的问题体系与解决方案，为文学研究与社会生活相关联、相影响的尝试做出了自己的努力。在这方面她与我进行过几次认真的交流，她一心希望用她的文学研究解决内心的疑惑，解决她看到的问题，并认为文学研究应该走下精英文化的神坛，成为大众能够普遍接受的阅读范畴，从而促进大众文化的提升，而她也一直在做这方面的努力与尝试。对她的理想主义情怀、她的真诚与热忱，我一直觉得颇令人动容。

二是对当代西方文化中的伦理衰微的辨析。在刘春芳的分析逻辑中，当代英国小说中普遍呈现出伦理衰微的文化困境。在这方面她对当代英国小说的批评可谓细致而深刻，尤其是她对《水泥花园》等小说的批评与分析，一针见血，掷地有声地对当代西方社会出现的伦理问题进行了挖掘与批判。伦理是人类世界区别于自然世界的标志之一，对伦理秩序的追求是人类走出自然状态以来所进行的不懈探索。麦克尤恩的《水泥花园》这篇篇幅不长的小说刻意避开了繁复纠缠的情节，避开了人物内心世界美好崇高的心理学叙事，摆脱了社会文化的层层矫饰，直逼当代生存状态下毫无掩饰的伦理真相。与麦克尤恩相比，巴恩斯的小说笔触相对宁静淡然。他于2011年出版的新作《终结感》叙述风格平和安定，充满了历史与记忆的因素，而字里行间透露出来的深层含义却昭示出一种万事已经了结，再无任何希冀的末日之感。以这种平静温吞为基础的当代都市伦理生态也由此而展现出令人绝望的凝固与冷漠。小说中的青年学生对文化传承持鄙薄态度，对待生命与死亡持游戏态度，传统伦理思想在这个群体中彻底坍塌。马丁·艾米斯的《死婴》的主人公则是品性恶劣、堕落肮脏的青年男女，以吸毒和滥交为乐。他们之间没有信任、没有爱情、没有责任，混乱与冷漠的关系无论如何不能承担孕育新生命的职责，只能孕育出“死婴”。“死婴”不仅象征了当代西方伦理的悲惨宿命，更是对人类未来宿命的可怕揭示。这些作品不约而同展现出被工具理性侵袭后的混乱世界，在这个唯目的论、唯利益论的世界中，科学精神变成了技术征服，经济发展变成了金钱攫取，艺术变成了大众娱乐，而伦理则沦为物质生产的一种保证，完全失去了伦理约束人的灵魂和内心的本质机能。可以说，当代西方物质的丰富与科技的进步，是以伦理的坍塌和道德的败坏为代价换来的。通过对当代英国小说的系统研究，刘春芳博士得出的结论令人信服，同时对于揭示伦理困境的根源，建构更合理、和谐的社会文化提供了借鉴与思考。

三是对当代西方文化中的价值困境的分析。刘春芳对于工具理性的根源及其思维模式的研究，对于当代社会发展遇到的文化困境有一定的警醒意义。她认为对于工具理性思维模式对当代西方的价值体系也造成了重创，人类在物质迅猛发展的背景下,形成了对物质需求不断增加、对物质发展不断提高的越来越强烈的欲望,物欲对人类的掌控使人类社会的文明发生了质的改变。人类社会在争夺物质、资源、金钱、权力等方面毫无节制,人与人之间的自然关系被物质所摧毁,人类自我价值的定位、价值取向的定位,以及价值观念的定位都开始动摇。而这种现象在被评为"1923年至今100部最优秀的英文小说"之一的《金钱——自杀者的绝命书》中有深刻的体现,刘春芳也就这部小说进行了较为细致的解读,使这部国人尚不了解的小说能够以更丰满的形象走向读者。小说的主人公名为约翰·塞尔夫(John Self),约翰是西方人名最普通、最大众的代表,而Self则毫不掩饰地点明了主人公的贪婪与自私的人性特点。小说的叙述笔触直接而赤裸地揭示出西方都市的前沿群体——演艺界中追腥逐臭、声色犬马、淫乱恶浊的社会真实。马丁·艾米斯的另一部作品《成功》与《金钱》一样,毫无掩饰地直指当代西方社会的精神灾难——为了金钱不惜一切代价,而以物质为目的的成功则进一步将人推向了灵魂真空的黑洞。小说巧妙地设置了"成双成对"的人物,这种安排无疑是对当代西方文化生态的绝妙讽刺,即无论人的成长背景如何,无论人的成长轨迹如何,最后都遵循同一价值逻辑,无一例外地走向灵魂衰败、精神荒芜的命运。《星期六》是麦克尤恩于2005年出版的小说,讲述了成功富有的神经外科医生贝罗安在"星期六"一天中的经历,对当代都市成功人士的生活、思想、心灵、精神和情感进行了细致入微的描绘,丰满而令人信服地展现了当代都市文化对人类生活的浸润和异化,由此形成了一种人性彻底堕落的当代都市人文状貌。物质世界的迅猛发展使人类摆脱了物质匮乏的困扰,然而面对物质的丰盈,人类如何护持住内心和灵魂,谙透生命的意义,寻求合理的生存方式,使物质真正成为改善生活的途径,却不是割裂心灵、残害灵魂的罪魁,是当代世界必须思考的命题。刘春芳博士对这些当代英国小说的分析,不但建构了自己的批判路径,同时也对这些已经或即将在国内出版译著的当代英国小说进行了令人信服的分析与评判,对这些小说面对国内读者时的阅读导向和阅读思考进行了有益的引导,从而有利于我国读者对国外文学作品的辩证吸收。

四是对当代西方文化中的情感生态的解读。刘春芳博士对于情感的兴趣由来已久,从对英国浪漫主义诗歌的研究开始,她就致力于对情感的研究与剖析,并形成了独特的"情感理性"的概念。因此工具理性霸权对人的情感范畴也带来致命的伤害也是她特别关注的一个范畴。她认为当代西方社会的文化核心被工具理性绑架之后，便形成了这样的文化形态：科学技术被视为时代的最高成就；征服与占有成为时代的最高美德；消费与购买成为人类的最高理想；计划与目的成为生活的最重要形式。与这样的文化形态相对的是，情感与内心成为最没有价值的范畴，人面对一切都不再具有同情心与怜悯心，一切行为只以自己的现实利益为最终指向。在这种背景下成长的一代都市人，性格与精神不可避免地受到损害，形成冷漠和暴力的性格。在《怀孕的寡妇》中，作者将矛头直指西方社会中性解放的恶果。在西方当代都市中，"性"已经取代了情感，情感世界由此堕落为身体世界。在《伦敦场地》和《夜行列车》中，由于情感的缺失，冷漠与残暴横行，死亡成为人生目的和不懈追求。马丁·艾米斯的小说所展现的当代文明"都如世界末日般悲惨。用他自己的话说，这叫'整个星球的马桶化厕所化'"。西方都市人群面对着精美奢华、堆积如山的物质，却没有获得任何正面的、积极的、美好的影响，而是变得更加不堪入目。

在刘春芳的分析逻辑中，"三剑客"的文学文本所表现的西方当代都市文化生态，表面看来夸张而荒诞，与西方社会呈现的表面繁华并不相符，然而由于文学是与现实社会生活密切缠绕的审美表现，它体现的是现象背后的价值体系与思维逻辑，揭示的是华美表象背后的思想真实和精神真实。然而，国人对西方文化的理解大多停留在表象的繁华与富足层面，造成了国人对西方文化的想象式建构，将西方文化完美化、偶像化、神圣化，并成盲从的趋势。如今，大到经济文化领域，小到娱乐时尚圈子，乃至青年的婚恋观、消费观和思维模式，西方文化对我们的影响不谓不深，而这种影响也在无孔不入地消解着我们的民族文化传统。解析"三剑客"文学作品所呈现的西方世界繁荣表象背后的真实本质，一方面可以帮助国人建构西方文化传播与认知的多维途径，使处于多元文化和文化变迁中的中国青年能够以更加清晰和客观的眼光看待西方都市文化；另一方面也可以更深刻地了解、更有效地传承我国传统文化中对人文理性的推崇，避免我国在科技发展的道路上背离人文理性，独尊工具理性，形成对人的精神世界的贬低。因此，阐释西方文化发生的社会根源及社会必然，揭示西方文化繁荣表象背后的痛苦真相，既是从事西方文化研究者的责任，也是客观而全面地了解西方文化的必然选择。

纵观刘春芳博士的课题研究，可以看到她在文学研究方面所做的艰苦努力，以及她对于文学研究所持的热切情感。这也是她从事文学研究以来的一贯姿态，既是优势，也是弱点所在。她满腔热情地投入文学研究，每一个文字背后都凝结着她的强烈情感，使她的文章有一种震撼人心的力量，使人能够感受到她真切而诚挚的呼声。然而，正是由于过于真挚的情感的介入，她的文字有时会偏离理性的轨道，走到自我宣泄的道路上去。希望她在今后的研究中激情依旧，但理性更清晰，目标更明确，文字更精准。

刘春芳博士在文学研究的道路上一路走来，态度坚定，充满激情，目前已经圆满完成了一项国家社科基金项目。她没有把这项课题的完成视为一段研究的结束，她告诉我她希望能继续进行她的以“情感”为内核的研究，致力于用文学的方式呼吁这个社会关注内心与精神，摆脱物的困扰与桎梏。她热切地要完成她的“情感研究”之旅，希望重新选择对浪漫主义的研究。她的勇气总是令人佩服，面对前人已经研究得较为成熟的浪漫主义文学，她依然执著地探寻着自己独特的研究视角与研究方式，而这种研究是她发自内心的渴望，因此我衷心地祝福她，也希望她在今后的文学研究道路上越走越宽，取得更多的成果。

引　言

将当代英国小说，确切地说是以当代都市文化为背景和主题的重要小说作为研究对象，是笔者长久以来的强烈愿望。作为一名多年来致力于文学教学与文学研究的教师，对文学有着极为深沉的热爱。年轻的时候坚持认为文学属于纯精神的范畴，它是文化精英的后花园，指引着美与灵魂的方向，使人永远具有在现实中坚守理想的勇气。因此，笔者一度对最具精神气质与理想情怀的英国浪漫主义诗歌如醉如痴，甚至不顾当时导师的劝告，坚持以英国浪漫主义诗歌为研究对象撰写博士论文，目的是完成对文学中将精神力量与理想力量发挥到极致的作家们进行深入探究。英国浪漫主义诗人普遍早逝的事实曾深深打动我的灵魂，使我意识到护持灵魂与精神的巨大代价，但我却因此更加尊重那些为了灵魂坦诚而不惜放弃现实功利的浪漫诗人们。

我是凭借着一腔激情展开对浪漫主义诗人的研究的，记得当时毕业时就有学界前辈指出我博士论文中字里行间涌动着无限激情，对我肯定的同时也希望我能更加沉静地面对文学研究。做完对英国浪漫主义诗人礼赞般的狂热研究，我在激情之余的确也在进一步思考文学研究的意义与旨归。而文学教学在高校中好像没落贵族般的尴尬地位，也使我逐渐认识到单纯提倡文学的精神价值固然能够深化对文学本身的理解与研究，但是却使文学越来越成为不食人间烟火、被当代人所忽略甚至放弃的纯精神范畴的抽象之花。于是，我便思考如何使这朵精神之花真正被世人所理解和接受，使文学研究成为滋养人的心灵的真正养分，使文学真正担负起改善心灵、改进道德、扶助新型文化建构的积极力量。

同时，随着博士学习的顺利结束，没有了对毕业的焦虑与烦恼，我不用再极为功利地阅读与写作，反而使我对文学的研究走向了更加展阔与沉静的阶段。博士毕业后一段时间，我大量阅读文学作品与文论作品，渐渐从对浪漫主义诗人为灵魂奋争的澎湃激情中走进更加客观与深邃的思索中。在这期间几部当代英国小说作品深深震撼了我，于是我开始主要攻读当代的小说作品，并在其中感受到了当代西方社会难以摆脱的精神文化困境。这种困境将西方当代社会中的人紧紧捆住，令他们无论如何感受不到幸福。由于我曾经对英国浪漫主义诗人做过系统研究，感受到浪漫主义诗人们为了情感自由而不惜一切代价的狂热勇气。而当代英国小说所呈现的世界却令人惊异地发现，情感在他们的世界中变得无比怪异，或者说，当代小说中情感早已成了被遗忘的历史遗骸。由此，当代英国小说中所呈现出的伦理生态与价值观念都扭曲而混乱，对这种现象进行深入探究的愿望便在我心中越燃越烈。

这一次的研究与博士期间的英国浪漫主义诗歌研究相比，激情不似先前浓烈，但思索更深入。首先，在做完博士论文之后，我慢慢对文学研究的旨归有了新的认识。文学是精神的，但却必须与现世相连。浪漫主义诗人由于太执著于精神与理想的追求而不得不承受了早逝的命运，然而告诉当代人为了精神丰满而放弃现世人生的劝告显得多么苍白。文学是人类的精神花园，但文学毕竟不能左右世界的科技发展步伐与经济发展指向。因而文学研究应该在一定程度上摆脱纯精神的探讨层面，要走下神坛，与现实与社会贴近，使文学研究真正发挥其构建社会精神旨趣与文化图景的作用。其次，鉴于当代西方文化对我国文化的影响日深，甚至成为诸多当代青年所崇拜与模仿的对象，系统阅读当代英国小说后却发现，我们对西方文化的现状的理解只在表面的繁华，却几乎完全忽略了阴暗的真相。当代英国小说中所展现的西方文化生态令人震惊，同时更令人痛苦，这种呈现绝不是某一个具有特别成长史的单个作家的意图，而是许多作家的共同指向。随着研读的深入，我认为我们这些文学研究者有责任将西方文化的真相揭示给对西方文化有着浓厚兴趣与崇拜倾向的中国青年，使他们认识到当代西方文化的真实生态，并因此反思对中华传统文化的态度，形成对西方文化的辩证认识以及对中华传统文化的真正继承。“知已知彼”基础上的传承才是主动的、真正的、坚定的传承。

由此，该研究方向的确定主要基于当代社会经济急速发展、物质主义泛滥、功利主义横行的现状,从分析当代英国小说中所体现的当代西方文化生态入手,旨在倡导并建构正确的西方文化认知。同时,在系统梳理与分析的基础上,提出造成当代西方文化困境的根源所在。在研究英国浪漫主义诗歌的时候,我曾系统梳理过西方思维模式的发展脉络,并由此建构了英国浪漫主义思维模式的内在结构。在当时的研究中,我曾涉及过当代西方放弃情感理性的思维模式,以极功利性的工具理性模式介入一切领域、主导一切领域而导致了人的情感缺失的当代文化困境,并指出情感缺失导致了当代人背弃了本真,一切便以功利与目的为旨归,使人彻底异化为功利与目的链条中的一环。在我的理解中,工具理性泛滥是造成当代西方文化困境的理论根源。

为更好地揭示当代西方文化发展现状的思想根源,本书通过对当代英国小说的现状及对研究趋势的仔细分析,确定了研究对象。之后,本书对当代西方文化背后的思想之核进行阐释与解析,指出导致当代西方文化现状的内在逻辑是当代都市中以"工具理性"为其核心的思维模式。"工具理性"是西方哲学里的概念,也是发源于古希腊的一种思维方式。自亚里士多德起,就把自己关于思维改进的书称为《工具论》,后来英国的培根延续这一传统,将自己发明的归纳法称为《新工具》,表明有别于亚里士多德的演绎法这种传统工具。而当代西方法兰克福学派在传承西方理性思想的基础上,正式提出了"工具理性"的概念,使"工具理性"成为针对西方资本主义精神本质提出的指涉西方理性思维模式的术语。在这个学术理论背景下,对工具理性的探讨可以挖掘出西方都市文化困境背后的思想根源,并通过细致阐释"工具理性"的思想内涵,指出当今西方社会中工具理性泛滥造成的人性侵害。因此,工具理性是本书的切入点,并在此基础上分析当代英国小说对当代社会中工具理性霸权现象进行的批判,指出工具理性霸权对情感价值的侵犯,从而论证在当代社会中申扬价值理性与"情感理性"的重要意义。本研究期待通过对当代英国小说中工具理性的具体表现模式、工具理性对人性侵害的不同层级以及确认情感价值在当今社会中的积极意义,使深受物质主义和功利主义浸染的人反思自身的价值体系与思维机制,主动抵抗工具理性对人性的异化,倡导更加生动、诗意的生活方式与思维方式。同时,在深入挖掘出西方当代都市文化的本质与思想根源的基础上,针对我国都市文化面临重构与挑战的现状以及广大青年对西方当代都市文化的盲目崇拜入手，提出正确认识西方都市文化本质的客观思路，并在此基础上提出以抵制工具理性的思维模式为导向的、符合人性关怀的情感理性的思维模式，为我国青年建构正确的、积极的世界观做出文学途径的贡献。这种文学研究的努力也会为我国新时期的文化建设增添更加生动、更有说服力、更加丰满的色彩，使文化建设真正走入人心、撼动精神、影响灵魂，从而更好地引导和促进我国当代都市文化的发展。具体的思路梳理如下：

第一，随着当代英国小说研究的日益升温，当代英国小说的作家作品研究成果日渐涌现。然而，由于当代英国小说涉及的背景主题众多，表现形式也千差万别，因此需依据一定主题对当代英国小说进行细致梳理，才能深入探讨当代英国小说的思维机制与创作指向。

第二，由于当代英国小说家及其作品尚未经过时间的考验与历史的沉淀，因此单个作家小说研究难免失于偏颇，既无法反映当代英国小说的风貌，也难以把握当代英国小说的主要脉搏。杨金才在《当代英国小说研究的若干命题》中指出，当代英国小说的创作命题大致可归为“迷思与历史交织”“都市意象主题”“文化杂糅”和“病症叙写”四个部分。[①] 并认为从这些角度出发研究当代英国小说，才能把握其创作思想。因此，从主题、背景、创作手法、实验文体、风格等方面进行归类分析，才能真正实现对当代文学脉络的解析与探讨。而本书为了更好地阐释西方文化现状，所选取的研究角度为文化研究。通过文化将当代西方的一些重要作品梳理归类，形成通过文学作品对西方文化的全景式深度认知。

第三，当代英国小说中有许多作品以当代都市为背景，通过小说摹写当代都市人的生存状态，对当代人追求金钱、热衷物质利益以及无所不在的功利主义原则进行了揭露与批判。这些文本从各个侧面深入探析了都市文化的不同表现方式，对都市文化的当代生态进行了极具深度的解析与挖掘。同时，文学文本由于其特有的生动性与个体性，成为从不同程度、不同角度认识西方文化的范本。而在当代社会中，由于都市在许多方面处于文化的前沿，所以都市越来越成为探讨文化生态的重要途径。美国学者迈克·戴维斯认为：

---

① 杨金才：《当代英国小说研究的若干命题》，《当代外国文学》2008年第3期。

> 无论从何种角度看，超大型的城市已然是全新人类文化发展过程中最富戏剧化的产物，它们所具有的环境影响力是全球性的而非限于一地，它们或许应该成为最紧要的科学研究之一，但目前却还没有，我们对热带雨林的认识甚至还要在城市之上。①

因此，为了准确了解当代西方，探讨西方当代都市文化的现状，本研究选择以都市文化为背景的当代英国小说为研究对象，对小说中所揭示的当代都市的社会生态及其背后的思维机制进行挖掘和呈现。这种选择大大精化了本书的研究范畴，使研究主题与研究目的更加明确，研究对象更具代表性。

第四，西方文化由于其经济发展迅猛、经济领先的特点，已经成为我国众多青年所向往甚至盲目追随的对象。西方文化的各种思潮、各种表现、各种行为方式及价值取向，都日渐影响了我国青年的思维模式。改革开放以来，我国面对西方文化的大举侵入，一时处于比较迷乱的状态。当代西方世界由于在经济领域的领先发展，使得当代西方文化，其中最主要的是当代西方都市文化成为影响世界文化的主要因素之一。中华民族拥有五千年文化传承，然而在西方文化的冲击下，大到政治经济领域，小到娱乐时尚领域，无不深受当代西方都市文化的影响。西方都市文化的价值观、人生观、社会观，甚至是婚恋观、消费观等都在无孔不入地消解着我们中华民族的传统观念与文化传统。面对这种洪水般势不可挡的文化侵入，全盘吸纳甚至顶礼膜拜固然不可取，然而，一味地抵制亦非明智之举。

事实上，国人对西方文化的接触与了解都比较简单，或者从电影、电视节目中略知一二，或者在网络上口口相传，却无人问及其根源与真相。可以说，青年人对于西方文化的了解途径不畅通、不正确，以及对西方文化本质的多重曲解，造成了如今青年人对西方文化的想象式建构，将西方文化完美化、偶像化、神圣化，并形成盲从的趋势。文学是意识形态的一种表现形式，不同的社会基础决定了不同的意识形态的形成与发展，也就是说，文学中所表现的意识形态终究来自既定的社会基础。既然文学与社会之间的关系是相辅相成的，文学创作都是和当时社会人的人生价值联系在一起的，文学是历史文化思想的集中体现，一个时期的文化形态总是

① 迈克·戴维斯：《死城》，李钧，许平，傅骏，代林利译，上海：上海书店出版社，2011年，第346页。

会通过当时的文学作品得以生动而真实地展现。那么要了解一个社会和一种文化,文学是既直接生动、又丰满真实的重要途径。作为引导世界的当代西方都市文化,也必然会通过当代西方的文学作品得以全方位呈现。而当代盲从西方文化的青年却因为各种原因,大多没有仔细阅读、真正领会西方当代的文学作品。因此,本书旨在通过对英国当代小说的都市文化主题进行细致考量与深入研究,揭示出当代西方都市文化的各种存在形态,并以西方思想传统中的工具理性思想传承与发展为理论支撑,探讨西方都市文化的形成必然与发展必然。由此,西方都市文化的发展脉络与体现形态将得以清晰呈现,那么西方都市文化的各种困境以及种种困境的形成因素也便昭然若揭。这种揭示无论对于全心迷恋并接纳西方文化的姿态与盲目迷恋并追随中华文化的姿态而言,都极有益处。

因此,中华学人,尤其是对中华文化和西方文化均有研究的学人,有必要、有责任将西方文学所承载、所表现的西方文化生态真实与生动地展示给我国的当代青年,使他们通过最直接、最生动的途径了解当代西方文化现状,从而在系统了解的基础上,认真反思中西文化的发展差异与不同路径,摆脱盲从与简单崇拜。既形成对中国传统文化的正确认知姿态,又形成对西方文化辩证扬弃的正确态度,建构更加深刻、更加全面、更加客观的文化比较思维模式。从而使处于多元文化和文化变迁中的中国青年能够以更加清晰和客观的眼光看待西方都市文化,也能够以更加自信和平和的心态对待中华传统文化,做到辩证地扬弃、客观地评判,使中华文化在西方都市文化的影响中得以更健康、更长久地继承与发展。同时,使中华青年既不盲目崇拜西洋文化,鄙弃中华文化,也不盲目护持中华文化,贬低西洋文化,形成更健康、更利于中华文化传承发展的氛围。从更高的层面来讲,也可以使我国的社会主义文化建设更全面、更成熟,使爱国主义的思想来得更扎实、更长远。

第一章
当代英国小说研究概述

第一节　当代英国小说概况

当代英国小说的界定根据不同的衡量依据有不同的观点。一般说来，第二次世界大战后的英国小说创作被归入当代英国小说的范畴。然而，第二次世界大战后的小说创作形式多样，主题极为丰富。从文学史的角度看，第二次世界大战至今，英国当代小说的发展经历了四代小说家。

第一代小说家是在第二次世界大战前就成名的文坛元老。代表作家为格雷厄姆·格林（Graham Greene，1904—1991）、安东尼·鲍威尔（Anthony Powell，1905—2000）。格雷厄姆·格林是一个天主教徒，宗教是他最擅长的创作主题，他的作品探讨了当代西方社会普遍存在的道德伦理困境以及令人无所适从的政治矛盾。由于其作品普遍有着通俗文学的样式，因此极具可读性，然而通俗的形式背后却表达了严肃深刻的问题，这种独特的写作风格也使他赢得了广泛好评，成为当代小说家中的佼佼者。安东尼·鲍威尔则以青年知识分子的生活与思想为其创作基点。其第一部小说《午后的人们》（*Afternoon Men*）就运用了极具特色的写作形式，例如将名词当作形容词来使用的独创风格，这种大胆创新的手法使得一些批评家视他为先锋派，对他的具有反叛特点的创作风格侧目而视。此后他接连发表了以青年知识分子的生活经历和人际关系为主题的小说作品。

第二代小说家是在第二次世界大战后挑起文坛重任的作家群体,代表作家有:威廉·戈尔丁(William Golding,1911—1994)、艾丽斯·默多克(Iris (Murdoch,1919—1999)、多丽丝·莱辛(Doris Lessing,1919—2013)、金斯利·艾米斯(Kingsley Amis,1922—1995)、V. S. 奈保尔(V. S. Naipaul,1932—)等。这些作家创作的作品中既有讽刺社会现象的现实主义作品,也有锐意创新的实验性作品。威廉·戈尔丁在西方被称为"寓言编撰家",或者说,他的作品是一种现代神话,他运用象征、比喻等文学话语,表达人性本恶的哲学观念。其作品如《蝇王》本质上是第二次世界大战后美苏争霸以及核战争威胁人类等历史事实在文学领域中的反映,既表现出作家对社会现实的密切关注与深入思考,又表现出其对人类未来的关切。艾丽斯·默多克是战后英国文坛最具影响力的小说家之一,同时她还是一位伦理道德哲学家,拥有广泛的国际声誉。在四十多年的写作生涯中,她共发表小说、剧本和哲学著作近四十部,其中小说就有《在网下》《黑王子》和《海、海》等,她的哲学思想深刻地渗透于她的每一部作品中。尽管默多克笔下人物形象的塑造以及小说的情节荒诞离奇,但其传承了像托尔斯泰、乔治·艾略特等的写作传统,在荒诞离奇的情节中表达阐述了其哲学观念和道德伦理思想。多丽丝·莱辛 1919 年出生于伊朗。她青年时期热衷于参加激进的政治运动,对社会改革充满热情,其创作生涯也深受其激进思想的影响。例如,在其创作中,她更多地将主人公设定为婚姻破裂的女人。这些女人因为失去丈夫,生活变得破碎而焦虑。在其代表作《金色笔记》中,女主人公因为种种原因离异,生活中既有危机也有坚守,同时精神世界充满惶惑与矛盾。金斯利·艾米斯创作的小说主要有:《我喜欢在这儿办》《英国胖子》《翘辫子》《杰依克的东西》和《俄罗斯迷藏》。他的这一类小说大多是揭露现实矛盾之作。比如《翘辫子》尖锐揭露了英国社会老人的凄凉晚境,《杰依克的东西》描写了中年人的庸碌无能,并分析了其中的原因。《幸运的吉姆》则描写了出身中产阶级下层的大学讲师吉姆·狄克逊的遭遇。吉姆思想激进,对现存制度持尖锐的抨击态度,甚至主张把它推翻;对于假冒伪善、装腔作势、玩弄权术都极其反感。这个性格很受当时读者的欢迎,被称为"愤怒的青年"(Angry Young Man),成了当代英国文学里的"反英雄"典型。V. S. 奈保尔是集游记作者和社会评论家于一身的印度作家。他的小说描写各种文化中那些疏离于社会、一生都在寻找自我身份认同的个体。

奈保尔作品的常见主题涉及当代政治生活对旧日的传统和习惯的无情冲击。

第三代小说家则是更为活跃的群体。他们的作品不再集中于对战争影响的体现，而是将视角转向成熟的当代社会的方方面面，例如，有的作家热衷于反映大学校园生活和学术界现状，如戴维·洛奇(David Lodge，1935—　)和他的代表作《小世界》，马尔科姆·布雷德伯里(Malcolm Bradbury，1932—2000)与他的《向西行》；有的则热衷于女性题材，如安吉拉·卡特(Angela Carter，1940—1992)与她的代表作《魔幻玩具铺》，A. S. 拜雅特(A. S. Byatt，1936—　)与其代表作《隐之书》和玛格丽特·德拉布尔(Margaret Drabble，1939—　)的代表作《夏日鸟笼》等。这些小说家的创作与传统的沉重严肃大不相同，通过各种方式表达当代西方的生存危机。

> 在19世纪60年代，后现代主义的特点是短暂的想象力，这种想象力展示出对未来和对新疆界的一种强有力的感觉，但同时也有断裂感、代沟冲突与危机，以及对达达主义和超现实主义这些大陆先锋运动的怀旧想象，而非对现代主义高潮的留恋。[①]

活跃在这个时期的作家群以风格迥异的作品体现了这些特点。其中戴维·洛奇已出版12部长篇小说，被认为是“同代作家中最优秀的小说家之一”[②]。洛奇的作品凭借想象的力量和生动的语言，在精心建构的语言网络中探讨、阐释人类的命运。他通过语言的运用和体系的建构，使作品在文体、修辞、道德、心理、社会和历史等许多方面都呈现出深刻的意蕴。同时他作品的主题也涉及知识分子，作品背景则常以校园为特定空间，因此他又被认为是学院派文学的代表。马尔科姆·布雷德伯里作为著名的小说家和批评家，曾在东英吉利大学创办了闻名遐迩的创造性写作课程，学生包括伊恩·麦克尤恩和石黑一雄等知名作家。作为文学批评家，他有许多重要的评论作品，但令其名声大震的当属其长篇小说。他在创作中深受18世纪小说家菲尔丁的幽默讽刺风格的影响，传承了社会批判与批判背后深刻的人道主义精神。布雷德伯里的创作风格虽然幽默轻松，但是幽默的背后却是对当

---

① Bran Nicol, *Postmodern and the Contemporary Novel*, Edinburgh: Edinburgh University Press, 2002, p. 61.

② Peter Childs, *Contemporary Novelists: British Fiction Since 1970*, London: Palgrave Macmillan, 2005, p. 16.

代西方社会道德堕落，对当代人被物化、被异化的愤怒与批判。安吉拉·卡特是英国最具独创性的作家之一，书写风格混杂，魔幻写实、歌德式、女性主义写作均有体现。受20世纪60、70年代性解放运动的影响，卡特的作品充满了令人指摘的"情色"特点，各种色情描写、恋物癖、强奸及乱伦的呈现，甚至是残杀、雌雄同体等被社会"禁忌"的主题充斥了其作品，使其作品成为性解放的先声。不过这种描写也使得她的作品具有极强的可读性。这种有意夸大甚至疯狂的表现方式无疑也是对当代英国社会的一种解读方式，本质上也指向了英国日益堕落、日益扭曲的文化取向。拜雅特的著作主要有长篇小说《太阳的阴影》《游戏》和《庭院少女》等。她的作品既具有严肃作品的深刻，又有大众阅读的平实，每次出版都会在评论界引起关注及争论。1990年，《隐之书》震惊文坛，该书一扫英国文坛一直以来较为沉寂的现象，以恢宏的气魄、奇妙的情节等引发了文学狂潮，一时间好评不断，并最终荣获英文小说最高荣誉布克奖。玛格丽特·德拉布尔在24岁时就发表了处女作《夏日鸟笼》并一举成名。德拉布尔深受法国女性主义思想家西蒙娜·德·波伏娃的影响，作品中对女性，尤其是知识女性的生存境遇进行了极为生动的呈现，对女性的勇气和真实情感也进行了较为深刻的解析。可以说，她的小说都是对现代知识女性的社会发展与社会价值的积极探讨，对女性如何在男权中心的社会中做出有效的精神突围进行了积极尝试，反映了当代西方女性的真实情感与共同心态。德拉布尔的文风也极具特色，她对文学前辈奥斯丁、贝内特的写实风格都有继承，但同时又对现代派的各种技巧运用娴熟，自成一体，戴维·洛奇称之为"后现实主义"。

本书研究的重点是战后英国第四代小说家。这一代小说家可谓名家众多，根据英国图书营销委员会在1983年发布的"英国最优秀的20位小说家"名单，同时《格兰塔》(*Granta*)[①]杂志也从1983年开始首次推出了"20位英国最佳小说家"名

---

① *Granta* 是著名的欧美文学杂志，*Granta* 原是流经剑桥大学的一条河流名。最初的 *Granta* 杂志只是一本剑桥大学的学生刊物，创办于1889年，曾刊登过泰德·休斯和西尔维娅·普拉斯等作家的早期作品，20世纪70年代后停刊。1979年，*Granta* 杂志以主题书的形式重生，每期设立一个主题——从私密的人类体验到更宽泛的公共及社会话题，从早期的美国新写作(第一期)、自传、革命之后、滚石、肮脏现实主义、为政治的文学……到最近期的芝加哥、工作、性、外星人——围绕这一主题遴选约十篇长文，其撰稿人包括马丁·艾米斯、朱里安·巴恩斯、雷蒙德·卡佛、保罗·奥斯特、米兰·昆德拉、加布埃尔·加西亚·马尔克斯、萨尔曼·拉什迪、珍妮特·温特森等。*Granta* 也经常性地推出小说特刊，通过评选英国、美国、西班牙等地35岁以下最佳青年小说家的方式，鼓励青年人的小说创作。

单,从中可以看到一批无论在写作风格还是市场份额方面都很出色的作家。这些作家的作品主题多样,风格各异,为英国小说界带来了崭新的气象。“当平庸的中产阶级影响渐渐消逝后,对于小说,尤其是严肃小说的智性的态度似乎发生了激进的变化。这个变化也许对从品味的扩展、对不同水平的妥协上看出来,或者两者都有一些。”[1]这些小说纷繁多样的品位,都展示出最新一代小说家对传统小说的严肃高大的主题的激进冲击。他们大胆地以新的形式实验、主题阐释和情节谋划等各种方式,力图展现光怪陆离的当代社会。这些作家包括:马丁·艾米斯(Martin Amis,1949—　),帕特·巴克(Pat Barker,1943—　),朱利安·巴恩斯(Julian Barnes,1946—　),厄秀拉·本特利(Ursula Bentley,1945—2004),威廉·博艾德(William Boyd,1952—　),波希·埃梅谢塔(Buchi Emecheta,1944—2017),麦琪·玛丽·杰(Maggie Gee,1948—　),石黑一雄(Kazuo Ishiguro,1954—　),艾伦·贾德(Alan Judd,1946—　),亚当·马尔斯·琼斯(Adam Mars-Jones,1954—　),伊恩·麦克尤恩(Ian McEwan,1948—　),席瓦·奈波尔(Shiva Naipaul,1945—　),菲利普·诺曼(Philip Norman,1943—　),克里斯托弗·普里斯特(Christopher Priest,1943—　),萨尔曼·拉什迪(Salman Rushdie,1947—　),莉莎·德·特兰(Lisa de Teran,1953—　),克莱夫·辛克莱(Clive Sinclair,1940—　),格雷厄姆·斯威夫特(Graham Swift,1949—　),罗斯·特里曼(Rose Tremain,1943—　),A. N. 威尔逊(A. N. Wilson,1950—　)。[2]《格兰塔》杂志自1983年后,每10年都会推出一次,但由于最新推出的作家的文坛地位尚不确定,而且,“试图界定每段既定文学史的特色与身份本身就是非常困难的,尤其是当我们正处在这个时代的时候。”[3]因此,本研究主要集中于1983年推出的最佳作家。“20世纪80年代,一批优秀小说家的优秀的早期作品相继问世……这些小说家对于二战和大英帝国并没有亲身的经历与感受,而是在‘高端’文化与大众

---

① John W. Aldridge, *Time to Murder and Create: The Contemporary Novel in Crisis*, New York: David McKay Company, INC, 1966, p. 52.

② Peter Childs, *Contemporary Novelists: British Fiction Since* 1970, London: Palgrave Macmillan, 2005, p. 3.

③ Ibid., p. 5.

文化的区分越来越淡化的时代背景下成长起来的"[1]。他们是首批完全未身受战争时代影响成长起来的小说家,可以说拥有大致相同的背景,都是在当代社会文化的浸润下成长的一代新生小说家。然而由于个人经历的不同,其作品的主题与风格也不尽相同。

在这些作家中,有一些"异族后裔"因其独特的个人经历、外来的思维方式和文化背景,使他们的小说充满异国情调,显得与众不同。有的作品充斥着各种匪夷所思的奇特构想,代表作家有萨尔曼·拉什迪(代表作《午夜之子》)和石黑一雄(代表作《长日留痕》)等。萨尔曼·拉什迪出生于印度,宗教信仰的差异和文化背景的不同,使他的作品主题呈现出明显的独特性。他热衷于书写一些关于混杂和移民等边缘化主题,对政治的热切关注和大胆呈现也使他的作品褒贬不一。1981 年他曾凭借小说《午夜之子》荣获"布克奖",同时也因作品的主题激怒了印度前总理英迪拉·甘地而被禁在印度发行。他后来创作的小说《羞耻》又因同样的问题在巴基斯坦遭禁,甚至他本人也被指控犯有诽谤罪。1988 年,他的作品《撒旦诗篇》出版后引起了更大的争议,甚至导致伊朗政府判处他死刑,并要求对他采取暗杀行动。这场冲突最后竟然导致了英国和伊朗断交。拉什迪因为创作生活受到威胁,他自己也为躲避追杀而逃亡了 9 年之久。日裔作家石黑一雄同样因为特定的文化背景和成长经历,注定了其小说创作的国际化视野和独特的背景与主题。他的小说对于欧亚文明的碰撞与交流展示地较为深刻,对于如何突破特定的文化藩篱而进行更广泛的文化交流是他探讨的重要主题。对他而言,小说乃是一个国际化的文学载体,在一个日益全球化的现代世界中,要如何才能突破地域的疆界,写出一本对于生活在任何一个文化背景之下的人们都能够产生意义的小说,才是他一向努力的目标。石黑一雄小说的题材看似繁复多样,出入在欧亚文明之间,但到底在这个多元文化碰撞、交流的现代世界之中,什么东西才足以穿透疆界,激起人们的普遍共鸣呢?石黑一雄其实用相当含蓄、幽微的笔法,在小说中埋藏了一条共同的主旋律,那便是:帝国、阶级、回忆,以及童真的永远失去。威廉·博艾德出生在加纳,曾在加纳和尼日利亚生活。他的小说《非洲好人》以西非为背景。之后的《冰淇淋战

---

① Peter Childs, *Contemporary Novelists: British Fiction Since* 1970, London: Palgrave Macmillan, 2005, p. 9.

争》虽然以第一次世界大战为背景，但同样是以殖民时的东非在第一次世界大战时的故事为主题。席瓦·奈波尔出生于西班牙，他的小说有《萤火虫》《北之南》和《黑与白》等，这些小说涉及的主题大多表达了对英联邦的悲观情绪，攻击了后帝国时代英联邦国家对西方国家的拙劣模仿和严重缺乏自信的现象。波希·埃梅谢塔是位尼日利亚小说家，她创作的小说有 20 余部，如《二等公民》《新娘的价格》《母亲的乐趣》等，主题涉及孩子、母亲和女性独立等。

而另外一些作家，虽然出生与成长的地方都是都市，但其作品的主题却各有特色。莉莎·德·特兰出生在伦敦，有三次婚姻，拥有自己的设立于荷兰的电影公司，并在莫桑比克拥有农场，她的生活往返于荷兰和莫桑比克之间。她的作品多涉及个人情感及乡村生活。亚当·马尔斯·琼斯是位短篇小说家，小说涉及的主题大多是同性恋、艾滋病等，语言滑稽，结构巧妙，并曾荣获毛姆小说奖。克莱夫·辛克莱也是位毛姆奖获奖的小说家，他创作的主题为哥特式小说、侦探小说和大屠杀文学。艾伦·贾德是一名退伍军人，因此他的小说多利用他的军事背景。格雷厄姆·斯威夫特也是位关注历史的小说家，他的作品《水之乡》《糖果店主》《羽毛球》《杯酒留痕》等，都显示出他对历史探究的特点，对于社会史、自然史、民族史、人类史等，他都有很大的热情。罗斯·特里曼也是位历史小说家，她喜欢从意想不到的角度，关注社会局外人的乏味和无助的生活。A. N. 威尔逊被评论界称为“年轻的守旧者”，因为他的主要作品以维多利亚时期和伊丽莎白时代为背景，同时涉及宗教的主题。除此之外，他还是一位知名的传记作家，曾为列夫·托尔斯泰立传。菲利普·诺曼共发表了六部小说，但他最令评论界和读者欢迎的则是他的传记作品。他为披头士们所传，为甲壳虫乐队、滚石乐队写的传记都受到广泛的好评。克里斯托弗·普里斯特则是位科幻小说家。《肯定》关注的是心理受到创伤后沉溺在妄想世界的人。《联手》则表现了我们会在多大程度上相信现实和记忆的问题。该作品后被改编为电影。帕特·巴克作品的主题集中在记忆、创伤、生存和恢复。她早期的作品以被贫困和暴力困扰的女性为重点。其代表作品《再生三部曲》则是巴克为了摆脱早期作品为她留下的标签“北方的、地方的、工人阶层的、女性的小说家”[①]

① Rob Nixon, “An Interview with Pat Barker”, *Contemporary Literature*, 45(No. 1), 2004.

而做的新的尝试。该小说的主题是第一次世界大战所带来的创伤。厄秀拉·本特利的作品也大多以伦敦为背景,但是她以黑色幽默为主要风格。《自然秩序》中描述了住在伦敦西南部、在曼彻斯特男子学校工作的三个朋友的故事。而《特威克纳姆的天使》则讲述的是作者曾经的演员梦。麦琪·玛丽·杰的作品虽然有比较强烈的政治和社会意识,但她更多表现的是以爱的眼光看待人物和世界。同时她的作品更多关注的是生物学、人类和自然界的关系、气候问题、种族问题等,如《白人家庭》关注的就是种族主义的问题。

第二节　研究重点概述

在 1983 年所推出的 20 名英国最优秀小说家中,除了上述这些作家之外,有几位才气逼人的小说家没有复杂的文化与宗教背景,均是在英国都市成长起来的、极具当代思想观念的新的作家群体。他们将目光集中在当代伦敦,集中在当代大都市的生活中,并通过不断的创作,对当代都市的生活状态与文化蜕变进行了细腻呈现。他们的创作方法不尽相同,然而殊途同归,他们从不同角度、不同侧面将以伦敦为代表的当代都市生态表现出来。他们的文字有的凌厉,有的沧桑,有的沉静,但所有这些都汇成当代都市文化的多重晶体的不同侧面的生动展示,使得当代西方都市的生活状态和精神形态得以细致、生动而又丰富的呈现。他们是在第二次世界大战后深受当代都市文化浸润成长起来的一代作家。战争的影响在他们身上体现得不如他们的前辈那样浓烈,他们所思所想、所写所讲的都是他们看到的当代社会,所涉及的主题也没有之前英国文学传统中的严肃与光荣。有人认为,“T. S. 艾略特笔下曾经描写过的那些‘恐怖的、厌倦的和光荣的’主题虽然依然占据在大家心头,但没有任何一个当代英国作家,或者是盎格鲁—爱尔兰小说家会向往这些主题。”[①]由于没有亲身感受战争,因而他们的作品中对那些光荣的主题鲜有涉及。由于深受当代西方都市文化的浸润,他们把眼光聚集在了当代社会,尤其是当代都市之中,而他们不断问世的优秀作品,也使得他们堪称当今英国文坛的中流砥柱。

---

① Patrick Swinden, *English Novel of History and Society*(1940—1980), New York: The Macmillan Press Ltd., 1984, p. 1.

这些作家以不同风格的作品代表着当代西方最前沿的思想、最具代表性的都市生活方式。他们大多目前尚活跃在创作界，而他们是否会留名青史，会成为英国文学史，乃至世界文学史的永恒高峰尚待历史和时间的检验，而对这些作家，本书限于篇幅与研究主题和角度，也囿于笔者的研究能力，无法将所有新生代作家一一梳理。本书仅选择最具都市文化背景、最具影响力的当代作家进行研究，主要代表作家有伊恩·麦克尤恩、马丁·艾米斯和朱利安·巴恩斯。他们都是具有深刻都市文化背景的当代英国小说家，被称为“英国文坛三剑客”。之所以将研究重点放在这三位当代英国小说家身上，是经过了一番详细考察与思考的。

首先，这三位作家都是出生于战后的作家。他们的成长过程都深受都市文化浸润，并由于都市文化的耳濡目染而对其有着深刻的了解，同时能够在作品中对都市文化做出严肃思考与批判。马丁·艾米斯出生于1949年，伊恩·麦克尤恩出生于1948年，而朱利安·巴恩斯出生于1946年，他们都出生在第二次世界大战结束的时候，而他们最好的作品都是大约在1970年左右问世，并且都是1983年《格兰塔》杂志所评选的20位最优秀小说家。几乎相近的年龄使他们有着相近的生命体验与思想认知，都对当时“在性、伦理、性别等问题的重新认定和思考”[①]上表现出严肃的态度。因此，他们的作品分别从不同的角度探讨了都市文化发展变迁中的两性、伦理以及价值观等问题，值得细读与研究。同时，这三位作家都被评论界普遍认为是当代英国极具重要性的作家。在谈及艾米斯时，阿兰·马塞伊这样说，“两位与艾米斯经常相提并论的是朱利安·巴恩斯和伊恩·麦克尤恩。就巴恩斯而言，他们的关系主要在于与另外两位作家众所周知的友谊中，也在于三位作家对于新形式、新方法的尝试中。”[②]在针对英国没有与美国作家像索尔·贝罗、菲利普·罗斯、约翰·厄普代克和唐· 德里罗那样的文坛巨匠相比肩的作家时，评论家彼得·查尔兹认为，

一些作家，例如马丁·艾米斯，无疑就是与这些巨匠们气质暗合的作家，

---

① Peter Childs, *Contemporary Novelists: British Fiction Since* 1970, London: Palgrave Macmillan, 2005, p. 8.

② Allan Massie, *The Novel Today: A Critical Guide to the British Novel* 1970—1989, London: Longman House, 1990, p. 48.

> 不过马丁·艾米斯把他们的风格转移到了大西洋彼岸而已——尽管艾米斯笔下也不完全是英国场景。或者，将英国作家与欧洲的作家相比较更加合适一些。像麦克尤恩和巴恩斯这样的小说家，就小说意义的广度以及国际文化地位而言，他们完全可以与德国和法国的文学巨匠相比肩媲美。①

可以看出，在这个评论中，三位作家从各个层面讲都是可以相提并论的。他们同属于一个作家群，关注同一问题，揭示同一文化，表达同一认知。因此，对他们的研究将从一定程度上真实反映当代西方文化的现状。

第二，他们的作品大多以当代西方都市为背景，并以深具社会责任的知识分子视角探讨当代西方都市文化中的多重困境。都市是体现当代西方文化最为前沿、最为集中的地方。对城市文化的研究已经成为当代学者的关注重点之一，而在文学文本中探寻都市文化的表现方式则是将文学研究与城市文化研究相结合的重要尝试。

> 社会学者中的人类生态学家们都对人与环境之间的相互影响非常关注，由此他们将注意力转向了都市形态上。他们很注重空间结构。这种研究方向把都市社区视为一个全方位的功能主体，从空间和时间两个方面达成对都市形态特点的理解。②

本书重点研究的三位作家，都不约而同地将都市文化作为他们书写的对象，将都市中人们的生存状态和生存困境作为他们呈现的对象。他们对都市文化的探讨角度各不相同，文风也各有千秋，文笔更是风格迥异，但是却围绕着相同的主题。马丁·艾米斯文笔凌厉，麦克尤恩文风深邃，而巴恩斯则深刻老成。三位作家不约而同地在作品中呈现出当代都市文化生态，反映当代都市文化困境，直指当代都市文化的问题。对都市文化的认知无疑是把握当代西方文化风貌的重要途径，也是了解当代西方伦理思想、价值取向的重要途径。

> 与从前相比，现在每年会有更多的人住在大都市里，尽管并不是被所有人

---

① Peter Childs, *Contemporary Novelists: British Fiction Since* 1970, London: Palgrave Macmillan, 2005, p. 21.

② Erner Z. Hirsch, *Urban Life and Form*, New York: Holt, Rinehart and Winston, INC, 1963, p. 5.

> 都很好地理解，但事实是，都市的再发展已经成为一种时尚源泉。似乎每个人都在参与重建我们的城市，在这个努力上表现出来的一致是惊人的。建筑师和设计者一直在为未来城市中令人惊诧的一幢幢高楼大厦而努力设计蓝图。
>
> 但是这和喜欢城市并不是同一个概念。大多正在进行的城市重建计划和建设远景其实都是由那些并不热爱城市的人设计的。他们不仅不喜爱城市的噪音、肮脏和拥挤，他们还不喜欢城市的多样性和集中性，也不喜欢都在为城市的紧张感和喧闹忙碌。我们切实见到了城市的重建图景，但是在精神上，在价值观上，却未见有所建树。而其实，城市自文明开始以来就是价值观生发的核心要害之地。[①]

都市迅速发展的事实与这种迅猛的物质发展所带来的价值观、伦理观的变化，是揭示当今都市文化真实生态的重要路径。这一则说明当代都市文化发展中的各种问题的确越来越尖锐，成为当代作家所不得不关注、不得不探讨的重要问题，同时也说明这三位作家的作品是解读当代都市文化生态的重要载体。

第三，这三位作家的作品反映了当代都市文化生态的不同侧面，共同构成了对当代都市文化的全面解读。“现代都市的居民中，文化的多样性和混杂性使人们能够在新的社会和经济制度之中创造出另外的生活方式，并通过使用沟通的技术和合作的商业机构来接受已经遍布全球的紧张的城市文化。”[②]三位作家对于当代都市文化的复杂性、紧张性及异化性通过生动的文学作品予以阐释和呈现。马丁·艾米斯直击当代都市文化中最阴暗、最变态的欲望；麦克尤恩则对当代都市文化对内在人性的影响和侵蚀进行了沉静而深刻的思考；巴恩斯则以历史为载体，对当代都市文化存在的异化感、无助感和绝望感进行了细致刻画。因此，对这三位主要研究对象的选择是建立在广泛而深入地对当代英国小说家的作品进行阅读、对其创作风格和批判指向进行前期了解的基础上的。这种选择一则把研究对象集中化、研究方向明确化，避免了研究铺排过大而导致研究主题和研究思路分散的现象。

---

① Jr. William H. Whyte, *The Exploding Metropolis*, New York: Doubleday Anchor Books, 1958, p. 7.

② Gunther Barth, *City People: The Rise of Modern City Culture in Nineteenth-Century America*, New York: Oxford University Press, 1980, p. 4.

当代英国小说家层出不穷，而且战后出生的小说家有很多都有着明显的都市背景，作品也大多以都市为主题。如若本研究将所有当代英国小说家中有都市背景和背景主题的作家全部涵盖在内的话，本研究将不可避免地成为各个作家作品的罗列，而大量的文本分析则会导致主题松散，使问题研究简化为文本研究。事实上，在本研究中，文学文本的分析都是为揭示当代都市文化的多重困境，因此，再多的文本选择也全部服务于这个主题。那么在文本的选择上就要有重点，有取舍。是否已经被评论界认可、是否具有代表性、作品风格是否契合便成为本研究所考虑的关键所在。以这三位在英国文学界地位已定、接受度较高，同时又有着相同的时代背景的作家为研究对象，既能较好地服务于研究主题，又能避免材料松散罗列，形成较为紧凑、较为严谨的研究结构。

最后，“三人成虎”，以三位作家的作品为研究对象，能避免选择单一的作家研究无法形成对文化现象和文化逻辑的阐释与说明的薄弱现象。可以说，这三位作家其中任何一位的作品都可以被视做研究当代英国都市文化的优秀蓝本，但是只对其中的某位作家进行细致解读，将无法支撑当代都市文化的宏大主题，使研究陷入传统的文本细读与文本阐释的窠臼，结果只是单个作家的作品解读与思想梳理，脱离了本书通过文学作品探讨文化本原的基本思路和目的。

为了更好地说明以这三位作家作为研究对象的根据与缘由，下面将对三位作家的创作与研究进行更加细致的梳理。

第三节　马丁·艾米斯的创作与研究现状

马丁·艾米斯是近年来英国文坛一颗耀眼的明星，被评论家认为是新一代小说家中的佼佼者，与伊恩·麦克尤恩、朱利安·巴恩斯并称为英国“文坛三巨头”。1949 年，马丁·艾米斯出生于牛津，是著名运动派诗人、小说家金斯利·艾米斯之子(其代表作品为《幸运的吉姆》，*Lucky Jim*)，曾经先后在英国、西班牙和美国的 13 所学校读书，本科毕业于牛津大学。1974 年，他曾任《泰晤士报文学评论副刊》(*The Times Literary Supplement*)的小说与诗歌编辑，并于 1970—1979 年任《新政治家》(*New Statesman*)的文学编辑，同时还是《观察家》(*The Observer*)的特约撰稿人。

马丁·艾米斯受其父亲的影响，较早开始了创作之路。1974年，即25岁的时候，他便创作了处女作《蕾切尔档案》，该作品受到广泛认可和欢迎，并获得了当年的毛姆文学奖。马丁·艾米斯也被视为“文学天才”而获得赞誉。此后的一系列作品将他推上文坛巅峰，被《格兰塔》杂志评为“最受欢迎的年轻作家”。他于1981年创作的作品《金钱》曾入选《时代》杂志“一百部最佳英语小说”。同时，他创作的作品也多次入围布克奖，但始终无缘该奖项。究其根源，其创作中犀利大胆的文风是遭到评论界批评的重要因素。不过，他的作品也因为触觉之敏锐、风格之凌厉而受到读者们的广泛欢迎和喜爱。在《马丁·艾米斯的小说》(*The Fiction of Martin Amis*)一书中，作者尼古拉斯·特雷德尔(Nicolas Tredell)将马丁·艾米斯比作英国文坛大家狄更斯，认为他的经历与当年的狄更斯如出一辙，例如：他们都同样遭到同时代人的质疑和责难，也同样曾受到媒体的包围和检视，甚至连同私生活都是惊人的相似，特别是都曾一度婚姻破裂。[①] 而艾米斯在写作方面的才能，特别是出色的文笔、驾驭故事的能力和审视时代的尖锐态度，都使他毫不逊于狄更斯这样的大文豪。论及二者不同的话，只能说他们生活的时代不同，也就是说现代或者说后现代的网络媒体使得对艾米斯的评价显得更为复杂，而狄更斯的时代则显得相对简单得多。当今的媒体触角遍及四面八方，其巨大的创造力和超速的传播能力能够很快将文学名人们推上一个新的高度。艾米斯的出身本就极其吸引媒体目光，他与父亲相同的职业生涯更是成为现代西方媒体的口边肥肉，而他面对媒体的狂轰滥炸却表现出相当享受的姿态，甚至能够得心应手地运用媒体的力量进行自我形象的塑造与传播。于是艾米斯频繁出现在媒体面前接受采访，登上电视节目，还拥有了专门的个人网站。他多次登上报约头条，他的生活细节、他的婚姻状况、甚至连他的牙医费用都被媒体炒作不休。不过，自从他的第八部作品《隐情》(1995年)面世以来，艾米斯对媒体的曝光与炒作行为开始表示出反感。原因是他私生活的许多细节都被曝光在媒体聚焦之下，而他的私生活本身又的确多姿多彩，俨然是一出出引人入胜的肥皂剧。他与第一任妻子的婚姻以离异结束，三年后与情人结

---

① Nicolas Tredell, *The Fiction of Martin Amis*, Hampshire: Palgrave Macmillan, 2000, p. 7.

为连理;他非常喜欢的一位表妹则成为一位连环杀手的牺牲品;1995 年,艾米斯又突然得知自己还有一名已经成年的私生女。除此之外,最受媒体关注的当属他与另一位当红作家朱利安·巴恩斯的关系。朱利安·巴恩斯的妻子原本是艾米斯的经纪人,但却因其小说《隐情》索取巨额预付款一事而导致二人结束合作关系,同时也与巴恩斯兵戎相见。这一系列闹剧式的私生活展示,还有其作品中所展现的暴力、色情,以及其广受批评的对女性形象的丑化,加上进入新千年以来,其小说作品质量褒贬不一,非小说类作品中频频对世界热点问题爆出个人看法而遭人侧目,这些因素结合到一起,导致马丁·艾米斯的形象被作家本人加上媒体的推波助澜扭曲了起来。要想拨开迷雾,看清马丁·艾米斯作为当代英语作家的主流代表身份,进而更好地理解其作品和文风进化史,必须先对其经历与创作进行一番梳理。

从上文可以看出,马丁·艾米斯的成长经历和生活都颇具戏剧性,而且马丁·艾米斯的个性较强,不拘一格,因此其作品创作也体现出极具独创性的特点。马丁·艾米斯年仅 5 岁时,其父金斯利就凭借一部《幸运的吉姆》迅速成为大西洋两岸的炙手可热的名作家,艾米斯跟随父亲频繁往来英美各大学,期间艾米斯也随父亲结识了不少文学名士。在这样的家庭环境中,马丁·艾米斯自小就想象力丰富,而其少年时代的想象力,更多的是用在如何挣脱父亲名作家的影响,成就自己的文学事业上。十二岁时,父母离异,在身为小说家的继母伊丽莎白·简·霍华德的引导下,艾米斯真正对文学产生了强烈的爱好。他于 1968 年至 1971 年就读于牛津大学。同他的父亲一样,马丁最终以优异的成绩毕业。毕业后仅三个月,就被著名的《观察家》周报聘去撰写书评。1973 年艾米斯加入《时代》文学副刊,翌年成为小说和诗歌类主编。在给《新政治家》做文学主编的同时,艾米斯开始尝试写作,与当年同样默默无闻的朱利安·巴恩斯、伊恩·麦克尤恩以及当今桂冠诗人安德鲁·莫申一样为杂志供稿。这期间,艾米斯的处女作《蕾切尔档案》大获成功,开始进入评论界视野。在连续出版几本书后,于 1979 年辞去工作,全职写作。

当年马丁·艾米斯毕业于牛津大学时,其导师曾经断言,他要么在一年内就出版一部小说,要么就会回到牛津继续攻读学位或是担任大学教师。结果就是于 1973 年 11 月,马丁·艾米斯出版了《蕾切尔档案》,并赢得了次年的毛姆奖,这部成功的处女作开启了马丁·艾米斯的小说家生涯。在成为全职作家之后,马丁·

艾米斯继续为一些著名的文学报纸杂志如《卫报》《时代》《纽约客》等撰写文章和书评，同时也开始成为媒体上的常客。他的迅速蹿红也使他成为大众媒体攻击的目标，甚至有人评论他的成功只不过是裙带关系使然，然而同时却也有一些小作家开始模仿他的风格进行写作。在20世纪80、90年代，艾米斯笔耕不辍，先后出版了四部小说，多部非小说及短篇小说合集等，在题材上也开始关注核灾难等在其后面的作品中频繁涉及的主题。

继80年代的《金钱》之后，一直到90年代，艾米斯进入了创作高峰期，期间他创作了伦敦三部曲之一的《伦敦场地》。也正是在这部作品中，艾米斯对女性角色的歧视开始引起了评论界的反感，导致这部优秀作品没有进入1989年的布克奖短名单。创作于1991年的《时间之箭》可以说是艾米斯文风的转折之作。这部作品以其独特的倒叙手法(甚至对话都是倒序的)，进入了当年的布克奖短名单。90年代末期，艾米斯的写作步伐有些放缓，1997年出版的短篇小说《夜行列车》首次设置了女性主角，同时也延续了作者以往的黑暗、萧瑟的文风以及对美国的个人看法。

进入21世纪，艾米斯的非小说类作品大有压倒长篇小说之势，他先后发表了《经历》等三部作品，涉及回忆录、政治、新闻报道等。2003年，长篇小说《黄狗》问世。小说收获的评论褒贬不一，厌恶者批评其情节恶劣"(《黄狗》)的糟糕之处是你不知道应该往哪儿看……就好像最喜欢的叔叔在操场上手淫被抓住了一般。"[①]支持者则认为这是作家风格的回归。虽说作者本人对两极的评论不屑一顾，将其列为"自己最棒的三部作品之一"，可是这部作品还是与当年的布克奖再次失之交臂。

在《黄狗》收获如潮的负面评论后，艾米斯选择出走乌拉圭，专心创作下一部作品，这就是于2006年面世的《会面室》。该作品篇幅不长，继续致力于控诉斯大林主义罪行。评论界的语气有所缓和。2009年长篇小说《怀孕的寡妇》的出版，终于收获了评论界的一致好评，认为这标志着其"讽刺喜剧"风格的回归。

艾米斯先后创作了20多部文学作品，大多饱受争议，不过无论褒贬喜恶，他在文学思想界的举足轻重的地位是毋庸置疑的。他独特的后现代叙事"把戏"，作品

① Laura Miller, "Terror and Loathing", http://www.martinamisweb.com/reviews.shtml.

涉及的主题以及他的政治观点和个人生活长期以来处于人们讨论的中心。国外艾米斯研究已经有二十多部研究专著问世，以凯文·库尔克斯(Gavin Keulks)为代表，其专著 *Martin Amis: Postmodernism and Beyond* (London: Palgrave Macmillan, 2006)及其 *Father and Son: Kingsley Amis, Martin Amis, and the British Novel Since* 1950(Madison: the University of Wisconsin Press, 2003) 结合文学理论和文学思潮对艾米斯的创作进行了阐释。他所主持的网站 http://www.martinamisweb.com 也提供了艾米斯所有作品、评论以及艾米斯近况的信息。詹姆斯·迪德里克(James Diedrick)的 *Understanding Martin Amis* (Columbia: the University of South Carolina, 2004)比较全面地分析了艾米斯创作中父子主题的文学渊源、叙事策略及后现代主义的关系，同时对他的主要作品——从最初的《蕾切尔档案》到 2003 年的《黄狗》——逐一进行了主题分析。此外，布赖恩·芬尼(Brian Finney)所著的 *Martin Amis* 也为艾米斯研究提供了不可多得的素材。另有相关论文数十篇，学位论文数十篇对马丁·艾米斯进行了多侧面、多主题的系统研究。

近年来艾米斯的创作在中国文学研究界也引起了不少关注，但国内学者的深入研究刚刚起步。目前已发表相关学术论文数十篇(参看本书末尾的“参考文献”)。随着越来越多的译本问世，对他的研究也更加深入和全面地展开。国内对艾米斯小说的研究可以分为两类：一类是主题分析，如刘春芳的《〈伦敦场地〉：现代人的废都——解读马丁·艾米斯笔下的后现代情感》(2008)、《〈夜行列车〉中的身体暴力现象研究》(2011)以及阮伟的《天才的洗钱家马丁·艾米斯》(2002)；另一类是就艾米斯小说的后现代特征进行分析，比如其中的角色倒置、时间逆转等独特的“后现代招式”，如王卫新的论文《与时间游戏，和死亡对话——评马丁·艾米斯的〈伦敦场地〉》(2006)对艾米斯的小说《伦敦场地》的后现代风格进行了探析，而白爱宏在其论文《后现代寓言：马丁·艾米斯的〈时间之箭〉》(2004)以及张和龙的《道德批评视角下的马丁·艾米斯》(2008)等也对艾米斯小说中的后现代特点、书写方式及道德批判指向进行了梳理研究。不过，这些研究主要集中在艾米斯的几部作品上：如《伦敦场地》《夜行列车》《时间之箭》，对艾米斯 2000 年之后的重要作品却鲜有涉及。主要原因是这三部作品国内译本的问世较早。由此可见，对当代英国小说的译介是当代英国小说研究的基础。

虽然其作品的真正价值还有待时间来沉淀，但艾米斯的创作技艺渐臻成熟，对大主题的关注也日益密切，已经形成了自己独特的叙事话语和叙事技巧。他的作品频频被提名布克奖也说明他在英国当代文坛的地位是不可撼动的。盛名之下的艾米斯并未停止其实验与革新的步伐，他的小说不但让人看得懂，而且引人入胜。《伦敦场地》中作者不断变换场景和叙述角度，深入挖掘作者和他笔下人物之间的关系，将梦幻、现实、荒诞融为一体，创造出一个可笑可悲、离奇怪诞的天地。在《时光之箭》中，艾米斯采用了一种天真无邪的叙述口吻和倒叙的手法描述了一个纳粹战犯的生活经历。随着小说故事的进展，"时光之箭"飞速回射，"现在像一盘倒转的录像带一样回到了过去"。《夜行列车》中，艾米斯放弃惯用的严肃文学样式、男性视角和英国背景，选择侦探小说这一介于严肃文学传统与大众媒体的形式，融合科学与伦理探讨，借用女性视角，以某个暧昧不清的美国城市为背景，叙述了一个悬疑故事。艾米斯的每一部作品都在形式上实验创新，给读者以非同寻常的阅读感受，也给文学评论家以极大的惊喜。

从某种程度上说，艾米斯的小说给当代濒临死亡的英国文坛注入了新鲜的血液，起到了"救亡图存"的作用。艾米斯追求表现 20 世纪末英国社会的阴暗面，他对性、暴力和共犯关系的描写在社会上引起了强烈的反响。现代都市生活中所有病态的、可悲的和肮脏的东西在他的艺术风格中都得到了充分的展示，人性在物欲与金钱的影响下扭曲变态到极为可怕的程度。可以说，作者对当代社会道德堕落的无比坦诚令人感到钦佩；同时，他冷峻甚至荒诞的叙述也引发了人们对当代物质社会的道德思考与价值取向的重新判定。

第四节　伊恩·麦克尤恩的创作与研究现状

伊恩·麦克尤恩(Ian McEwan，1948—　)出身寒微，童年因父母亲的"婚外情关系"而辗转海外，11 岁时才被送回英国。回国后的他因语法很差，处处受挫，甚至还在伦敦做过一年的垃圾搬运工。1967 年，麦克尤恩终于进入苏塞克斯大学(The University of Sussex)，主修英语和法语。1970 年麦克尤恩获得英语文学学士学位，之后有幸得知东英吉利大学进行课程改革的消息。当时开设了"创造性写作课程"，由著名批评家马尔科姆·布雷德伯里(Malcolm Bradbury)担任主讲教师，学生们并不需要撰写毕业论文，而是要提交相当数量的文学创作作品。麦克尤恩于1971年在那里获文学创作硕士学位。之后他便开始了漫长的文学创作生涯，并于1975年出版短篇小说集《最初的爱情，最后的仪式》(*First Love*, *Last Rites*)。及至今日，他已经出版了十余部小说。除此之外，他还有一些短篇小说、影视剧本和批评文章问世。他的小说多次被提名"布克奖"，并最终于1998年凭借长篇小说《阿姆斯特丹》(*Amsterdam*)荣膺布克奖。麦克尤恩于2001年创作的小说《赎罪》(*Atonement*)更是风靡世界，2008年以《赎罪》为蓝本拍摄的同名电影也广受喜爱，获得多项大奖。

麦克尤恩如今不仅在英国被誉为"我们的民族小说家"，也在国际范围被公认为健在的英语作家中的佼佼者。与同辈作家，如马丁·艾米斯令人眼花缭乱的形式试验相比，麦克尤恩更加注重对人性的探究和对社会塑形力量的呈现。他的笔触并不凌厉，也不尖锐，初看似乎具有极强的现实主义气息，但细读之下也会感受到后现代的小说特征。麦克尤恩以生动地描摹现代人在当代社会的生存状态见长，被誉为"我们这个时代最优秀的地图绘制者"①。国外对麦克尤恩的研究日益升温，研究成果从20世纪70年代之后逐年增加，而麦克尤恩在世界文坛的地位也随之不断提升。截至目前，有关麦克恩的英文研究专著已多达十几部，硕博士论文更是多达数十篇，研究论文和书评无以计数。

评论界对麦克尤恩的初期创作研究定位在"恐怖伊恩"(Ian "MacAbre")②上，因为这段时期，即20世纪70年代中期至80年代早中期，麦克尤恩的作品多涉及怪僻、乱伦、性变态和谋杀等令人震惊的阴暗题材，评论界将其称之为"惊悚文学"(literature of shock)，认为这些作品令人恶心，表现出道德堕落、伦理败坏的恐怖主题，并涉及性变态等令人惊恐的情节。普里奇特(V. S. Pritchett)为代表的批评家对麦克尤恩的创作持负面看法，他在《纽约书评》里指出，麦克尤恩作品的主题"通常道德败坏、令人恶心；他的想象力总是令人不快地迷恋于青少年性变态和性

---

① Sebastian Groes, *Ian McEwan*, London: Continuum, 2009, p. 1.

② Mellors, John, "Animality and Turtledom", *London Magazine*, 15.3, 1975.

奇想的秘密。"[1]这些作品包括《最初的爱情,最后的仪式》(*First Love, Last Rites*)、《床笫之见》(*In Between the Sheets*)、《水泥花园》(*The Cement Garden*)和《陌生人的安慰》(*The Comfort of Strangers*)等。

经过了惊悚恐怖的第一时期的写作后,从20世纪80年代中期至2000年以前,麦克尤恩的创作逐渐成熟起来,关注点也摆脱了狭小的个人空间,转而书写社会对人的影响和塑形作用。这个时期的作品主要包括《时间中的孩子》(*The Child in Time*)、《阿姆斯特丹》(*Amsterdam*)等,并凭借这些作品在布克奖评选中崭露头角,奠定了麦克尤恩在英国当代文坛中的重要地位。这个时期对麦克尤恩的研究专著也开始问世,早期成果以探讨对其作品中深刻的道德主题为主。例如,1994年评论家瑞恩(Kiernan Ryan)所著的《伊恩·麦克尤恩》(*Ian McEwan*)是英语界第一本系统介绍麦克尤恩其人其作的研究专著,该书对截止到1992年麦克尤恩出版的作品都进行了系统评述。瑞恩对麦克尤恩作品中不断呈现和探讨的道德问题的现象进行了比较深刻的论述。他认为麦克尤恩将道德寓言根植于叙述,使小说里反复呈现的一种力量"扰乱我们道德的确定性","令人不安的艺术"是阐释麦克尤恩作品的关键。[2] 除此之外,还有一些评论家从性别、精神分析等角度研究麦克尤恩的作品,同样有不少高水平的专著问世。伯恩斯(Christina Byrnes)就是从性别研究和精神分析的视角关注麦克尤恩创作的学者。她于1999年完成博士论文《从精神动力学角度解读伊恩·麦克尤恩作品》(*The Work of Ian McEwan: A Psychodynamic Approach*)。伯恩斯在其博士论文中以荣格、艾瑞克森等人的精神分析理论为基础,对麦克尤恩的小说《阿姆斯特丹》之前的作品进行阐释,从心理分析角度深层次地解读作品人物的意识、无意识进而挖掘其创作的社会、文化意义。

进入21世纪,麦克尤恩的创作步入了更加辉煌的阶段,随着其力作如《赎罪》(*Atonement*)、《星期六》(*Saturday*)、《在切瑟尔海滩上》(*On Chesil Beach*)等作品的相继问世,麦克尤恩在国际文坛的名声也日渐显赫,对其研究成果也进入更加繁荣的阶段。《赎罪》自问世以来就受到广泛关注和各方的热烈讨论。评论家们从互

---

[1] V. S. Pritchett, "Shredded Novels", *The New York Review of Books*, Vol. 26, 1980(1).

[2] Kiernan Ryan, *Ian McEwan*, Plymouth: Northcote House, 1994, p. 5.

文性、心理分析、叙事虚构的伦理性、文化创伤多种视角对《赎罪》进行解读。除此之外，由于麦克尤恩研究的不断升温，对其之前作品的研究也在持续，并不断有新的成果问世。由此，对麦克尤恩的研究形成体系，各种研究视角不断呈现，研究视野不断扩展。同时，不论是针对单篇小说的深度研究，还是其创作历程的整体梳理，都呈现出越来越深刻、越来越完善的趋势。

国内对麦克尤恩的研究也已经比较全面地展开，到目前为止，发表的对麦克尤恩的小说进行研究的论文有 100 多篇，硕士博士也有 70 多篇。而在这些研究中，对《赎罪》的研究文章居首，对其他作品的研究探讨虽然也有成果问世，但显得较为单薄。整体上看，国内的研究界已经注意到麦克尤恩小说的研究价值的巨大的研究空间，但无论是对其重要单篇小说的具体研究，还是对其创作脉络的纵向梳理，都显得力量不足。国外对麦克尤恩的研究的系统化及全面化，已经标志着这种研究从简单走向深刻，这既说明了当代英国小说本身的研究价值，也说明我国对当代英国小说的研究仍然有很长的路要走。

第五节　朱利安·巴恩斯的创作与研究现状

朱利安·巴恩斯是英国当代作家的重要代表之一。1946 年他出生于英格兰的列斯特市，出生仅 6 周他便随家人移居伦敦外郊。他的父母都是法语教师。1968 年，他从牛津大学毕业，所修的专业是现代语言。大学毕业后，巴恩斯先后从事过不同的工作，但基本都与语言文字相关。他曾做过《新政治家》(*New Stateman*)和《新评论》(*New Review*)的编辑及评论员，还曾经担任过《新政治家》和《观察家》(*Observer*)电视评论员。由此看出，巴恩斯与麦克尤恩不同，他没有受到家庭不幸的影响。同时，他与艾米斯从小受名作家父亲熏陶的成长背景也不相同。他的成长史看似平坦顺利，但同时也说明他是在没有受到其他外来影响的情况下，深深被当代西方都市文化浸润的一代青年的代表。

巴恩斯致力于在小说写作方面的多种探索，因此其作品的形式大多有极强的原创性与实验性，是其深思熟虑的结果，也是其创作态度与创作思想的绝妙载体。同时在创作内容上，他注重内容的丰富性与深刻性，希望用自己的文字唤醒他要唤醒的思想，触动他要触动的角落。正是因为巴恩斯在文学创作上的严肃态度与大胆创新，他获得了许多称号，如“艺术大师”“挑战正统文学的元小说家”“思想小说家”和“具有哲学头脑的小说家”等。从这些称号中可以看出，巴恩斯的创作非常丰富，态度严谨、思考深刻。但是要研究巴恩斯的小说并不是一件易事。正是由于其不断的创新与探索精神，导致他的作品风格多变，他也因此被称为“英国文坛的变色龙”。

巴恩斯第一部作品《伦敦郊区》(*Metroland*)发表于1980年，是一部带有自传性的小说，讲述了伦敦偏远郊区一位名叫克里斯托夫的青年学生从伦敦到巴黎的游历和遭遇，最后又回到伦敦的故事。小说的主题是青年人所怀有的理想主义情结，同时还涉及性忠诚的主题。不过，巴恩斯的母亲对这部小说持批评的态度，认为书中有太多污秽的部分。他的第二部长篇小说名为《她遇见我之前》(*Before She Met Me*,1983)，讲述的是一位历史学家沉迷在其第二任妻子的过往中，逐渐被妒意所控，进而为此复仇的故事。

巴恩斯的下一部小说《福楼拜的鹦鹉》(*Flaubert's Parrot*,1984)的出版即刻好评如潮，尤其在法国更是大受欢迎，这使他获得了更高的声誉。这部小说以鹦鹉为切入点，通过叙事、回忆、评论、对话、年表等多种形式，展现了福楼拜的生平、创作及他生活中的喜怒哀乐。在谈到福楼拜时，巴恩斯曾说，“他是我心中最看重的作家，我认为他讲过的关于写作的论断都是最真实的。”[①]这部作品既是一部视角全面、夹叙夹议、写法新颖的人物传记；又是一部情景交融、耐人寻味的小说。这部作品突破了此前他小说里的那种传统的线性结构，标志着巴恩斯创作艺术和手法的创新。1989年问世的《10 ½章世界史》(*A History of the World in 10 ½ Chapters*)与《福楼拜的鹦鹉》一样，也是一部以非线性结构谋篇布局的小说，它以完全不同的写作风格质疑被广泛接纳认可的人类历史与知识本身。而此前三年发表的《凝视太阳》(*Staring at the Sun*,1986)，则是一部描述英国战后的故事。故事展现了女主人公在处理感情纠葛、现实与道德伦理的关系中，逐渐成长的过程，这部作品其实也标志着巴恩斯在文学创作上的雄心。《尚待商榷》(*Talking it Over*)

---

① Patrick McGrath, "Julian Barnes", *Bomb Magazine*, October (Fall), 1987.

及其姊妹篇《爱及其它》(*Love, Etc.*)先后于1991年和2000年问世。前者演绎一个当代三角恋爱的故事,小说分别从三个人物的视角轮番向读者叙述自己的观感和遭遇。后者是《尚待商榷》的续篇,即十年后对这些人物的重访。

巴恩斯于2005年出版了《阿瑟与乔治》(*Arthur and George*)。在这部小说中,巴恩斯又一次把历史上的文学名人作为书写对象。小说题目本身就是两个人的名字,第一个阿瑟指的是《福尔摩斯探案集》的作者阿瑟·柯南·道尔。小说讲述的是对一宗真实的犯罪事件的虚构的调查记录,调查过程自然是由大侦探柯南·道尔来进行的。在讲述故事的同时,小说还记叙了柯南·道尔生活中的一些小故事,由此来指涉19世纪英国社会虚伪本质以及英国式风度的装腔作势。巴恩斯一直是个比较狂热的亲法者,他写下这些讽刺英伦的文字也就不足为奇了。

巴恩斯的最新作品是《终结感》(*The Sense of an Ending*),于2011年出版。目前已由译林出版社出版了中译本。这本书讲述了一位中年离婚、生活平庸、事业平淡的男子,非常意外地收到一份"遗产",而这份遗产使他回忆了自己的过去,并努力通过记忆的碎片拼凑起成长的真相,但是却在各种记忆碎片的拼凑中完全丧失了寻求真相的努力。人的记忆无法提供真相、生命的真相被扭曲和掩盖的事实使人面对社会、面对人生产生了无可逃避的终结之感。这部小说语言平实,故事更是平淡琐碎,正是这样的叙述才在最大程度上还原了生活真相,以及我们原本无从把握任何真相的绝望事实。评委盖比·伍德(Gaby Wood)认为:"(小说)把琐碎的日常生活的困扰书写得如此感人,令人唏嘘的平凡悲剧展现了作家敏锐的洞察力。人们只能依靠碎片的记忆去盲目地面对生活——这才是真正大师级小说的标志。"[①]这部小说为巴恩斯赢得了布克奖,同时也被评论家认为是一部"写得很美"[②]的作品。该小说也曾连续几个星期登上《纽约时报》的畅销书榜单。

可以说,巴恩斯不仅在他的故乡英国文坛已经奠定了地位,而且凭借其出色的、独具特色的作品成为越来越受到广泛重视的作家。他曾四度入围布克奖短名

---

① Anita Singh, "Julian Barnes wins the 2011 Man Booker Prize", *The Daily Telegraph*, 18 October, 2011(10).

② Tim Masters, "Man Booker Prize won by Julian Barnes at fourth attempt", BBC News, 18 October, 2011.

单,还获得毛姆奖、杰弗里·费伯纪念奖、古腾堡奖、莎士比亚奖。《福楼拜的鹦鹉》获法兰西梅迪契奖,《尚待商榷》获法国妇女奖,还获得法国艺术文化勋章。2011年获大卫·柯恩英国文学终身成就奖。2011 年 10 月 18 日,朱利安·巴恩斯以小说《终结感》获得英国布克文学奖。

目前,国内译介的巴恩斯的作品逐年增多,已经相继有四、五部小说的译本问世。其中包括《福楼拜的鹦鹉》《10 $^1/_2$ 章世界史》《亚瑟与乔治》《终结感》等。国内对巴恩斯的研究也已经逐步展开,但是仅限于起步阶段。目前尚没有关于巴恩斯的研究专著问世,而关于巴恩斯及其作品的研究论文大多集中在《福楼拜的鹦鹉》上。有少数作品涉及了《10 $^1/_2$ 章世界史》的主题与技巧,随着《终结感》译本的问世,也有几篇文章对这部小说进行了分析。国内主要研究巴恩斯的学者主要有阮伟、罗媛、王一平、张和龙、毛卫强等。《小说的范式与道德批判:评朱利安·巴恩斯的〈结局的意义〉》(2012)[①]、《直面死亡,消解虚无——解读〈没有什么好怕的〉中的死亡观》(2010)和《鹦鹉、梅杜萨之筏与画像师的画——朱利安·巴恩斯的后现代小说艺术》(2009)等寥寥数篇。通过对国内研究界的简单分析可以看出,我国对于巴恩斯的研究尚处起步阶段,未形成系统而深刻的整体研究,基本还停留在单一的文本研究的发展阶段。这一则是由于巴恩斯是如今依然活跃在文坛的作家,对其在文学史上的地位尚无定论。二是因为译介的原因,他的作品目前还不能广为中国读者关注和接受。

国外研究界对巴恩斯的研究则要深入和广泛得多。不仅有研究其单一作品的论文发表,一些研究成果对其创作思想、创作技巧都进行了较为深入的探讨和研究。到目前为止,关于巴恩斯的专著就有近十本之多。如 1997 年出版的 *Julian Barnes*,和 2001 出版的 *Narrative in the Fiction of Julian Barnes* 等。除却这些有相当学术含量的专著之外,国外研究巴恩斯的论文也不断问世,涉及了许多巴恩斯的重要作品。同时,在国外研究巴恩斯的成果中可以看到,他们的研究比较全面,也较深刻。从文学作品到生活背景、从创作指向到批判内涵都有涉及,从巴恩斯开始创作至今的所有作品也都有所涵盖。

---

① 《结局的意义》即《终结感》,英文原书名为 *The Sense of an Ending*。该小说在国内的研究界尚无统一的译法现象,也恰恰从另一个侧面说明该领域研究尚处于起始阶段。

通过对上述三位英国当代小说研究现状的分析可以看出，第一，三位作家的研究深度和广度都有待提高；第二，三位小说家的作品与当代都市文化密切相关，是研究与解读当代西方都市文化的典型材料；第三，三位小说家的侧重点与关注点各有千秋，为研究当代西方都市文化提供了较为全面的视角。为了更有条理、更有逻辑地解读这三位小说的作品，更有深度地展现三位小说家文本中体现出的当代都市文化本质，本研究在阐释文本之前，首先需要厘清所要进行阐释的视角与理论，从而使研究更紧密地围绕都市文化的主线进行，既使研究更系统，也使文本的解读的意义与旨归更明确，从而形成更有说服力的结论。

如上所述，本研究旨在从工具理性的角度对当代英国小说中的典型文本进行研究，从而阐释当代西方都市文化困境的根源，并据此提出解决方案。因此，对工具理性的概念、源起及内涵的阐释就成为本研究的重点与起点。

第二章

工具理性的概念与内涵

第一节　工具理性的概念探源

按照哲学的定义，理性是指人类探索真理的能力。赫伯特·马尔库塞认为，“理性是哲学思维的基本范畴，是哲学与人类命运联系的唯一方式……理性代表着人和生存的最高潜能；理性和这些潜能是一而二、二而一的东西”①。简言之，理性就是人认识外在事物的一种思维方式，是人所具有的探索真理的能力。而这种条分缕析的思维方式一直以来是西方的核心思维模式。从古希腊开始，西方先哲们便将理性视作获得真理的唯一途径。赫拉克利特则因此提出了“逻各斯”(Logos)来专门指涉世间万物变化的一种微妙尺度和准则，即宇宙事物的理性和规则。这一概念被西方哲学思想界传承至今，并逐渐将代表着理性本质的“逻各斯中心主义”视作西方文化的根源与核心。也就是说，理性是西方文化的内核。无论是提出“我思故我在”的法国哲学家笛卡尔，还是通过实践理性和理论理性来解析人类认识能力的德国哲学家康德，以及对思辨理性进行逻辑建构的黑格尔，都在传承着西方的理性主义之核。

及至现代，针对西方社会迅速发展、物质世界极大丰富，而人的精神却面临困

---

① 黑格尔：《哲学史讲演录》，贺麟，王太庆译，北京：商务印书馆，1983 年，第 175 页。

境的现状，一些对社会问题极具敏锐性的批判性的哲学家、思想家在传承西方理性主义传统的同时，对理性的不断发展和理性在当代社会表现出来的不同内在逻辑提出了新的观点和新的论证。“工具理性”就是在这个背景下提出的。首次提出这个概念的是法兰克福学派。在他们的批判理论中，“工具理性”成为最为重要、最为核心的概念。具体地说，提出“工具理性”这一概念的是德国社会学家、哲学家马克斯·韦伯。马克斯·韦伯将数学形式等自然科学范畴所具有的量化与预测等理性计算的手段，用于检测生产力高度发展的西方资本主义社会人们自身的行为及后果是否合理的过程，叫做“工具理性”[①]。他针对当代西方社会的思维逻辑源流提出了“合理性”(rationality)概念。根据合理性的不同运作方式，他又将其分为价值(合)理性和工具(合)理性。

> 价值理性相信的是一定行为的无条件的价值，强调的是动机的纯正和选择正确的手段去实现自己意欲达到的目的，而不管其结果如何。而工具理性是指行动只由追求功利的动机所驱使，行动借助理性达到自己需要的预期目的，行动者纯粹从效果最大化的角度考虑，而漠视人的情感和精神价值。[②]

韦伯在《新教伦理与资本主义精神》(*The Protestant Ethic and the Spirit of Capitalism*)中指出，工具理性强调世俗的成功，这种理念的进步性促进了西方物质世界的迅速发展和科技进步。然而，工具理性通过制度化、规范化、技术化的手段促进了目标的达成，培养了人类的科学理性思想，却把人以及与人相关的不可理性化、规范化、制度化的属人的领域排除在外，或者说从根本上践踏了。

因此，工具理性从根本上讲就是指通过理性手段解析和分析一切，从而使世界对象化，使行为目的化，强调为了达成目的而运用各种手段的思维方式。纵观西方思想史和哲学史，许多学者谈及这一问题都运用了一些不同于“工具理性”的概念，但本质上都指的是工具理性，如马尔库塞的技术理性、伽达默尔的方法理性、霍克海默的主观理性等，因为这些概念的本质都是指通过将外界事物对象化、物化之后，为了满足一定的目的性，便可以利用一切“条件”或者“手段”，以达到实现自己

① 马克斯·韦伯:《经济与社会(上卷)》，林荣远译，北京:商务印书馆，1997年，第65页。

② 艾志强，《科学技术观的现代进路》，北京:北京师范大学出版社，2011年，第123页。

的目的的思维模式。这种思维模式的最终指向是达成自己的目的，为了这种目的，人们可以考虑并运用各种可能的手段，以最有效的途径实现目的要求。这也是“工具理性”常被认为是“功效理性”或者“效率理性”的原因。这种理性以支配自然为前提，以工具崇拜为价值核心，以技术主义为生存目标，以精确的计算和最有效的功利主义思想为手段，以追求事物的最大功效为目的。

第二节　工具理性的内在逻辑

工具理性是理性的一种形式，它以追求物质和利益为目标。其本质是通过实践的途径，达成工具的有用和有效性，从而追求事物的最大功效，为实现人的某种功利目标服务。

一方面，工具理性的存在有其自身的合理性。不可否认，“工具理性”的发生与发展有其深刻的哲学背景和思想基础，“工具理性”的存在也自然有其合理性。促进“工具理性”迅速崛起的、推动“工具理性”兴起的源流是文艺复兴以来在近代欧洲发展起来的启蒙主义思想。也就是说，工具理性是启蒙精神、科学技术和理性自身演变和发展的结果。从辩证法的角度看，启蒙主义是历史发展的必然与必要。启蒙主义思想的核心是强调人的主观性，其目标指向是使主体挣脱自然之网独立发展，最终达到主体征服客体，即人对自然的征服。这种使主体客体分离，并使主客对立的思想本质上是对西方哲学思想中的“二元对立”理论的继承与发展。对主体独立性的强调、对主体征服客体理念的坚持奠定了人类科技发展与科技创新的思想基础，成就了近代欧洲在经济技术领域的文明与繁荣。然而，在这种物质世界大大发展繁荣的同时，它也大大发展了人类控制支配自然的权利，发展了工具理性。工具理性对人类的控制与指导不仅在经济上保证和促进了西方现代工业的飞速发展，在政治上也激发了具有深远意义的资产阶级大革命，甚至在文化思想的领域，也取得了显著的成功。

因此，工具理性是人类理性的重要内容，它在很大程度上指引并主宰了西方世界的思维模式。它以手段和途径为宗旨，以实现既定的目标为核心导向，以利益最大化为最高要义。工具理性强调“功能关系和数量。它的行动标准是效率和最佳标准。”[1]工具理性以极精确的逻辑手段，充分运用各种计算及分析方法，确定能用来实现目标的最有效、最实用的手段，从而力求以最精准的方式达成既定目标。因此，工具理性的思想基础便是一切都是可以把握的、可以分析的、可以推理的，同时追求分析与推理过程的精确化与严密化。这种内在逻辑决定了它的视野必然集中在有用的东西、有效的过程、合目的的方式等范畴，对于计划之外的、不合目的的、不能分析与推理的其他范畴予以摈弃。正是由于工具理性重实用、重逻辑、重目的、重效益的特点，一方面成就了西方在科学技术领域的巨大成功，使西方在征服自然、创造实用价值等方面取得了长足的胜利。同时也使得西方社会越来越坚信理性的力量，坚信以理性为支撑的科学和技术最终会解决人类社会的一切问题。这种信念进一步促进了科学技术的快速发展。

另一方面，由于工具理性主张以理性分析一切、以逻辑推理一切、以目的规划一切的信念在促进科技发展和物质发展的同时，忽略甚至摈弃了一切不能用理性分析的推理的范畴，如人的情感、人的心灵等属灵的范畴，使一切都变成了可解析、可计算、可利用的工具。

> 技术(technology)一词来源于希腊的词根“teche”，“teche”指的是男女工匠在建造东西方面(如船只、桌子和挂毯)的技艺。不过很有意思的是，它也指艺术和诗歌的技巧。也就是说，“teche”就是看到这些木材如何变成一张好桌子的过程，或者看到大块大理石被雕塑成大卫的过程，或者是听到那些词句是赫克犹巴女王(Queen Hecuba)在哀悼她的丈夫和儿子时，是如何如你想象的那样绝妙地表达出忧伤情感的。在我们的年代，技术也包括我们如何最好地运用资源在一定范围内消灭疾病，或者包括如何发展最好的教育。但是，“teche”绝不仅仅指技术这么简单：它指的是人类关于世界的全部的思考方式。在这个“技术的思考方式”中，一切事物都变成为潜在的有用资源，一切事物变成了工具。[2]

---

① 贝尔：《后工业社会的来临》，高铦，王宏图，魏章玲译，北京：商务印书馆，1986年，第212页。

② Robert Eaglestone, *Contemporary Fiction: A Very Short Introduction*, Oxford: Oxford University Press, 2013, p. 87.

当技术统一了人类关于世界的全部思考方式之后，技术中所包含的艺术和诗歌的内容被删除，从而将一切变为对象化的工具。而这种以技术为核心的思考方式，也就是工具理性，在本质上只追求物质，只关心利益的实现和目标的达成，只在意效率和目的的实现，除此之外则全部忽略。“尽管其公理是自我限定的，但它把自身看作是必然的和客观的，它把思想变成了物，变成了工具。”①这样，作为主体的人，以及与人相关的一切，如情感、心灵、灵魂等灵动的概念与范畴全部被排除在工具理性之外，从而导致了工具理性异化。所谓异化，即指“主体发展到了一定阶段，分裂出自己的对立面，人的物质生产与精神生产及其产品变成异己的力量，反过来统治人，阻碍主体发展的一种现象。”②

也就是说，工具理性本身有着自己无法克服的致命的缺陷——即其思维模式的对象性和客观性。它试图将规范和规则用于一切领域，用高效和精确衡量一切事物，然而人作为灵动的存在，社会作为多元的存在，绝不是可以完全被对象化，被作为客观事物去分析和衡量的。理性的冷静和客观不能运用到人类的精神世界。如果一切都用工具理性来规范和控制，那么人的灵性世界、精神世界便会遭到贬低，人在物质巨大发展的繁荣景象下会成为被异化的物，被对象化的客体，人的心灵和精神会被放逐到无家可归的地步。当今世界机器生产遍及一切领域绝对是工具理性的胜利，而机器的无所不在则昭示着人类精神的无处遁逃。

> 在机器工业中进行劳动合作的工人，是机器工业的典型附属物和助手，其责任就是与机器保持平和的关系，以便在某些点上能够熟练操作。这些点正是依靠机器无法完成的部分。人的工作是对机器的补充，而不是对机器的利用。相反，是机器在利用工人。因此，在机器体系中，最理想化的装置是自动化机器。③

人们不再关注世界“是什么”，人本身“是什么”，而只是关心世界如何按照机器

---

① Max Horkheimer & Theodor W. Adorno, *Dialectic of Englightenment: Philosophical Fragments*, Stanford: Stanford University Press, 2002, p. 19.

② 卢卡奇:《历史与阶级意识》，重庆:重庆出版社，1989 年，第 104 页。

③ Thorstein Vebken, *The Instinct of Workmanship: And the State of Industrial Art*, New York: The Macmillan Company, 1992, p. 306.

的轨道"运转"以及如何保障并促进这种运转。在这种思维中,人的本质性规定堕落到技术的物化规定性之中,人越来越沉浸于工具理性所创造的物化世界之中,却在这个过程中丢失了灵魂。

"丢失了灵魂"的西方社会越来越洋洋自得于自身科技的进步。的确,这些先进的科技发展使人越来越满足于不断的成功与征服感,这些技术层面的成功反过来使人对工具理性越来越崇拜。当代都市中,由于片面强调与追求工具理性,导致人忘记了生存的本质和人性的本质,一切以利益和目的为导向,使人在特定的社会环境发生了人格畸变,整个社会也开始了病态的发展。从历史上看,唯科学至上、唯技术至上、唯生产力至上的思想固然使社会在物质层面快速发展,但随之而来的是社会的混乱、道德的没落和人性的扭曲。正如马克思所说,"如果人的需要长期在物质享受层次上停留,就会产生恶性消费和恶性开发,从而破坏环境,也摧毁人自身。"[①]实质上如果科学技术的社会价值与人类的社会发展成反比,恰恰说明这种发展的立足点偏离了人文目标,由此生产力发展的社会效应及前景必然偏离社会人文价值的提升。从反思索法推断,它意味着一种偏离人文目标的价值思考对人自身工具理性的支配。其价值思考的基点是反理性、反人道。体现在病态的资本主义制度下,将人作为仅具有实用价值的物质工具使用,以实现人类永无止境的发财欲。马克思认为,在这种交换中人是作为物,作为私有制发生关系,而不是作为人在发生关系,人们进行交换不是为了满足彼此的人的需要,而是为了排斥对方对自己产品的占有。[②] 这样,人与人之间的关系被异化为物与物之间的关系,人与人之间的情感纽带被撕裂,只剩下利害与金钱关系。同时,人与自我的关系也被异化,人为了占有他人物品获得财富,把自己局限性地变成了物品或者是手段的工具。因此,人在获得无限的物质财富的同时,原初的宗教信仰丧失了动力与虔诚,伦理道德也在对象化、物质化、利益化的世界中成了待价而沽的商品,人的情感世界被解析和思辨占据了位置,被物质和利益鄙夷到无处藏身。

在当代都市中,伴随着物质的迅速丰富与发展,伴随着科技成果越来越尖端先进,人类越发黏滞于物的世界中。当代英国小说的诸多文本为我们生动展现了许

---

① 哈贝马斯:《交往行动理论》,洪佩郁,蔺青译,重庆:重庆出版社,1994 年,第 31 页。

② 王凤才:《批判与重建——法兰克福学派文明论》,北京:社会科学文献出版社,2004 年,第 438 页。

多被物质世界所黏滞的当代都市人的形象，他们的生活状况、喜怒哀乐都展现了被物质淹没灵魂之后的人类生存困境。对这些人物形象的分析、对他们所处困境的阐释、对他们价值体系扭曲及伦理观念变异的揭示，都可以为读者呈现一个情感荒芜、灵魂缺失的西方社会，它闪耀着物质的光芒，却承受着心灵的悲哀。

第三节　工具理性的批判要义

当今西方社会中，工具理性的主客分离的思想发展到极端，就会走向它的反面。工具理性发端的初衷是对自然的征服与支配，这种理念的进一步发展便导致了非常可怕的后果。正如阿多诺在其《启蒙辩证法》的开篇所谈到，“广义上讲，启蒙就是指思想的进步，其目标就是使人类从恐惧中解放出来，并成为主宰。但是，被彻底启蒙的世界却笼罩在胜利的灾难之中。”[①]简言之，当今西方在工具理性的支配下，物质世界取得的辉煌成绩自然不可忽视。然而，工具理性的可怕之处在于人将完全过滤出其目标至上的逻辑结构，人因此成为既定模式下的爬行者。马尔库塞在其力作《单向度的人》中对当代发达工业社会成功地压制了人们内心中的否定性、批判性、超越性，使当代人忘记了灵魂，完全顺从了工具理性的内在逻辑的异化现象进行了深刻批判。

> 《单向度的人》的核心论点就是，发达工业社会的技术使得人们得以通过消化在从前的社会秩序中所存在的意见不同的声音和力量，从而消灭冲突。技术通过创造巨大的物质丰裕而达到这一点。马克思和马尔库塞本人都认为，从物质需要中生发出来的自由，是其他一切自由的前提。而这种自由却变形为产生奴役的力量。当人们的需求得到满足后，他们争辩的理性就会被移除，于是人们便沦落为整个控制系统的工具。[②]

当人沦落为工具之后，超越于这个内在逻辑之上的正义也就失去了意义。当

① Max Horkheimer & Theodor W. Adorno, *Dialectic of Enlightenment: Philosophical Fragments*, Stanford: Stanford University Press, 2002, p. 1.

② Alasdair MacIntyre, *Herbert Marcuse*, New York: The Viking Press, 1970, p. 71.

物化已经深入生产过程和人的心理结构之中，那人就成了机器的附庸，或者说本质上已经异化为了机器。人在这个被机器充斥、完全机器化的世界中变得越来越孤立、越来越无助。正如霍克海默在其《工具理性批判》中所说，

> 人类在自己所保留的模糊的总体面前尤其孤立无助，令人触目惊心。人们所谈论的"存在的"焦虑与我们内在的空虚在本质上是一致的：过去曾被视为是逃离地狱的飞行和越过星球奔向天堂的旅行的生活，如今却渐渐地消失于现代社会的装置中，除了关注所生产的剩余物品之外，没有人知道这些装置是服务于人类的提升还是堕落。①

工具理性将属灵的领域忽略乃至践踏的特性使得人面对日益丰富的物质世界、面对被理性切割和支配的自然界与社会生活，越来越感到无所适从。这种焦虑逐渐演变为空虚，直至绝望。对人精神生活的绝望与放弃导致了人类情感和精神范畴的堕落与衰败。

首先就是人对自然无限度的征服与支配导致了人对自然的破坏与蹂躏，人与自然已经走到相互毁灭、相互报复的可怕程度。如前所述，工具理性的思想来源是启蒙主义。启蒙运用知识统治了万物，万物也由于启蒙的力量而成为与知识对立的客体。知识通过科技的手段了解万物，进而统治万物。人在这种主客分立的过程中，发展为与自然对立的力量。工具理性的本质决定它只关心手段的可行性、操作的有效性以及主体目标性，并以效用最大化为其追求目标。以此为基础，工具理性的发展使人类将自然对象化和客体化，人类则以主体的姿态、以征服者和占有者的心态去实践自己的目的，向大自然显示自己具有的理性能力及实践能力。基于工具理性的唯目的性，大自然也被人类目标化和手段化了，自然成为人类实现主体目标和实现最大效用的他者。由此，人类在大大提升了认识自然和征服自然的能力的同时，也把自然设立为自己的对立面，设定为物，对它进行以追求利益为目的的开发利用，甚至是攫取和掠夺。这种只以手段和目的为核心的理性范式使自然沦为人类的被征服对象，甚至是被人类拷问和肢解的对象，人类对作为客体的自然开始了无限制、无限期地利用、控制和掠夺。人类把自己的意志强加于自然，把自

---

① Max Horkhermer, *Critique of Instrumental Reason*, New York: The Seabury Press, 1974, p. 29.

然设定为用自己的理性所解析、所征服的对象，相信通过理性发展起来的科学技术能够把对象化和客体化的自然视为囊中之物，并在征服自然的基础上解决人类面临的一切问题。启蒙主义理性思想的不断发展最终使它走向自己的反面，将自然作为客体与作为主体的人对立，使人在征服自然的道路上越走越远，越来越洋洋自得，然而却也迫使人的心灵世界向理性主义精神贡献出最后一点天真。最后的结果是导致了人与自然之前平衡的被破坏，生态危机、环境恶化等日益严重。自然界在人类的不断破坏下，已经向人类发出了种种警告，甚至血淋淋的报复。理性的大力发展所成就的种种科学技术，所促成的种种现代化的生产力的发展与提高，本应造福人类，使人类走向幸福。然而，我们如今看到的现实却是，随着理性的不断发展，随着人的科技能力的不断发展，人竟然成了自己毁灭自己的元凶。两次世界大战的残酷现实、全球环境污染的沉痛现状、资源匮乏的绝望处境，无一不在历陈工具理性极端发展的弊端与后果。这一切悲剧造成的源头便是工具理性主客分离的思想基础，它注定了主体越发展，对客体的征服的控制便越严重，永远无法达成主客同一的理想。恰如法兰克福学派的宗师阿多诺曾经这样预言："并非所有的历史都是从奴隶制走向人道主义，"还有另一种"从弹弓时代走向百万吨炸弹时代的历史"。[①]

另一方面，更严重的是工具理性使人被物化、被异化。工具理性对人的内在自然的忽视与限制，使人的内在自然应工具理性的主客对立的要求而走向片面化，人只有某种生理功能可以与工具理性的要求相适应，因而人的其他功能都遭受了可怕的压制和蔑视，人也由此退化为单面的怪物。简言之，人只有征服自然的能力得到宣扬和放大，只有科技运用的能力得到赞美和发展，只有物质成功的欲望得到正视和膜拜。结果是人与人之间也呈现出主客分离的形态，人与人之间的关系沦落为对象化的关系，人的眼中不再有人与情感与思想，而只剩下物。人对他人，甚至对自己都失去兴趣与情感体验，所追求的唯一目标便是利益，并且是不惜通过一切手段去追求的最大化利益。于是人与人之间的道德维系纽带断裂，人与人之间的情感关怀遭到毁灭性破坏，人和人之间只剩下利益关系和交换关系。人由此变得

① Max Horkheimer & Theodor W. Adorno, *Dialectic of Enlightenment: Philosophical Fragments*, Stanford: Stanford University Press, 2002, p. 19.

失去了个性与情感关怀，变得冷漠与荒芜，人类也彻底堕落为工具理性的奴婢。正如霍克海默和阿多诺所指出的，“技术是知识的本质，它的目的不再是生产概念和意志，也不是理解后的愉悦，而是方法，即剥削他人的劳动的方法，资本的方法。”①由此，人被阉割为只求外在成功、只求物质享受的机械断片，而人的精神与情感领域则受到前所未有的凌辱与虐待。当今社会人在享受着物质奢华却承受着精神贫困的事实便是绝好的说明。

在工具理性的主宰下，当今西方社会发展成为一个物质的社会，片断的社会，残缺的社会，阉割的社会。“人类在改造社会的同时，创造出不完全合理的社会关系、社会制度、社会体制，它们破坏社会的和谐，威胁人类的生存和发展，甚至成为敌视人类的异己力量。”②工具理性融入社会，成为社会思维模式的主导后，社会的生产方式也是以追求利益最大化为主旨，人的情感需求、个性需求都遭到贬斥。消费也不是为了满足需求，而是为了满足欲求。人的生命和创造力被贬低，人与人之间的情感关系被异化为物的关系。人为占有他人的物品而生产，社会活动也全部围绕物质占有为核心。人最终把自己变成了物品的手段和工具。这样的社会正如阿多诺所言，它是个集中营的时代。③ 当与情感、与灵魂、与内在相关的一切被工具理性所切割之后，整个社会成为一个物化的、阉割的残缺断片。质言之，阉割比竞争更能代表社会现实。工具理性所强调的目的性和可计算性忽略了人的个性差异和情感世界，将人物化为达成目的的机械断片，或者说，人成了商品。当人失去了其所以为人的自然属性，而是在工具理性的范式中成为了目的——手段过程中的一个机械化断片或商品时，人便会出现客观性与主观性的分裂，这种分裂使得人们无法感受内心的处境，而是成为毫无情感价值、冷漠而残酷的机械人。这种状态印证了阿多诺的判断，“在众所周知的欧洲历史之后，还涌动着另一条潜在的历史。这条历史包含着被文明压制和扭曲了的人类的本能与激情。”④

---

① Max Horkheimer & Theodor W. Adorno, *Dialectic of Enlightenment: Philosophical Fragments*, Stanford: Stanford University Press, 2002, p. 2.

② 马尔库塞:《单向度的人》,张峰，吕世平译，重庆:重庆出版社,1994 年,第 438 页。

③ 马丁·杰:《法兰克福学派的宗师——阿道尔诺》,胡湘译,长沙:湖南人民出版社,1988 年,第 12 页。

④ Max Horkheimer & Theodor W. Adorno, *Dialectic of Enlightenment: Philosophical Fragments*, Stanford: Stanford University Press, 2002, p. 192.

这便是工具理性将人异化，或者物化的过程，即人成为商品的过程。人在追求单纯的目的与物质的同时，丧失了自己的灵魂。在他根本没有意识的过程中，心灵变得贫乏，甚至整个人都变得畸形。当人完全被物化、商品化之后，便再没有了任何情感体验，最后失去了心灵的感受能力。因此，工具理性的内在机制表面上简洁而科学，但正是这种简洁和科学压制了自然情感与人的自然属性。"文化工业用优雅的拒绝态度代替了陶醉和禁欲过程中的痛苦……对文明的优雅拒绝，在文化工业展现的任何地方，都必然会被当事人所采用和检验"[①]。人成了被检验的对象和物体。而实质上，人的内心与灵魂是无法用对象化的检验机制去物化的，真实性与正确性可以通过科学理性的方式进行检验，而真诚与正直这些属于人的品质与灵魂的东西却永远无法被纳入科学理性的机制中，否则便是对人性的亵渎。霍克海默认为，"'理性'在很长一段时间内意味着理解和追求永恒理念，这是人类的目的。今天恰好相反，理性不仅成为商业工具，而且理性的主要职能在于找到通过目标的工具以适应任何既定的时代。"[②]于是人的情感和思想也被异化为商品，语言艺术则沦落为对商品颂扬的工具。人类的理性达成了对情感的完胜，人的精神世界也便随之堕落，人类也在精神世界的缺失状态下走向自我毁灭。

在对源起于启蒙主义思想的工具理性的批判过程中，我们必须清楚地承认，当代西方社会的自由思想与独立精神的确与启蒙思想密不可分，问题是启蒙主义思想所包含的二元对立之核，即主客二分之核，最终只能成为启蒙主义理性思想自我倒退的元凶。当启蒙的理性主义思想在帮助人类成功地征服了自然、主宰了物质世界之后，剩下的主客对立便在人自身形成，即人的可梳理、可逻辑化的理性思辨与非理性的情感世界产生的对立。情感这种从一开始便无法以理性来规划的东西在强大的理性思想面前无可适从，只有沦落为被理性压迫和轻蔑的对象，商品化、实用化、利益化、对象化的主客二分的理性思想之核最终杀死的是人赖以成为人，而非可交换、可买卖的商品的情感。

当人的情感被理性贬低后，当人的生存状态没有了情感在场后，人便只能成为

---

① Max Horkheimer & Theodor W. Adorno, *Dialectic of Enlightenment: Philosophical Fragments*, Stanford: Stanford University Press, 2002, p. 128.

② Max Hokheimer, *Critique of Instrumental Reason*, New York: The Seabury Press, 1974, p. VII.

毫无同情心、毫无幸福感的逐利工具。所以说，启蒙思想所带来的科技的进步和经济生产力的提高，虽然一方面为物质世界的极大丰盈与当代社会变得更加公正奠定了基础，但另一方面机器主宰的理性享有了绝对的支配权。马尔库塞在论及技术对人性的阉割时这样说道，“技术作为一种生产方式，作为工具、装置和器械的总体性，标志着机器时代。它同时也是组织和维持（或者改变）社会关系的一种方式，它体现了主体的思考和行为模式，是控制和支配的工具。”[①]面对这种机器强权，人变得一文不值，社会对自然的暴力、机器对人的暴力都达到了前所未有的程度。个体随即在强大的机器面前隐去，人的情感的存在价值彻底归零。相反，理性的人又似乎从机器面前得到极大的好处，机器的存在使人的物质生产和征服野心得以实现。但人在享有这种物质财富的同时，付出的却是作为人的自由自我的消失和人的本真地位的下降。这种现象在当代社会表现为人在精神层面的媚俗。例如，在当代文化生活中，广告把艺术拖入商品的沟渠，人便再不知道如何使艺术填充心灵，而是只为了标签上的价格而购买所谓的“艺术品”。电脑、电视等各种文化传媒的普及使人面对心灵的时间全部转换为追逐被格式化、商品化的时尚。各种电脑游戏的横行使人尤其是青年人丧失了滋养心灵的机会，使他们在增长机械才智的同时，思想上变得更加愚蠢。

在当今世界的各个地方，普遍对钢铁机器的节奏大加追捧，因而不管在发达国家，还是不发达国家，辉煌的大厦和精美的展览中心都几乎一模一样。钢筋水泥成为了发展与成功的标志，各种商业场所在这些高大的建筑群中像真菌一样蔓延开来。人造的光线与色彩把天空与自然排除在外。当代都市人兴奋地在这些建筑中游走生活。他们的住宅是井井有条的住宅群，他们的房屋是整齐划一的单元，他们的生命也因此被分割、被撕裂。在这种宏观的文化背景下，一切与自然、与天空、与人的本能与情感相连的东西都被切割，人的特殊性完全消失，世界呈现出难以想象的普遍性和一致性。一切事物都不再假惺惺地装扮自己，而是直截了当地沦落为交易的对象和买卖的对象。电影不再标榜和艺术的关系，而是直接以票房论英雄；电视不再声称其精神价值，而是以广告收入决定高下；人也不再以高贵和善良的字

---

① Herbert Marcuse, “Some Social Implications of Modern Technology”, Ed. Douglas Kellner in, *Technology, War and Fascism*, London and New York: Routledge, 1998, p. 41.

眼去评判，而是以收入排行确定地位；女人也不再以温和从容为品格追求，而是以嫁入豪门和品牌服饰为人生目标……一切应该用情感填充的人生，都被冰冷而强大的工具理性所梳理、所规划、所左右。就连最应与情感相联系的两性关系，也因为工具理性的侵袭而成为对象化、交易化、金钱化的物质关系。最具情感隐秘性的“性”甚至也公开站到交易的舞台上，一切都在工具理性的梳理中变成了商品，变成了滤去一切情感价值的可买卖的东西。而越来越公开化、越来越泛滥的性工业使人将生活托付给产生机械快乐的瞬间，可这种机械的瞬间却因其放纵性和罪恶感反过来将人内心仅存的人性信心摧毁，最终形成对人性的放逐和对暴力的崇拜。

简言之，工具理性是根据当代西方社会现状而提出的对理性传统的深刻反思。马克斯·韦伯提出“工具理性”的概念以来，对工具理性的研究与批判便逐渐展开并深入开来。在心理学、社会学、文化学等各个学科领域都有对工具理性进行探讨研究的成果问世。而在文学领域，尽管很多文学文本，尤其是当代文学的文本，对当代都市文化深受工具理性侵袭的各种表现有非常生动和详尽的描述，但是从工具理性的角度对当代文学进行研究却鲜有成果问世。本研究将以当代英国小说为范本，试图从工具理性的角度对其进行分析探讨，梳理出当代小说所呈现的以工具理性为基础，以价值观与伦理观异化为表现，以情感的异化与遁逃为结果的当代都市文化生态，以期达成以工具理性为思想基础进行文学研究的新思路，并由此揭示当代都市文化的本质，最终提出建构以情感确认和情感回归为主旨的更加健康、更加丰盈的新型都市文化的情感途径。

第三章

工具理性与伦理衰微

伦理是人类世界区别于自然世界的标志之一，对伦理秩序的追求是人类走出自然状态以来所进行的不懈探索。为了建构良好的伦理生态，柏拉图提出了建构"理想国"的思想理念；基督教提出了"原罪论"供人们反省自身；卢梭提出了"回归自然"的口号……然而，尽管人们进行了各种努力，社会发展到今天，在当今都市中，伦理生态却呈现出越来越令人担忧的状态。

秉承启蒙主义哲学的理性传统，伴随西方物质世界的飞速发展而越来越成为当代西方思想核心的工具理性为当代西方都市的伦理生态的混乱局面提供了理论支撑和思想保证。

培根认为："知识就是力量，它在认识的道路上畅通无阻：既不听造物主的奴役，也不对世界统治者逆来顺受。"[①]高举知识大旗的启蒙主义者们一贯对知识敬重崇拜。的确，知识帮助人类战胜了迷信思想，使自然失去了魔力，使人类可以了解自然、利用自然、征服自然。在利用知识将自然对象化征服的过程中，人类完善并细化了知识结构，发展了科学技术。技术是知识的重要成果，技术的发展改变了世界。然而科学技术的目的不再是偶然的认识和美好的图景，而是具体的方法和有效的工具，因此知识提供给人的只有目的的达成和利益的获取，却绝没有内心的

---

① Max Horkheimer & Theodor W. Adorno, *Dialectic of Enlightenment: Philosophical Fragments*, Stanford: Stanford University Press, 2002, p. 2.

满足和真正的快乐，外在的求实求利使得灵魂受到遮蔽。知识的最终目标不是展示真理，展示幸福，而是教会人如何操作，如何工具性地看待一切，包括人自己。因此，在知识发展的道路上，人们放弃了对生命本真意义的探求，越来越精细化、系统化的公式和术语让人忘记了理想与爱，越来越规范的规则和越来越精确的计算让人忘记了做人的根本。人们已经忘记当初是为了什么而努力，在冰冷的机械运转中执著于物质的成功与利益获取，却在这个过程中对于心灵的满足和精神的丰盈已经没有了任何感觉，所有的努力最后只归结于利益和利润。"主体把自己转变为与自身对立的游戏规则的逻辑，达成了更为绝对的控制。实证主义最终没有给任何东西留下余地，思想自身消除了个体行为与社会规范之间的最后的壁垒。"[①]人彻底成为了机器的附庸，或者说人就成为新型的机器本身。

简言之，在工具理性的梳理与侵袭下，科学精神变成了技术征服，经济发展变成了金钱攫取，情感爱恋变成了色情与性关系，艺术变成了大众娱乐，而伦理则变成了僵死的规矩和律法。成为律法的伦理只为利润服务、只为目的服务。这种伦理概念使伦理沦为了物质生产的又一保证，完全失去了伦理约束人的灵魂和内心的本质机能。人对物激情满怀，对人则情趣漠然。衡量一切的只有"物的尺度"，而作为衡量"人的尺度"的伦理也被物化、被异化。可以说，当代西方物质的丰富与科技的进步，是以伦理的坍塌和道德的败坏为代价换来的，而舒适的现代生活则是以心灵的漠然和良知的丧失为基础的。在当今社会，精于计算、追逐享受、享受快餐的人们没有了反思自己内心、自己生活的能力。而以这样的时代为背景的文学作品，则"看不到那种撕碎人的情感，以压倒和毁灭之势震撼人的理性和良心，从而把它们唤醒的伟大悲剧。"[②]而在第二次世界大战后出生并成长起来的当代作家，思想没有受到战争的影响，完全受当代思想和当代文化熏陶成长，他们对于当代西方社会的理解则更为深刻、更为真实、更为具体。通过他们笔下所描写的当代都市人的生活状态，可以梳理出当代伦理的真实生态。在当代英国小说的文本中，可以看到对当代都市伦理的多重表现与批判。他们的作品中，人与人之间冷漠甚至残忍

---

① Max Horkheimer & Theodor W. Adorno, *Dialectic of Enlightenment: Philosophical Fragments*, Stanford: Stanford University Press, 2002, p. 23.

② 何新：《艺术现象的符号——文化学阐释》，北京：人民文学出版社，1987 年，第 144 页。

的故事不断上演，使得当代都市的伦理困境渐深渐重。而深陷其中的当代人，面对着残忍的故事无动于衷，成为机械断片的人类丧失了对道德和伦理进行思考与追求的能力。对这些作品的研读，既可以使我们窥见当代西方都市伦理生态的真实面貌，又可以促使我们反思我们的伦理问题，从而促进新型伦理的建构与发展。

伦理是诸多以西方当代都市为背景的作家不可回避、不曾回避的主题。这些对社会问题禀赋深刻洞察力、对社会问题保持强烈责任感的作家群体，都致力于通过揭示当代都市文化中的伦理困境，希图唤醒被工具理性侵袭的当代人群，使人类回归情感，反思情感缺失后的伦理生态，从而重构富有人文精神的当代伦理。本部分通过对《终结感》《水泥花园》和《死婴》三部在题目和内容上都极具伦理批判内涵的作品的分析与阐释，旨在建构起当代伦理批判的文学框架，使文学中的伦理问题和当代都市伦理困境的混乱生态得以生动呈现。

第一节　“终结感”——当代都市伦理症结

巴恩斯是当代英国小说的重要作家之一，评论界一致认为他与马丁·艾米斯和伊恩·麦克尤恩并称为英国小说界的“三剑客”，在当代英国小说界占有较高的地位。在2011年，他因《终结感》而荣获布克奖，被认为是“真正的大师级小说家”，[①]甚至有评论家认为，巴恩斯在英国当代小说界是无与伦比的。

> 巴恩斯的文学活力与勇气在英国当代小说家中几乎是无人比肩的。他对历史、对艺术、对形式的创新方面的激情无人匹敌。同时，他还拥有闪耀的智慧与闪亮的、貌似随意的技巧。这些都将他一路推到希腊帕纳塞斯山——即传说中的文学诗歌高峰——的顶峰，与纳博科夫、卡尔维诺和昆德拉齐名。[②]

在整体风格上，与马丁·艾米斯的黑暗凌厉和麦克尤恩的阴郁深邃相比，巴恩斯的小说笔触相对宁静淡然，似乎并没有表达出像马丁·艾米斯和麦克尤恩那样

---

① “朱利安·巴恩斯凭《终结感》获英国布克奖，”http://news.xinhuanet.com/world/2011－10/19/c_111106967.htm.

② Merritt Moseley, *Understanding Julian Barnes*, Columbia: University of South Carolina Press, 1997, p.170.

对当下社会的强烈批判之意。他的小说惯用的主题是历史。1999年,当有人问巴恩斯是否认为历史是品味的问题时,他这样回答,

> 由于人们记录历史的方式不同,因此从某种意义上讲人们对书写方式的选择的确是品味的问题,不过我真的不能相信,所有的品味都是平等的,或者说品味可以代替真实。在这方面我是个奥威尔式(George Orwell,1903—1950)的人,也就是说我认为百分之百的真实是不可能恢复的,也是不可能获知的。不过我们必须坚持一点,那就是百分之六十七的真实的确比百分之六十四的真实要更优越。[①]

由此可见,巴恩斯对历史的确有着非常深刻的看法,而他的作品也的确体现出他令人惊讶的历史知识。迄今为止给他带来巨大声誉的作品如《福楼拜的鹦鹉》,是以鹦鹉为载体的历史记叙,并由此形成对法国著名作家福楼拜的生平经历与创作思想进行全新叙述的作品。作品的形式看似散漫,而且与其说是小说,不如说是一本新颖的传记。然而正是这种小说形式的传记,开创了英国当代小说的形式创新,而通过对真实与虚构的界限的探讨,巴恩斯的小说表达的深刻主题则不仅仅是传记而已,而是直指人类的思想真谛。《10 $^1/_2$ 章世界史》则通过对大家认为是历史真实或历史积淀的故事与思想进行了解构性反思,虽然情节松散,而且一些论述显得有些非主流,如对诺亚方舟历史的调侃等,但是似乎这正是巴恩斯的独特之处。巴恩斯正是通过对历史的解构,促使人们反思已经被完全接纳并认为明确无误的历史。巴恩斯在小说中所流露出的对各种知识的了解与把握也使他的作品成为不可企及的文学成就,但是他松散的结构和对历史的执著同样也使其作品成为评论界评论置疑的对象。

> 巴恩斯小说的写作技巧最引人注目,评论界对巴恩斯小说的技巧评论得最多。尤其是谈到《福楼拜的鹦鹉》和《10 $^1/_2$ 章世界史》时,堆积如山的评论普遍都在表达一个看法,就是质疑这些作品到底应不应该被称作小说。一些对他的创作持贬低态度的人言语间透露出这样的信息,即巴恩斯事实上是位散

---

① Brian W. Shaffer, *A Companion to the British and Irish Novel 1945—2000*, Malden: Blackwell Publishing Ltd., 2007, p. 491.

文作家，他只是觉得小说更好发表，读者更容易接受，因此才把一篇篇散文排了顺序，写上章节而已。①

如果说这些小说仍存争议的话，那么巴恩斯的《终结感》则为他带来了更大的荣誉和关注度，因为这部小说凭借其深刻的创作主题荣获了2012年布克奖。同样，这部小说中对时间和历史的探索依然沿袭了下来。因此，很多研究成果都致力于探讨巴恩斯作品中的历史因素。而在细读巴恩斯的小说之后，不禁提出这样的问题：巴恩斯不断地以历史为线索，与大到世界史、小到个人史的历史主题纠缠不清，只是为了展示历史的不可靠吗？本质上讲，历史只是巴恩斯力图解读当今世界的一种途径，一个载体。巴恩斯本质上是希图借历史之口，对发展至今的当今社会做出更加深刻、更富说服力的反思。这部小说以《终结感》为题，便是以此衬托由于历史的不确定与不可靠而带来的当今感受——即终结感。事实上，以历史作为切入点，通过对历史不可确定、不可信赖、不可依靠的深入辨析，恰恰能够清晰而深刻地印证当今世界无从依托、无从信赖的荒凉感和孤独感。正如《总统档案》(*The Presidential Paper*)中所登载的记者对米勒访问时，米勒所清晰表达出来的观点："记者：现代艺术都流露着危机感吗？米勒：是终结感。"②那么终结的到底是什么？广义来看是希望的终结、意义的终结，是西方当代社会普遍存在的文化没落之后的绝望情绪，一种对建构任何理想持放弃态度的感觉。而仔细梳理之后，便可以读出小说所致力表达的一种在黑暗与残忍之后，人们对一切都不再盼望的放弃情绪。从伦理角度来看，这部小说没有《伦敦场地》《水泥花园》那样恐怖阴暗的情节，没有伦理失控后的残酷呈现，但是平静的笔触之后表达的却是伦理空白，一种在传统伦理遭到颠覆、新型伦理无从建构后发自内心深处的绝望与放弃。

一、传统的终结

有学者认为，英国小说"经历了激越、震荡的60年代，经历了张扬和实践的'叙

① Merritt Moseley, *Understanding Julian Barnes*, Columbia: University of South Carolina Press, 1997, p. 8.

② Baumbach, Jonathan, *The Landscape of Nightmare: Studies in the Contemporary American Novel*, New York: New York University, 1965, p. I.

事已死'的极端的约翰逊时代"[1]之后,小说创作走向了十字路口。而巴恩斯的作品则在形式上返归现实主义,主题上发扬后现代主义特点而呈现出英国小说的新形态。巴恩斯以特殊的笔法,舒缓的笔触深刻地揭示出当代英国都市社会的后现代颓废特点,这种颓废不以激越和混乱为特点,而是温吞吞地服从,温吞吞地放弃,无所坚守,也无所期盼。因此,《终结感》虽亦有历史与记忆的因素,故事本身也延续了平淡安静的风格,字里行间透露出来的深层含义却昭示出,此安静平淡绝非人所希求,而是在希望彻底破败之后的绝望的宁静,一种万事已经了结,再无任何希冀的终结一切的感受。以这种平静和温吞为基础的当代都市伦理生态也由此而展现出令人绝望的凝固与冷漠。

如上所述,在《终结感》中,作者仍然对历史的不可靠性纠缠不休,作品中常被引用的一句关于历史观的话相当精准地体现了作者对历史的感受。"不可靠的记忆和不充分的材料相遇所产生的确定性就是历史"[2]然而问题是,如果记忆不可靠,材料不充分的话,如何能够产生"确定性"?那么历史显然就是不可靠的了。巴恩斯在其作品中不断对历史表示质疑,难道只是为了证明历史的不可靠?当巴恩斯致力于把我们所相信、所依赖的历史观质疑、颠覆后,他期望得到的是什么样的回应?历史不可靠,那么历史所承载的传统记忆也失去可依赖性。在历史的流变中形成的伦理传统因此也彻底终结。

从情节上看,整部小说就是由叙述者托尼·韦伯斯特对高中和大学生活的回忆的片断组成。依靠这些记忆,托尼追溯了 20 世纪 60 年代的学生生活。艾德里安在高中的最后一年转学过来,并很快与托尼和他的两位好友一起组成了"四人组"。他们在一起度过了"性饥渴"和"知识饥渴"的青春期时期。高中毕业后,朋友们分道扬镳,生活开始沿着不同的轨迹向前发展。托尼结识了维罗妮卡并与之交往,可两人之间的恋情却迅速告终。之后维罗妮卡很快就成了艾德里安的女朋友。托尼与他们断绝了联系,却在多年之后得到了艾德里安自杀的消息。

巴恩斯用粗线条为我们勾勒出小说第一部分的人物形象和故事情节,凭借他的记忆建构起大致清晰的故事脉络。然而小说的第二部分却将这些记忆断片逐个

---

① Malcolm Bradbury, *The Modern British Novel*, New York: Penguin Books, 1993, p. 364.

② Julian Barnes, *The Sense of an Ending*, Toronto: Random House. 2011, p. 17.

击碎，使之前的一切叙述遭到颠覆。当时间流逝到四十年后，托尼收到一封不期而至的信，得知维罗妮卡的母亲在去世之际给自己留下了两样遗产：一笔500英镑的款项和一本艾德里安的日记。托尼开始重构自己的记忆并为了建构事实真相而不断搜集证据。然而，所有“证据”和历史资料的存在不但不能帮助托尼找回他缺失了的记忆，却反倒让他越来越找不到问题的答案、越来越质疑自己的记忆。一切都变得不确定，而他唯一所能确定的，大概就是记忆的不确定性了。

纵观巴恩斯的创作史，可以看到，记忆一直都是巴恩斯热衷的主题，从其第一部作品《伦敦郊区》开始，巴恩斯的主人公就同过去、同历史、同记忆纠结在一起。在2008年出版的随笔集《没有什么好怕的》中，巴恩斯认为，“身份就是记忆，记忆就是身份”[①]。这样，记忆就与个体身份建构紧密联系起来，而建构在记忆基础上的个体身份，究竟与真实、与真相有多大程度的相符，也成为巴恩斯所质疑、所探究的问题。《没有什么好怕的》中的“我”与哥哥在关于父母和童年生活的记忆上就表现出很大的差异。外公和外婆在日记中对一些所谓“事实”的记载也总是互相抵触。在《终结感》中，托尼·韦伯斯特根据记忆的不断变化、不断被挖掘，而不断地重构个体身份，似乎永远不能确定。由此，巴恩斯发出了如下感慨：“我们把简单的假设视为事实，不是吗？比如，记忆就是事件加时间。但事实要复杂得多。是谁说过记忆就是我们以为自己忘掉的那些内容？显然，我们应该明白，时间不是黏合剂，它是溶剂。”[②]人们不但会随着时间的流逝渐渐失去记忆，甚至还会主动地对记忆进行“审查”，筛选出对自己有利的部分，而摒弃掉对自己不利的内容。因此，无论在生命中的哪一个阶段，我们的记忆都经常会是模糊的、矛盾的，甚至是缺席的。记忆不可信，凭借个人的记忆建构的历史同样具有很强的主观性。记忆并不缝合和构建历史，却反而掩饰和消解历史——无论是小写的个体的历史，还是大写的人类的历史。评论家如詹姆斯·B.斯科特就认为巴恩斯是“历史虚无主义者”[③]。在1989年出版的《10 $^1/_2$ 章世界史》中，巴恩斯探讨的是大写的历史，揭示出历史如何

---

① Jilian Barnes, *Nothing to Be Frightened of*. New York: Alfred A. Knopf, 2008, p. 37.

② Julian Barnes, *The Sense of an Ending*, Toronto: Random House, 2011, p. 87.

③ James B. Scott, "Parrot as Paradigms: Indefinite Deferral of Meaning in 'Flaubert's Parrot'", *Ariel: A Review of International English Literature*, 1990 (21).

由权力话语的执掌者书写和解释，历史与真实之间界限不清。“历史不是发生过的事情。历史只是历史学家告诉我们的事情……精心编织的故事一个连着一个。”[①]《终结感》谈论的则是个体历史的书写，是个人如何被动地在别人残缺不全的回忆中复活。著名作家萨尔曼·拉什迪认为，“巴恩斯正是通过小说对历史进行注解，对传统加以颠覆……使他的小说成为批评的武器。”[②]《终结感》正是一部以注解历史为核心的批判文本。故事在开始之际即已确立了质疑历史、叩问存在的基调：一位同学的自杀引起了大家的诸多推断和猜测，也引发了历史课上对历史这一基本概念的思考。

由此可见，小说对记忆不确定性的表述成为贯穿小说始终的重要情节，即托尼对艾德里安的恋爱及自杀等故事的追溯、对过去记忆的整合所遭遇的尴尬困境埋下了伏笔。记忆虽然遭遇困境，然而在追寻记忆断片的过程中，托尼对人与事的理解、对世界的判断、对人生及自我的认知都得到了增强。记忆的不确定性成为他建构世界观的途径，历史的不确定性也成为“终结感”产生直到增强的重要基础。也就是说，

> 发生在我们眼皮底下的历史本应是最清晰可靠的，然而它却是最不可靠的。我们生活在时间中，它束缚着我们，左右着我们，而时间原本是用来衡量历史的，对吧？可是如果我们不了解时间，不能抓住时间的步伐和进展，那我们何以有机会了解历史？[③]

作者对当下发生的事情的质疑与困惑由此清晰展现。我们无法抓住时间，也便无法理解由时间所衡量的历史。我们本应对当下发生的事情一目了然，然而事实并非如此，我们对自己身边所发生的事情其实并不能给出确定无疑的准确认知。如果我们对身边的事情都无法正确认识的话，那么书本中提到的历史，古希腊、古罗马的历史，我们曾认为确凿无疑的历史，就值得相信吗？按照作者的逻辑推理，我们既无法把握当下，更没有理由相信过去，对未来就更无从谈起了。“年轻的时

---

① Julain Barnes, *A History of the World in 10 ½ Chapters*, New York: Vintage, 1990, p. 36.

② Salman Rushdie, *Imaginary Homeland: Essays and Criticism* 1981—1991, New York: Viking Penguin, 1991, p. 241.

③ Julian Barnes, *The Sense of an Ending*, Toronto: Random House, 2011, p. 60.

候，我们为自己编织各种各样的未来，年老的时候，我们为他们编织各种各样的过去。”[①]也就是说，我们对世界从来都没有，也不可能有清楚明确的认识。那我们生存的意义是什么？什么都没有，有的只是随意的编织与构建，而这种构建从本质上讲与真相、与真实相距极远，是人类根本无法凭借理性与逻辑所能探知的。当什么都无法证明、无法获知、无法尊重、无法遵从的感觉弥漫时，人类社会的伦理体系也便随着终结感无声无息地瓦解。再没有什么规范和律条，再没有什么正确与错误，一切都呈现出混沌与漠然的状态。正如巴恩斯自己非常推崇一句话，即“你终究会搞清楚艺术，但却永远无法理解生活。”[②]生活以其丰富性和多变性而远离逻辑思辨的世界，人只能达成对生活的感知与领悟，却永远无法达成对生活的解析与构建。

整部作品通过对这些支离破碎、完全称不上事实的记忆的呈现，面对所有人们认为重要的问题，如真相、如自我、如未来等，作者只传达出这样一个非常简单的答案，表达出一个不可避免的精神演进结果：那就是“终结感”（the Sense of an Ending）。历史不可靠，我们无法相信过去；记忆不可靠，我们不能把握自我。基于虚无的过去和模糊的自我，如何能建构我们所期待的未来。因此，正如书中的青年所表露出的情感与思想所示，我们不必对自我、对未来有所期待，不必相信，也不必认真。终结而已。无论是信仰，还是思想，都已经终结。这种终结感本质上体现的是一种完全无所谓的态度，即一切已经结束，毫无希望的态度。生命就是“不断累积，还有责任。除此之外，就是不安，极度的不安。”[③]这种不安的感觉便是终结感的源头，即人类发现凭借一直坚信并崇拜的理性根本无法达成对生活本身、对世界本身的认识时，内心所能体会的只剩下希望破灭后的焦虑不安，这种焦虑不安使人产生一切必将终结的无望感和幻灭感，或者说，就是一种破碎感，一种什么都无法形成、无法期待的破碎感。这种感觉甚至比异化的感觉更令人绝望，它代表着一切都无法收拾，无法探知，也毫无探知和收拾的意愿，只是让一切毫无价值地破碎掉，于是便再无意义世界，再无逻辑世界。

---

① Julian Barnes, *The Sense of an Ending*, Toronto: Random House, 2011, p. 80.

② McGrath Patrick, "Interview with Julian Barnes", *Bomb Magazine*, 1987(Fall).

③ Julian Barnes, *The Sense of an Ending*, Toronto: Random House, 2011, p. 150.

> 像焦虑和异化这样的概念不再适用于后现代的世界。安迪·沃霍的那些代表人物——玛莉莲自己或者是伊迪·塞奇威克——20世纪60年代末期那些臭名昭著的疯狂事件和自我毁灭的事件，以及风靡一时的吸毒和精神分裂的体验，都是后现代的独特风貌。这些与现代主义高潮时期风行的弗罗伊德时期的歇斯底里和神经过敏没什么共通之处，与当时激进的孤独风尚、规范缺失、个体抵抗以及凡·高式的疯狂也没什么可比之处。文化病态的动态转变可以被描述为从现代主义时期的异化主题转向了后现代时期的碎裂状态。[①]

这种碎裂直指最彻底的毁灭，无法重构的毁灭。从现代主义的批判到后现代时期的破碎状态，可以看出文化已经走向了无法建构、只能终结的状态。正如迈克·戴维斯所说，“我们时代的标志就是毁灭。毁灭包围着我们的生命，构成了我们城市的街道。这就是我们的现实。”[②]当代都市的每个细胞，都体现出人类精神命运的碎裂与破败，而这种精神碎裂被包装在都市的灿烂表象之中，人类在一派得意的情绪中撕毁了精神和情感，变成都市街道中的行尸走肉而不自觉，变得残忍冷漠却得意于物质的华美。这种不自知，甚至是引以为自豪的内在的碎裂，是真正的终结状态，彻底的终结状态。

二、逻辑的失败

小说借艾德里安对罗布森的死亡的评论，明确指出对于历史的评价无论如何都不可能完全可靠，人的理性根本无法达成对生活的分析与理解，最终只能走向幻灭。不仅对于已发生的事件无法获得可靠的认识，对于未来就更加充满疑虑了。正如艾德里安的老师所言，“那些着眼于未来的说辞最值得怀疑。”[③]师生间的舌战结果是将过去和未来一起否定了。然而，《终结感》所指涉的终结并不仅仅停留在对记忆的质疑和对未来无望的表层认知，而是更加深入地对西方世界传承千年的

---

① Fredric Jameson. “The Cultural Logic of Late Capitalism”, Ed. Bran Nicol, *Postmodernism and the Contemporary Novel*, Edinburgh: Edinburgh University Press Ltd., 2002, p. 25.

② 迈克·戴维斯：《死城》，李钧，许平，傅骏，代林利译，上海：上海书店出版社，2011年，第365－366页。

③ Julian Barnes, *The Sense of an Ending*, Toronto: Random House, 2011, p. 18.

思维模式提出了否定式的推翻,使“终结感”进一步加深为对整个西方思维模式的背弃。

思维模式是指反映在客体的思维过程中,定型化了的思维形式、思维方法和思维程序的综合的统一。[①] 西方思维模式的主要特点是以“逻辑和理性”[②]为核心的思辨。小说为了引出对逻辑思维的质疑,描述了罗布森的自杀事件以及众人对此的反映与推论。罗布森的自杀在大家看来是在因为前女友怀孕,而凭他死前留给妈妈的写着“对不起妈妈”的字条来看,他应该是为了自己做出了有负妈妈希望的事情而羞愧至死。然而艾德里安的分析却表明,事实上根本无法证实他女友的怀孕是他所为,他写给妈妈的字条从逻辑上推断,也许并不是其自杀的重要解释。一系列的逻辑推理只是证明,罗布森的自杀另有动机,凭借一些间接证据的支持,我们并不一定能获得真相。这种论证逻辑实际上把许多事情推上了永远无法论证的尴尬境地。也就是说,凭借我们的理性思辨,我们其实根本无法获知真相,那么自古以来,我们所获得的知识,所阐释的论证其实根本就无可信度。简言之,根本就与真相无关,或者说这种逻辑思辨使我们离真相更加遥远。假如果真如此,那么西方思想史一直以来所论证、所传承、所崇拜的逻辑思辨便成为一个笑话,人类几千年来致力于达成并完善的能力本质上只能使我们偏离真相,那么人类这几千年来的努力又有何价值可言。

为了证明这种逻辑思辨与逻辑推理的不可靠性,巴恩斯用整部作品来放大“罗布森之死”这个充满不可靠记忆的故事——即理性与思辨的天才人物艾德里安之死。艾德里安曾对罗布森之死进行了完美的理性分析,并通过理性的分析得出了辨析无法探知真相的结论。而理性如此清明的艾德里安最后也自杀了,从形式上看,他的自杀比罗布森更加严谨,更加理性。那么最令人困惑的问题就出现了:一个理性如此清明,逻辑如此清晰的人,表面看上去一切都无懈可击的人,为什么会走上绝境呢?这就是逻辑的致命问题,也是工具理性的根源性伤害所在。逻辑可以解析一切外在的事物,一切对象化的事物,但是逻辑无法解析人的情感世界,这是内在的,感悟的,灵动的,柔软的,不是坚硬而冷漠的逻辑可以触碰的范畴。人的

---

① 荣开明:《现代思维方式探略》,武汉:华中理工大学出版社,1989 年,第 30 页。

② 连淑能:《论中西思维方式》,《外语与外语教学》2002 年第 2 期。

生命不完全是要用逻辑和理性进行解析的事情——对女孩的偶然心动，对初恋的颤颤思量，对明月当空的思乡情结，对春花灿烂的明朗情绪——一切都不是理性可以提供思路和答案的。如果把一切都交给理性，那么人便会在这些需要用心和灵魂去触碰的领域变得冷漠，同情心和怜悯心便会随之消失，人与人之间的关系便会变得僵硬与残忍。在此基础上的伦理便会同样成为逻辑与理性的奴仆，失去同情与怜悯的伦理将衰微没落，走出人类的精神范畴，将人类出卖给毫无生命气息的理性。被理性统治的伦理对一切都持条分缕析的态度，而对人类的情感范畴则毫无感觉，因此人与人之间的关系因这理性与思辨的伦理而走向冷漠与冰冷。因为理性无法安放灵魂的现实，则使人再也无法面对情感世界的任何问题，与情感分离的生命也由此成为可以随时放弃的物品，自杀也便脱离了情感观照，成为逻辑与理性的僵硬结果。甚至自杀也无法令人的情感世界产生任何感受，于是自杀与死亡也在当代伦理体系中呈现出荒诞的模样，再也不会引起人的关注与同情，如果说依然有人对此关注的话，关注的也是其中的理性内涵，而非情感观照。

同时，逻辑不仅使生命与情感分离，也使人永远远离了真相，只成为架构在逻辑之上的空壳。为了烘托出“艾德里安之死”真相的遥不可及，作者一再叙述其人生经历的不可靠记忆。他与维罗妮卡的爱情经历并不可靠——他们到底是在分手之前发生的亲密关系，还是在之后？记忆提供的答案也许与事实不符。维罗尼卡的父亲对他的态度到底是轻视还是友好？记忆无法给出明确答案。维罗妮卡与艾德里安交往后，艾德里安的态度是友善还是嘲弄？记忆也只能给出模糊不清的感受。面对一切过往，作者按照自己的记忆进行了叙述，而事实上他自己并不完全清楚这到底是不是事情的真相。他说，“我必须强调这是我对所发生的一切事情的个人解读。或者更确切地说，是我对所发生的一切事情的个人解读的记忆而已。”①很显然，作者所叙述的是作者记忆中他对一切过往的个人理解。“个人理解”意味着个体性，与客观事实不符的可能性极大。而对“个人理解”的记忆则更说明，即便是这种远离客观事实的、极具个体色彩的“个人理解”，也是不全面的，只是片面而模糊的，而且是感性的，并非理性思辨的结果。作者凭借记忆无法达成清晰而客观

① Julian Barnes, *The Sense of an Ending*, Toronto: Random House, 2011, p. 41.

的认知，更无法以此为基础，通过思辨的理性探知客观事实。因此，作者在文章中这样诘问，“逻辑：是啊，逻辑在哪里？”[①]是啊，在哪里能找到逻辑的推论，或者说，这些严谨的推理和逻辑真的与真相相关吗？

事实上，在作者对逻辑的呼唤中，在作者竭力进行有逻辑的叙述中，我们所读到的只是个人的情感投射而已。例如，对维罗妮卡是否是处女的理解根本不源于事实，而源于作者的个人意愿，因此即使面对维罗尼卡也许根本不是处女的行为之后，他依然在情感上坚持自己的理解，并固执而毫无逻辑地认为她就是处女。在对待维罗妮卡父母的问题上，他也因为自己的自卑心理而为维罗妮卡父亲的一句玩笑而产生敌意，却又因维罗妮卡的母亲为他再煎一只鸡蛋的行为而产生情感回应，并始终认为其母亲对他印象颇佳。当得知艾德里安与维罗妮卡相爱的消息时，他对艾德里安产生的敌意何尝不与艾德里安一直比他优秀密切相关。种种事实表明，作者虽在表面上呼唤逻辑，本质上却是对逻辑完全失望的。或者说，作者通过这些根本无法还原真相的不可靠记忆提出对逻辑的质问：逻辑如何能承担认识世界的重任？逻辑如何能够使人接近真相？逻辑面对生活的无力感体现在许多方面，因此根本无法探知事实与真相。原因是一则逻辑根本与事实无关，尽管努力做逻辑陈述，而实际上所陈述的事实也许完全与真相相反；二则是人们对于事情的反应与态度，很大程度上其实源自情感认知，而绝非逻辑认知。逻辑既不能帮助人们处理事物，更无法帮助人们接近真相。作者在叙述了自己的经历之后，也不无嘲讽地认为“我得出的所有‘结论’都应该是截然相反的。”[②]

艾德里安的自杀便是对逻辑功能的尖锐质问。事实上，巴恩斯的作品尽管大多涉及历史，但他以历史为媒介，所探讨的是本真生命和本真情感的问题。他“宣称人类内心的真实才是他的艺术真正的核心。从这个意义上说，他似乎与像乔治·艾略特和霍桑这样的作家有更多的相似之处，而不是与昆德拉、纳博科夫和卡尔维诺相提并论。”[③]对艾德里安的死亡原因的深度挖掘正是对人类内心真实的深

---

① Julian Barnes, *The Sense of an Ending*, Toronto: Random House, 2011, p. 40.

② Ibid., pp. 44—45.

③ Merritt Moseley, *Understanding Julian Barnes*, Columbia: University of South Carolina Press, 1997, p. 171.

刻探讨。从逻辑层面分析，艾德里安的确没有自杀的任何动机。艾德里安的生活境遇优渥，情感世界丰盈——他拥有别人可望而不可即的爱情，他拥有良好的事业前景，是众人眼中的“前途远大”(Promising Young Man)的青年。[①]比这些表象的美好更令人敬佩的是，“他的思维更缜密，性情更严谨，思想极具逻辑性，行动都是逻辑思维之后的结果。”[②]艾德里安的严谨与理性的特点在他与朋友相处的细节中便可探知一二。他们这个小帮派以将手表戴在手腕内侧为标志，而手腕内侧的时间在本书有着非常强烈的象征意义。在某种程度上，手腕内侧的时间是情感世界的指涉，它是私密的，个人的。而艾德里安加入他们的小帮派时，却没有像他们一样将手表戴在手腕内侧，这小小的动作已经表明艾德里安的理性本质——对他而言，情感世界应屈从于理性世界，应该是明晰的、理性的、可公开、可分析的。然而正是这样一个用理性规划人生、规划未来的人，却最终主动选择死亡，无疑成为一个令人匪夷所思的事情。

可以说，作为引子的罗布森的自杀被作者定性为“卑劣平庸”(squalidly and mediocre)，既没有逻辑(logical)，也不英勇(heroic)，丝毫没有情感魅力(glamorous)，那么艾德里安的死同样如此。作者和亚历克斯调侃艾德里安一流的自杀技巧，但却对官方所得出的艾德里安自杀的原因是“思维的平衡被打乱”嗤之以鼻，因为艾德里安以思维清晰有序著称。事实上艾德里安在遗书中非常仔细而有条理地安排了所有事情，甚至对前来收尸的警察和验尸官都做了感谢，就这些极为谨慎严密的行为来看，艾德里安的自杀绝非思维混乱的行为。那么，“自杀是为了自身的完满——我并不是说自我关注，你知道，只是就艾德里安来说——还是包含了对他人的隐秘批判呢？”[③]

巴恩斯或许对这种精英人物的英年早逝耿耿于怀，对其死亡动机的思考也延续多年，《终结感》中的艾德里安之死可以说是其多年思考后的一种成熟认知的表达。其实对于艾德里安之死，巴恩斯早已开始了其严肃的思索。在《什么都不用怕》一书中，巴恩斯曾叙述过这样一件事情：

---

① Julian Barnes, *The Sense of an Ending*, Toronto: Random House, 2011, p. 49.

② Ibid., p. 53.

③ Ibid., p. 50.

> 我记得其中一个,他的名字应该是叫阿历克斯·布里莱恩特(Alex Brilliant)。阿历克斯是位烟草商的儿子,16岁就能读维特根斯坦了。他还写充满隐秘意味的诗歌——你可以做两种、三种,甚至四种解读,就像心脏伸出的诸多血管似的。他的英语比我好得多,而且还在剑桥大学拿了奖学金。之后我便失去了他的消息。多年后,我会偶然想到他或许会成为自由职业上的成功人士。我年过半百时才弄明白,我为他假定的这种人生居然不过是毫无意义的遐想而已。阿历克斯实际上早已自杀了——为一个女人吃药死的。那是二十多年钱的事儿,他在即将而立之年身赴黄泉。[①]

无论是巴恩斯对天才少年"Brilliant"(Brilliant的意思是才华横溢)的记述,还是小说中罗布森之死的暗线与艾德里安之死的主线,三个人的死亡显然具有明确的相关性。或者说,艾德里安便是阿历克斯的再现。他们三个人的相同性显而易见:第一,三个人都是天才,都是精英,都掌握了精细而高深的知识;第二,三个人都已经将理性思维贯穿在生活的方方面面,因此都是现实社会所公认的伟大青年,都是剑桥的精英,同样将理性思辨深入了生活的每一个层面。书中这样描述艾德里安,"每次我们聊天甚至争吵的时候,似乎将思绪条理化是他前生注定要做的事情,似乎他运用大脑就像运动员运用肌肉一样自然。"[②]正是这些剑桥天才,这些在各方面无比出色的精英,这些理性思辨的能力达到极致的人,最终选择的是结束生命。第三,他们三个都是因为女人而死。也就是说,他们的理性可以规划一切,使一切看起来极为规范和严谨,而井井有条的生命屏蔽的却是最本真的情感。因此当他们面对女人——即需要用情感领悟和慰藉时,他们便无能为力。极大的失败感会使他们质疑一直奉若神明的理性,而对理性的质疑与否定无疑同时也是对他们生命本身的否定。因此,他们只能用自杀来逃避理性的虚弱和情感的追杀。

质言之,在思辨上遥遥优于他人的这些精英之所以自杀,表面看起来是因为女人——即恋爱这些纯情感化的事件。深究起来,不得不说,他们选择自杀的根本原因是企图用理性规划一切,而忘记了情感的价值与意义。当面临需要情感慰藉的

---

① Julian Barnes, *Nothing to Be Frightened of*, New York: Alfred A. Knopf, 2008, p. 13.

② Julian Barnes, *The Sense of an Ending*, Toronto: Random House, 2011, p. 87.

事情时，他们往往低能到无法面对、无法处理，甚至只能选择死亡来逃避绝望感。在论及艾德里安这些理性精英的死亡时，作者认为是调教了艾德里安出众头脑的哲学教授应该负责任。作者的妈妈则认为，他自杀是因为他太聪明了(too clever)，而一个人“太聪明的话，肯定最后得把自己绕进去，连基本的常识也都不知道了。”[①]这些评论无疑是对理性、对知识的尖锐批判。当现代人执著于知识的不断扩展与深刻时，人类的大脑便被无休无止的公式、思考所占据，人的理性思辨力量不断强大，最终将最基本的常识赶出了认识范畴，人类的感觉世界也因此完全被思辨世界代替。人无法体悟生活，只能干巴巴地解析生活，而这种解析最终会把自己赖以生存的生动世界肢解得支离破碎，导致再也找不到可以安放灵魂的柔软所在，只能走向自我毁灭的可怜境地。恰如《终结感》中一句极富哲学意味的总结，“用逻辑规则阐释人类境遇只能遭遇自我挫败”[②]。艾德里安是《终结感》中理性的代表，思辨的代表，现代人类成功的代表，然而正是由于这种无所不在的精密与逻辑，使艾德里安的血肉生命无处安身，最后陷在自己的逻辑怪圈中走向灭亡。他的自杀是理性的失败，逻辑的失败。“我们不得不诘问自己：西方文化中的双子塔究竟是什么？没有人文精神的自由意志和理性。因为这样，路便越走越窄，最后便形成了纽约的世贸中心。”[③]纽约的世贸中心被炸掉固然是一场震惊世界的悲剧。在西方政治家由此谴责政治与种族问题所导致的敌意与冲突时，西方许多有责任感的知识分子却从更加深刻的思维传统与自身文化发展上论证悲剧发生的深层原因。他们普遍将矛头指向掠夺了人文精神的理性思维模式。他们将纽约双子塔看成是理性思维模式所取得的理性成就，它们只代表理性，而没有人文内涵。理性对人文思想的侵袭导致人文精神的缺席是导致双子塔最后毁灭的思想根源。逻辑理性驱逐的是灵魂，是情感，是一切温柔的东西。当西方的逻辑理性把情感过滤掉，将一切对象化，人与人之间便再无同情与怜悯，只剩下冷漠与残忍。虽然凭借理性的发展，人类取得了一系列辉煌的物质成就，但却最终会像纽约的双子塔这样代表着巅

---

① Julian Barnes, *The Sense of an Ending*, Toronto: Random House, 2011, p. 52.

② Ibid., p. 86.

③ Jacques Barzun, *From Dawn to Decadence*: *500 years of Western Cultural Life—1500 to the Present*, New York: Perennial, 2001, p. 732.

峰的技术成就和理性成果的建筑一样，最终毁在自己所建构的屏蔽掉情感与灵魂的冷漠中。

三、文化精神的坍塌

戴维·科瓦特在《当代小说史》中说，“自从上世纪中期以来，一些小说中就充斥着一种急迫感，有时候甚至是一种绝望的气息。原因是作者们在对过去进行了深入考察后得出的结论是，现在的世界变得越来越混乱。”[①]《终结感》婉转而深刻地表现出混乱的当代西方世界。青年学生的精神状态是当代文化的典型体现，《终结感》中有近一半的文本相当细致地叙述了青年学生的精神生活。青年学生对文化传承的鄙薄体现出传统文化思想的粉碎性坍塌；对生命与死亡的游戏态度则体现出他们对文化荒诞本质的认知与表达；而对信仰的戏耍和否定则更加深刻地呈现出当代西方文化生态的荒芜。

如同所有青年一样，作者笔下的当代英国青年同样具有强烈的反叛意识与狂放思想。他们对传统文化表现出的鄙薄态度表明，他们不但没有任何传承的姿态，甚至对文化本身就是蔑视的、放弃的。巴恩斯一直都认为小说家负有表现社会道德，甚至是纠正错误的道德、价值指向的作用。他说，

> 我认为我是个道德家……很显然，小说家的部分任务就是尽可能地去了解不同的人群。你把他们放在不同的情形之中，并不是希望能够轻易地得到答案，而且事情也没有必要都得到解决。不过这并不是说，作家就没有必要怀着强烈的个人观点去说明该如何生活，并说明什么才是善行，什么是恶行。我是一定会这样做的。[②]

巴恩斯在《终结感》中细致地描述当代青年的行为方式与价值取向，无疑是要清晰地表达他对当代文化的认知，并对当代文化中的无根感和混乱感在提供批判的同时，暗示出正确的方向。《终结感》中的年轻人夸大了自我膨胀之感，他们将父

---

① David Cowart, *History and the Contemporary Novel*, Chicago: Southern Illinois University Press, 1989, p. 1.

② Merritt Moseley, *Understanding Julian Barnes*, Columbia: University of South Carolina Press, 1997, p. 16.

母的世界视为有毒之物，从而强化了自身的狂放不羁。他们血气方刚，不像他们的父母那样圆滑世故。因为年少轻狂，所以“那个时候，我们大多都信奉绝对主义。凡事非对即错，非褒即贬，非善即恶——或者，就马歇尔而言，动荡或者特别动荡。我们喜欢非赢即输的比赛结果，讨厌平局。”[①]这些“讨厌平局”的青年似乎应该因此而树立寻求真理的愿景，形成追求正义、追求成功的目标理想。而实际情况却是，这些青年人丝毫没有就此将正义和真理树为人生所求，反而将他们对传统的蔑视大而化之，形成了一种无视一切，包括对历史与理想的轻蔑情绪。从他们对传统的摈弃开始，他们逐渐对身边各种事情都持轻蔑与调侃的态度，理想、正义、道德等概念在他们眼中也因而变异为毫无意义的笑话。对传统的轻蔑导致青年人没有任何规范可以依托，行为放荡，思想散乱，狂妄自大，既对自我没有正确的认知，对世界也缺乏正确的态度。“没错，我们当然都自命不凡不可一世——不然青春是用来干什么的？我们说话时用德语的‘世界观’和‘狂飙主义’显示深沉，喜欢说‘就哲学意义而言，这是一种自我证明’之类的话。”[②]通过矫饰的方式证明自己的深沉及与众不同，既是青年学生自我认知日益成熟的标志，又是青年无法因此建构成熟的思想体系的明证。虽然青年们喜欢用深奥的词汇矫饰自己，本质上却又对获取知识抱有消极与抵制的态度。“是谁说过我们活得越长，懂得越少？”[③]这便是他们对于世界与知识的认知，即年龄的增长不仅与知识的获取无关，甚至是成反比的态度。知识不仅丧失了精神力量，甚至不能保证通过知识获得基本的生活。“那时候你还或多或少地相信一个体面的学位迟早会保证你拥有一份体面的工作。”[④]对父辈时期知识的实用性的最后否认，使当代青年彻底放弃了对知识的崇拜与依赖。如果说从前知识的获取还能成为生活的保证的话，如今的知识则一无是处。由此，身为当代青年，他们怀疑知识，摈弃知识，不仅不担负任何改造世界的任务，反而竭力宣传这种任务的荒唐可笑。在他们眼中，“生命平庸；真理平常；道德平凡”[⑤]。对于文艺复兴以来人们对自我、对世界的乐观态度，有西方学者已经指出过，

---

① Julian Barnes, *The Sense of an Ending*, Toronto: Random House, 2011, p. 10.

② Ibid., p. 10.

③ Ibid., p. 131.

④ Ibid., p. 45.

⑤ Ibid., p. 149.

> 阿波罗神殿坐落在高高的特尔斐的帕尔纳索斯神山的一侧，有两句箴言深深刻在其门口的石柱上。“认清自己”和“不要过度！”这两句话奠定了西方文化的希腊基础。人文主义却把这两者都践踏了。人文主义所要追寻的“我”本身是个错误概念，最后现身的那个毫无安全感的我，对着由其自身的文明所产生出的大量的过度之物狼吞虎咽，最终侵蚀自我。[①]

“认清自己、不要过度”是西方文化的最质朴的开端，而之后打着人文旗帜的理性发展却将这些质朴观念丢弃，进而随着理性的不断发展，最后丢弃了人的情感可以依靠的一切。人在没有了自我之后变得狂妄，恰如书中丢弃了知识的青年，他们“言辞凿凿地说，想象的第一要义就是越界。我们的父母看事情的方式与我们截然不同，他们觉得他们那些纯洁的孩子们突然之间暴露在毒气的影响之中。”[②]“越界”的思想使得他们主观上摆脱了规则与传统，行为上则表现为放纵与无序。以这种摆脱一切规范为基础的伦理便走向了最为无序的状态，这种无序因为人的情感冷漠而呈现出毫无希望的状态。一切有价值的观念都被贬低，在当代青年的眼中，一切都是平凡的、平庸的，都不值得尊重。

由于对文化的摈弃，青年学生也放弃了文化所包含的伦理判断。他们以荒诞冷漠的态度看待世界，以讥笑和讽刺的语言谈论世事。在谈及同学的自杀时，他们没有丝毫对生命的敬畏和对友人的惋惜，而是平静地讨论那位同学如何懂得在上吊绳上打结，甚至对他有女友并且有把女友的肚子搞大的机会表示愤慨，因为他们缺少那种经验和体会。对友人自杀事件的反应既没有任何道德指向，更没有任何正义感，他们所谈所想完全是一场荒诞戏剧的再现。对友人自杀的冷漠正是情感被驱逐出世界的恶果。这种毫无同情心的冷漠正是失去一切情感支撑的当代伦理的本质。理性思辨的世界只追求逻辑清明和因果互证，却忘记了人需要体悟的情感，需要感动的怜悯。理性对情感的放逐，使人面对理性的物质成功而日渐膨胀，丧失了最基本的怜悯与同情。正如冯内古特在其作品《时震》中所说的振聋发聩的

---

① John Carroll, *The Wreck of Western Culture: Humanism Revisited*, Wilmington: Del. ISI Books, 2008, p. 251.

② Julian Barnes, *The Sense of an Ending*, Toronto: Random House, 2011, p. 10.

一句话，“我们能读读写写，能加加减减，并不意味着我们就应该征服整个宇宙。”[①]冯内古特在写下这句话的同时，为自己的小说画了一幅插图——一个送给整个人类的墓碑。巴恩斯没有明确地画出墓碑，但是他笔下精英们因处理情感问题的无能与败落而自杀的命运，也正是能读会写、能思会算的人类的悲剧命运的写照。

除却个别精英的自杀——肉体与精神的双重终结，所有的青年其实也呈现出一种灵魂已死的终结状态。不仅对于生活现状，青年学生们对于当代政治和当代社会也已经毫无兴趣，更毫无期盼。作为当代都市文化的中坚，在学校受教育的时代就已经完全抛弃了对文化建构的使命，反而毫无顾忌地成为当代都市文化的撕毁者。在他们眼中，当代都市只是一片混乱之地。对于历史和传统，他们嗤之以鼻，对于各种文化思潮和文化概念，他们更是调侃嘲笑，但却毫无改变或改进的意识。他们说，“我们渴望阅读，渴望性，向往精英统治，推崇无政府主义。所有的政治与社会体系在我们看来都是腐败，可我们宁可打着快乐的名义肆意狂欢，也不打算做任何改变”[②]。只狂欢作乐而不思改变便是当代西方青年的精神写照。这些人摆脱了 18 世纪青年的理性崇拜，也没有 19 世纪的愤世激情，甚至丧失了 20 世纪青年的忧郁气质，有的只是不负责任的散漫与无所事事、无所追求。这些青年正是批评家笔下“丧失了自身的判断力”的一代，他们被裹挟着成为“被动的文化消费者”[③]。有评论认为，

> 巴恩斯的小说传达出的方式多种多样，但最后都落脚在社会讽刺、斯威夫特式的反讽和实验手法的结合上。他也受到英国诗人沿袭至今的忧郁情绪的影响——哈代、豪斯曼和拉金等所体现的忧郁传统。对于普遍的生存无力感，表现出既哀悼又赞美的态度。[④]

在西方文化中，宗教信仰也是其文化的重要组成，而对于宗教信仰的传承与信奉成为西方人寄托灵魂的重要方式。然而自从尼采震惊世界的“上帝死了”的言论一出，强烈地震撼了西方长达千年的信仰传统。当代都市中伦理的混乱现象、人类

---

① Kurt Vonngut, *Timequake*, New York: Berkley Books, 1998, p. 242.

② Julian Barnes, *The Sense of an Ending*, Toronto: Random House, 2011, p. 9.

③ 惠敏：《西方大众文化研究述评》，《山东外语教学》2010 年第 4 期。

④ Philip Childs, *Julian Barne*, Manchester: Manchester University Press, 2011, p. 251.

的孤独与冷漠行为，无不使人从根本上对宗教信仰产生质疑与背离。尤其在当代西方青年的眼中，对于西方传承了千年的宗教信仰更是嗤之以鼻。

> 我从没有信仰，所以也谈不到失去。我心里只有抵制，为此我还觉得颇有些英雄气概——抵制英国教育所打造的以信仰上帝为宗旨的温吞吞的体制：圣经的训诫，晨起的祈祷和唱圣歌，以及一年一度的在圣保罗大教堂的感恩节服务活动。[①]

对宗教的根本性抵制成为当代英国青年精神面貌的重要特征：从不敬畏、从不相信，因而从不期盼。青年学生不仅对改变世界丧失了信心与行动的勇气，他们甚至认为世界终将是毁灭的，无论是信仰还是理性都无法改变世界行将毁灭的必然结局。巴恩斯自己在其《没有什么好怕的》一书中也曾这样说，"我并不信仰上帝，不过我怀念他。"[②]而他笔下的学生连最后的一点怀念也消失掉了，剩下的只有混乱的思想所主导的混乱生活。因此，虽然《终结感》自始至终的笔触都相当克制，虽然字里行间渗透了极强烈的绝望信息，但却未见任何尖锐的批评与痛苦的指责，然而正是这种沉静平和中蕴藏的强烈的绝望感，使人更加恐怖地意识到当一切秩序和信念丧失之后的荒凉前景。"坚实可靠的客观性和实在性的消失是后现代社会的基本特征，也是当代人普遍的生存状态。"[③]当人的精神上没有了任何依靠，也就没有了任何束缚和任何期待，那么带给自己的最后结局终将是毁灭。大学中的年轻人的确充满了反叛传统与教条的激进思想，然而问题是在作者笔下，这些激进张扬的思想却无论如何建构不成任何崭新的范式，因而无法形成具有进步意义的新的指向性，反而在完成了对传统的解构之后，只剩下混乱无序的道德空白，青年的反叛思想也因这随之而来的乱象而失去了任何意义。

《终结感》在叙述青年学生的思想认知的同时，也探讨了这种颓废认知的存在根由。作者认为当代社会的种种弊端导致了青年人对传统与未来的双重否定态度。伴随他们成长的世界充满了各种各样的不完美，导致他们将这种不完善看成

---

① Julian Barnes, *Nothing to Be Frightened of*, New York: Alfred A. Knopf, 2008, p. 12.

② Ibid., p. 1.

③ Patrick McGrath, "Interview with Julian Barnes", *Bomb Magazine*, 1987(Fall).

世界的必然,并最终因为对这些不完美的怨恨导致了对任何改良前景的质疑与最终放弃。“我当然相信,我们都承受着这样或那样的毁灭。除非生在一个有着完美的父母、兄弟、邻居和伙伴的世界,否则又怎么会没有毁灭呢?”[1]换句话说,我们没有生在一个有着完美的父母、兄弟、邻居和伙伴的世界,因此必将承受毁灭。这种处处有缺陷的人与人之间的关系正是当代伦理困境的生动体现,因为缺乏正确的伦理导向和伦理规范,人与人之间的关系存在着深深的遗憾与缺陷。更可怕的是,由于放弃了希望,人类对于这些缺陷早已无动于衷。“你坐在那儿,回忆着这一切,区别清楚地罗列出来,但却得不到任何结论。我既不赞同也不反对。我无所谓。我已经把思考的判断的能力搁置起来了。”[2]正是这种无所谓的态度导致西方社会的精神文化走向破败。对理性的过度崇拜是西方物质世界发展的重要思想基础,然而在当代西方都市中,当代青年却最终拒绝了理性所赋予的思考能力,这显然是西方理性发展的最大讽刺。对理性的过度推崇,使理性侵袭到文化生活的各个层面,最终导致了青年人弥漫的终结感。对理性的过度崇拜可以产生精确,但却绝不激发希望;可以产生知识,但绝不激发狂喜。人在知识与理性的梳理下可以产生复杂的思维,达成专业的训练,但却蔑视一切、嘲讽一切,因为他们心中再没任何可以让其情感温柔的怜悯与欢愉,因此只能成为文明的终结者、人文的终结者,最终成为生命的终结者。

作为一部主题深刻的当代小说,《终结感》为当代西方的多种病症进行了探析与诊断,而诊断的结果则是不可救药。评论家卡尔这样评价当代小说,

> 最近三十年来,英国小说整体上呈下降趋势,事实也一再提醒我们这个严峻的事实:再没有像康拉德那样急切地发出道德呼吁的作家;再没像乔伊斯那样文采卓著的作家;也没有像劳伦斯那样活力十足、拥有让一切为之动容的魔力的作家。再者,小说也放弃了其传统意义上的角色,即小说不再关注行为方式,描绘道德价值。最后,小说也越来越放弃了救赎功能,认为救赎从根本上是不可能的。[3]

---

① Julian Barnes, *The Sense of an Ending*, Toronto: Random House, 2011, p. 44.

② Ibid., p. 133.

③ Karl, R. F. *The Contemporary English Novel*, New York: The Noonday Press, 1962, p. 1.

这段评论发表于1962年，对英国小说的评判虽颇犀利，但却一语中的。诚如一些西方学者所言，“许多人认为，西方人已经变得如此腐败，如此不负责任。同时，他们又变得如此强大，如此危险。因此，西方人很有可能给自己，也给他们业已征服的世界带来的结局是过度消耗、严重污染和恐怖爆炸。”[①]《终结感》中所呈现的，恰恰是基于这种认知之上的一种无力感和放弃感，是面对必然落败的结局的一种绝望的无动于衷。

历史、记忆、爱情、死亡、命运，这些有关个人生存的话题，是巴恩斯始终关注的主题。尤其是在《终结感》中，巴恩斯不但延续了其一直以来的深切的人文关怀和忧患意识：记忆不能信赖、历史无法建构，未来无法期盼，传统无可传承，由此更深刻而苍凉地勾勒出一幅希望终结、未来终结、意义终结的无情画面。在他的笔下，受理性思想浸润已深的科学天才因无法面对爱情而自杀身亡；受当代文化浸润已深的主人公则被动无奈、毫无激情地走过婚姻、走过历史、走向老年。而老年的托尼审视自己的记忆才发现，整个人生原本毫无确定性可言，人的生存境遇也由此变得悲凉：个体就如茫茫大海中的一叶孤舟，丧失了信仰、隔绝了联系、削弱了信心、迷乱了身份。还是在《10 $^1/_2$ 章世界史》中，巴恩斯曾在对爱情表示怀疑、进行责问之后，仍然把爱情作为信仰和实现救赎的手段。他说，“我们必须信奉它，否则我们就完了。我们可能得不到它，或者我们可能得到它而发现它使得我们不幸福；我们还是必须信奉它”[②]。对爱情的依赖，或者说把爱情当作当代西方落败文化的救命稻草的行为，正是巴恩斯对情感救赎的最后一种尝试。在完全被理性梳理的当代西方世界中，爱情是唯一剩下的必须需要情感体验、需要个性体验的领域。生活、事业、人生似乎都完全被理性所切割与分析，人活在精确的计算与规范中，唯有爱情是无法被提前计算的。因此，虽然爱情有很多不完美，但我们只能依赖它来拯救灵魂。

而在《终结感》中，他笔下的爱情已经变为完全不可捉摸，充满猜疑与平庸，甚至令人怆然死去的存在。巴恩斯把自己曾经建构起的爱情救赎之塔砰然推倒的行

---

① Angell, J., Helm, W. & Robert, M., *Meaning and Value in Western Thought: A History of Ideas in Western Culture Volume I: The Ancient Foundations*, Lanham: Lexington Books, 1981, p.3.

② Julian Barnes, *A History of the World in 10 $^1/_2$ Chapters*, New York: Vintage, 1990, p.128.

为，了然揭示了本书的主题——终结感。布克奖评委会主席斯特拉·里明顿在颁奖典礼上称，《终结感》为一本可读性很强的作品，认为它"具有英语文学经典作品的品质"，是"一本写给21世纪的人类的书"。[①] 事实上，《终结感》所指涉的正是当代西方社会在思维模式、价值观、传统信仰三重坍塌的情况下，一种不可避免的绝望，一种对未来彻底丧失信念的绝望。不过，有批评家，如弗雷德里克·霍姆斯指出，"尽管他的作品有明显的悲观情绪，但阅读的过程却绝不令人沮丧失落。这些作品质感丰厚，美学上无可挑剔，同时还有极强的娱乐价值。"[②]当一部极具批判意义的作品最终只能在美学意义和娱乐层面找到价值时，也只能说明读者对其批评指向深以为然，但却惧怕面对，只好强调在文字上的阅读快感。这也应视作对《终结感》所蕴含的文化批判的另一种认可吧。

第二节　"水泥花园"——当代都市伦理隐喻

时至今日，伊恩·麦克尤恩已有20余部作品问世，他不断在作品中挖掘人性的黑暗，描绘变态和疯狂的情节，并为此被称为"恐怖伊恩"（Ian MacAbre）。[③] 他诸多作品中，有两部堪称"恐怖伊恩"的代表作，即《水泥花园》和《只爱陌生人》。这两部小说均为麦克尤恩早期的作品，风格阴冷，内容恐怖。在这些早期小说的"阴暗的哥特式文本中，他保持着极为特别的注重心理意义的现实主义风格，非常深刻而紧张地专注探索在一个幽闭的私人空间中的个体以及个体之间的关系。这种描述奠定了他早期的、颇具争议的名声。"[④]有评论认为，麦克尤恩的早期作品"几乎全部沉浸在内在自我的扭曲情绪中，对外界的世界表示出毫不关心的姿态。"[⑤]尤其是《水泥花园》这部麦克尤恩的第一部长篇小说，"令人震惊，充满病态与令人毛

---

① 张莉.朱利安·巴恩斯：《叩问存在的"佩涅洛佩"》，2012. http://www.chinawriter.com.cn/2012/2012－02－17/116748.html.

② Philip Childs, *Julian Barnes*, Manchester: Manchester University Press, 2011, p. 5.

③ Martin Jacobi, "Who Killed Robbie and Cecilia? Reading and Misreading Ian McEwan's *Atonement*", *Critique: Studies in Contemporary Fiction*, 2010 (1).

④ Judith Seaboyer, "Ian McEwan: Contemporary Realism and the Novel of Ideas", Ed. James Acheson & Sarah C. E. Ross, *The Contemporary British Novel*, Bodmin, Cornwall: MPG Ltd, 1988, p. 24.

⑤ Brain Finney, *English Fiction Since 1984*, New York, Palgrave Macmillan, 2006, p. 87.

骨悚然、令人排斥厌恶的情节,但同时却又被认为是几近完美。"[①]《水泥花园》以惊世骇俗的姐弟乱伦为主线,以一个父母先后去世的四个孩子为主角,以一个被水泥逐渐覆盖的花园和一幢孤零零的房子为背景,展现了一幅令人惊恐的当代都市伦理画面。小说的情节以极黑暗、极恐怖的本质直击人的心灵,它涉及的主题本身就是极阴郁的,死亡、乱伦等不断上演。在这篇篇幅不长的小说中,"包含了兄弟姐妹之间的对抗,性禁忌和蓄势待发的暴力威胁。"[②]然而更令读者惊心的是,这些极端恐慌黑暗的故事却全部发生在孩子身上。通过未成年的孩子身上发生的恐怖故事,该小说刻意避开了繁复纠缠的情节,避开了人物内心世界那些美好崇高的心理学叙事,摆脱了社会文化的层层矫饰,直逼当代生存状态下毫无掩饰的伦理真相。自小说问世以来,哥特风格、性禁忌、不可靠叙述以及儿童成长等角度成为为数不多的一些研究成果的重要主题,对麦克尤恩的思想本质和批判指向却鲜有涉及。麦克尤恩的硕士生导师认为,麦克尤恩的作品"从来不是故意耸人听闻。他是从深处要倒出什么东西来"[③]。只有掀开阴郁情节的层层掩饰,直面情节背后的伦理真相,才能真正了解麦克尤恩的批判指向。

麦克尤恩在《水泥花园》中,并没有明确提及该小说的具体背景,但根据麦克尤恩创作该作品的时间,以及通读该小说所获得的信息,可以确定小说发生的背景是现代都市。第一,麦克尤恩是在 1975 年创作的《水泥花园》,而这个时候正是麦克尤恩回到伦敦后的第二年。他早年曾经投身于"反文化"运动,但之后却对年轻时的狂热感到厌倦,因而回到伦敦定居下来。他是在伦敦定居时创作的这部小说,而且根据小说中偶然出现的背景信息,可以探知他是以伦敦作为小说的背景。第二,小说中虽然未提及具体的城市名称,但其中的很多情节和描述均体现出其明显的都市背景,从自家的房间往外看去,朱莉的"目光穿过我们花园的围墙,穿过那片空地一直盯着那个高层建筑的街区。"[④]其他如"高速公路""高层住宅"等不断出现的场景,以及"电车""警察""斯诺克球手"等词汇,都可以推断出《水泥花园》的故事发

---

① Peter Childs, *The Fiction of Ian McEwan*, Hampshire: Palgrave Macmillan, 2006. p. 33.

② Peter Childs, *Contemporary Novelists: British Fiction Since* 1970, London: Palgrave Macmillan, 2005, p. 161.

③ Phil Daoul, "Post-Shock Traumatic: Profile of Ian McEwan", *The Guardian*, Aug(4), 1997.

④ 伊恩·麦克尤恩:《水泥花园》,冯涛译,上海:上海译文出版社,2007 年,第 68 页。

生在当代西方都市之中。第三,故事情节的发展也透露出强烈的都市文化信息。朱莉对比基尼泳装的热衷、母亲生病后对医院和医疗状况的描述,以及最后朱莉的男友报警并迅速有警车出现等情节,都可以明确地将《水泥花园》的背景定位。确定了《水泥花园》的都市背景,再根据麦克尤恩抛弃传统小说的繁复情节和现实摹写,在《水泥花园》中专注于描述封闭的空间内一家人的伦理选择和伦理真相,便可以从《水泥花园》这则当代都市寓言中读出麦克尤恩对当代都市伦理生态的生动呈现及深刻阐释。"麦克尤恩的小说虽然以恐怖著称,但其小说中透露出的'人文关怀'"[①]却一直有增无减,深刻体现出他对伦理生态和当代都市中人类生存状况的思考。

一、"水泥花园"的建构背景与形式

"水泥花园"的建构缘起是父亲对于蓬勃生长的野花野草的恐慌。很明显,"野花野草"指的是未受到工具理性侵袭的、拥有灵魂而蓬勃生长的自然生命力的代表。这些生命的生长不受工具理性的束缚,因而旺盛而鲜活。正是这种旺盛鲜活的生命力,由于不符合工具理性的精确和规范,被小说中的父亲定义为"野花野草"。"野"字在属灵的范畴中是不息的生命力,在被工具理性异化的父亲眼中却是摆脱了规范与律法的、不受控制的离经叛道之物。因此,父亲一心"建一道高墙把他自己的世界保护起来"[②]。被理性所统治的人无法忍受不被理性控制的任何行为和物体,他们已经完全丧失了感受生命的能力。花草这种拥有本真生命和自然活力的事物,在他们眼里是一定要除去的令人厌恶的东西。这与《查泰莱夫人的情人》中用脚无情地踩碎野花的克利福德无疑在精神上是一致的,他们的世界中只有分析,而无情感,因而他们厌恶一切有灵性、有活力,能够引起人们情感的东西。克利福德踩死野花的行为引起了康妮的厌恶,并最终促使康妮与看林人产生了情感最为真挚的爱。当年劳伦斯为了唤醒现代人的情感意识,不惜将两性之间最隐秘的性作为最重要的途径,因为性关系无疑是最需要情感投入的人与人之间的关系。

① Malcolm Bradbury, *The Modern British Novel* 1878—2001, Beijing: Foreign Language Teaching and Research Press, 2005, p. 535.

② 伊恩·麦克尤恩:《水泥花园》,冯涛译,上海:上海译文出版社,2007年,第11页。

而当历史发展到当代社会，人类的情感世界不但没有被唤醒，反而走入了情感更加荒芜、更加冷漠的境地。《水泥花园》里的父亲要做的，绝不是踩死花草这样简单，他要用水泥覆盖所有花草，让花草从此在世界消失，让秩序统治整个世界，将情感驱逐出逻辑与理性规划的世界。

除了野花野草之外，《水泥花园》中还有一些东西与野花野草有着共同的特质，并共同深受父亲厌恶和仇恨，而父亲也通过根除这些特质，建构了不同层面的“水泥花园”。

首先，他用“水泥”将孩子们的自由精神封锁，建构了精神世界中的“水泥花园”，压制天性自由烂漫的孩子。孩子们的生活同花草一样充满蓬勃的生命力，他们随意说笑，随意跑跳，而这种不受父亲的理性意志控制的天然行为受到父亲的严厉制止。他把孩子们发自天性的快乐行为定义为“混乱”。在他眼中，只有没有生命血性的条理性、规范性才是最值得推崇的。他对天然的、真实的情感宣泄都怀着仇恨的情绪。因此，他便以家长的身份在家里建构他所推崇的秩序，压制孩子们的天性。即使在游戏中，他都命令孩子们整齐地排好队，安安静静地等待自己上场的机会。同时，游戏的规则也是由他来制定，坚决杜绝孩子们毫无目的地走动、讲话及欢笑的行为。“孩子们毫无目标地四处乱转会搞得他非常恼火。”[①]除了在家里为孩子们制定规则之外，他对待孩子们的社会生活同样如此，只允许精确冷漠的规则存在，绝不允许任何规范之外的事情发生。对待孩子们取得的任何成绩和快乐，他都报以无情与冷漠。他的女儿取得了跑步比赛的冠军，他没有对孩子表示任何祝贺，甚至认为这样的事情很愚蠢，因为这样的事情与他的规范毫不相关。同时，他不允许孩子们参加学校的任何活动，只允许孩子们按照既定规则生活。对于孩子们交朋友的行为，他更是坚决反对，他规定任何人都不准带朋友回家。他用冰冷的秩序扼杀孩子们的天性，用精确的规范扼杀孩子们的生命力，正如他用水泥扼杀花花草草一样。他在孩子们的意识领域同样用冰冷的“水泥”建构了一座精神的“水泥花园”。

其次，他成功地将他妻子的世界改造成“水泥花园”。《水泥花园》中的父亲妻

① 伊恩·麦克尤恩：《水泥花园》，冯涛译，上海：上海译文出版社，2007年，第38页。

子的形象似乎一直没有走到前台，她的存在更像一抹阴影。而阴影本质上正是父亲要达成的目的。他以精确的理性判断，坚决控制妻子的生命及思想，使她以他的附庸的形式存在。他从未对妻子表达过情感关怀，甚至在妻子生病时他也依旧冷漠相对，对妻子大吵大闹。他的家庭生活中根本没有情感和爱，他完全以水泥的冰冷和秩序来统治家庭。母亲的形象虽然虚弱，但母亲却是以抑制水泥花园的形象出现的。她数次对父亲建构"水泥花园"行为提出异议，并不惜与父亲争吵。她对待孩子也充满关爱与柔情——她精心地为孩子准备生日礼物，保护孩子们的自然天性。而不幸的是，她根本敌不过拥有强大"水泥精神"的父亲。她就像花园中仅存的唯一一株仍有生命气息的花草，虽然努力维护"生命"，却在坚硬冰冷的水泥面前无能为力。母亲一直在患病，却从不知是什么病症的情节生动地说明了母亲生命的枯萎并非来源于真正的疾病，而是"水泥"的侵害。母亲最后抵不住"水泥"的压制，终于被扼杀掉最后一息生命而死亡。麦克尤恩在谈及《水泥花园》的创作时曾说，他打算写一个家庭的故事，这个家庭的人"像挖洞的动物一样……在母亲死后整个房子便再无一点儿生气"[①]。首先，"动物"指涉出这个家庭的人缺乏正常的人类情感；其次，挖洞则奠定了这个家庭的阴暗气氛；再者，母亲的死亡则直指最后一抹天然情感的消失；最后，没有生气的状态则点明了情感丧失殆尽之后的冰冷现实和死亡气息。小说的最后一句话是大姐朱莉所说的话，"这不是睡得好好的吗？"[②]"朱莉的看法和杰克的感觉是一致的，当他们的母亲去世后，房子就整个睡去了。"[③]母亲之死是使孩子们放弃所有希望的最后稻草，母爱的消亡也是整个世界丢掉最后一丝情感的隐喻。

然而，母亲的形象中最令人痛惜的情节却不是母亲的死亡，而是她在死亡之前表达的对"水泥"的态度。父亲本来先母亲而去，孩子们对父亲建造的"水泥花园"痛恨不已，于是找到锤子要砸碎它。而母亲这时却不顾一切地来制止，她说砸掉水泥会令她头痛。父亲作为肉体虽然已经死亡，但父亲的"水泥"精神已经渗透到母

---

① John Haffenden, *Novelists in Interview*, London: Mtehuen & Co. Ltd., 1985, p. 170.

② Ian McEwan, *The Cement Garden*, New York: Vintage International, 1994, p. 138.

③ Peter Childs, *Contemporary Novelists: British Fiction Since* 1970, London: Palgrave Macmillan, 2005, p. 170.

亲的精神当中。她已经接受了水泥，或者说水泥已经潜移默化地成为她生命的一部分。父亲以强大的水泥“规则”成功地将母亲改变，在母亲的精神世界中建构起了“水泥花园”。“水泥花园”的建成正是当代都市理性秩序建构成功的隐喻，母亲对“水泥花园”的维护则标志着当代都市秩序在思想上的完全胜利。生活在“水泥花园”中的当代人不可能不受到水泥的影响，不可能不在这样的环境中变得冷漠而残忍。

> 环境影响人的身体，也对人的精神产生极大影响。这是个古老的真理。除却那些古希腊的作家们不谈，只看看那些东方圣贤书也足够了解了，尤其是古中国和古印度的著作。这些远古时代的智者哲人都不约而同地认为，环境影响并制约着人的身心，并能通过环境运用来达到某些实际目的。[①]

母亲在“水泥花园”的建构时，已经是作为思想成熟的成人形象出现，而她被“水泥”环境的同化则深刻地表明，还不具备成熟思想的孩子一定会在这样的环境中被异化为“水泥”。在“水泥花园”的建构过程中，花花草草和生机盎然的孩子们的天性成为注定被消灭的东西。正如迈克·戴维斯在《死城》中所说，“一个城市的组织及其稳定社会秩序的能力，倚靠的是掌握和驾驭自然的能力。”[②]对自然的掌控和驾驭是工具理性的目标指向，而正是这种指向割裂了人与自然的亲密关系，使人仇恨富有生命气息的花草，一心一意地建构水泥的花园。

《水泥花园》最终得以顺利建成。然而令人深思的是，小说并没有明确指明《水泥花园》具体的建构地点，似乎只是在叙述一个虚构中的与世隔绝的家庭的故事。

> 《水泥花园》根本没有提及任何地名，无论是虚构的还是真实的(书中只是简略地提到母亲在爱尔兰有个远房亲戚)。同时，与当代消费社会相关的东西，如书籍(除了一本毫无价值的科幻小说)、歌曲(除了那首“绿袖子”)、电影、电视节目、品牌名称等也鲜有提及，因此使小说具有强烈的神秘气息，摆脱了时间的限制。[③]

---

① Pitirim A. Sorokin, *Social and Cultural Mobility*, New York: The Free Press of Glencoe, 1959, p. 317.

② 迈克·戴维斯:《死城》,李钧,许平,傅骏,代林利译,上海:上海书店出版社,2011年,第345页。

③ Peter Childs, *The Fiction of Ian McEwan*, London: Palgrave Macmillan, 2005, p. 34.

麦克尤恩有意把《水泥花园》设置为一个没有具体地点、没有具体时间的抽象存在，从而将批判指向扩大化，使“水泥花园”成为一种隐喻。“麦克尤恩通过自然的或者隐喻的背景，关注的是内心的状态，是男人女人之间、父母孩子之间的爱的方式。”[①]麦克尤恩将其第一部长篇命名为《水泥花园》，本身就有强烈的伦理隐喻。首先，“花园”本身是美丽的隐喻。《圣经》的伊甸园是人类最初的乐园，并且奠定了花园成为人的精神依托和灵魂家园的隐喻链接。而麦克尤恩同样使用了“花园”作为指涉人对精神和灵魂的美好追求的象征。再次，麦克尤恩着重探讨了这座象征当代西方文化的花园的特点与本质，即“水泥花园”。水泥的特点有三。第一，水泥是当代工业与技术发展的必备物品、基础物品，或者说，水泥是当代都市发展的基础。用水泥建造的建筑必然成为当代都市文化的象征，成为当代伦理生态的生发之所。第二，“水泥”的特点冷酷。“水泥”本身就好像是工具理性的具象化形象，它可以将一切灵动的东西固化，将一切灵动的东西遮盖。它所到之处便是生命枯萎的死亡之地。第三，“水泥”的形象冷漠而丑陋。无论是从色彩还是形体上来看，水泥无疑是丑陋的。综上所述，“花园”本身是与精神相连、与灵魂相依的，然而当代西方世界的花园却是用水泥建成，也就是说在这所灵魂栖息的地方，生命已经绝迹，取而代之的水泥的冷酷与丑陋，更是冰冷无情的。

麦克尤恩的《水泥花园》象征性地以几个孩子对“水泥花园”的建构为主题，揭示了当代“水泥花园”的建构背景、建构过程和建构结果，同时更深刻地揭示了工具理性所带来的人性灾难。以工具理性为核心的思维模式是直线的、冰冷的，同时也是危险的。“人类以一种直线的方式工作，因为他有目标并且知道自己将去哪里……现代城市也是以一种直线的方式存在……而曲线是破坏性的、困难的和危险的；它是一种使城市瘫痪的东西。”[②]《水泥花园》正是通过对一切曲线的东西的扼杀，使直线统治一切，最终使当代都市避免了因曲线的柔软带来的运转瘫痪，却使人性在直线的切割中丧失了人性，从而丧失了建构在人性基础上的基本伦理。

---

① Peter Childs, *The Fiction of Ian McEwan*, London: Palgrave Macmillan, 2005, pp. 5—6.

② Peter Hall, *Cities of Tomorrow: An Intellectual History of Urban Planning and Design in the Twentieth Century*, Oxford: Basil Blackwell, 1988, p. 25.

二、《水泥花园》中的家庭伦理异化

家庭是社会的基本单位，家庭伦理也是构成社会伦理的基础。当代都市中家庭概念的重新界定、家庭伦理的重新建构是当代都市小说的重要主题。

> 对家的问题的探索和对公共空间与私人空间的不确定性的呈现是当代都市小说的主要主题，也是其重要的形式。私人自我与公共空间的对抗、个体热衷于开创出适于自己的私人领地的主题都被由城市空间的建构或者已经建构成功的自我所代替。有时候，情节本身就是一系列对于空间的探索，也是在城市中的一系列具体行为的体现，更是对都市环境进行“阅读”的呈现。[①]

而《水泥花园》正是这样一部典型的探讨家庭生态与家庭伦理的当代英国都市小说。“水泥花园”本身是当代都市家庭的生动隐喻，在这里发生的一切都指涉出当代都市家族的生存现状。在《水泥花园》中，除了朱莉的男友偶有介入外，基本上以一家人的生活为主线，几乎是在封闭的空间内的家庭生活的细致摹写，因此家庭伦理生态的呈现是《水泥花园》的核心，而家庭伦理中最重要的关系则是代际伦理，即父母与孩子之间的伦理关系。《水泥花园》中的父子关系和母子关系都深刻体现出麦克尤恩对都市伦理的基本单位——家庭伦理的深刻忧虑。“麦克尤恩的小说一直在关注和质疑着一些问题，如对与错之间的界限，自然与文化之间的界限，社会与个人之间的界限等。”[②]而对家庭伦理的探讨则是这些问题的核心。家庭是社会的最基本的组成部分，家庭成员关系的对错最难以理性区分，因此，家庭是当代都市中最需要感情、最注重感情，也是最培养感情的地方。然而《水泥花园》中的家庭情感则在水泥的压制下丧失殆尽。

《水泥花园》的叙述者是15岁的“我”，由于“我”是家中年龄最大的男孩，因此与父亲之间的关系最为突出。父亲在搬来水泥建造“水泥花园”时叫“我”与他一起工作。在父亲与“我”一起搬水泥时，作为儿子的“我”虽然知道父亲有心脏病，不应

---

① Hana Wirth-Nesher, *City Code—Reading the Modern Urban Novel*, Cambridge: Cambridge University Press, 1996, p. 21.

② Peter Childs, *The Fiction of Ian McEwan*, London: Palgrave Macmillan, 2005, p. 170.

该干这种劳累的体力活，但他"仍确保他承担的重量跟我一模一样"[①]。不但不考虑父亲的病情，反而在明知父亲有病的情况下加强对父亲劳动强度的监督，因此，从某种意义上说，儿子是父亲之死的促成者。儿子对父亲没有丝毫的同情与关心，完全置对方的安全与生死于不顾。父子间的代际关系的冷漠本质得到清晰展现。甚至在父亲因搬水泥而累死的时候，"我"虽目睹父亲的死亡，却丝毫没有作为儿子应有的难过，而是认为他的死完全是"小事一桩"(a little story)[②]，似乎父亲与"我"毫不相关似的。儿子对父亲的冷漠与残忍正是当代都市社会中伦理没落的最令人惊心的体现。同样，"父亲"对待孩子也从未体现过正常的父爱，朱莉是本地区短跑纪录保持者，而"父亲"不但拒绝跟孩子们一起看运动会，甚至认为女孩子跑得快"挺蠢的"。[③] 作为一家之主的父亲，从不考虑孩子们的感受，他当着孩子的面与"母亲"吵架，在家中设立严格的规矩，不允许孩子们带任何朋友到家里来。"父亲"在《水泥花园》中的定位是严酷而无情的既定法规维护者，正如他一心建造"水泥花园"一样，企图用最无情、最僵死的规则压制一切天性，从而缔造一个没有亲情和同情心的世界。人对规范的强硬态度本质上讲是强硬的规范对人的情感进行侵犯的结果，而人一旦将规范视为要义的话，那么伦理体系内的情感因素和怜悯力量便会消失。只剩下强硬规范和强硬态度的人便只能互相伤害，互相侵犯，最后彻底被强硬冷酷的规范世界所同化，甚至消灭。

"母亲"本应是家庭中温情的象征，而《水泥花园》中的"母亲"却在"父亲"的压制下丧失了母性应有的关爱与悲悯，从而导致母子之间的代际关系变得淡漠而扭曲。"我"8岁的时候，装病从学校赶回家享受母亲的关爱。一方面体现出孩子在家庭中的关爱缺失，一方面又说明母子之间的变态关系。母亲对偷偷跑回来的儿子宠爱有加，因为"她知道我是趁父亲和姐姐妹妹不在家的时候跑回来独占她的。"[④]这一则说明母亲对家庭中有悖常伦的各种关系的明确认知和认可，同时也表明母亲本质上对这种伦理取向的支持。母亲对这种失常的伦理关系的接纳换来

---

① 伊恩·麦克尤恩：《水泥花园》，冯涛译，上海：上海译文出版社，2007年，第9页。

② 同上书，第3页。

③ 同上书，第17页。

④ 同上书，第25页。

的同样是儿子对于失常关系的认可与对正常伦理关系的背叛。就在儿子回来变态邀宠的时候，他目视着母亲忙来忙去而丝毫不为所动，根本没有意识到作为儿子的他可以帮助母亲。他反而认为“这就是她的工作。”[①]伦理扭曲导致的是人的天然情感的扭曲与缺失。最小的儿子汤姆的感情同样趋于扭曲变态。他对母亲有明显的恋母情结，不停地到母亲身边寻求安慰，似乎整个世界都是不安全的、恶意的。在为“我”庆祝生日时，他爬到床上挨着母亲躺下，而母亲搂着他望着我们，“仿佛隔着好远的距离。”[②]这种距离感是全家人关系的写照，彼此之间虽然交流，却无感情，一旦有感情发生，便是乱伦之情感。究其根本，在“水泥”的控制与压制下，人的正常情感已经无处搭建，既无法从别人身上得到，也无法施予他人。家人之间的关系变成陌路甚至敌人，并进而在这个基础上生长出乱伦的“恶之花”。而孩子们则是“恶之花”的世界中最悲惨的人群。有人认为麦克尤恩的小说“反映了在 20 世纪 90 年代出现的对儿童安全和童年安全的恐惧感：儿童谋杀、儿童骚扰以及童年创伤对他们日后生活的消极影响。”[③]《水泥花园》正是通过把对儿童的伤害隐喻化、象征化，把整个当代社会浓缩在一个被水泥覆盖的花园中，同时展现出在这个冷漠无情的社会中儿童所受到的伤害以及这些伤害对孩子们一生的影响。

家庭本应是人与社会的一个中介，本应是无情而冷漠的世界中的一个避难所，是人的心灵港湾。家庭中的父亲形象是孩子们效仿并在将来替代的独立人格的象征，而哺育后代的母亲的职能是把一种温情的、心灵的、乌托邦式的审美能力传递给后代。然而在工具理性主宰的世界中，家庭沦落为资产阶级意识形态传送带上的一个齿轮，沦落为现代化管理世界中的一个单元，作为情感归属的家庭单元消亡了。垄断性的工具理性和大众消费文化的侵袭使得家庭中父亲所代表的独立性和人格尊严消失了，因此孩子们无法建构起独立的个性，只能对无情的、冷酷的机械世界唯命是从。既然无法建构独立自我，那么孩子们就退化为寻求极端的自恋的自我，进而再自我堕落成受虐狂式的满足。这样，家庭就成了产生“极权主义人格”的温床，成为延续工具理性的残忍与阉割的温床。

---

① 伊恩·麦克尤恩：《水泥花园》，冯涛译，上海：上海译文出版社，2007 年，第 25 页。

② 同上书，第 43 页。

③ Nick Bentley, *British Fiction of the* 1990*s*, London: Routledge, 2005, p. 124.

由这样的家庭单元所建构起来的社会秩序又将如何呢？显而易见，弥漫在社会中的工具理性促成了阉割式家庭的出现，阉割式家庭反过来又促进了社会的日益理性格式化、单面化和机械化。有学者在谈及美国当代社会中的家庭时，也曾对当代西方的家庭状况进行了这样的评述，

> 理想的"传统家庭生活"的概念现在已经受到威胁，传统家庭生活的功能已经消失，而失去组织和条理的城市社会则不断现出危机。一些名为《破碎的家庭》和《家庭之死》的图书销量居高不下，而这些书都是从不同的层面来研究"家庭危机"的，层次从高中水平至研究生专业水平不等。而这些书的目的就是"弥补"或者"有创造性地分解"家庭关系。这已经成为全民的热情所在及消费趋势所在。①

家庭关系的瓦解、家庭的破碎使整个社会的情感根基遭到根本性动摇，人因缺乏最天然、最本真的关系体系而成为断片的人、无根的人。整个社会因为缺乏心灵与情感的在场而变得干涸而残暴，一座座"水泥花园"的拼接与联合最终建构出的是一座庞大的"水泥世界"。

本质上讲，"水泥"可以被视作是工具理性的形象化表达。"水泥"将一切情感抹平，将一切与人的生命相关的元素摈弃，将一切活生生的东西扼杀。当一切都被水泥化，那么这个世界将没有同情、没有爱、没有温暖，恰如被工具理性所格式化的世界。被工具理性全面意识形态化了的工业社会，只可能存在一种文化，那就是"工业文化"，或者称"机械文化""单面文化"。在工业文化统治下，其他各种文化，无论是精英的、世俗的、传统的、现代的，都被文化工业同化或者腐蚀掉了，因此当代西方文化从某种意义上说只是工具理性的机械化产物，在真正的文化意义上说只是谎言而已。文化工业实质上充当了资产阶级政治及工具理性统治的支撑物，它不是创造幻想与理想，而是消灭任何与幻想和理想有关的美的东西。它玩弄各种手段，目的就是使人所期盼的快乐成为永远无法支取的空头支票。它使一切想象变成完全虚幻的东西，使人被迫生活在完全由机械梳理、由理性支配的僵硬与残忍的世界中。可以这样说，工具理性和其酝酿产生的工业文化通过谋杀情感与心

① Leith Mullings, *Cities of the United States*, New York: Columbia University Press, 1987, p. 219.

灵的方式，谋杀了一切真正意义上的文化，使文化变为附着在工具理性框架上的一具尸身，没有血肉，没有生气、没有情感，有的只是文化的骨架，散发的却是理性的斑斑锈迹的霉味。

通过对“水泥世界”的考察我们发现，工具理性最终带给我们的是彻底的绝望。那么在这个水泥化的世界中，是否还有希望呢？阿多诺认为，救赎这个世界的因素是美和艺术。其实更具体一些，救赎这个水泥世界的希望就是一个真正的“星期六”，富有情感审美的“星期六”，具有情感慰藉的“星期六”，有莎士比亚的星期六，有音乐的星期六。对于“星期六”所承担的想象功能和拯救功能是否有效，我们将在探讨麦克尤恩的《星期六》时进行深刻解析。

如上所述，在家庭中天然而温暖的关系便是代际关系。可以说，代际关系对于儿童而言应当是最为坚固、最为天然的情感依托，然而《水泥花园》的描述却对于这种作为一切伦理基础的代际伦理关系定格为冰冷与无情。对于久病的母亲，孩子们从未有过丝毫的担忧与关心，对于母亲即将离世的最直接反应也不是对母亲病症的担忧与母亲即将死亡的痛苦，而是盼望母亲永远不要回来，从而享受母亲不在场的所谓自由。当确认母亲已经死亡后，孩子们首先关注的却是谁来掌管家里的钥匙。而几个孩子在处理母亲的尸体时，“苏和我不可控制地大笑起来。朱莉也笑了”[①]。母子之间的代际关系呈现出冷冰冰的情感空缺，母与子作为人类最基础、最本真、最温暖的情感关系已经完全异化，代之为面对死亡也无动于衷的冷漠。母亲死后孩子们的笑声无疑是古往今来最可怕、最恐怖的笑声了。麦克尤恩冷静地把这种笑声呈现出来，笔触冷静而温和，而这种温和所烘托的却是令人无比惊恐的伦理关系。

在《水泥花园》中，不仅代际伦理混乱不堪，父母之间的关系、孩子们之间的关系也表现出令人惊恐的变态和冷漠。“父亲”与“母亲”之间无法有效沟通，更无法建立和谐的关系。书中提及夫妻关系时用到的词汇是“吵架”“对付”等，体现出像“水泥”一样紧张而冷漠的家庭氛围。母亲本是反对建造水泥花园的，由于夫妻间的不信任、不和谐，作为弱势个体的“母亲”最后的反对声音只能“失去意义”[②]。父

① 伊恩·麦克尤恩:《水泥花园》，冯涛译，上海：上海译文出版社，2007 年，第 36 页。

② 同上书，第 6 页。

母亲虽然表面相安无事,但实际上"他们俩其实私下里互相痛恨,而父亲的死正好称了母亲的意。"[①]孩子们之间也是互相嘲讽、互相贬低。汤姆的尿床、"我"的粉刺、苏的眉毛和朱莉的梦想等都被拿来作为互相讥笑的内容。孩子们继承了父辈们的冷漠与扭曲是当代都市文化中最可悲的事实。除了麦克尤恩,许多英国小说家都不约而同地对孩子们的生活与思想表示忧虑——这也恰恰说明了在工具理性浸润中成长的年轻一代是多么令人忧虑。"石黑一雄的第五部小说《当我们是孤独时》就是一个最清晰、最深刻的探讨童年如何影响日后的成人生活的范本。最重要的是,小说中的童年所呈现出的正是儿童在步入成年之前的堕落的伊甸园的景象。"[②]"水泥花园"本身就是堕落了的、失去基本伦理范式的丑陋而恐怖的伊甸园。生活在"水泥花园"中的一家人都丧失了爱的能力。家庭伦理的扭曲奠定了"水泥花园"的基调,孩子们在这种氛围中以各种方式冲击着正常伦理取向,变得相互攻击、相互敌对,这不正是堕落到绝望地步的伊甸园吗?孩子们的堕落本身就意味着堕落的彻底性,更意味着美好伊甸园的永久丧失——没有未来、没有希望。

三、《水泥花园》中的性别伦理倒错

性别伦理的错位及扭曲是整部作品最令人惊悚的地方。几个孩子从最初的性游戏最终发展到令人瞠目的乱伦,即使只有五、六岁大的汤姆也在非正常的伦理氛围熏陶下变得性别错乱。就在父母对抗与吵架的时候,孩子们不但无法对处于劣势的母亲施于任何同情与安慰,反而在母亲"高高低低的话音"中,朱莉与"我"将他们的妹妹"苏"脱光,玩起医生检查身体的游戏,并在游戏中亵渎苏的身体,体验性快感。家庭伦理的扭曲直接导致了性别伦理的错位。"水泥花园"中的儿童没有任何正常的伦理观念,有的只是抛开了一切伦理观念的荒诞游戏。通过孩子们对性的态度与变态的性行为,麦克尤恩"思索了文化中存在的性虐待、性变态这些令人费解的存在。性虐待和性变态思想在似乎被历史严格的保护起来,并非常成功地

---

① 伊恩·麦克尤恩:《水泥花园》,冯涛译,上海:上海译文出版社,2007年,第36页。

② Nick Bentley, *British Fiction of the 1990s*, London: Routledge, 2005, p.126.

滋养了文化中的潜意识，使得正常的性关系被颠覆。”①可见在当下的西方社会中，性关系的混乱和性变态的行为毫无疑问地已经成为越来越严重的文化问题。作家以孩子的行为为样本，对当代文化中呈现的这些越来越坚不可摧的变态现象做出了根源性探讨。

《水泥花园》中最令人不安的性别伦理倒错体现在“我”与朱莉的乱伦行为中。作为小说叙述者的“我”对性的理解与性伦理的认知几乎完全建立在自我的基础之上。“水泥花园”使这个家庭与外界完全隔绝，同时水泥的冰冷属性也使家庭内部伦理失常。在父亲死去的时候，“我”第一次手淫并有了射精。父亲作为家中成年男子丧失了生命，作为儿子的“我”通过射精行为暗示出成长在“水泥花园”中的新一代男人已经成熟。这种成熟方式一则表现了“我”对父亲感情的淡漠与残忍；二则表现了青年一代成熟方式的龌龊与成熟仪式的扭曲。这个男人从一开始便完全将与传统伦理取向相悖的伦理价值带到了“水泥花园”中。他与姐妹们玩检查身体的游戏，从而可以肆无忌惮地探索妹妹的私处，而他脑子里想的却是最好能探索姐姐朱莉的私处。在一次与姐姐的打闹中，“我”在压制姐姐的过程中射精，两个人虽然没有发生真正意义上的性行为，但却在精神上完成了一次性交合。姐弟之间的性意识和性伦理已经在遭受致命的暗示。直到小说最后，他们当着朱莉男友的面完成了真正意义上的媾和，既实现了作为“水泥花园”中“我”和朱莉向男主人和女主人的成功蜕变，也完成了这座病态之园中最具突出特征的乱伦行为。在整部小说中，朱莉的男友德里克应该是一个比较独特的角色，“我认为《水泥花园》中有一个人物是这出幻想剧的真实存在，那就是德里克。他是局外人，他嫉妒孩子们的世界，他想进入这个世界并打碎它。”②如果说《水泥花园》是麦克尤恩有意搭建的幻想之城的话，那么德里克便是想进入幻想之城的真实存在。他希望了解黑暗之城的根源，也希望介入其中，最终打破这个黑暗的地方。然而，当他费尽心机走进“水泥花园”，希望探寻“水泥花园”的秘密时，他所遭遇的却是姐弟二人当着他的面的乱伦行为。“水泥花园”的黑暗本质和堕落内核由此得以彰显，伦理取向完全扭曲

① Judith Seaboyer, “Ian McEwan: Contemporary Realism and the Novel of Ideas”, Ed. James Acheson & Sarah C. E. Ross, *The Contemporary British Novel*, Bodmin, Cornwall: MPG Ltd, 1988, p. 24.

② Peter Childs, *The Fiction of Ian McEwan*, Hampshire: Palgrave Macmillan, 2006, p. 38.

的当代人已经深陷其中，外来的力量无法进行任何改变。由此，对内心力量的唤醒变得异常重要。如果“水泥花园”内部不发生改变，如果人的心灵与精神层面不发生改变，那么只能把外来的力量吓跑，却绝不会发生质的改变。这也是如今工具理性社会的致命问题所在：人性异化的深层原因是情感的缺失与灵魂的缺位，只要人不去认真审视灵魂、叩问心灵，就永远无法改变被异化为机器的现状。任何外在的力量都不会有改变的力量。

麦克尤恩之所以被称为“恐怖尤恩”的原因正是因为他不遗余力地把人类最黑暗的部分晾晒在太阳之下。在他的作品中，“自然与非自然的禁忌与乱伦行为相碰撞，现代化都市被描述成水泥丛林，文化因素对自然天性保护薄弱无力。在他的书中，事实是一切被遮掩、被隐藏的东西最终都拒绝了不在场的状态，这其中包括人的尸体、欲望以及过去。”[①]当代都市文化无法护持住人类生活状态，一切不应出现之物开始堂而皇之地出现，人类社会也由此变得混乱而荒诞，“水泥花园”完成了由一座毫无生命迹象的枯萎之地向伦理荒诞之地的转变。已经由花园变为“水泥”之园的居住地象征的是当代后工业文明已经将自然的情感、天然的生存方式侵犯得无法生存，从而直面了当代文明社会中伦理的扭曲与倒错。

除却与朱莉的乱伦行为，“我”与妹妹苏之间同样存在着变态的性伦理取向。母亲死后孩子们打开母亲的房门时，“我把苏和我想象成一对小夫妻，就要被领进一个邪恶的旅馆房间。”[②]面对母亲的死亡，刚刚成长起来的孩子首先想到的不是悲伤，不是互相安慰，而是淫邪——亲生兄妹间的淫邪。可以说，“邪恶”便是《水泥花园》中性别伦理的本质，是“水泥花园”的必然产物，也是当代都市中两性伦理颠倒错乱的隐喻。这种邪恶发生在母亲死亡之时，不得不让人感到这种邪恶的可怕，或者说这种邪恶的不可救药。

作为家中最小的孩子，汤姆在很大程度上代表的是“水泥花园”的未来。生长在情感错乱、伦理缺失的“水泥花园”中的汤姆，从未得到过情感上的满足。他与父亲争夺母亲的宠爱，不顾母亲病重而趴到母亲身上寻求慰藉都表明他既没有感受

---

① Peter Childs, *Contemporary Novelists: British Fiction Since* 1970, London: Palgrave Macmillan, 2005, p. 170.

② 伊恩·麦克尤恩：《水泥花园》，冯涛译，上海：上海译文出版社，2007年，第63页。

到足够的爱，更无法以正常的途径去寻求爱。丧失了被爱的身份本身是一种悲哀，而丧失了去爱他人的能力则预示着当代人生存状态的致命尴尬。最终汤姆为了自己的安全，为了确保自己不受外界伤害，选择了变成女孩。他的原因很简单："你要是个女孩就不会有人揍你了。"[①]为了躲避挨揍而走向情感扭曲是当代伦理困境的极端状态。人与人之间的生存状态冷漠而无情，暴力几乎无处不在，令一个年仅五六岁的儿童心怀恐惧，而为了逃避这种暴力生存环境，儿童本能地选择了变态的生活状态，既表现出对情感倒错的认可与接纳，又表现出对伦理困境的进一步推动，使得伦理困境显示出越来沉重的未来。"水泥"用残暴的方式消灭了生命力蓬勃的植物的同时，也将人性的正常情感驱逐，使"毁灭包围着我们的生命"[②]，并使毁灭成为了当代都市的标志，人的正常伦理取向也在这种毁灭背景下丧失，伦理生态变得腐烂黑暗。"小说是艺术的产物，创造的产物，但是在英国小说一直与现实密切相关。它为我们提供了一个质疑我们所构建的社会的机会，质疑它的机械化进程，以及它对人性的封锁。"[③]工具理性对情感的驱逐最终导致了人性世界的戕害行为，而对这种戕害的描写则促使人类开始反省失去了基本伦理判断的当代社会，而这种反省与思考正是麦克尤恩写作的重要目的之一。麦克尤恩的小说表面上无比荒诞，运用了超现实的情节，并采取了实验小说的形式，但其实质上紧紧把握了当代都市伦理生态，用隐喻的方式对掠夺人性的伦理现状提出了深刻质疑和批判。

四、《水泥花园》中的社会伦理混乱

《水泥花园》通过描绘"我"家周围的环境而透露出故事发生的都市背景，虽然描写"水泥花园"之外的社会伦理生态的笔墨不多，但极具代表性的情节却彰显了社会伦理的扭曲与混乱。首先是学校中同学之间的暴力行为。上学的汤姆挨了同学的暴打，"我"知道以后根本没有询问其中的原因，而是直接去暴打了打汤姆的同学，因为"我"在年龄、体力上占有优势，可以轻易地对汤姆的同学实施暴力。当那

---

① 伊恩·麦克尤恩：《水泥花园》，冯涛译，上海：上海译文出版社，2007年，第53页。

② 迈克·戴维斯：《死城》李钧，许平译，上海：上海书店出版社，2011年，第365页。

③ Florence Noiville, "The Contemporary British Novel—A French Perspective", *European Journal of English Studies*, 2006(3), p. 298.

位同学又请来在年龄与体力上更加强大的朋友再次对汤姆施暴时，“我”意识到无法与这位更加强大的人抗衡时，便停止了暴力事件，对之后汤姆再受到何种伤害丝毫不予以关注。由此可见，在培养孩子的学校中，伦理关系已经堕落到何种冷漠与残暴的程度。儿童之间没有任何怜悯之心、没有任何情感映照，更没有任何伦理思考，所有行为都基于冷漠而冰冷的恃强凌弱的秩序法则。孩子们在挨打后也没有任何伦理批判，反而在意识到对方比自我强大时平静接受。将弱者逼向绝境并使弱者接受既定秩序是“水泥”伦理的一大特点：残暴而冷酷。其次是社会中人与人之间的陌生感与敌意。“我”有一次在街上行走时将一位女士误认为姐姐朱莉，于是跑到那位女士面前。而那位女士的直接反应则是“我”要对她实施抢劫，于是吓得申辩自己身上并没有钱。面对一个处于青春期的少年，在体力上处于弱势的女士最本能的意识是抢劫。人与人之间的不信任甚至是敌对关系以及社会伦理的恐怖程度由此可见一斑。母亲病重期间的遭遇也是社会中人与人之间伦理冷漠的真实写照。母亲从生病到死亡，“没有一个医生来看过母亲。”[①]人和人的关系除了利益之外，不可能有任何其他温暖的关系存在。“由于我们一个客人也没有，也就没人问她到底出了什么问题，我也就没有当真琢磨过这个问题。”[②]“没人到我们家串门。不论是我母亲还是生前的父亲在家庭之外都没什么真正的朋友。”[③]当代表冰冷秩序的“水泥”将代表天然的花园覆盖时，就预示了人的天然情感的被摧毁、被掠夺，于是人和人之间的天然关系被打碎，人和人之间只能成为“水泥”般的无情与冷酷。母亲就在冷漠的“水泥花园”中任生命在孤独中枯萎，她不信任任何人，任何人也不会信任她。我与母亲到药店配药时，母亲对医生的评价是“他们都只会胡说八道，我不再跟他们打交道了。”[④]在母亲临终之前对大孩子们交代负担家庭责任的问题时，母亲强调孩子们必须保持家庭整洁，否则“要不了多久就会有外人闯进来，把家里的东西搬空，把所有的一切都破坏掉”[⑤]。社会中人与人之间的冷漠与敌意展现得淋漓尽致，而这种冷漠与敌意造成了人与人之间致命的孤独。受这种伦理

---

① 伊恩·麦克尤恩：《水泥花园》，冯涛译，上海：上海译文出版社，2007年，第47页。
② 同上书，第46页。
③ 同上书，第21页。
④ 同上书，第37页。
⑤ 同上书，第59页。

思想的影响，未谙世事的孩子们也对世界充满敌意。母亲死后，孩子们则认为如果别人知道母亲死了，就会破门而入，把家里抢劫一空。“那些孩子会闯进来把一切都砸个稀巴烂。”[①]整个社会伦理残忍而野蛮的现状由此得以生动展现。人与人之间不但失去任何关爱与互助，而是真正成为彼此的地狱。《水泥花园》所展示的令人惊恐的社会伦理现状表明，当代都市虽然有着惊人的发展速度，物质世界异常富足，然而人的精神领域却变得干涸，人与人之间的关系异化成冷漠的利益关系，除却利益之外，再没有任何信任与善意，残忍与暴力随之横行。由此可见，“水泥花园”中的故事是发展迅速、物质发达的当代社会的缩影，其中的各个层级的伦理认知及伦理取向无疑是当代都市伦理现状的集中揭示。

本质上讲，“水泥花园”本身就是后现代都市伦理生态的缩影。父亲搬来 15 袋水泥来修整花园时，目的是把草坪完全用水泥盖住，“绕着房子，从前到后建一个水泥的平台”[②]。按照这种计划，人住的地方将完全被水泥所淹没，不但使各种植物没有了自由生长的空间，同时也剥夺了人性与自然情感张扬发展的空间。可怕的是，“水泥”并不会自己跑来把花园毁掉，毁掉生存家园的正是人类自身，用“水泥”覆盖花草、覆盖一切灵动的生命是人类的主观意愿。这种主动地消灭情感、消灭灵魂的行为是工具理性统治下当代文化的最生动隐喻。

同时，“水泥花园”本身也是一个生态悖论，当代表现代建筑与现代生活方式的水泥本身将花园代替时，也意味着现代生活中忙碌的人们早已失去了心灵的原生状态，因此既无法体验亲情的慰藉，也无法感受正常情感的关爱。这种用无情冰冷的水泥建筑充斥现代都市的后果就是，“破坏了城市应遵循的人性的尺度。”[③]生活在“水泥花园”的孩子们的心灵完全被水泥世界扭曲，倒错的情感取向与伦理取向使得这些本应代表未来的孩子们在一片令人恐慌的混乱中，将人类的未来涂抹得一片晦暗。从某种意义上说，《水泥花园》有着类似《蝇王》一样的黑暗与病态，向世界展示出令人惊恐的未来画面。《蝇王》表现的是对人性的探讨与不信任，而《水泥

---

① 伊恩·麦克尤恩：《水泥花园》，冯涛译，上海：上海译文出版社，2007 年，第 68 页。

② 同上书，第 13 页。

③ 理查德·利罕：《文学中的城市——知识与文化的历史》，吴子枫译，上海：上海人民出版社，2009 年，第 311 页。

花园》则以最特殊的隐喻直指现代文明对人类社会的侵害。用“水泥”将“花园”覆盖本身就是机器文明对人类情感的施暴行为，是对生态伦理的彻底破坏。水泥导致“父亲”突然死亡，导致“母亲”的生命慢慢在水泥的包围中消耗枯萎，导致汤姆性别变态，导致“我”和姐姐朱莉乱伦。正如书中所说，“和好水泥然后将水泥在夷平的花园之上漫开是件绝妙的暴行”[①]。这是对人性的残忍暴行，更是对情感精神的暴行。“水泥花园”所代表的既是精神生活的程序化将身体的情感价值抹杀的隐性暴力，又代表着由此导致的无所不在的显性暴力。在双重暴力的压迫下，“个体感受及身体价值在现代生活的唯利益论、唯目的论思想主宰下被贬低和淹没，因此也不再受到关注，个体精神的荒漠化成为必然的结果。”[②]由此导致生活在“水泥花园”之中和如“水泥花园”般的后现代都市中的人丧失了正常的情感追求与伦理取向，变成性取向变态、性要求变态、亲情人情完全扭曲，根本无法正常生活的牺牲品。

五、“水泥花园”与都市伦理批判

针对物质世界飞速发展，精神世界被广泛忽略的事实，著名思想家罗斯金在19世纪就做出过这样的预言，“资产阶级世界已经濒于一场超自然灾难的边缘。”[③]及至现在，预言已经变为了现实：水泥已经将花草覆盖，将精神掩埋，将情感驱逐。人的审美情趣已经被水泥规划得精确而统一，所有曲线的、柔软的东西在“水泥”的规划与侵袭下没有立足之地。房子只是房子，与家园无关；父母只是父母，与亲情无关，兄弟姐妹只是兄弟姐妹，与关爱无关。当代都市中的房子只是一个个水泥砌成的长方形，里面容纳的是被水泥同化的精神与情感。当代城市的建设速度是令人眩晕的，很快一切都被水泥覆盖。人们在水泥的世界里能够找到秩序感和成功感，却唯一没有心灵的满足与愉悦。这是“水泥”所代表的工具理性的成功，却是精

① 伊恩·麦克尤恩：《水泥花园》，冯涛译，上海：上海译文出版社，2007年，第14页。

② 刘春芳：《〈夜行列车〉中身体暴力现象研究》，《解放军外国语学院学报》2011年第2期。

③ Seaboyer, Judith, “Ian McEwan: Contemporary Realism and the Novel of Ideas”, Ed. James Acheson & Sarah E. Ross, *The Contemporary British Novel*, Edinburgh: Edinburgh University Press, 2005, pp. 22—28.

神的废墟。水泥建造的城市“使人们彻底远离了自然，这导致了堕落和废墟。”[①]更为严重的是，它“不仅制造物质废墟，还致使人性残缺不全……混乱威胁着秩序，死亡的都市形式降临到这个商业代过程之中。”[②]“水泥花园”所建构的辉煌废墟中除了严格的规范秩序之外，就是死亡——肉体的死亡、父亲的死亡、母亲的死亡、理想的死亡、未来的死亡。《水泥花园》更加深刻、更加残酷的批判指向在于，恐怖的故事全部发生在孩子身上。“当代小说的未来图景完全与技术的影响及其相关思想纠缠在一起：表达对未来的绝望和希望——而这将通过儿童形象得以衡量。”[③]

> 《水泥花园》是一部讲述孩子们的恐惧和渴盼的小说，这也令读者想到了许多以被成人抛弃了的孤独的孩子们为主题的小说，其中最值得关注的就是威廉·戈尔丁的《蝇王》。与戈尔丁笔下变得野蛮疯狂并最后相互打斗残杀的情节不同，麦克尤恩笔下的孩子们靠得越来越近，不得不令读者们想到，成人的世界为什么仅仅抑制孩子们相互侵犯的天性，而没有压制他们性欲望的天性。[④]

从这种对比可以看出，《蝇王》中脱离成人世界的孩子们互相残杀的恐怖状况与《水泥花园》中黑暗冷酷的状态不同。《蝇王》展示的是当人类脱离社会的束缚之后，人性恶的一面将由于缺乏社会的制约而展露无疑，人的原罪充当了毁灭人性和社会的罪魁祸首。而麦克尤恩笔下孤独的孩子们正是在社会的中央，在都市的中央，在水泥森林的中央走向变态与毁灭。他们自己见证了水泥世界的建构过程，并在水泥驱逐花草的过程中交出了最后的纯净与天真，变成被水泥同化的机械之物。他们由于被剥夺了情感与心灵而感到孤独，因而越靠越近，但这种靠近却以丧失情感关爱为基础，因而靠近带来的却是更加致命的伤害，最终只有在没有情感引领的阴冷氛围中，陷入性混乱的情境之中，败坏所有的道德与伦理规范，使世界走向心

---

① 理查德·利罕：《文学中的城市——知识与文化的历史》，吴子枫译，上海：上海人民出版社，2009年，第376页。

② 同上书，第52页。

③ Robert Eaglestone, *Contemporary Fiction: A Very Short Introduction*, Oxford: Oxford University Press, 2013, p. 85.

④ Peter Childs, *Contemporary Novelists: British Fiction Since 1970*, London: Palgrave Macmillan, 2005, p. 169.

灵的、灵魂的扭曲与冷漠,这是当代都市中更加残酷的一面。人与人之间的残杀不是血腥的外在残忍,而是最无情的内在撕裂,看似亲密却是最彻底、最无情的毁灭。

在这样的"水泥"世界中,人类世界的伦理观同样被水泥所侵袭困扰。人的冷漠和孤独使人丧失了同情与怜悯。伦理混乱的"水泥"世界导致"和谐被打破了,打破的还有我们周围的世界……如此月复一月,黑暗与日俱增。"①有评论家认为,麦克尤恩用极为黑暗的笔触写尽了当代人性的荒芜与残忍,更将伦敦"这座英国首都描述成了一所当代的大墓地。"②其实麦克尤恩正是通过对人的内在混乱的描写,突出外部文化对人类内心世界的侵害。

> 在我最初的故事中,我希望能够将嘴唇尽可能地贴近读者的内心,越近越好。这几乎是对虚假亲密的一种戏仿。第一次进入公共的表演竞技场,我努力地,有人说我是近乎不惜一切地,为一系列精神错乱的叙述者提供可怕的、血腥的秘密。③

麦克尤恩在最初的小说中的恐怖设置,在他看来只是希望更紧密地与读者的内心相关联的手段。也就是说,情节只是手段,打动读者、使读者思考才是目的。这也是《水泥花园》的设置封闭而虚幻背景的主要原因。《水泥花园》中几乎未直接和确切地提及外在世界,

> 唯一偶然提及的公共事件就是关于倒垃圾的事情(由于1975年的垃圾工人罢工引起):"我觉得可能是罢工了,不过我们什么也听不到。"其余的时刻,小说则完全局限在一座孤独离世的房子和花园中,以及在父母死后孩子们同样与世隔绝的思想。④

从这样的安排中,可以读出麦克尤恩对当代都市文化的深刻认知。首先,唯一

---

① John Ruskin, *The Storm Cloud Of The Nineteenth Century: Two Lectures Delivered at the London Institution February* 1884, Whitefish: Kessinger Publishing, 2007, p. 138.

② Maczynska Magdalena, "This Monstrous City: Urban Visionary Satire in the Fiction of Martin Amis", Ed. Will Self, China Mieville, and Maggie Gee, *Contemporary Literature*, 2010(Volume 51, Number 1), p. 58.

③ Ian McEwan, "Mother Tongue: A Memoir", Ed. Zachart Leader, *On Modern British Fiction*, Oxford: Oxford University Press, 2002, p. 39.

④ Brain Finney, *English Fiction Since* 1984, New York: Palgrave Macmillan, 2006, p. 87.

提及外部世界的事件是垃圾。“垃圾”所指涉的肮脏与恶臭自不待言，那么外部世界的本质特点也因为垃圾事件而不言自明了。第二，外部世界不仅仅像垃圾一样肮脏恶臭，更加恐怖的是，即使是在这样肮脏的世界中，人类还要用罢工的形式使这种肮脏更加无法忍受，同时也说明肮脏的世界已经到了无法清理、无法面对的地步。第三，肮脏世界中一座与世隔绝的“水泥”花园，既表明当代都市中人与人之间的冷漠与距离，又暗示出肮脏世界人类绝望的生存状态。第四，父母的死亡与孩子们内心的孤独正是当代都市人心灵世界的生动摹写。父母死亡无疑告诉读者当代都市中人类的精神已经没有了依托，情感世界已经没有了关爱。而与世隔绝的生活方式更加无法教会孩子们如何去感受生活，只好使孩子在冷酷的“水泥花园”中以残酷的方式自我毁灭。

这样的情节和人物设定似乎有些荒诞，然而，“文学是特定历史阶段伦理观念和道德生活的独特表达方式，文学在本质上是伦理的艺术。”[①]而且，麦克尤恩的写作一向都蕴含着严肃的主题。著名评论家彼得·查尔兹也在《1970年后的当代小说家》中这样评论三位作家，“伊恩·麦克尤恩常被冠以‘恐怖伊恩’的标签，其实与马丁·艾米斯和朱利安·巴恩斯这两位常常与他一起被视作同一作家群的作家相比，麦克尤恩则是更加严肃，风格上不那么后现代的作家。”[②]麦克尤恩本着严肃负责的态度，精心建构了一个深刻而完美的故事范本。他在《水泥花园》中抛弃了传统小说的繁复情节和人物刻画模式，将荒诞与现实融为一体，用冷峻甚至荒诞的叙述创造出了一个可悲怪诞的天地，却将现代都市生活中所有病态的、可悲的和肮脏的东西在其艺术风格中得到无声却成功地展示，深刻传递出他对当代西方都市中伦理困境的忧虑与批判。《水泥花园》中不同伦理层级的黑暗现状直指当代西方都市中伦理扭曲、道德缺失的现状，人在这种混乱的伦理生态中美丑不辩、善恶不分，价值取向完全被颠覆，人类的最后一丝尊严被无情摧毁。麦克尤恩的这种对摧毁力量的冷静陈述迫使当代人在癫狂与错乱中冷静下来，直面这种人文灾难，思索如何建构更符合人文理性的伦理取向，拯救被后工业发展所异化的灵魂。这种思考

---

① 聂珍钊:《文学伦理学批评——基本理论与术语》,《外国文学研究》2010年第1期。

② Peter Childs, *Contemporary Novelists: British Fiction Since* 1970, London: Palgrave Macmillan, 2005, p. 160.

对物质世界飞速发展的我国社会亦有一定的镜鉴意义。

第三节　“死婴”——当代都市伦理宿命

马丁·艾米斯的第一部小说《蕾切尔档案》通过青年人的恋爱主题揭示了当代都市人在情感范畴的变异思想，已初见其喜剧中见阴郁的写作风格。而其第二部作品的风格则更加阴郁黑暗。该小说以《死婴》(*Dead Babies*)为题，仅从题目就可以理解为是马丁·艾米斯对未来的灰暗态度。从情节上看，《死婴》记述了三个美国人到朋友的庄园中一起度周末的情形。按照传统小说的叙述常规，这应该是一个与乡村、友情、爱情相关的美好故事。然而，在马丁·艾米斯的笔下，以乡村为背景、以周末为时间、以朋友为主体的故事却演变成了一场血腥恐怖的谋杀。这场谋杀的产生根源、谋杀者与被谋杀者的心理变异以及在此基础上的批判指向，都使《死婴》成为解读当代都市伦理的一个范本。有评论说《死婴》中的叙述者变成了第三人称，风格也从原来半自传性质的讽刺喜剧变成了韵味十足的梅尼普讽刺体①。由此可以看出，马丁·艾米斯在创作时已经明确了其作品对现世的讽刺与揭露作用，《死婴》这个本身就比较恐怖的题目更是毫无掩饰地表达了马丁·艾米斯对当代社会的个人理解和态度。

该小说发表于1975年，正是撒切尔夫人成为保守党领袖的那一年。撒切尔夫人于1970年进入爱德华·希思内阁担任教育及科学大臣，1975年成为保守党党魁，并从1979年开始连续执政了11年。她大力推行私有化政治主张的举措使英国社会对物质与金钱的追逐达到狂热程度，而她对英国福利制度的摧毁，如对学生免费牛奶的取缔等，都在很大程度上使当代英国文化走向了更加残酷的竞争的方向。以至于2003年英国电视台Channel 4举办的“你最痛恨的100名最坏的仍在世的英国人”的调查中她成为全英国所仇恨的100名人物中的第三名。在《现在的

---

① “梅尼普体”文学即“梅尼普体”讽刺文学。这一名称取自纪元前世纪加达拉的哲学家梅尼普的名字，是他创造了这个体裁的经典形式。这个名称作为特定的体裁的术语，是公元前世纪罗马学者发禄首先采用的。他把自己的讽刺作品称为梅尼普讽刺，简称为梅尼普体。这种体裁对于文艺复兴时的伟大作家拉伯雷和塞万提斯小说有着极大的影响。到了现代，梅尼普体文学精神被更广泛地纳入各种文学形态中。

小说》一书中，著名评论家理查德·布拉福德在谈及撒切尔对英国文化的影响时说，

> 撒切尔主义已经成为一暗语，人们用它来指涉国家在意识形态领域中最深刻和最基础的变化，也用来指不同的组织和个体察觉到的在社会中发生的各种改变。这个词变得声名赫赫，但却令人讨厌，然而没有人会否认它的存在。厌恶者认为撒切尔主义鼓励了贪婪、强烈的物欲以及肤浅的个人欲望追逐，并且使这些贪欲变成了荣耀的东西。①

《死婴》及其之后的《金钱》《成功》等小说，都是强烈地指向撒切尔夫人所主导的贪欲社会的批判文本。马丁·艾米斯既有着敏锐的洞察力，同时又具有强烈的社会责任感，他的小说大多对社会中的情感缺失、欲望横行等现象进行了隐喻式呈现。有的则像《死婴》和《金钱》这样的小说，从题目到内容都以最直白痛快的方式扯掉了所有虚幻的面纱，用最赤裸和最凌厉的方式表达出他对当代都市文化的忧虑及批判。这部极具讽刺意味的作品虽然表面上看刻画的是未来景象，但它的主题其实是直指今日世界。马丁·艾米斯在序言中也曾明确说明，叙事方法的探索与运用只是为了更好地服务主题，对未来景象的刻画也只是为了让今天的人们更清醒地看到当下的生存状态与未来的关系，由此反思当下的生活方式。因此，《死婴》的黑暗叙述的着眼点其实只在当下。马丁·艾米斯正是通过描述一幅惨不忍睹的未来景象使人们不得不停下来思考自己的命运，从而能更有效地避免未来惨状的发生。马丁·艾米斯从本质上讲是一位充满人文关怀的作家，是对现实生活做出敏锐观察、对未来生活充满希望与期待的作家。因此，马丁·艾米斯叙事技巧的运用很好地服务了主题，使他的思想得到很好的传达，即：如果人们不对自己当下的生存状态进行反思与改善，那么内心的荒芜、伦理的空白、道德的混乱便会导致人性的灾难，使未来人们的生活如小说所描写的一般恐怖与混乱。

在这部小说中，马丁·艾米斯强烈的黑色幽默的风格首次无比清晰、无比令人震惊地展现在读者眼前，也将其对现代社会中人类最深沉的生存困境予以深入揭

---

① Richard Bradford, *The Novel Now*: *Contemporary British Fiction*, Malden: Blackwell Publishing, 2006, p. 30.

示与展现,而这种真相也正是一些读者无法忍受的原因之一。很多读者对小说中毫无道德观念、毫无情感慰藉的语言感到无比的愤怒。的确,小说中残忍恐怖的内容与轻率冒失、无所畏惧的语言形成了鲜明而骇人的反差。这部小说所表现出来的特点也构成了日后马丁·艾米斯的主要写作特点:令人难堪的黑色幽默、对时代精神无法摆脱的焦虑与困扰、作者的介入、遭受残酷而滑稽的不幸与羞辱的人物,等等。马丁·艾米斯的残忍书写可以说由此便奠定了基础,其对现代社会的深度理解与尖锐批判也从这种残忍与恐慌中透露出来。

一、《死婴》的都市伦理指向

《死婴》的故事发生的场所在乡下,从表象上看这个故事与都市无关。它并不像《伦敦场地》那样明确指出故事发生的背景,也不像《水泥花园》那样通过描述无所不在的水泥森林指涉出其都市底色。然而,《死婴》通过小说中的人物、小说的叙述方式表明,这个故事是不折不扣的都市故事。

首先,《死婴》在叙事上的明显特色表明了它的故事源起。我们知道,在诸多的叙事理论中,时间是非常重要的叙事因素。在小说的叙事中,时间要么是对小说中诸情节起连接作用的顺序链条,要么是对故事中的虚构事件的发展进程进行梳理和控制。也就是说,线性顺序是一般小说的叙事特色。而在这部小说中,整部书的语篇时间分为三个部分,"星期五""星期六"和"星期天",这三大部分再进一步分成短小的章节,有的章节甚至仅有几页长。仅从叙事的时间上来看,"星期五""星期六"和"星期天"便与都市生活紧密相连。只有都市人才有明确的周末概念以及度假的概念。因此,这个叙事时间实际上已经交代了故事主体的都市背景。除此之外,叙事的"主角"们也清晰地指涉出其明确的都市背景。书中几个青年们放荡聚会中最离不开的几件"主角"便是毒品、性和酒精——这些同样是都市生活的象征。再者,艾米斯总是以一种无所不在的全能的叙述者身份插入情节中,让人感到有些故意的成分,似乎一定要让读者知道他掌控着整个故事,是他为每个设定好的角色提供台词,是他深入故事背后了解每个角色的思想动机。通过这样的叙述手段,读者会因此感觉到每个人物背后的真实动机与心灵的空虚感,于是也就更容易理解他们为什么恼怒、为什么发作了。整个故事非常地混乱无序、非常地放荡堕落,而马丁·艾米斯采取的这种叙述方法很好地使读者走进了人物内心。这些人物的内心折射出的正是与都市情绪和都市生活密切相关的感受。通过这种叙事方式,马丁·艾米斯将读者完全引入一个他建构起来的特定场地中,使读者得以暂时走出现实的困扰,对这个特定场地中的特定故事体验得更加彻底。这是一个令人惊恐的、心灵荒芜、道德败落的场景。在这个场景中,年轻人完全失去了伦理的情感基础,完全以伦理空白的形式纵身到糜烂而混乱的生活中。凡是对这种描写产生强烈愤怒甚至是厌恶的读者,都会切身感到其中蕴含的恐怖意味,同时或多或少地体会到这种恐怖生存状态的根源所在——都市中一切唯目的论、唯利益论的理性梳理使人丧失了基本的伦理底线。

进一步讲,《死婴》中都市青年将都市伦理思想带到乡村,并在乡村的庄园内肆意放纵,到最终以相互的杀戮结束,甚至还留下了杀戮是否会继续的强烈悬念。这种城乡交接的背景设定只能说是对当代都市伦理影响乡村的一种忧虑。都市生活、都市文化本身在许多方面就对乡村生活有指导作用,都市青年伦理混乱的狂放举动无疑会导致乡村丧失最后的一点天然与质朴,走向与都市一样的伦理灾难。

二、《死婴》与当代伦理现状

从某种意义上说,马丁·艾米斯特殊的叙事方法将现在与未来相连,在看似现实的写作中揭示了惨痛的未来画面。"不参照过去和未来,要解释现在,是不可能的。"[①]马丁·艾米斯正是通过这种参照,既淋漓尽致地批判了当下的生存境遇,又生动地描绘出一幅未来场景。在这个恐怖的生存状态中,毒品、酒精和性是无所不在的"主角",他在陈述中没有说教,但却深刻引发了人们对当下的伦理状况的思考。

第一,叙事的独特顺序指涉了当代伦理的孤独与混乱的特性。传统的阐述方法是将事件按照物理时间顺序依次排列,而在《死婴》中,马丁·艾米斯则用了"后现代招式"处理其中的事件。例如,小说中有三个情节都从一个时间点展开。在相同的半个小时中,第一组对话在基思和吉尔思之间展开,第二组对话在西莉娅与戴

① James Diedrick, *Understanding Martin Amis*, Columbia: University of South Carolina Press, 2004, p. 29.

安娜之间展开，而第三组对话则在昆丁和安迪之间展开。这三组对话发生的顺序不是先后依次发生，而是完全同时的。我们知道，一个作家不可能同时描述三个场景，因此马丁·艾米斯描述完一个场景，又回到原点，开始描述第二个，之后再回到原点描述第三个。按照线性时间的规律，第一场对话结束后，半个小时便已经过去，不可能再回到原点开始第二场对话，因此马丁·艾米斯便运用这种独特的叙事方式，使得时间发生逆转，由此达成对事件的全能叙述。马丁·艾米斯把这种叙事方式称为"并驾齐驱"。这种叙事方式正是故事叙事和语篇叙事的差异所在，也是传统叙事和后现代叙事的差异所在。在故事叙事中，时间排列的顺序是A—B—C—D—E，而语篇时间则将之重组为E—A—B—C—D。这个貌似虚拟的故事由于叙事方法的独特运用，使得《死婴》成为一部预言式的小说。更重要的是，这种叙事方法使每个人都能担当主角，即在小说中每个人的内心思想都能得到展现。没有人是他人的配角，所有人都能表达自己的意念与思想。质言之，这也是当代伦理思想的基础。传统的道德观念是顾及他人的，为他人的利益着想。而工具理性所指引的当代社会中，人人都以自己的利益最大化为目的，都只关注自我的利益与目标是否实现，他人即是地狱的思想已经被普遍接受。马丁·艾米斯独特的叙事方式便体现了当代都市伦理基础缺失、伦理表现混乱的特点。

第二，《死婴》叙述的故事本身便是对当代伦理的象征性表达。《死婴》故事的主人公是一群相当恶劣的人物，共有十一个。这些恶劣人物齐聚本身就指涉出当代伦理已经堕落到相当肮脏的地步，而这些恶劣肮脏的人之间展开的故事更加成为当代伦理危机的指征。这十一个人中，六个是苹果种子庄园的住户。他们聚居在里赫特福德郡乡下的一幢三层小楼内，这些人包括：虽容貌俊美但善于欺骗的昆丁；极具性攻击力的安迪；富有但被焦虑困扰的吉尔斯（他摆脱不去的忧虑就是担心失去牙齿）；还有又矮又胖、丑陋不堪、充当大家笑料的基思。另外还有两位女性，一位是昆丁的妻子西莉娅，另一位是安迪的女友戴安娜。值得一提的是，小说中的女性角色不像男性角色那样特别让人厌恶，这其中也许是因为女性角色刻画起来不是很容易，也许正展现了马丁·艾米斯对女性描写的一种特色。在其日后创作的主要作品中，如《伦敦场地》中的妮科拉，《夜行列车》中的詹妮弗等，都不是令人生厌的女人。美丽知性的詹妮弗自不必说，她所代表的美丽与优雅以及其最后被戕害的结局,所指涉的正是后现代社会对美的扼杀。而《伦敦场地》中性生活混乱、对生毫无留恋、主动追求死亡的女性妮科拉,尽管以一位情感倒错、道德混乱的女性出现,但丝毫未让人感到恶心与厌恶,反而会让人对其毫无希望的无助生活感到同情。《死婴》中的两位女性显然还不具备马丁·艾米斯日后作品的人物深度与隐喻意义,然而却体现出马丁·艾米斯在描述女性角色上的一贯传统。

《死婴》中除了对上述人物的描述之外,还描述了三位美国客人的到来。他们投身到洋溢着青春悸动但却毒气漫延的大熔炉里:一位客人名叫马韦尔,他是哥伦比亚大学主修心理学、人类学和环境问题的研究生,现在是位秘密记者,同时也是位电影制作人、流行文化的推广人。他对硬性毒品和色情文学极其上瘾。另一位叫斯基普,是位讲话语速极慢、反应极为迟钝的南方人。还有一位名叫罗斯安那,长着一头热烈的红头发,是个膀大腰圆的大块头。这些年轻人聚集在一起,把乡下破败的房子当成展示自己的戏台,尽情展示他们对生活、对情感、对性、对未来的理解。他们以酒精、毒品和乱性为戏码,上演了一场展现当代伦理灾难的悲喜剧——喜剧是因为故事本身乱象横生,悲剧是因为乱象之下所表达的对世界现状与未来的晦暗认知。例如小说有一个情节是马韦尔将矮矮胖胖的基思视作自己的毒品试验人。每当他想尝试新型毒品时,就会强迫他先服用,之后他便观察基思服用毒品后的反应情况,根据基思的身体反应来决定自己是否服用。如果撇开这种行为的性质,它就像男孩子之间调皮的游戏。然而,强迫他们替自己试毒品的性质本身则令人立刻感受到背后的恐怖及悲剧意味——人与人之间的冷漠与残忍已经到了无视他人感受、无视他人生命的程度。从工具理性的角度看,马韦尔的做法目的极为清晰,行为也极具目的性,符合工具理性的运作逻辑。然而,正是这种以利益、以目的为核心的思维模式,使得人和生命的概念从他的思想中删除。没有对人和生命的尊重,人的行为变得无比残忍,人和人之间的关系也堕落为恃强凌弱的利用关系和欺凌关系。而在强者欺凌弱者的同时,弱者的行为也并不是完全令人同情的。他们也同样投身于放纵无度的生活中,身上也从未体现出对道德的反思、对人性的理解和对情感的尊重。他们虽然在某个方面受人欺凌,但他们本身仍然是当代伦理的践行者。

不过,细读小说也会发现,其实小说中所有的人物尽管行为放纵,但却并不惹人仇恨，而是令人可悲可叹。本质上讲，他们在周末度过的日子并不顺利，因为这些人都是虚无主义者，他们在精神上无从依赖，在情感上无处慰藉。他们极度空虚与无聊的内心使他们找不到令自己安静下来、令自己回归本真的途径。他们不顾一切地自我放纵，不管是对待自己还是对待他人都没有丝毫的责任感。当事情变得极端混乱、极端错误时，他们也随之变得极端混乱、极端错误，丝毫无法控制事态的发展，更没有反思自我、反思社会的能力，只能随波逐流，通过极端的放纵寻求出口。马丁·艾米斯则好像下赌注似的，为了使故事更有震撼力，他在故事中还添加了心理恐怖的因素和情节。例如在书中有一系列肮脏污秽的纸币，上面的签名为“约翰尼”，而这个人却似乎谁也不认识。但对其性格根源的挖掘会让人多多少少同情他们的当下境遇。孤独感与陌生感是繁华丰富的物质生活给人带来的精神灾难，由于致命的孤独与陌生感，人与人之间的温情被抹杀，剩下的只是残忍的游戏。

马丁·艾米斯从来都欣然接受人们将他称为讽刺作家，而且在批评界眼中，他不是“读者的作家”，而是“作家的作家”，由此可见马丁·艾米斯对叙事技巧运用的主动性，目的是将其主题与思想通过叙事方法更准确、更深刻地传达给读者。从内容上看，这部小说的基调肮脏污秽，但同时又极具喜剧色彩。胆小的人应该都不会喜欢这部作品，因为书中虽然没有真的死婴，但是却充斥着吸毒、酗酒以及放荡的性行为，其恐怖与混乱程度与摆在眼前的死婴没有什么差别。面对一些读者的质疑与诘难，马丁·艾米斯置之不理。马丁·艾米斯执意要用这种令人心惊的方式、令人恐慌的文字将当代都市人的真实伦理生态展示出来，使为了外在的成功、为了世俗的享乐而忘记心灵的人们停下脚步，反思当前的生存现状，思考因此而晦暗不明的未来，从而达成其警醒世人灵魂的目的。马丁·艾米斯的叙述也许令人不快，他的文字更令人心生悸动，但我们不能怀疑他的人文情怀与积极的救世初衷。衷心希望对其作品的解读、对其思想的解读能促进人们对其写作指向的认识。

三、《死婴》与当代伦理宿命

如前所述，《死婴》记述的是一些朋友在一所乡下破败的房子里度过的几天时光，他们挤在一起酗酒、吸毒、施虐、放荡不羁，纵情纵欲，现代社会中人类的生存窘境由此得以真实而恐怖的展现。生活在后现代社会中的人们精神无所寄托，信仰无从皈依，道德规范也无从谈起，人们虽然看似生活得天马行空，无所畏惧，但狂放不羁与肆无忌惮的背后却是混乱与倒错的精神状态与恐惧无着的生活状态的真实写照，伦理秩序在这种混乱中也丧失了最起码的坐标与指向，人便在伦理混乱的状态下成为残忍、无情的机械人，血与肉的感受完全被摧毁。《死婴》不仅在主题上奠定了马丁·艾米斯对情感倒错、伦理混乱的后现代社会的深入思考与批判基调，充斥了对死亡与性的思考，在叙事技巧方面，马丁·艾米斯也展现了其极具创造性和实验性的后现代风格，是日后许多批评家称之为“后现代招式”的首部重要作品。这部作品不像其第一部小说《蕾切尔档案》一样为其带来了毛姆奖的荣誉，但这部小说正是从主题与叙事两个方面，充分展现了马丁·艾米斯的创作特色与过人之处，展现了其对后现代社会精神与心灵疾病的敏锐探测与深度挖掘。

正如马丁·艾米斯在小说的序言中所说：“即使当一个讽刺家给读者呈现一个将来的状态，他的任务也不是预见，就好像他的主题应当是今天，而不是明天一样。”[①]马丁·艾米斯通过对生活在今天社会中的青年的放荡生活的描述，其实已经在揭示未来的生活状态。《死婴》本身就是一个极具隐喻意义的题名。从情节的设定看，《死婴》与马丁·艾米斯的最新作品《怀孕的寡妇》有一定相似之处：都是几个青年人到一处固定的房子内所展开的混乱生活。如果说《怀孕的寡妇》指涉的是当代都市由于工具理性的统治，人们在爱与情感空白的世界中无法建构更富灵性的生活，因而残暴横行，而残暴横行的世界根本无法孕育新生的一代的话，《死婴》的批判意义和尖锐程度则更胜一筹。然而《死婴》是马丁·艾米斯 1975 年的作品，而《怀孕的寡妇》则是 2010 年问世的新作。从这个线索上看，马丁·艾米斯批判的激进程度似乎有所减弱，同时，其对社会改良及改良后的前景的思考则更深刻。在本书中，本主题不在探讨之列，留待日后再详加研究。

“死婴”形象的本身虽然在批判力度上过于激烈，但是却尖锐而不留情面地指出了当代都市伦理混乱和缺失之后所带来的灾难性事实，同时也形象而生动地指涉了当代都市伦理的宿命。《死婴》的小说中本没有“死婴”出现，而“死婴”这个形象本身所具有的阴暗与悲剧色彩却直指内心。

---

① Martin Amis, *Dead Babies*, London: Jonathan Cape, 1975, p. II.

首先,“死婴”从字面意义上来讲,指的是死去的婴儿,即指根本没有生命力的起点,没有任何希冀的未来。婴儿首先指的男女爱情的结晶,而这个结晶的死亡本质说明了在当代社会缺乏基本情感内核的男女关系根本无法诞育新的生命,即使有生命因此产生,也必定是没有任何生命力的“死婴”。对当代都市文化背景中男女关系的呈现与批判是马丁·艾米斯在写作中一直所执著关注的主题。不论是《伦敦场地》中妮科拉在男女关系上的混乱行为,还是《夜行列车》中的詹妮弗无法与男友建构本真的、真实的男女关系而选择自我毁灭,都对男女关系变异为没有情感内核、没有心灵慰藉的肉体关系,甚至是相互冷漠、相互仇恨的可怕关系进行了极为生动的呈现。当代都市伦理的没落使得青年男女之间没有信任、没有爱情、没有责任。混乱与冷漠的关系无论如何不能承担孕育新生命的职责。他们只能孕育出“死婴”,而“死婴”则根本不能承担人们对未来的任何期盼。因此,“死婴”不仅象征了当代伦理的悲惨宿命,更是对人类未来宿命的可怕揭示。

其次,抛开“死婴”的字面意义来看,“死婴”在本小说中有着更加深刻的含义,因为实际上小说中并没有真正的“死婴”。而细读文本可以发现,书中这些毫无追求、行为放纵、生活混乱的青年不正是活生生的“死婴”吗?这些青年的所作所为直指一个毫无希望、毫无活力的未来世界——“死婴”不正是没有生命、没有活力、没有希望的未来世界的象征吗?因此,《死婴》正是指涉这些深受都市文化浸润、物质生活富有的年轻人,生活得看似潇洒快活,实际上他们就像是行尸走肉一般,情感空洞、心灵荒芜,没有丝毫的道德伦理约束。他们不可能长大成人,不可能走入未来,只不过是一具具婴儿的残骸。或者说,这些生活混乱的青年们无论如何不会孕育出美好的未来,如果他们真的孕育后代的话,那必是“死婴”无疑。

马丁·艾米斯在书中也充满对性的描写,这一方面奠定了其写作主题;另一方面,书中对性的描写其实也是书中人物的人性描写:“肮脏和邪恶”成为性的特征,同时也是当代人生活状态的残忍真相。马丁·艾米斯的研究专家詹姆斯·迪德里克(James Diedrick)认为,

> 《死婴》是马丁·艾米斯对同自己当代人生活状况的真实写照,其中充满了他对同时代人的憎恨。作品中与马丁身份非常相似的主人公昆丁最终野性爆发并谋杀了其同伴的行为,便是最有力的证据。马丁·艾米斯在第一部小

说《蕾切尔档案》中，显示出一种隐匿的“弑父情绪”，而在《死婴》中，他对自己同时代的人进行了同样的仪式。[①]

可以说，从表象上看，《死婴》叙述的是一个完全由作者虚构、与现实完全脱离的隐喻性故事，像《天路历程》一样具有强烈的类比含义。正是在这个虚构中，马丁·艾米斯深刻而准确地表达了他对当代社会的理解和对未来社会的不信任。马丁·艾米斯的作品一直的基调便是尖锐地指出当代社会的痼疾，其疾病书写如同医生的诊断书一样，不是集中或执著于现实细节的描述与摹写，而是通过隐喻性的故事直指真相与本质。马丁·艾米斯通过生活在有些超现实的地点的发生在一些青年人身上的超现实故事，指出如果当代人不对自己的生存状态进行反思，如果不对道德混乱、情感倒错的生存困境进行批判和关怀，那么人们将最终会像《死婴》中的人物一样，内心世界变得虚无而空洞，情感世界变得僵死而绝望，因此最终会完全失去爱的能力，心灵的虚无与情感的扭曲将成为杀死未来的恶魔。通过“死婴”这种恐怖而绝望的意象设定，马丁·艾米斯“针对毒品、性、金钱、享乐主义、消费文化展开叙述……旨在为新的一代表达一种新的社会气质。”[②]将当代文化的底设定为“死婴”般的恐怖和绝望之后，马丁·艾米斯希望新一代人能够在认识到当代文化困境的基础上，开启建构新型文化的路径。这种置之死地而后生的勇气的体现，一则表明了马丁·艾米斯对当代英国社会文化的诊断之痛彻，二则表明了其对未来希望追求的认真与热切。

1971年，马丁·艾米斯在《观察家报》发表了一篇文章，题目为“一本关于死者的书”。马丁·艾米斯在这篇文章中描述了巴罗斯的小说《野性的孩子》中的人物。在阐释这部小说时，马丁·艾米斯用了一些极具批判力的词汇，如肮脏、邪恶等，这些词汇用来指涉《死婴》中的人物也是恰如其分的。《死婴》同样是一部关于“死者”的书，而且死得那么彻底，从一出生便成为僵尸，毫无生命、毫无未来可言。因此，《死婴》所代表的不仅是僵死的现在，更直指毫无生命的荒芜的未来。《死婴》无论

---

① James Diedrick, *Understanding Martin Amis*, Columbia: University of South Carolina Press, 2004, p. 47.

② Peter Childs, *Contemporary Novelists: British Fiction Since* 1970, London: Palgrave Macmillan, 2005, p. 9.

从隐喻意义还是从文本意义上，都明白无误地表明了当代小说的批判主题，深刻呈现了贯穿在当代小说中的“新千年的焦虑”，即一切的终结，“意识形态的终结，对市场经济和全球化的对抗的终结，可选择的未来的终结，理想主义的终结，文化的终结，价值的终结和意义的终结。”[①]

《死婴》便是这样一部让人绝望的小说。由于其主题涉及性与毒品，而叙事风格又颇具后现代的特色，因此有一些方面的确不适合所有人的胃口，甚至招来很多人的厌恶与非难。然而，假若通读并能够真正理解该书的核心内涵，领会到这其中的所指，那么你肯定会觉得书中很多令人发笑的荒诞情节，有一种对当代社会的敏锐批判。马丁·艾米斯一直是以一种后启示录般的书写来揭示我们生活的世界所蕴含的种种荒诞与疯狂之处。其超现实的描写旨在警醒世人，旨在指出我们身浸其中而并不自知的恐慌，旨在告诉当代人假如对当下生活依然毫无认知、毫无改变，那么他笔下的混乱与惊恐的世界就是我们的未来。《死婴》中因毒品而疯狂残忍的青年，因浸透了科学理性但缺乏情感的文化熏陶而变成情感倒错、野蛮暴虐的都市新宠，都无不昭示了马丁·艾米斯深刻的忧虑。他当下的残忍正是对未来的呵护，是他对人性的关怀与期待。马丁·艾米斯对社会的洞察力极为深刻，同时对当代社会的文化困境有着自己的认识和观点，因此必然要通过作品发声。当代都市文化中的种种困境，“真实与非真实之间的不确定关系，以及不确定的过去、现在和未来，这些都质询着以科技和理性为主要模式的历史进程，这种思索和批判出现在诸多文本中，也促使作家通过主题清晰的写作进行反思。”[②]《死婴》是马丁·艾米斯对工具理性控制一切的当代都市文化的反思，更是一种清晰有力的批判。

通过伦理视角对这些当代英国小说的分析可以看出，伦理困境已经蔓延到社会生活的诸多层面，无论是市井坊间，还是大学教堂，无论是繁华都市，还是乡村山野，都无可避免地受到伦理传统坍塌的冲击。在工具理性提倡一切工具化、目的化、利益化的思想指导下，活生生的灵性生命受到扼杀，个性遭到蔑视，人被规划为生产链条中的一个环节。无论何种职业，唯一的标准就是世俗和物质的成功，人的感受差异被完全忽略。尤其是在当代都市中，水泥占领了花草，高楼占领了天空，

---

① Nick Bentley, *British Fiction of the* 1990s, London: Routledge, 2005, p. 7.

② Ibid., p. 7.

家沦落为一个门牌号,后院,也包括人的精神后院成了“水泥花园”,人与人失去交流的触点,每个人的心都被工具理性梳理为一个机械断片。城市里充满奇观、充满几何感,灯火越来越辉煌,然而人却越来越孤独和绝望。一切都归为秩序,整个世界已经被建构成一座高度秩序化的帝国。在这个帝国中,与人性、与情感、与精神相关的一切因素被排除在外,没有了人性与爱做基础,人类的伦理观念也遭到彻底颠覆。

抽空了人性基础的伦理,变成了一条条干瘪冰冷的原则和规范。这种脱离人的生命经验的伦理必然会远离人的丰富性,最终用僵死的理性概念排斥掉人的情感。这样的伦理把本应是道德主体的人视作了工具理性之下的规范与统治对象,情感、生命、意识等的消失导致了被动伦理,或者是僵化伦理的出现。这样的伦理形态消解了作为主体的人的生命体悟力和精神感受力,结果必然是泛滥于当今西方社会的道德的冷漠和良知的萎缩。在这样的伦理规范统治下,人不再具备任何感受与怜悯的能力,互相敌视、互相憎恨,甚至互相杀害就成了必然结局。

在这种背景下,知识的获取与道德的提升彻底分离开来。知识的丰富与德性失去了关联。整个社会关注的是如何通过获取有效的知识而获得物质财富和现世的成功,强化训练、强化技术、强化专业性的知识获取体系的结果是把人培养成只懂技术,却丧失掉情感的单面人。这是工具理性所倡导的功利性所导致的结果。马克思曾经一针见血地指出,

> 技术的胜利,似乎是以道德的败坏为代价换来的。随着人类日益控制自然,个人却似乎愈益成为物质的奴隶或自身的卑劣行为的奴隶。甚至科学的纯洁光辉仿佛也只能在愚昧无知的黑暗背景上闪耀。我们的一切发现和进步,似乎结果是使物质力量具有理智生命,而人的生命则化为愚钝的物质力量。[①]

以工具理性为内在运行模式所带来的科学技术的进步从根本上看只丰富了物质领域,却在伦理层面遭遇重创。它没有带来社会伦理的进步,反而把人置于工具理性的高压下,使人性受到贬损与破坏。科学技术的迅速发展的同时,人性在以惊

① 马克思:《马克思恩格斯全集》第12卷,北京:人民出版社,1962年,第4页。

人的速度衰退。这种现象,19世纪的法国思想家卢梭早已做过论述。他认为,“我们的灵魂正是随着我们的科学和我们的艺术之臻于完美而越发腐败的……我们可以看到,随着科学与艺术的光芒在我们的地平线上升起,德行也就消失了;并且这一现象是在各个时代和各个地方都可以观察到的。”①

科学技术使人类掌握了征服自然的巨大能力,也运用这种力量在物质上实现了富饶的生活。然而,现代的人类却日益把这种物质转化为可怕的武器,对人类社会的生存状态造成了前所未有的威胁。人在物质中丢失了灵魂,变得如机器般冷漠残忍。当代英国小说家以尖锐的社会批判眼光,看到在伦理变异、道德落败后可怕的生存状态。人与人之间无法达成情感交流,同时生活的无意义性使人的心灵变得愤怒与绝望,于是人成为绝望的俘虏,世界便因此走向杀伐与犯罪。

① 卢梭:《论科学与艺术》,何兆武译,北京:商务印书馆,1963年,第11页。

第四章

工具理性与价值困境

在西方社会，随着工业化进程的高度发展，人类在科学技术领域不断走向成就与辉煌，而同时令人类不安困扰的却是，不仅伦理走向衰微和坍塌，人类对于自身的价值取向也在不知不觉中走向误区，陷入了精神"围城"。第一次工业革命之后，人类凭借理性与思辨的力量，凭借理性至上、征服一切的精神，掀起了科技大发展的历史大潮。科技的大发展给人类社会带来了无限的自信，人类面对自然界的优越感与征服感达到了前所未有的高度，数不清的科技领域的成功也将人类带到了令人瞩目的灿烂社会——物质的迅速发展使人类的生活发生了质的改变。火车、飞机、汽车、工厂、电脑、电话等喷涌式的发展使人类体验到了难以想象的生活的舒适，而同时伴随而来的还有导弹与武器的发展。人类对智慧与理性的崇拜与运用在使人类社会进入空前发展的同时，也逐渐向人类展示了理性带来的威胁。人类毫无节制地向自然索取、征服自然的姿态在使人类享用大自然的同时，逐渐形成了人与自然的紧张关系：生态环境的破坏、资源的紧张与危机等都成了人类不得不面对的问题。攫取与享受之后便是人类的理性没有预料到，甚至无法解决的诸多问题。除了人与自然的紧张关系之外，人类在物质迅猛发展的背景下，形成了对物质需求不断增加、对物质发展不断提高的越来越强烈的欲望，物欲对人类的掌控使人类社会的文明发生了质的改变。人类社会在争夺物质、资源、金钱、权力等方面毫无节制，人与人之间的自然关系被物质所摧毁，人为了物质抛弃道德、抛弃情感、抛弃灵魂，人类自我价值的定位、价值取向的定位，以及价值观念的定位都开始动摇，直到原有的价值观被彻底颠覆，形成了坍塌之后一片混乱的价值生态。今天的西方已经完全成为一个道德沦丧的年代，价值基础遭遇重创，价值取向被严重扭曲，社会普遍存在着重个人价值、轻集体价值，重物质价值、轻精神价值的现象。

尤其是在当代西方都市中，社会的物质化倾向最为明显，物化价值观最为根深蒂固。人类在物质的侵袭下，沦落为一切以物为尊、以钱为尊的价值观。这种价值观越来越清晰，越来越受到社会主流人群的接纳与追捧。西方自希腊时期便对人的崇高性予以尊重与承认，这个传统在文艺复兴时期得到更广泛的传播与张扬。人对自己的定位便越来越主观，认为人必然有着至高无上的地位，有着相当明确的绝对性和至上性。文艺复兴的人本主义观念使人类以“万物的灵长、宇宙的精华”自居，由此认为自然中的一切都是为人类而存在的，人类是宇宙中唯一的主体，人类应该根据自己的需要和利益决定自己的价值观。人与自然的关系是主客关系，自然应该为人，且只能为人服务，人类是自然的主宰者。因此，人类在处理与自然的关系时，无视自然资源的有限性，肆意地掠夺自然。随着科技的迅速发展，人类的自我中心思想越来越严重，对除自身之外的一切越来越轻视。这种人类中心论的思想与科技发展的现实相结合，诞生了被称作工具理性的极端思想。前文讲过，工具理性将一切视为手段，使一切为人类的利益和目的服务，将一切规划为人类客观对象的范畴。这种以只重视人类自身的需要和利益为基础的价值观的特点是：

第一，自然被视为人类的工具。自然不值得尊重，它只是完成人类目的、达成人类利益的工具而已。因此，人类在掠夺自然的同时不会想到保护自然、保护资源、维持生态平衡。人类狂妄的自我中心论，使人类把自然设定为自我的对立面，其实同时也将人类自己设定为自然的对立面。这种设定的严重后果已经呈现，自然已经对人类的狂妄自大实施了报复。自从人类割裂人与自然的共存关系开始，自然便在人类中心的价值观的重压下遭到重创。而重创后的自然带给人类的不再是人类所需要的利益，而是令人类恐惧的资源枯竭和生态破坏。人类已经尝到了与自然对立的恶果。西方社会在认识到这个问题后，逐渐开始了与自然的和解，然而这种和解依然没有把自然纳入与人类平等的范畴，而是高高在上的一种屈尊姿态。人与自然的关系虽是工具理性至上思想所导致的重要结果，并且严重性日益彰显，但由于本研究并不是该书的探讨范围，因此在此不予展开论证。

第二,他人被人类视为自己的工具。由于绝对功利价值思想的蔓延与侵入,再加上工业文明的发展使工具理性泛滥,人类越发注重对科学的发展和对技术的使用,而科技的发展全部指向一个目的,即对物的占有。物质化已经侵蚀了当代西方社会的每一个角落。人类为了达到攫取更多物质的目的而将自然掠夺,之后便将掠夺之手伸向了他人。自然资源、社会资源毕竟有限,为了达成更大的积累财富的目的,就要禁止他人占有资源与技术。因此当今西方国与国之间的抢夺与掠取越来越激烈、越来越残酷。除了大集团对小集团的剥削、大集团对大集团的掠夺之外,小集团也在为利益而不断挣扎。这种唯利是图的价值观也使每个西方社会的人类个体发生了变化,对物质利益的索取与追求使人类开始不择手段:人类视他者为仇敌,不惜为了自己物质利益的达成而伤害他人、陷害他人。甚至谋杀他人。人类完全沦为物的奴隶,金钱成为人终其一生的唯一目标,并为达成此目标将一切视为工具,甚至不惜侵犯朋友与亲人的利益,使人类社会演变成一个残酷的屠杀之所。在这种不计一切的目的论、利益论的价值观侵蚀下,人类的道德规范、精神追求都被踩在脚下,人类社会被定格在彼此倾轧、彼此伤害的图景中,胜者的狂欢与败者的悲鸣交织成当代西方社会的交响,胜者的奢华与败者的穷困演绎成当代西方社会的典型画面。

第三,人类自身沦落为自己的工具。对利益的不惜一切代价的获取造就了如上所述的极端"个人主义"倾向,然而更可怕的是,人在这种价值观的主导下,不仅将他人视为自己获取利益的手段和工具,甚至对自己下手,将自我割裂、将自我践踏,使自己也成为获取利益链条上的一种工具。在功利价值的引导下,人类完全执著于追求最大的物质幸福,并将趋乐避苦视为人生的最高目标。在人人都如此的社会中,人人重享乐、避伤害,人人都在算计个人利益的获得。个体价值被不断强化和推崇,人类不顾一切地、盲目而狂热地追求自我选择、自我设计、自我实现。在这种无所不在的设计中,自己本身也不幸成为被设计的一环。凡是与金钱、与利益无关的自我都被压制,甚至是抛弃,只留存着与利益相关的那些因素。例如,人为了获得更好的职业收入而放弃自己最喜爱的专业领域;为了获得更好的利益背景而不惜与自己真正的爱情告别,投入无爱但富有的家庭的怀抱等等。在利益的获取过程中,凡是与利益无关的因素,哪怕是人自己心中最真实、最强烈的感受都被无情地压制与扼杀。人类在追逐利益的过程中不但掠夺自然、伤害他人，最终走向了虐待自我、摧残自我的残忍结局，最终导致人类坐拥无数财产和金钱舔舐精神伤口。这种对自我的轻视与虐待使人类承受着来自心灵内部的痛苦与煎熬，自身对痛苦的承受反过来使人类走向了更加无情地面对一切的地步，同情心和怜悯心在自我痛苦的承受中变得越来越单薄，人类的自我虐待和相互虐待将越演越烈。

第一节　“金钱”——当代都市价值观之核

马丁·艾米斯的小说《金钱——自杀者的绝命书》出版于 1984 年，被评为“1923 年至今 100 部最优秀的英文小说”之一。小说凭借“原创的叙述手段，以及对急于成功的整个泛大西洋文化的深度剖析，使得《金钱》被评论界视为 20 世纪 80 年代最重要的英国小说之一。”[①]这部小说还有一个很吸引人眼球，也非常富有深意的副标题，那就是“自杀者的绝命书”。这个副标题既点明了小说的主题，又直接而深刻地指涉了金钱的本质。这部作品不仅题目醒目直接，描写更是直抒胸臆，形式上也标新立异。但是，对于马丁·艾米斯的标新立异、大胆创新，马丁·艾米斯的作家父亲金斯利·艾米斯曾提出过比较强烈的反对意见。

> 他(金斯利·艾米斯)一贯反对马丁·艾米斯追求时尚的“左派”政治观，就像他一贯反对马丁·艾米斯在小说上的尝试一样。他认为艾米斯在吸引读者眼球方面考虑得过多，以至于艾米斯的试验风格有时候过于复杂。在《金钱》中，他居然在小说中设立了一位名叫“马丁·艾米斯”的人物，这种方式导致他与读者的关系“弄得非常糟糕，搅得一塌糊涂”。[②]

其实马丁·艾米斯的父亲所反对的形式创新及大胆尝试，都是其表达批判指向的一种手段，或者说，马丁·艾米斯的批判程度越犀利，他运用的手段就越独树一帜。与其父的态度不同，评论界却普遍认为《金钱》是马丁·艾米斯的杰作。有

---

① Peter Childs, *Contemporary Novelists: British Fiction Since* 1970, London: Palgrave Macmillan, 2005, p. 37.

② Brian W. Shaffer, *A Companion to the British and Irish Novel* 1945—2000, Malden: Blackwell Publishing Ltd., 2007, p. 303.

评论说,“阅读《金钱》是个愉快的过程,尽管它的主题是令人作呕和令人沮丧的物质。”[1]可以说,这部小说是马丁·艾米斯在以往创作积累基础之上用心写就,无论从广度、人物塑造的深度和小说的形式上都可以说代表了其最高水平,也淋漓尽致地展现了马丁·艾米斯对当代社会的批判精神与批判指向。据说,这部小说的创作背景是源于马丁·艾米斯在拍摄电影《土星三号》时担任编剧时的一段经历。若此言属实,那么马丁·艾米斯定是将其亲历亲感写进了作品,那么这部直截了当以“金钱”为题目的作品无疑便是马丁·艾米斯对当代英国社会、对金钱的认识最直抒胸臆的宣泄。在接受采访时,马丁·艾米斯亲口道出了创作《金钱》的意图,“我记得我在三年前就告诉父亲,《金钱》的情节会以极为诡异的、难以梳理的欺诈式把戏为基础,我希望用最赤裸、最残酷的方式写出金钱的隐喻意义。”[2]而这部小说的确达成了马丁·艾米斯的欲望:小说题目无比直接痛彻,小说内容无比残酷真实,小说指向无比赤裸凌厉。马丁·艾米斯从小深受文学环境的浸润,有着深厚的文学素养,他绝不是因为技术原因无法写出更好的题目或者内容才直接以《金钱》为题的,他用这样直白得有些粗暴的题目,显然是要通过这种方式表达自己的创作观点与目标指向。

一、金钱——都市欲望的直接表达

《金钱》的背景设定在“1981年,具体的事件是城市暴乱以及城乡的联姻,英国的客栈和加利福尼亚的桑拿,撒切尔主义和里根经济政策。”[3]可见,《金钱》和《伦敦场地》等作品一样,都将英美最前沿、最现代化的都市设定为本书故事的发生地,使当代都市文化也在小说中得以最真实和最生动的呈现。首先,作品的背景是纽约和伦敦。伦敦和纽约所代表的无疑是当今西方社会最具代表性的都市,是西方文化与都市文化的集大成者。而在作者笔下,这些城市都充斥着最为直接和最为

---

① Allan Massie, *The Novel Today: A Critical Guide to the British Novel* 1970—1989, London: Longman House, 1990, p. 48.

② John Haffenden, *Novelists in Interview*, London: Mtehuen & Co. Ltd., 1985, p. 6.

③ Daniel Lea, “One Nation, Oneseld: Politics, Place and Identity in Martin Amis’ Fiction”, Ed. James Acheson & Sarah C. E. Ross, *The Contemporary British Novel*, Bodmin, Cornwall: MPG Ltd., 1988. p. 79.

强烈的欲望。马丁·艾米斯所描述的当今世界最现代化的大都市纽约是这样的：

> 纽约地铁那里，有许多嗜肉的妖怪们在喘着粗气，我大步在这粗重的呼吸中走过。我听到了刺耳粗粝的塞壬的呼叫，听到双轮滑车、滑板、弹簧高跷、手推车和帆板的吱吱呜响声。我看到塞得满满的汽车和出租车，靠着车喇叭发出的叫声开路往前行进。我感觉到所谓的民主，更感觉到所有人都拼尽全力争抢。这些人都下定决心要成为他们自己，不管成为什么，都没有一丝廉耻心。[①]

纽约城中喧闹的、张扬的是人的欲望，充斥着物质碰撞的声音，弥漫着争抢利益的味道。在这种喧闹与氛围中，所有人都充满欲望、充满雄心、充满斗志，但唯一缺乏的却是最基本的廉耻心。人已经无法辨别好坏善恶，利益成了唯一的目的。喧闹的纽约无疑是辉煌的、灿烂的，这里充满机会和躁动，更充满倾轧与冲撞。当代西方大都市是无数人心头盼望和追求的理想场所，是实现梦想和荣光的繁华之地，而就是在这样泛着光彩的都市中，人们或许什么都可以得到，但最基本的代价却是廉耻的沦丧。

除了为了外在成功不惜一切代价的纽约城，小说的另一场景则设定在伦敦。《金钱》的"一部分背景是在金光闪耀但却虚幻无根的纽约城，一部分则是对纽约进行拙劣模仿的伦敦城，因此这部小说既是对当代的摹写，同时又属于所有时代。"[②]马丁·艾米斯笔下伦敦城迫不及待地拙劣模仿着纽约的荒诞欲望，每个角落都充满了金钱的叮当声和争抢的喧闹声。"多少世纪以来，人们总是被大都市所吸引，因为人们热衷于城市中各式各样的生活方式。大都市就是一个舞台，绚美辉煌与穷困痛苦交替上演。"[③]因此，可以说，这部小说的主题是以都市生活、都市欲望、都市价值观为主要指涉的作品。让伦敦和纽约作为故事的舞台，能够最大程度上展

---

① Brian W. Shaffer, *A Companion to the British and Irish Novel* 1945—2000, Malden: Blackwell Publishing Ltd., 2007, p. 312.

② Allan Massie, *The Novel Today: A Critical Guide to the British Novel* 1970—1989, London: Longman House, 1990, p. 47.

③ Gunther Barth, *City People: The Rise of Modern City Culture in Nineteenth-Century America*, New York: Oxford University Press, 1980, p. 3.

现当代西方社会的辉煌与无耻。

与都市背景相对的是这本书面对当代都市文化中扭曲的价值观所采取的直面态度。无论从哪方面讲,马本·艾米斯都选择了有些粗鲁的方式去直击都市文化困境的最核心部分。可以说,他的笔法与态度都是赤裸的,似乎唯恐略有遮掩都会削弱文本的批判力度。与这部小说直接而赤裸的题目一样,主人公的姓名也是直接而赤裸的。主人公名为约翰·塞尔夫(John Self),约翰是西方人名最普通、最大众的代表,而Self则毫不掩饰地点明了主人公的贪婪与自私的人性特点。马丁·艾米斯通过姓名暗示"塞尔夫代表着冷漠无情、漂泊无定、流动变迁的当代自我的生存状态。"①除此之外,小说的叙述笔触同样直接而赤裸,毫不避讳、毫不掩饰地径直揭示出西方都市中的追腥逐臭、声色犬马、淫乱恶浊的社会真实。塞尔夫的形象从某种意义上说,正是当代都市人的典型代表。小说的主人公是制片人,混迹于影视界及广告界,即都市中的欲望前沿与主要财富获取者,而且他们还是与都市各种时尚与享受紧密结合的一个群体。在他们的世界里,酒色是永恒的存在。《金钱——自杀者的绝命书》将焦点聚集在这样的人群,自然是直指当代都市中欲望与情色的制高点。塞尔夫为了金钱而不停地往返于伦敦和纽约之间,这样的人物设定和故事建构同样使本书具有极强烈的都市味道,成为解读后现代西方都市文化的绝好文本。故事的主人公塞尔夫是都市文化的典型代表,他明显的特征就是对物的狂热需求及占有欲望。

> 塞尔夫最主要的特征就是,他的生命是由污秽肮脏的"过量"所组成。不管是对性的追求(观看色情表演,花钱购买或者强力占有),对香烟的追求(每天抽60根的习惯),对美酒追求(喝起来都是论加仑)都是如此。他对毒品的消费也是品种众多,花样繁复,总之一切在数量上都令人惊叹,对于能造成动脉栓塞的垃圾食品的消费速度与数量同样令人叹为观止。②

---

① Daniel Lea, "One Nation, Oneseld: Politics, Place and Identity in Martin Amis' Fiction", Ed. James Acheson & Sarah C. E. Ross, *The Contemporary British Novel*, Bodmin, Cornwall: MPG Ltd., 1988, p. 74.

② Richard Bradford, *The Novel Now: Contemporary British Fiction*, Malden: Blackwell Publishing, 2006, p. 14.

毫无节制、毫无顾忌地将对物的占有和对物的消费作为生活的唯一追求，是工具理性浸润下的当代都市人的唯一价值标准和价值取向。当代都市正是在这种巨大的物质占有下丧失了灵魂与精神。城市正是当代人消费欲望与消费指向的集中体现，而且对物质的追求也反过来把城市变成了符合消费审美的庞然大物。美国学者刘易斯在谈及当代都市时，认为如今的都市都是“走了形的巨大”：

> 如果乘飞机在伦敦、柏林、纽约或芝加哥上空兜一圈，或者通过观看城市地图或地块规划图来总体感受一下城市，城市是什么形状的，城市的边界又是如何划定的？眼睛粗略地打量一下模糊的边界，你很难找到明确的形状……城市的生长像个变形虫，无法区分其社会染色体或一分为二成新的细胞，城市的增长只能通过不断地打破边界，接纳新的延伸部分，完全没有形状，只是它巨大规模的无法避免的副产品。[①]

这样庞大而没有形状的城市正是当代都市文化的深刻隐喻，当代都市的庞大象征着它的无所不包，更象征着人在这样的城市中根本无法找到自我和个性。它没有形状意味着它消融一切，消解一切。人在这样的都市文化中无法找到明确的道德规范、柔软的心灵港湾，因此将一切精力用于对越来越多、越来越精美、越来越奢华物的制造、占有及掠取上。正如刘易斯所说，“当都市的积聚达到如此规模，只能用一个特别的词来描述它的力量：这就是无力。”[②]无力感正是当代都市文化庞大但却无法为人提供真正的精神慰藉与心灵栖息的本质的体现，享受着量大无比的物质舒适，却丢弃了内心的安宁。人在这样的都市中除了随波逐流，被看得到的金钱与物质所诱惑，除此之外，便再无其他出路，而对金钱的欲望最终把人引入自杀——肉体的或精神的——的绝境之中。

除此之外，小说的故事情节更是处处围绕着无尽的贪欲进行。对小说令人瞠目的直指贪婪与欲望的情节的探讨可以从题目开始。这部小说的题目将钱与生命结合起来，一则说明金钱有性命攸关的重要性，二则也表明了金钱是毁灭与灾难源

① 刘易斯·芒福德：《都市文化》，宋俊岭，李翔宁，周鸣浩译，北京：中国建筑工业出版社，2009 年，第 272 页。

② 同上书，第 272 页。

头的批判意味。由此,本书奠定了都市的文化基调,也奠定了金钱与欲望的都市主题,同时更明确地点明了金钱与死亡的关系。

> 小说是20世纪80年代的绝妙代表。它对那个十年中文化的粗俗化做了生动呈现,混杂着无尽的贪欲和野心。叙述者塞尔夫是个粗俗的暴发户,在广告领域取得了成功,正雄心勃勃地朝电影领域发展。塞尔夫几乎是个文盲,但却是个胃口极大的生物(对烟酒、色情、暴力、手淫等都贪婪无尽)。[①]

为了无尽的贪欲,金钱成为当代都市人追求的唯一目标。塞尔夫就不只一次地狂呼,"钱!我爱你!"[②]。小说中的主人公都在赤裸裸地为金钱奔波卖命,为了金钱而不顾一切道德,形成了金钱至上、物质至上的后现代都市价值观。作为叙述主体的约翰·塞尔夫从事的是广告业,是个非常成功的商人,他受到纽约电影制片人菲尔丁·古德内(Fielding Goodney)的邀请,拍摄他的第一部电影。他对成为成功的电影导演充满信心,因而愉快地应允。小说情节就此展开,其中充满了黑色幽默的情节,讲述了塞尔夫整日忙忙碌碌、奔波不停地在大洋两岸飞来飞去,一心要达成个人生涯与事业追求的所谓成功。此处的"成功"与马丁·艾米斯的小说《成功》的批判指向的相同之处不言而喻,其作品的连续性以及其创作的批判性无疑也清晰地展现出来。《金钱》与《成功》本质上并不属于人的生存需求,而是代表着精神领域无止境的欲望。从生存需求的层面讲,当代西方社会在物质上能够完全满足需要,物质的成功已经达成。那么漫无止境的物质追求和对成功的贪婪欲望体现的则是人精神的堕落与荒芜。"20世纪80年代,英美两国进入了一个物质主义、拜金主义与享乐主义盛行的时代。"[③]正如小说中的塞尔夫一样,本质上讲塞尔夫是个典型的享乐主义者,他粗鲁而愚钝,并且嗜酒如命,对色情文学和妓女充满欲望与渴求,吃得很多、花得也很多,是个不折不扣的物质至上主义者。恰如评论家彼得·查尔兹所说,"艾米斯的主要男性角色都迷恋无节制的多和大,尤其是在

---

① Brian W. Shaffer, *A Companion to the British and Irish Novel* 1945—2000, Malden: Blackwell Publishing Ltd., 2007, p. 311.

② Martin Amis, *Money: A Suicide Note*, London: Penguin, 1985, p. 238.

③ 张和龙:《后现代 都市的欲望狂欢——评马丁·艾米斯的〈钱:自杀者的绝命书〉》,《外国文学研究》2009年第5期。

吃喝享乐方面。"[1]塞尔夫的生活形态恰恰展现出当代西方人虽然享受着丰富的物质,但由于其精神世界沦落,因此无法控制住其违背道德的物质攫取欲。"这些人物所生活的由电视、色情,以及虐待儿童的恐怖事件,甚至是原子弹的威胁所包围,因此每个人物都可以被视作是这样一个世界的必然产物。"[2]塞尔夫恰恰就是这样一个世界的产物,他没有任何对这个世界的情感体验,丧失了所有的情感,因而对他而言,"看电视是我最主要的兴趣之一,也是我最主要的技能之一。"[3]电视把他塑造为无能、无情、无感之人。除了钱,他对什么都没有兴趣,也无法感受。来自电视的娱乐使得他从来只关心娱乐的形式与外在喧闹,而对于内心的精神则从未有什么关注和回应。马尔库塞在其力作《单向度的人》中,对当代都市的娱乐途径之一的电视,曾经做过这样的描述:

> 《单向度的人》于 1964 年首次面世。与写作《单向度的人》之前的乐观主义和之后所表现出来的乐观主义不同,马尔库塞在《单身度的人》中所流露的悲观主义所获得的支持者寥寥无几,而且大都是要求提供证据。马尔库塞说,要找到证明他的观点的"最令人信服的证据"其实太简单了,只要有几个星期连续看电视或听收音机就可以了。[4]

在马尔库塞眼里,工具理性对人的异化不需要更多的证据,电视就是最直接、最简单,也是最有说服力的证据。电视把人和活生生的生活割裂开来,使人成为被制造出来的机械人。电视将人与真实割裂,并把一种统一的价值观输送给人们。当人们沉溺在电视中的时候,就已经乖乖地将思想和灵魂交了出来,从此便将价值判断与内心分离,成为随声附和的机械之物。从人交出思想的一刻起,人就成为了产品。从某种意义上说,"塞尔夫就是一个人造的人,他的身体不过是具人造的产

---

① Peter Childs, *Contemporary Novelists: British Fiction Since* 1970, London: Palgrave Macmillan, 2005, p. 39.

② Ibid.

③ Martin Amis, *Money: A Suicide Note*, London: Jonathan Cape Ltd., 1984, p. 67.

④ Alasdair MacIntyre, *Herbert Marcuse*, New York: The Viking Press, 1970, p. 71.

品，这具人造身体把资本主义的本质引申到他以肉体为中心的享受中。”[1]他无视任何道德规范，他的英文名 Self 意为自我、自私，恰恰表达了这个人物不顾一切享受物欲的特点。他们从不会考虑他人感受和他人需求，更不会考虑更高层次的精神追求和精神满足，对于社会伦理和社会道德更是置若罔闻，一切以一己私欲的满足为出发点。塞尔夫是西方物质主义社会追腥逐臭者的完美代表。他既是追逐金钱的典型人物，又是被金钱诱惑而丧失了基本的价值取向的残忍代表，也是堕落价值观的代表。

除了讲述塞尔夫被金钱左右、为金钱丧失人性的生涯之外，作品对钱的性质也进行了深刻的探讨。小说中当塞尔夫拍摄电影时，最初他想把片名定为《好钱》，不过最后他又想把片名改为《坏钱》。钱是“好”还是“坏”？或者说为什么以好坏来定义原本是一种物质而已的金钱。在塞尔夫眼中，钱从好到坏的转变也彰显了他对钱本身的认知。他因为有钱才能随心所欲地放任欲望，在西方世界的两大都市中沉湎于灯红酒绿的世界，任意地消费和取乐。然而，也正是钱使他看到了粗鄙、低俗等肮脏的东西。钱在他眼中的性质变迁是马丁·艾米斯直白而明确地探讨钱的价值与意义的又一印证。“我们看到他（塞尔夫）最初并不能意识到他在旋转着向下堕落，小说所展现的是他被一股绞合在一起的巨大力量所摧毁。这其中有一部分是他自身的过错，其它就是他无法控制，甚至无法理解的无情而残酷的东西了。”[2]《金钱》中所呈现的这个欲望极大、粗俗至极的当代都市堕落形象因此便具有了更加严肃和深刻的意义：个人只是社会的产物而已，当社会的价值体系完全扭曲，淹没在社会中的个体丝毫没有反抗力量，只能跟随、采纳这个社会所提供给他的价值观，并由此背叛灵魂，成为物质的奴隶。

二、金钱——阉割精神的罪魁

如上所述，塞尔夫这样一个完全被金钱迷失本性的人，也曾对钱是好是坏产生

---

① Daniel Lea, “One Nation, Oneseld: Politics, Place and Identity in Martin Amis’ Fiction”, Ed. James Acheson & Sarah C. E. Ross, *The Contemporary British Novel*, Bodmin, Cornwall: MPG Ltd., 1988, p. 72.

② Brian W. Shaffer, *A Companion to the British and Irish Novel* 1945—2000, Malden: Blackwell Publishing Ltd., 2007, p. 311.

过矛盾,书中其他人物面临金钱对精神的突击与侵袭也存在着一些矛盾心理。然而,金钱最终成功地把人最后残留的一点精神摧毁掉,使人彻底沦为钱的奴仆。金钱以极狂欢性的样式使人在“欲望狂欢”[①]中丢弃灵魂,丢弃思想,纵身跃入金钱铺就的牢笼,在这个过程中完全丧失了个体的把握能力,由此可见金钱的力量之大。在《金钱》中,“几乎所有善的、好的、自然的、可爱的和美好的都被丢弃。我们在快餐店外的垃圾桶中翻拨找寻,形成肮脏的垃圾文明。”[②]塞尔夫的生活本身就是金钱为外表,但实质上却是垃圾文明的生动演绎。

塞尔夫拍摄电影时,参与电影拍摄的人们都与他们要扮演的角色之间存在着情感裂痕,也说明了真实与想象的矛盾。比如虔诚的基督徒斯邦克·戴维斯(Spunk Davis,Spunk 是有胆量、暴躁之意,名字本身就注定了其不幸的经历)要饰演的是吸毒人员;而上了岁数的硬汉罗恩·盖兰德(Lorne Guyland,Lorne 的本意是孤独)则要表现出激情万丈的样子;母性意识极强的卡图塔·梅西本身就对其身体怀有极强的不安全感,却要在剧中与罗恩表现性爱的场景,而她本身对罗恩充满厌恶。像这样剧中人物与演员本身的性格差距还有很多。这种身份的疏离恰恰印证了当代人的生存状态与精神世界的疏离。这种疏离感正是人的精神灵性存在的最后证据,是人之所以为人的最后底线。正是这种疏离感使人无法直面金钱与欲望,使人在放弃内心时犹豫不安。然而,现实是在当代这个物质主义社会中,仍然残存着一丝精神追求的人根本没有立足之处,正如有着宗教信仰的戴维斯,他的宗教信仰在这个已经被物质所异化的世界里除了不幸之外,没有任何令人乐观的结局。或者如对身体怀有不安感的梅西,她的不安正因为她不希望自己的身体被物化,成为物质世界的工具或者沦落为与金钱一个层次的肮脏之物,因此她内心怀有胆怯,然而她却不得不为金钱而让身体受难的事实无情地印证了物质与金钱无所不在的力量。这种力量不但可以摧毁人们在绝望中想要守护的精神领地,同时也摧毁了物质世界中唯一令人依赖与慰藉的心灵之源。当最后一缕血性的美好与温

---

① 张和龙:《后现代 都市的欲望狂欢——评马丁·艾米斯的〈钱:自杀者的绝命书〉》,《外国文学研究》2009 年第 5 期。

② Allan Massie, *The Novel Today: A Critical Guide to the British Novel* 1970—1989, London: Longman House, 1990, p. 48.

柔被金钱掳走的时候,世界便再无美好,只有丑恶和肮脏。换言之,世界上只有垃圾,全是垃圾。

在影片拍摄开始之前,塞尔夫又回到伦敦。小说至此才揭示出塞尔夫本人的低微出身,他的父亲巴里原来是一家旅店的老板。与此同时,塞尔夫还发现他在伦敦的女友塞琳娜与奥西·吐温有暧昧关系。而塞尔夫本人在纽约期间也和吐温的妻子马丁娜之间存在着不清不楚的男女关系。这加剧了塞尔夫的精神紧张并导致了他最后更加惨痛的垮台。塞琳娜密谋策划,旨在毁掉塞尔夫和马丁娜的关系。后来塞尔夫发现他所有的信用卡都被封了。与弗兰克会面之后,参与电影演出的明星们都愤怒地指责塞尔夫,认为事实上根本没有电影可演。最终真相终于大白,原来一切是菲尔丁·古德内所策划安排的,塞尔夫所签订的所有合同都是债务合同,同时也是菲尔丁·古德内伪造了整个电影拍摄的阴谋。而且弗兰克也是他的杰作——弗兰克就是他。小说整个情节颇为起伏,塞尔夫与弗兰克两个人为了物质成功,为了金钱欲望而费尽心机,他们制作毫无道德感的电影,为了自我的成功不惜不择手段地戕害他人。这种残酷的生存状态正是当下人们精神世界完全被物质侵犯之后、精神无所依傍的状态的揭示。由于精神上没有了依靠,人们再也找不出什么来支撑自己的道德,来完善社会的关系,于是物质至上主义便大行其道,人们在这种毫无节制的物质追求中失去了人之所以为人的重要依据,变得冷漠无情,血腥与暴力相伴而来。这种血腥与暴力戕害的不仅是对手,最终只能是人类自己。《金钱》由此便只能成为人类"自杀的绝命书"。当评论界对过于残酷的情节提出疑义时,马丁·艾米斯这样回答,"可怕的事情写在小说里就不那么可怕了,因为小说中会有写缓释的因素,如写作方式,风格啊等等,都会为小说增添一丝快感。小说真的是一种古老的漫画式的戏仿。"[①]艾米斯所做的正是通过直接呈现金钱为人类带来的最残酷伤害,并通过精巧的叙述方式和风格使读者了解和接受,从而达到讽刺的目的,使当代人沉下心来思考金钱的真正意义,以及金钱带来的伤害与痛苦。

因此,《金钱》是一部讽刺战后西方资本主义制度对人的心智进行摧残的一部小说。马丁·艾米斯曾经说过,"我认为钱毁灭了我们的生活"[②]。马丁·艾米斯

---

① John Haffenden, *Novelists in Interview*, London: Mtehuen & Co. Ltd., 1985, p. 6.

② Martin Amis, *Money: A Suicide Note*, London: Penguin, 1985, p. 231.

对金钱在现代社会中的毁灭性作用由此可以清晰读出。归根结底，金钱本身并未有任何问题，有问题的是当代人对待金钱的态度。像塞尔夫，即自私的当代人的化身，为了无休无止的金钱攫取欲而放弃一切道德原则与伦理底线，使自己的生命扭曲为为了金钱而不顾一切的一种机器，不但毁掉了自己生命的意义，同时也使社会因此失去了健全的道德支撑，更使西方的价值观念完全扭曲和堕落。

三、金钱——当代西方价值之核

像艾米斯其他的小说一样，《金钱》没有通常意义上的主人公或者 hero，而是反主人公和反英雄。约翰·塞尔夫出生于20世纪60年代，未受过战争的影响，或者说他的价值观完全形成于物质迅猛发展的西方都市。正因如此，他才对钱与性情有独钟。他原本只是个混迹街头的无赖，后来却因为制作俗丽不堪的广告、经营色情和暴力的电影而赚了钱。钱的来源本身就已经说明了金钱的肮脏。像塞尔夫这样毫无道德感的人通过肮脏的交易而成为富翁，本身就是对当代西方都市文化的一种嘲讽。这种行业给他带来了滚滚利润，使他对金钱的崇拜达到了极点。他的出身、成长环境、成功轨迹本身都成为马丁·艾米斯探讨并反思当代西方社会发展的重要标本。在当代西方物质大发展的背景下，人类的目光集中在物质上，简单说就是集中在金钱之上，一切的努力、一切的行为都围绕着金钱进行。在这个过程中，精神的、心灵的范畴都被排除在外。以金钱为导向的价值观直接把人推进了物质漩涡，并从此完全靠金钱主宰。

如前所述，塞尔夫从事的影视业，也是当代社会欲望的前沿。影视业无疑是当代社会物欲与拜金思想体现得最为突出、最为显著的行业，然而伴随大量金钱和名声而来的，却是令人堪忧的道德操守。在这个行业中，色情、性表演、性交易、老虎机、色情录像，等等，都充当了当代西方摆脱道德、一切以金钱为首的价值观的先锋。当金钱的追求与道德操守割裂开来，那么金钱带给人的必定不是福音。塞尔夫崇拜金钱、享受金钱，最终也被金钱吞噬的故事无疑是对当代社会纷繁混乱的物质世界的本质揭示。

在这部小说里，钱与性达到了完美的结合。塞尔夫的情妇赛琳娜（Selina Street，名字暗示了她的高级妓女身份）在这一点上和他如出一辙，让塞尔夫十分满意："我们做爱时常常说钱。我喜欢这样做。我喜欢这种肮脏的话。"[①]而赛琳娜干得最出色、最令塞尔夫欣赏的事情就是出卖肉体，包括拍三级片。塞尔夫观看她拍三级片时既激动又快乐，原因并不是因为她裸露的肉体，而是她通过这种不顾廉耻的行为所表达的对金钱的迷恋与热爱。"她做这一切不是出于激情，不是出于寻求慰藉，更不是为了爱……而是为了钱。"[②]而塞尔夫面对赛琳娜赤裸裸的追求表示由衷地欣赏和赞美，他甚至直接声称他爱的正是她的堕落。尽管塞尔夫对赛琳娜的堕落由衷地欣赏，但这只源于他们共同的价值观——对金钱不惜一切代价地追求与热爱，而反思他们之间的感情，除了对金钱的共同态度之外，便无任何情感内涵。塞尔夫对赛琳娜的喜爱不但没有丝毫感情色彩，甚至毫不掩饰地表明他们之间的纽带正是对金钱没有止境的攫取欲望，以及为了得到金钱而不惜放弃一切道德规范、一切心灵依托的堕落行径。传统意义上的爱情在这里得到了彻底颠覆，这种看似嘲讽而可笑的两性故事的内涵，如果仔细想来，无疑会令人不寒而栗。当代人完全丧失了追求爱情、追求心灵契合、追求精神慰藉的能力，把一切的快乐建立在金钱之上，建立在由于金钱而建立的关系之上；人性异化，人与人之间的关系也全面异化。人和人之间的情感沟通与精神交流成为历史，人与人之间的关系完全靠金钱连接，靠对金钱的恬不知耻的抢夺连接。其结果是人不但丧失了基本的道德底线，甚至把最堕落的行为认为是值得赞美与欣赏的。

马丁·艾米斯通过这种令人发笑又令人恐惧的两性关系向世人展示出由金钱崇拜而带来的恐怖未来。在这种关系中，更发人深省的是塞尔夫本人对金钱的狂热崇拜远远强于赛琳娜，以至于塞尔夫本人几乎成了金钱的化身，这令赛琳娜望尘莫及，他认为全世界唯一真正存在的东西就是钱，全世界唯一关心他的也是钱，世界唯一值得他追求的也是钱。人的孤独和因这种孤独而导致的人性扭曲由此得以彰显。当赛琳娜指责他根本无法真正去爱，也根本不懂什么是爱的时候，他却情绪激昂地指出，"这不符合事实。我能真正地爱钱。我确确实实地爱钱。啊！钱，我爱你！你是那么民主，对谁都不偏心。"[③]这种粗暴但真实的吼声无疑是马丁·艾

---

① Martin Amis, *Money*: *A Suicide Note*, London: Penguin, 1985, p. 238.

② 阮炜：《钱与性的世界》，《外国文学评论》1997 年第 4 期。

③ Martin Amis, *Money*: *A Suicide Note*, London: Penguin Books, 1985, p. 238.

米斯内心愤怒情绪的宣泄，也是他对把金钱视作神灵的当代价值观的憎恨的宣泄。塞尔夫这种毫无廉耻的吼声，也成为西方当代都市价值观的最直接、最无情的体现。“从他生物性的欲望到他堕落的身体，他对交媾的兴趣到对色情的迷恋，从他僵化疏远的本性到他与他人的关系，无不表达出他的存在意义及存在状态完全是在物质贪婪的影响之下。”[①]这种对钱毫无掩饰、毫无羞愧之感的表白既是对拜金主义思想的真实揭示，又是对金钱扭曲人性、扭曲人类情感的白描式讽刺。当社会中受过教育的精英人士放下所有道德底线，放下所有伦理约束，堂而皇之地将金钱视为世上唯一倾注感情的事物时，既完成了对人性的彻底扼杀，又完成了人的本质的彻底异化和堕落。没有了廉耻和基本道德判断的社会，呈现出的将是人情感的倒错、追求的疯狂无度及人与人之间关系的终极混乱。然而面对混乱的社会和堕落的现实，塞尔夫却决绝地表示，“我，我绝对不会责备钱。这是什么情况，明明知道好和坏之间的区别，却偏偏选择坏的——或者赞成坏的，对坏的说好？”[②]金钱已经完全混乱了人类的基本价值观，使人在金钱的迷惑下再无好坏善恶的判断能力。

四、金钱至上的思想根源

小说对于塞尔夫浸淫在钱的世界里不能自拔的根源也进行了探讨与揭示。塞尔夫对金钱的态度有着深厚的家庭渊源。他的养父巴里·塞尔夫也与各色的女人交往，胡乱发生关系，从不追求感情与心灵的沟通。除此之外，他的生活就是被色情录像和毒品充斥，由金钱堆积而成的享受与繁华，与精神信仰和心灵滋养毫无干系。他的养子约翰发财后，他开始列出详细的抚养账目清单要账，甚至包括了冰激凌和零花钱的费用。父与子之间的关系从人类基本的情感关系沦落为毫无情感可言的赤裸裸的金钱关系，人类正常的情感需求与情感关系宣告失败。如果说从前的金钱还戴着面具侵袭人类心灵世界的话，那么当代都市中，金钱已经无需矫饰，而是赤裸裸地以最高价值的面孔出现在人类生活中，人类在这种价值观的浸润下，

---

① Daniel Lea, "One Nation, Oneseld: Politics, Place and Identity in Martin Amis' Fiction", Ed. James Acheson & Sarah C. E. Ross, *The Contemporary British Novel*, Bodmin, Cornwall: MPG Ltd., 1988, p. 72.

② Martin Amis, *Money: A Suicide Note*, London: Penguin, 1985, p. 26.

渐渐接受了金钱主导的价值观,并将其视为最美好的价值的化身。“约翰·塞尔夫喜欢一切坏的东西——这正是他的麻烦所在——他没有任何抵抗力,因为他没有内在的东西,内心没有营养,也形不成任何观念。”[①]他只是一种物质,只有机械的获取,无尽的欲望,却没有任何内心的感受和道德的约束。这正是西方都市人失去情感后的干瘪世界。以金钱作为价值观核心的西方当代文化由此驱逐了一切道德规范和伦理基础,人与人之间的所有正常情感全部归零,金钱侵蚀了人类的一切领域。作为儿子的约翰也秉承了这种异化的情感关系,他抛开所有的情感基础,完全从金钱的视角出发,精明地指出他小时候有七年时间住在姨妈家,这期间并没有花家里的钱。在完全物化了的“后工业时代”家庭关系中的最后一层温情的面纱也被撕掉了。在如此金钱至上的社会里,神圣与堕落,纯洁与淫荡已经完全颠倒了。于是扭曲的人性、堕落的人成为金钱至上世界中的正常形态。父与子可以反目,男女关系可以完全将情感因素抽离。于是,塞尔夫的情妇弗伦这样的女人出现也就变得再正常不过了。

弗伦本是一个脱衣舞女,不但并不以自己抛弃最基本的道德操守而羞愧,反而认为自己才华横溢,她让巴里和约翰父子同时欣赏她的色情表演,并认为这种行为极具创造性,为此激动地流着泪诉说自己为自己的行为无比骄傲的感受。巴里也眼含热泪教导约翰:“如果你有这种创造性才能,你就得把它贡献出来。”[②]在这里,所谓的“才能”就是不顾廉耻地进行情色交易。不但不以为耻,反而以这种堕落为荣,从而使这种堕落越来越没有底线,越来越放肆大胆。“才能”已经成为道德堕落、精神荒芜、人性丧失的同义词。弗伦进而认为自己只跳脱衣舞、拍裸照也不能满足其“创造性才能”,因而开始拍三级片,并骄傲地以“身体艺术家”自居。当金钱成为价值观的核心后,人的堕落便没有了下限。“在《金钱》中,色情是艺术的最高形式,从事色情表演的演员们都对自己由衷地欣赏。”[③]有一次,约翰·塞尔夫观看弗伦的色情表演,而那个时候弗伦已经快要成为塞尔夫的继母了。当弗伦把她初

---

① John Haffenden, *Novelists in Interview*, London: Mtehuen & Co. Ltd., 1985, p. 22.

② Martin Amis, *Money: A Suicide Note*, London: Penguin Books, 1985, p. 176.

③ Peter Childs, *Contemporary Novelists: British Fiction Since 1970*, London: Palgrave Macmillan, 2005, p. 41.

次登台表演的色情图片给塞尔夫看时，她极为赞赏地说，'我太骄傲了。''我太有创造力了。"[①]

"快乐""愉悦""爱"都与道德脱离了干系，成为不受任何约束的颠倒错乱的情感表达，在这种情感生态的浸润中，人性的彻底丧失便成为必然。人的一切行为都围绕着金钱进行，对金钱的顶礼膜拜使人们的行为、人们的选择全部基于一个基础：金钱。马丁·艾米斯谈及《金钱》时也坦言道，

> 我认为金钱是生命中最核心的畸形产物。正如索尔·贝娄所说，尽管人们明知它的罪恶，但它仍然在人们的欢呼声中幸存下来。我们说它罪恶，而金钱却无动于衷，它从强大走向另一种强大。我们为钱着迷，为钱痴狂，金钱是我们都心照不宣的秘密，我们都心甘情愿地跟着金钱走。我对金钱的仇恨似乎让人觉得我在写作中暗暗传达某些禁欲的思想，其实不是，根本不是。我不会为我所谴责的事物提供任何备选之物。[②]

马丁·艾米斯的表达没有任何迂回与踟蹰，他毫不掩饰地将矛头直接指向金钱，这也是他直接以"金钱"二字为题的原因。当代都市人的价值取向已经由于金钱的指引而走向罪恶的事实让他没有时间和精力去旁敲侧击了。西方社会发展至今，物质的膨胀导致人面对物质丧失了护持精神的能力，于是金钱一路欢歌着赶走了精神，赶走了心灵，人便成为物质的奴隶。当一切都为了钱的时候，人没有羞耻感，身体也没有了希腊和文艺复兴时期的崇高，只是沦落为获得金钱的工具。对身体神圣性和对两性情感神圣性的践踏使西方当代文化中的艺术与色情勾搭在一起，真正的艺术和艺术家也被金钱践踏成奴隶。艾米斯认识到了这一点，为此他为小说加进了两个人物：马丁·艾米斯和马丁娜·吐温（Martina Twain），开始了他的叙事把戏。"在英国，塞尔夫遇到了作家马丁，马丁建议他重写电影剧本；而在美国，他遇到了马丁娜，她建议他写一本书。"[③]分别在英国和美国出现的这两个对应的人物，都对塞尔夫提出了如何回归灵魂的路径。只是这种回归路径在金钱统治

---

① Martin Amis, *Money: A Suicide Note*, London: Penguin Books, 1985, p. 149.

② John Haffenden, *Novelists in Interview*, London: Mtehuen & Co. Ltd., 1985, pp. 13—14.

③ Peter Childs, *Contemporary Novelists: British Fiction Since 1970*, London: Palgrave Macmillan, 2005, p. 42

的世界中，事实上更像这两个对应人物的地位一样尴尬：边缘化的存在、边缘化的作用。对于两位理想但虚弱的人物的劝诫，塞尔夫坦诚相告，他对社会中的受教育阶层无比讨厌，接着他就直接挑战读者极限，“你们恨我，对吧。你们肯定恨我。因为我是新新人类，我就是那种很有钱的人，但是除了脏恶丑之外，我绝不会把钱用在别的地方。”[①]这是金钱至上、金钱决定一切的直接宣告，也是对意图改良的社会人的直接警示。这种直面丑恶、拥抱丑恶、赞美丑恶的勇气，一方面说明了金钱力量的强大，一方面也指出了单纯靠劝诫和说服的力量进行改变的虚弱与失败。

书中的马丁·艾米斯一开始像“学生”一样单纯，总是在酒吧餐厅里捧着一本书读。这个与作者同名同姓的角色显然是马丁·艾米斯直白而大胆地通过自己来反思改变世界的途径。他本人是作家，是知识分子，书中的人物也一样是个知识分子。书中的这个知识分子同样摆脱不了金钱的控制，他为塞尔夫写电影脚本，迫于他的压力填充了大量的暴力情节。但作家本人对此进行了恶作剧式的报复：小说的最后，塞尔夫山穷水尽，无路可走，只得和艾米斯下棋赌钱碰一下运气。但艾米斯一边嚼着口香糖一边揶揄他说，如今你的钱统统没有了。艾米斯通过这个有些幻想色彩的情节来抒发当代艺术家被金钱所左右、所扼杀的残酷事实，希望能够实现艺术家反转命运的理想。本质上讲，这仅仅是马丁·艾米斯的一种情感意淫罢了。马丁·艾米斯曾说，“我一直在想，我到底有没有把我自己写进小说，因为我非常害怕读者把我看成是塞尔夫本人。事实上，我一直在小说的边缘徘徊，有时候可能表现得很笨拙，就像在宴会上的客人似的。不过到最后我还是很开心我曾经的在场。”[②]也就是说，马丁·艾米斯的确是把自己写进了小说，但是他的出现却只是在边缘。边缘的存在不足以改变本质，更不足以成为核心。这种边缘化的角色正是像马丁·艾米斯这样的作家、知识分子，或者艺术家在金钱化社会中的地位。凭借艺术家，或者知识分子的一厢情愿无法改变金钱绑架艺术的现实。如今不仅在西方世界，我国也有不少知识分子因为金钱而丧失了良心、丧失了道德，沦为金钱的奴隶。

马丁娜·吐温的名字 Twain 是 Twin 的谐音，而 Twin 是双胞胎的意思，也就

---

① Martin Amis, *Money: A Suicide Note*, London: Penguin, 1985, p. 58.

② John Haffenden, *Novelists in Interview*, London: Mtehuen & Co. Ltd., 1985, p. 11.

是说，这个人物是马丁·艾米斯的女性版本。她努力说服塞尔夫去接触真正的艺术，给他讲乔治·奥威尔和伊夫林·沃，希望他能了解这些作家，感受真正知识分子的精神，同时还给他介绍法国印象派画家，希望他能感受真正的艺术。这又是马丁·艾米斯单纯理想的一厢情愿的表达。工业社会里艺术作品早已贴上了金钱的标签，没有人会为艺术作品中所包含的精神感动，而是完全着眼于某个艺术品的市场价格。如今众多有钱人开始收藏艺术品，有几个人会在独处时欣赏并感受这些艺术品的精神世界？他们所在乎、所谈论的不过是这个艺术品价值几何而已，艺术品充其量是他们炫耀财富、显示品味的一种途径。如今电视上出现的艺术鉴赏、鉴宝等节目的风行，传达的价值观又是什么呢？是艺术的美好、精神的完满吗？恰恰相反，这些节目是通过蛮横地给艺术品贴上金钱标签的方式，目的是彻底地剥夺艺术品所具有的美的价值，让艺术沦落为金钱的符号。在塞尔夫的眼里更是直接，马奈、莫奈等人的作品看来就是钱（他们名字的法语发音与英语中的 money“钱”相近）。在钱的世界中，艺术会异化成钱，艺术就是钱，正如当下的艺术境遇。如今的人们关注艺术的原因根本不是因为美，而是因为其所值的金钱数额。我们自己，或是我们身边的人，有谁还会对月感怀，听雨伤情。莎士比亚的价值比不上一只股票，红楼梦中的人物让我们匪夷所思，拜伦和雪莱更是成为千年古董。理性而精准的现代人怎么会读它，除非某个手稿有了价值，某幅绘画能拍出高价。所谓的艺术只有在拍卖场中才会让人侧目。一些有良知的知识分子提出过这样的观点，艺术与诗才是物质世界的最后出路。可是已经被物质拉下神坛、沦为物质奴仆的艺术，能够承担这样的重任吗？在当今的社会，如果称某人是位诗人，似乎成了对人的耻笑与贬低。当诗歌沦为被人嘲笑与鄙夷的对象时，这个世界的出路能够依靠艺术与诗吗？工具理性至上的价值体系早已没有了这些与利益关系不大的属灵的范畴的地盘，这只是金钱的世界，物质的世界。正如在《金钱》中，马丁·艾米斯以文学家的天真与纯粹写进了两个依然带有一丝理想色彩的人物，而且塞尔夫和马丁娜的交往多少有点想脱离那种浮华俗气的生活的意思，这无疑显现了艾米斯作为作家的责任心，但这种努力，这种艺术和巨大的社会堕落力量的抗争显然是不成比例的。并不是作家的女性版本马丁娜没有尽力，而是金钱已经将整个资本主义社会彻底物化了。这样的情节安排不能不说其中蕴含了马丁·艾米斯内心深处的无奈。

金钱作为一种破坏性的力量,从未遭到像马丁·艾米斯这样如此强烈的抨击。《金钱》未脱颓废、粗俗和猥琐的格调,但是对金钱的极度反讽和一地鸡毛式的铺陈,既是对市场社会铜臭气的有力批判,也是对心灵蜕变与人性腐蚀的有力批判,更是对贪欲膨胀与自我中心的当代都市文化的巨大批判。这部小说因其对社会的入木三分的刻画成为艾米斯成熟时期的力作。而小说最后塞尔夫最终钱财尽失,不得不写下自杀便条的行为,表面上看是对金钱横行世界的一种无力的虚构结局,似乎塞尔夫最终自食其果显示了金钱所蕴含的悲惨本质。而实际上,作者通过塞尔夫的悲惨结局完成了对金钱的最彻底批判。金钱对人的伤害最终是致命的。

> 《金钱》的副标题"自杀通知单",可以用来指涉约翰·塞尔夫的全部叙述要旨,或者只是简单地指涉在书的结尾他留下的自杀的纸条而已。也可以这样说,"自杀通知单"既可以被解读为是作者马丁·艾米斯的,也可以说是叙述者约翰塞尔夫的……不过,不管书中的其他象征如何,说起钱,那么其首当其冲的意义非常明显,就是指金钱本身,或者更确切地说是银行中的钱币,"美元、英镑,它们都是自杀通知单。金钱就是自杀通知单"。那么书中所提及的自杀很明显,就是指一个被金钱吞没的社会的就死之路。正如著名的心理分析学家、批评家亚当·菲利普斯最近发表的一针见血的评论,"我们生在一个对金钱痴狂的时代……在14世纪时,如果你问一个人想要什么,他会说他想被拯救。而如今你问一个人想要什么,他准会说想有钱,想出名。"[①]

在这个金钱统治一切的时代,我们见过太多的丑恶嘴脸。更令人痛心的是,我们中华文化源远流长,而当今在西方都市文化的影响下,许多人把自己的优秀文化扔到一边,一味崇拜金钱至上的文化。"宁在宝马车上哭,也不在自行车上笑"的爱情观早把情感丢到了身后,为了炫富而不顾一切道德底线,不顾一切礼义廉耻的郭美美,为了证明自己身着名牌而不惜当众脱掉内衣的女郎……当今的一切都走向了以金钱为指向的疯狂。各种红红绿绿的钞票,人人为之争抢的钞票,本质上就是

---

① Peter Childs, *Contemporary Novelists: British Fiction Since* 1970, London: Palgrave Macmillan, 2005, pp. 43-44.

杀死心灵、杀死灵魂的利刃，人们在金钱主导的世界中丧失了灵魂，出卖了尊严，辱没了情感，交出了幸福。

故事本身“是虚构的，让人为之沉迷并与它达成了心照不宣的同谋。”[①]塞尔夫既是游戏者也是受害者，是对金钱的欲望使他心智蒙蔽，走向悲剧而不自知。他的悲剧不只是个人悲剧，更是社会悲剧。这种欲望在社会中横行，整个社会也会在不自知中走向毁灭。整部小说就是一个品味低级、人品下流的人的狂欢，人们都自愿或被迫放弃了自由意志，放弃了精神信仰，放弃了道德坚守，转而崇拜充斥着色情的商业文化。而商业文化是以物欲、以自私、甚至是以损人利己为核心的。塞尔夫的姓——自我——也很有象征意义，直指商业社会中人人为己，他人成为自我地狱的本质。马丁·艾米斯的所有作品都有这种奇特的功能，即令读者不会对故事中的人物流连不已，而是会走出人物，思考作者的写作意图及精神指向。

> 人们会把马丁·艾米斯视为一个“排版工人”：作者费尽心机谋划了情节，但却不会让读者为作品中的人物充满同情，产生情感，而是去领会作者的意图。事实上艾米斯在谈及艺术时，曾经引用过纳博科夫的话，“不是分享书中人物的感情，而是分享作者的感情。”[②]

马丁·艾米斯拥有这样的能力，这也是他的创作旨归所在。塞尔夫的迷茫，塞尔夫对精神世界的放弃，塞尔夫对心灵家园的背叛，以及其精神上的破碎和焦虑是后现代背景下的普遍情况。马丁·艾米斯希望人首先要意识到这种状况，他要让最惊悚的情节唤醒人们被金钱和物质掠夺的灵魂，从而再次具有反思自己、反思文化、反思未来的能力。

值得注意的是，这部小说发表的时间是1984年，时间上的巧合似乎也在暗示着一个重大的意义。英国作家奥威尔曾写过一部描写未来世界的小说《一九八四》，在这部被称为“反乌托邦”的小说中，奥威尔以天才般的预见力描述了人类在1984年走向堕落的惨痛画面。在他的描述中，人类由于人性被扼杀、自由被剥夺，

---

① Brian Finney, *Martin Amis*, Oxon: Routledge, 2008, p. 44.

② Peter Childs, *Contemporary Novelists: British Fiction Since* 1970, London: Palgrave Macmillan, 2005, p. 36.

因而走向了生活极度贫乏、人性极度堕落的世界。奥威尔笔下人类走向善恶不分、好坏不明、丑陋不堪、堕落不止的原因是极权主义横行所导致。奥威尔用冷峻的笔触写出可怕的未来，目的在于警醒世人，他希望用语言唤醒世人，避免悲剧。而马丁·艾米斯的作品正好在1984年发表，好像为了对应奥威尔的预言似的。而他的小说《金钱》所呈现的同样是一个人性缺失、善恶不分的阴暗世界，不同的是这个世界的罪魁祸首不是极权，而是金钱，暗示出在当代社会中，像极权一样对人性起到毁灭作用的力量已经替换为金钱。而相对于极权对人性的破坏，金钱的破坏性更加隐蔽，因为人人都是主观上持对金钱的向往与热爱的态度，而金钱允诺给人类的则不像极权那样令人厌恶与反对，反而是令人欢呼跳跃的物质的堆积和享受的堆积。以美好和灿烂的面目出现在人类面前，对人性进行毁灭性破坏的金钱，无疑在破坏的隐蔽性上更胜一筹，而其破坏的彻底性也由于人的主观推动而呈现出令人可怕的强烈程度。艾米斯通过作品告诉世人，拜金主义的价值观是导致人性彻底摧毁、彻底堕落的核心根源。也就是说，艾米斯将奥威尔小说中的极权统治下的意识形态进一步发展到后工业时代的资本主义民主领域：奥威尔的主人公温斯顿·史密斯生活在极权时期，而塞尔夫生活在“自由”社会里；温斯顿感受到了极权主义的深刻影响，因而对此感到怀疑，而塞尔夫不是受国家机器控制，但左右他的力量同样强大，即令人无可逃避的经济制度——经济制度下的主体意识、偶像崇拜和各种各样的商品化了的关系。在无所不在、无所不能的经济制度的影响和压制下，作为商业片的制片人，他自己就处于经济机器的核心，随着经济制度的浪潮而动，使生命完全失去了主宰，失去了生命的本真意义。正如波德莱尔所说，“丧失了自我”。小说的最后塞尔夫发现自己所为之忙碌的只是虚幻一场，是一个处心积虑的笑话。塞尔夫的人生因此摆脱了小我的狭窄范畴，他由此成为当代文化的一个牺牲品。

> 与塞尔夫的肉体堕落相平行的是他破碎的主体的纠结，这种主体的纠结通过他的多声部的表达得以呈现。他有四种完全不同的声音，所有这些声音都是他的生存状态的一部分。这些声音中最居支配地位、最重要的就是持久而坚韧的“金钱急促而兴奋的叮当声”和色情的声音。第二种是对逝去的过去的一种模糊而晦暗的忧郁情绪，这是一种“岁月流逝、年华渐老”的声音，是对

令人恼怒的无耻、令人悲伤无聊和令人无奈的反抗的永远清醒的声音……他的第四种声音就是让他放弃工作，拥抱一种悔过的生活。[①]

由此可见，作为人的塞尔夫最初是拥有灵魂与情感的。本质上讲，他是在不断说服自己的过程中，与当代文化的精神走向契合，同时也出卖了自己的灵魂与精神的可怜的人。读者在嘲笑塞尔夫的同时，也是在嘲笑他的夸张版的“自我”，更是嘲笑在经济制度中丧失了人性的整个当代人类，以及被金钱和物欲所控制、所扭曲的当代社会。“对于艾米斯来说，作为商品的文化生态代表了金钱层面的最极端的堕落。这种文化阴险而狡诈地把金钱镶嵌进民族的自我形象和个体的身份之中。”[②]《金钱》通过一个极为写实，但同时又极为荒诞的故事将当代都市文化在金钱的控制下走向变态、走向疯狂，最后走向死亡的社会揭示得淋漓尽致。有人说，“马丁·艾米斯的小说努力尝试着在毫无意义的世界中找出意义来。”[③]这个意义就是对金钱至上世界的反思，对发展到今天的都市文化的反思。

艾米斯笔下充斥的色情暴力让很多人仍然难以消化，他坏坏地“嚼着口香糖”，创作出一个个极端的被金钱异化的人物，制造着“让人恶心的快乐”[④]。他的题材选择无不属于刺激性或商品性极强的极端情景，这一点颇受后现代情境中的俗众欢迎。尽管他和专给大众喂食色情与暴力的通俗作家仍有很大不同，但艾米斯又何尝不是商业社会的投机者呢？在严肃文学难以盛行的快餐时代，他用惊世骇俗的描写来抓住庸俗的眼球，他提供的食物迎合了现代人对色情暴力的低级趣味的追求。他的状态就像《金钱》中的马丁·艾米斯一样尴尬和讽刺——难以在后工业时代独善其身的知识分子形象。他对金钱的仇恨溢于言表，然而却又通过极为大胆的文字、极为放纵的故事，使他的小说成为市场的宠儿，这种矛盾的姿态难道不

---

① Daniel Lea, “One Nation, Oneseld: Politics, Place and Identity in Martin Amis’ Fiction”, Ed. James Acheson & Sarah C. E. Ross, *The Contemporary British Novel*, Bodmin, Cornwall: MPG Ltd., 1988, p. 73.

② Ibid., p. 74.

③ Peter Childs, *Contemporary Novelists: British Fiction Since* 1970, London: Palgrave Macmillan, 2005, p. 42.

④ 张和龙:《英国文坛的“坏小子”》, http://www.ewen.cc/qikan/bkview.asp?bkid=123343&cid=363793.

是金钱对当今人类社会又一次嘲弄吗？因此，有个问题值得每个人思考，金钱本身就写着罪恶吗？还是人类的行为和人类的思想使金钱这个普通的物体赋予了额外的价值与标签？人类为了避免罪恶，要反对的是金钱呢，还是对于金钱的态度？也许我们的祖先对这个困扰西方人，使西方人棘手不堪的问题早已轻松地给出了答案："君子爱财，取之有道"。

提到我们源远流长的文明，不得不提及西方文化对我们优秀文化的侵袭。国人似乎在一夜间丢弃了自己优秀的文化传统，却在突然之间也把西方堕落的价值观完全学到了手。影视圈中一桩桩丑闻、一场场色情秀、一个个为成名不惜裸露身体的明星，不但从未成为国人所鄙视讨伐的对象，反而因为他们因此挣到了钱、赢得了名，而成为很多年轻人所追随模仿的对象。"坏名声也是名"的扭曲价值观使当代青年越来越丧失了基本的价值取向，沦为金钱的奴仆。在盲目模仿西方的同时，我国青年人其实缺乏的是对当代西方世界的全面了解。在许多西方有责任感的知识分子眼中，当代西方已经走向了堕落，走向了不可救药的未来。对西方的断片认识只会造成我国青年对西方文化繁荣表象的简单模仿，并在这种模仿中走向比当代西方文化更加可怕的结局：不仅在模仿中同样走进西方文化所无法摆脱的多重困境，同时也忘却了自己传承几千年的优秀文明，最后彻底迷失了自我。

第二节　"成功"——当代西方的价值陷阱

小说《成功》(*Success*)与《金钱》一样，是一部题目醒目直接、批判指向单纯直接的小说。它们都毫无掩饰地直指当代西方社会物质现实——为了金钱不惜一切代价，而以物质为目的的成功则进一步将人推向了灵魂真空的黑洞。因此，《成功》这个题目与《金钱》一样，显然具有明确的价值色彩。如何理解成功、如何获得成功是一个时代价值取向的重要标志。而马丁·艾米斯对小说的人物安排、情节安排本身就使得该小说成为解读当代都市价值观的良好范本，对当代价值取向的生动说明，是对个人主义思想和物质主义思想的绝妙阐释。故事讲述的是两兄弟格列高利·莱丁(Gregory Riding)和特瑞·塞维斯(Terry Service)起伏涨落的命运历程。

小说共有12章，从"一月"开始直至"十二月"结束。每一章都包括两个部

> 分，每一部分都是极具戏剧性的独白的文字。第一部分的讲述者是特瑞，他是来自工人阶层的孤儿。第二部分的讲述者是格列高利，他是特瑞同父异母的兄弟，属于上层社会。他的家庭是在特瑞9岁的时候收养了他，原因是特瑞的父亲谋杀了他的妹妹。这个情节如果描述为清晰的视觉形象的话应该是个“X”，因为成功的格列高利跌落下来，而特瑞在成功地上升。或者说两者原本都在顶点上（特瑞是伦理意义上的顶点，而格列高利是社会意义上的顶点），两个人却都滑落到他们各自价值体系的低谷中。[①]

清晰的结构设置本身就具有强烈的对比与隐喻意味。当代价值体系的衰微与变异使人的行为方式也发生了变异，对成功的认知在这种变异的价值体系中完全被物质左右。一味追求物质的成功必然导致伦理的堕落，或者说伦理坚守在物质与金钱的侵袭下已经无法保持自身的完好。这是马丁·艾米斯第一次在其小说创作中体现出其设计安排“成双成对”的人物角色，这一喜好在后来的作品中多次体现，如在《金钱》中的马丁·艾米斯（Martin Amis）和马丁娜·吐温（Martina Twain）；在《隐情》中的理查·塔尔（Richard Tull）和格温·巴里（Gwyn Barry）以及《夜行列车》中的詹尼弗（Jennifer）和迈克（Mike）等。这种做法使马丁·艾米斯的作品在结构上显示出相当精巧的特点，而在主题上，这样的设置使人物的命运呈现出鲜明的对比状态，这种对比状态则进一步将当代西方都市文化的生态展现得更加丰满，摆脱了单面性与单一性，当代西方价值观的体现由此也更加生动、更加全面。

一、当代西方都市人的成长背景

《成功》发表于保守党领袖撒切尔夫人入主唐宁街的前一年。第二年，罗纳德·里根入主白宫，英美两国几乎同时进入了一个物质主义、拜金主义、享乐主义和文化平庸主义盛行的时代，性、毒品、色情与暴力等社会问题与70年代相比有过之而无不及。在物质主义与拜金主义思想的浸染与控制下，当代社会中的道德操守遭到前所未有的损毁，价值取向也被彻底颠覆。艾米斯极其准确地把握住了时

---

① Brian Finney, *Martin Amis*, Oxon: Routledge, 2008, p. 40.

代的乱象及其躁动的脉搏，对僵死癫颓的心灵世界进行了无与伦比的喜剧性解剖。格雷汉姆·富勒曾经认为，《成功》是一出英国阶级斗争的戏仿，格列高利和特瑞是两个阶层的代表，更准确地说，他们也代表了保守党内部的政治斗争，而庸俗贪婪的市侩作风本来就是撒切尔政府的风格。鲜明的时代特点使《成功》成为了解当代西方都市价值观的重要文本，直接白描的风格更使《成功》具备了反映当代西方都市价值生态的重要意义。

书中的两位主人公是兄弟俩，即格列高利和特瑞。他们住在时髦的西伦敦区的一间公寓里，小说的十二章分别为“一月”“二月”“三月”“四月”“五月”“六月”“七月”“八月”“九月”“十月”“十一月”和“十二月”，按照时间顺序对应了一年中的十二个月。从这十二个月的命名中，读者可以明确感受到时光的荏苒和命运的变迁，十二个月的发展变化仿佛人的一生起伏，有时温暖有时冷漠，有时成功有时失败。不管人生境遇如何，时间总是沿着一个月、一个月的轨迹一天天向前，岁月的变迁似乎没有任何情感成分，对人的成功失败没有表示出任何情感回应。人就是在时间的流转中体会生活，经历命运的起伏。格列高利和特瑞兄弟俩就是随着时间的变迁而体验着命运发生的改变，时间没有表示出对命运起伏的同情抑或悲哀，但人却不应同样对自己的命运转变毫无情感回应，也不应对生活的流转丧失心灵感悟。而两个人物在时间流转中所表现出来的冷漠与残忍，则进一步说明历史的长河不断变迁，时光不断前行，它不以人的意志为转移，也不会对人的喜怒哀乐作出回应，唯一变化的是时光里的人们，随着社会生活的变化，人们的思维变得日益僵化和功利，人类的命运也由此变得格外悲凉与残忍。

作为艾米斯设置的“成双成对”的人物，特瑞和格列高利的人生也有着太多的巧合。这些巧合本质上讲是对两位主人公成长背景的全景式揭示。他们的人生轨迹虽然并不相同，却产生了极为相同的后果，这种安排无疑是对当代西方都市文化的绝妙讽刺，即无论人的成长背景如何，无论人的成长轨迹如何，最后都无一例外地走向一样的命运。人生存空间的逼仄、人类命运的注定悲剧、人类面对悲剧的冷漠与无能，都在这样的安排中得到鲜明呈现。特瑞九岁的时候目睹了父亲杀死自己的亲妹妹，其性格与人生因此受到较大的冲击。父亲杀死自己女儿的事件本身虽然是暗线，但这种简单的提及已经令人震惊：当代西方都市中的人性冷漠与人性残忍已经发展到对自己的亲人下手的地步，生活在这种文化背景中的人如何能够长成善良的样子。当社会文化变得冷漠，亲情变得残忍时，人与人之间的最后温情便无法存在。正如前面的论述中所说，由于人的情感范畴被物质社会所埋葬，人面对一切都不再具有同情心与怜悯心，因此人的一切行为便只以自己的现实利益为最终指向，并为了这个最高目的不惜采取一切代价。即使伤害他人、伤害亲人，甚至伤害自己都在所不惜。在这种背景下成长的一代都市人，性格与精神不可避免地受到损害，形成更加冷漠和极端暴力的性格。与特瑞相比，格列高利九岁的时候就和自己的妹妹厄秀拉发生了乱伦，这甚至可以说是父亲杀死女儿事件的另一种呈现，是对父亲残暴行为的另一种继承。当代都市人由于物质利益的极端欲望，形成了只注重自我利益的价值体系。在这个体系中，人将一切都设定为自己的工具，并使一切工具为自己服务。面对身体比自己弱小、工具性较差的"物体"，不管"它"是自己的女儿、妹妹，抑或其他的亲人，都会毫不留情采取暴力手段，不是清除掉，就是使"它"为自己所用，满足自己的欲望。虽然格列高利一直在辩称这种关系不应当是一种不正当的关系，而只是缺乏家庭关爱，兄妹之间的互相安慰的方式，但事实上是他逃避外面的世界和人际关系的一种自恋的行为，是面对弱小的施暴行径，也是盘旋在其脑海和心灵中挥之不去的一种阴影，从而深刻影响了他的生活。成年后他并不承认自己毁掉了妹妹的人生，反而问："为什么她现在总是哭呢？除了逝去的童年，有什么值得哭的呢？而那时候我们的这种关系有什么要紧呢？"[①] 对于亲人的冷漠、对弱者的冷漠态度由此得到清晰体现，也表明其对残暴行为毫不自知，而这只能意味着残暴行为的继续。特瑞发迹后出于报复性的心理诱惑了厄秀拉并将其抛弃，直接导致了她的自杀，即当特瑞成为所谓的成功者或者强者之后，便毫不犹豫，甚至本能地延续了冷漠与残暴的行为方式。两位主人公的成长背景不尽相同，但命运却交织在一起，并且最终衍生出极为一致的性格：无情、冷漠、残忍。两人的命运的诸多共通性及性格的最终的一致性表明，当代西方都市中不管生活的背景如何，最终都必然走向一个命运。一切向钱看的价值观使不同的人都做出了相同的选择：放弃真诚与情感，选择无情与冷酷。

---

① Martin Amis, *Success*, New York: Vintage Books, 1991, p. 67.

这部小说是一出讽刺寓言，它喻示着英格兰旧秩序开始消亡，流氓无赖们的时代开始到来，也就是说，传统的生活、传统的价值观、传统的生存状态等一切与过去有关的东西开始消亡，正如小说的开篇所述："我觉得我已经失去了所有那些我曾经觉得美好的东西。"[①]当美好的东西逝去，伴随物质时代和拜金主义时代而来的是对金钱的掠夺欲望、对性的变态渴望以及对于传统道德和传统价值的彻底摒弃，于是人们开始变得疯狂，在对"成功"的疯狂追求中变得精神错乱、心灵冷漠，人性丧失。

二、当代西方都市人的成功内涵

在小说中，兄弟俩的财运也随着四季变迁不断发生变化，开始时格列高利是富有的人，特瑞只作为历经坎坷的下层人士出现，他只是站在成功的格列高利背后仰望其成功，并被成功的渴望所折磨的人。然而时光荏苒，最后富有的格列高利变成了赤贫，而特瑞却成了有产阶级。特瑞是九岁的时候被格列高利的父亲莱丁先生收养的，因为他的父亲杀死了自己年仅七岁的女儿。坎坷的过去赋予了特瑞强烈的自我保护意识和适应能力，使他不断成长起来，也使他的心灵变得越来越冷漠坚硬。特瑞其貌不扬：个子矮，头顶秃，是个雄心勃勃的销售员，他为了自己利益目的的达成绞尽脑汁，无时无刻不在规划着成功梦想，而且在他的梦想里，所有的人与物不过是助他达成个人利益的工具而已。他人性格、他人利益、他人情感、他人尊严的消失使他的世界变得简单而冷酷：有利者利用，无利者出局。而格列高利虽然风度翩翩，经营着一家画廊，经济无忧，却因此过着堕落的生活。他没有特瑞的心计与经营性格，然而却同样没有同情心。在他眼里，物质就是一切，他因为拥有物质，所以是成功者，而贫穷的人在他眼里都毫无价值。因此在格列高利的心里，特瑞是一个"小混混"，他根本看不上特瑞。本质上讲，格列高利和特瑞的成功观是一致的：没钱的想得到钱，有钱的则鄙视穷人。他们是相同价值体系下的两端，却走向同一个终点。最后特瑞有钱的时候，格列高利按照自己的价值观进行了重新判断，他不得不承认："特瑞？不，别告诉我现在他成功了，不过，现在混混们都过好

① Martin Amis, *Success*, New York: Vintage Books, 1991, p. 5.

了。这小子还真是混得不错。”[①]他对特瑞的认可只有一个原因，即特瑞的钱，而钱也是他的成功观的核心。这种成功观无疑是当代西方价值体系的直接体现，更是当代西方判断标准的精准呈现。

格列高利是豪绅阶级的代表。小说开篇，他是典型的成功人士。他的成功体现在他拥有许多女人，这些女人心甘情愿地投进他的怀抱，他们之间的情感生活则是一片荒芜。“当我们做爱时我们的脸分别属于不同的星球。”[②]肉体的亲近恰恰指涉出心灵的遥远距离。格列高利对待这些投怀送抱的女人的态度极为冷淡，毫不关心，甚至用脏话辱骂她们，想方设法拒接她们的电话，污蔑她们性生活随意而肮脏。格列高利所代表的成功总体来说是一种物质上的成功，精神上的堕落。格列高利的成功显然是当代西方都市价值观的明证：成功与情感满足、心灵幸福毫无关系，成功就意味着有钱，可以拥有许多女人的肉体，并在与这些女人发生肉体关系的时候肆意污辱她们。这种成功观不仅在西方都市横扫一切，在我国同样大行其道，许多人不以肮脏的性生活为耻，反而认为这代表着成功，似乎没有豪宅名车的炫耀，没有名牌物品的堆积，没有性生活的随意放纵，便无论如何谈不上成功。当代社会中，奢华生活和无度的性生活放纵是以金钱为基础的，即钱是成功的唯一标准。

特瑞一出场便是作为成功人士格列高利的仰望者、崇拜者和嫉妒者出现的，他渴望格列高利所拥有的成功。作为还没有拥有金钱的穷人来说，同样深受当代都市价值观的浸润，成为有钱人，不顾一切地攫取金钱是他们人生的唯一目标，并为此目标将一切规划成自己的工具。他可以说是当今社会受拜金主义影响的、对物质有着强烈渴望、对物质成功有着偏执追求的下层阶级的代表。特瑞长相平平，书中这样描述他的样子：

> 长得太普通。除了那一头姜黄色头发——事实上在学校的时候有段时间大家就叫我“姜”——我长得太普通，长得就是一副受过点教育的下等人的样子，你要在街上碰到像我这样的人绝对不会再看第二眼，也绝对不会有任何印象，一转眼就再也认不出来了。[③]

---

① Martin Amis, *Success*, New York: Vintage Books, 1991, p. 184.

② Ibid., p. 19.

③ Ibid., p. 9.

马丁·艾米斯笔下的人物大都外貌丑陋,或者说马丁·艾米斯的文字有意夸大人类的丑陋与衰老。这种外貌描绘的倾向本质上讲也是马丁·艾米斯批判指向的又一体现。人类在他的眼里已经问题重重,已经遭受了报复,已经失去了自然的美感,成为这个世界上的怪物。文艺复兴时期人的壮美与端庄早已蜕变为今日的猥琐与可卑。而在这部小说中,马丁·艾米斯对特瑞的外貌描写也表明,特瑞并不是生而具有过人潜质的人,也就是说,成功对他而言并非易事,而他由于与格列高利是异姓兄弟,对格列高利的生活非常熟悉,因此他了解格列高列成功生活的方方面面。对他而言,要追求像格列高利那样的成功,就是像格列高利一样拥有主动献身、投怀送抱的女人们。他渴望得到格列高利拥有的女人,他渴望与那些女人睡觉。他希望:“她们会跟我说话,她们会答应跟我一起出去,会跟我吃饭、喝酒,她们会跟我脸贴脸,甚至会跟我钻进一个被窝”[①]20 世纪 70 年代的伦敦享乐主义盛行,为色情和暴力的泛滥找到了很好的借口。因此特瑞一旦发迹,就开始像格列高利一样堕落。他毫无感情地玩弄女性,甚至毫无同情心地对待渴望得到他情感关怀的女性。他骗厄秀拉上床,但却对厄秀拉没有任何情感投射,女人对他而言只是炫耀成功的载体与物质。他让她重复为格列高利曾经表演的动作,从中取乐,从中体会成功的快感及意义,但对厄秀拉的痛苦却毫不关心,没有丝毫的同情心与怜悯心,更不用提情感的满足与灵魂的慰藉。厄秀拉想向他寻求一丝情感安慰的时候,他将她拒之门外,并直接导致了她的自杀。对此,他还振振有词地为自己辩护:“我很温和但坚定地指出,我不能对她负责。如果一个人要成功,就不能有太多牵绊。她应该为自己负责,我也是,格列高利也是。每个人都只能对自己负责。”[②]“成功”使人丧失了温情与爱的能力,“成功”使人变得残暴冷血。物质的成功带给人的只是精神的荒芜与人性的扭曲。

整部小说共有 21 次提及“成功”这个词,而提到“性成功”的地方就有 5 次,由此可见“成功”的真正含义与标准的扭曲程度,即成功与精神毫无关联,或者说成功将本来属于精神与情感享受的两性关系变成了买卖,变成了交换。特瑞成功后想卖掉原来的房子,“成功”后的膨胀感觉让他觉得自己:

---

① Martin Amis, *Success*, New York: Vintage Books, 1991, p. 10.

② Ibid., p. 207.

> 这些日子都在享受生活。过去不曾如此，但他现在可以了。我可以问问周围的人谁要买。我可问夜校的朋友，问问在办公室工作的毛头小伙——比较符合经济原则的是：现在的卖房人比以前要多两倍，但是似乎没人注意到，我们都变得特别有钱。甚至我现在只要拿起电话，就会随意叫几个女孩跟我出去，陪我上床。比如，我就和简睡过了。感觉挺好的——我自己觉得特别尽兴，动作活跃却又毫无感情——不过这也没什么特别的。[①]

人们不顾一切追求的成功就是在“性”方面获得非情感的、非心灵的动物性满足，由此而衍生出一系列动物般的行为。在这种“成功”标准的引导下，当今社会中的人丢弃了人性，变得像动物一样残暴无情。在这种背景下，任何成功所带来的都只能是机械的物质享受，而非真正的情感快乐与内心的幸福，因为动物般的世界永远弥漫着动物般的争夺与残暴。当特瑞在物质上取得成功后，他依然无法摆脱内心深处的一种恐惧：自己有朝一日会堕落成街头无赖。当他坐在宽敞的办公室里看着大街上的流浪汉的时候，他仿佛预见了自己的未来：“我从后面看到自己的形象：蹒跚的脚步，那个熟悉的拖沓肮脏，穿着雨衣的样子，特瑞，地道的流浪汉。”[②]不久他真的在大街上遇到了一个流浪汉：“他脸上的皮肤就像橘皮，上面的沟沟坎坎里的脏东西很明显是大冷天哭过的痕迹。”[③]他想问问那个乞丐他心里的感受到底是什么滋味，却遭遇了对方赤裸裸的敌意。横亘在人与人之间的物质差异使所有人丧失了精神依赖与心灵交流的可能。小说的最后，特瑞又遇到了这个乞丐——也是他的另一个潜在的自我，这次相遇显示出他道德上彻底的堕落：“我笨拙地踢了他的头一脚，使劲用左脚捻了捻他的头，几乎让我自己失去了平衡”[④]。折磨完乞丐之后，特瑞往他手里塞了十磅：“这场交易很公平，对他，对我，都很公平。”[⑤]这时特瑞的语言和他生活中的一切都是一种交易的味道了，也就是说，此时的特瑞已经彻底完成了道德堕落的过程，精神世界对他而言已经完全僵死，而这种

---

① Martin Amis, *Success*, New York: Vintage Books, 1991, p. 247.

② Ibid., p. 39.

③ Ibid., p. 45.

④ Ibid., p. 209.

⑤ Ibid.

精神僵死、心灵僵死的状况恰恰表明他“成功”之路的完成。在最后一章，特瑞一直在说“我会好的”，这种内心世界的展露淋漓尽致地表明了物质成功给他带来的除了物质享受以外别无其他，他没有心灵的安宁。如果说他有心灵的话，那么心灵能够感受到的只有不安与焦虑。马丁·艾米斯对“成功”剖析的深度由此可见一斑。

小说通过格列高利和特瑞两个人物命运的转换，探讨了当今社会中成功的标准及成功的意义，字里行间透露出的金钱至上、道德堕落主题，表明这部小说是艾米斯对20世纪70年代的英国社会的讽刺，也是对当今社会价值指向扭曲与道德指向堕落的揭示及批判。

三、“成功”与“失败”的辩证关系

《成功》中的两位主人公颇具象征意义。格利高利代表了精神空虚堕落的豪绅阶层，而特瑞代表的则是有强烈追求成功的欲望的无赖阶层；二者的冲突也是有产阶级和他的竞争对手，即富有嫉妒心和事业心的无产者的对峙。两个人对峙的结果是两个人的生命轨迹发生了变化。格利高利最终从成功走向失败。从物质的富有走向物质贫穷的格列高利是体现成功与失败在当今社会的意义的另一例证。失去了金钱之后，他无法再像从前一样肆无忌惮地享受女人，享受性。曾与他乱伦的妹妹死了，他的爸爸也死了，他拥有的土地庄园不再属于他了。他在最后不断重复“我很冷”，夜幕降临使他寒冷，人性扭曲使他寒冷，道德落败也使他寒冷。他想回到昨天，但又不知如何走下去。没有了丰富的物质取暖，他能感到的只有寒冷：“我很冷——我想颤抖着哭泣。我抬头看了看。有什么东西过来了。哦，走开。地狱般的残阳里，一些树枝弯曲了，折断了。风永远不会停止狂热的脚步，暴虐地吹向瑟瑟发抖的树叶。”①

狂暴的风正是当物质统一一切后的社会的象征。在这个社会中，一片小小的树叶除了感到恐惧与寒冷之外，根本无法感受到任何慰藉。精神世界已经完全被忽略，力量与残忍的较量成为物质世界的道德原则，人在这样的世界中凭借残暴或许能享受片刻的“成功”感受，但这种感受最终会被寒冷吞噬，会被恐惧感所吞噬。

---

① Martin Amis, *Success*, New York: Vintage Books, 1991, p. 249.

格列高利最后似乎回归了童年的单纯与天然：

> 我很冷。露水滴落下来。在远处，在我左边那一排银色白桦树的另一端，闪光的铁轨蜿蜒着向前延伸。有什么东西过来了。我停下来，看一排亮蓝亮蓝的火车呼啸而过。我低头看到我的手像孩子一样挥舞起来。怎么这么荒唐。为什么？我总是爱向火车挥手，我姐姐或者我妈妈或者我姥姥对我说过。也许有个好人能看到我挥手并且会对我挥手致意。[①]

向火车挥手，并希望火车里有人看到我挥手，于是也会挥手向我致意，从而使我的心灵感受到一丝安慰和快乐。小说最后对人性的企盼是多么迫切，然而又是多么无奈，多么不可思议。当我们的快乐只能寄托在疾驶而过的火车上时，我们的希望变得多么可怜。马丁·艾米斯通过兄弟俩对成功的理解和追求，对成功的诠释和理解，以及对失败的感受的描述与渲染，讽刺画般地勾勒出一个当今社会疯狂追求物质以致丧失人性、丧失道德，价值观扭曲、伦理观沦丧的可怕画面。无所不在的寒冷也是对当今社会沉陷在物质追求中不能自拔的人的深刻警示。

在这样的社会中，成功即是灵魂的丧失和情感的丧失，是人类彻底蜕变为机械断片的象征，是人放弃人性走向物性的标志。那时的人感觉不到寒冷，更感觉不到来自灵魂的冷漠，甚至将冷漠视之当然。而当人的物质成功消解之后，人的情感便开始了苏醒的迹象——感到了寒冷，感到了孤独，同时也开始企盼来自他者的情感慰藉——这种慰藉与金钱无关，只关乎灵魂，它是路人的一次挥手，是他人的一注目光。格利高利丧失了金钱，却收获了情感的苏醒。

与格利高利相对的是，特瑞最后获得了当代都市人所普遍认可的物质成功——他有了许多金钱，有了许多女人，有了许多物质，他的内心再没有任何企盼了。而在他志得意满的情绪下面，他却总是隐约地感到一种恐惧和不安。他看到街上的乞丐便对其极尽侮辱，表面上看他是在体验有钱人的狂妄与强悍，而内心里则是他对自身处境的恐惧。他甚至有时直接说出来，那乞丐的样子就是他的未来。金钱带给他无边的物质，但却无法带给他安全感和归属感。换句话说，拥有金钱的特瑞的内心是最寒冷的，但是他却根本感觉不到。金光灿烂的成功背后是心灵的

---

① Martin Amis, *Success*, New York: Vintage Books, 1991, pp. 248—249.

失败和精神的落败。当人为了物质放弃心灵后,除了被物所包围外,便是无边的寒冷。这种寒冷既来自于他者的无情,更来自于自我情感的毁灭、自我认知的扭曲和自我理想的坍塌。也就是说,以情感和心灵为代价的成功事实上并不会使人体会到满足和快乐,相反,强大的挫败感最终将人推向最寒冷、最黑暗的深渊。物质的成功即是心灵的失败,金钱的成功即是灵魂的失败。

除了对"成功"的深度阐释外,这部作品到处都能看到马丁·艾米斯深受后现代派作家纳博科夫的影响的痕迹。其实,《成功》正是纳博科夫的英文小说《塞巴斯蒂安·奈特》中一个作家的小说题名。这部小说是塞巴斯蒂安同父异母的弟弟讲述的,他一直徒劳地探求另一个自我。同时,艾米斯对这种"成双成对"的人物角色十分着迷,他认为纳博科夫在这方面做到了炉火纯青。受此影响,马丁·艾米斯后来创作的小说中不乏这种"成双成对"人物的塑造。此外,他也大量借鉴了纳博科夫作品中戏剧独白的方式。小说中经常出现两个人物通过独白而阐释内心深处对成功、对彼此等的认识与想法。小说的主题通过这种独白得到完整而深刻的展示。这种高超的写作方法也使得《成功》一书对读者的要求很高,读者需要重新建构未经言说的内容。

《成功》的发表奠定了艾米斯在文坛的地位。不过小说引起争议的另一点是对待女性的态度。很多人质疑艾米斯是否有"厌女情结",因为他笔下的女性总是处于劣势,而且几乎没有思想。"《成功》中的厄秀拉和简就像是棋子:一个细瘦的,毫无思想的,游荡在上层社会的女人;一个则丰满性感,是个尖酸刻薄的下层荡妇。"[①]与此同时,特瑞和格列高利对待女人的态度令人发指,使读者不仅震惊到目瞪口呆,甚至会产生强烈的反感及厌恶。而这正是艾米斯最惯用的叙事伎俩,他一贯以最残暴、最令人惊悚的语言和叙述展现故事,使故事情节远远走出了读者的想象和接受程度,这也是其作品受到批评的原因之一。事实上,艾米斯在谈到后来的《怀孕的寡妇》的创作初衷时否认了这一点。艾米斯的否认不无道理。厌女绝不是他的本意,更不是他的创作主题。艾米斯只是长于毫无遮掩地书写真相。女性在当代社会中是首先被物化的对象,占有女性是成功的象征,玩弄女性是成功的象

① James Diedrick, *Understanding Martin Amis*, Columbia: University of South Carolina Press, 2004, p. 51.

征，而女性在金钱至上的世界中沦落为被收买、被占有和被玩弄的对象也是不争的事实，马丁·艾米斯的书写只是呈现了真相。《成功》一书直指成功的真相和内涵，在当代都市成功主义的价值观下，女性无疑是，也只是一种工具，一种物体。物体自然是失语的。对女性的残忍、对女性的物化，以及女性本身的失语现实的呈现，本质上讲不但不是对女性的不尊重，而正是通过这种残酷的真相唤醒世人，面对真相，面对残酷，从而真正去思考如何避免残酷事件的方法。

因此，马丁·艾米斯用如此令人震惊甚至厌恶的笔触书写的目的是为了警醒读者，警醒世人，如果没有如此血腥残暴的、如此变态和惊悚的情节，则不足以令世人停下盲目追求物质与所谓"成功"的脚步而对自我、对人性、对社会、对世界、对未来做出反思。而没有这种深刻反思和警醒，马丁·艾米斯的文字将无法达到其直指社会问题的初衷。他绝不是有"厌女情结"，而是通过令人过目不忘的创作使人有所作为，阻止世界变得如此残暴和冷漠。只有这样，女性的命运才会有所改善，才不会成为物化的工具和男人显示成功的载体。

物质世界的迅猛发展是无法改变的事实，同时在很大程度上是对人类的贡献，使人类摆脱了物质匮乏的困扰。然而面对物质的丰盈，人类必须护持住自己的内心，护持住人类的灵魂，谙透生命的意义，寻求合理的生存方式，使物质真正成为改善生活的途径，却不是割裂心灵、残害灵魂的罪魁。只有这样，人类才不会面对物质大潮而迷失在声色货利的现实世界中，成为物质的奴隶。在当代物质飞速发展的社会，人要摆脱物质世界对人性的侵袭，就要努力实现对人性的良性认知和感性认可，使人性回归柔软温暖的本质。人的心灵、人的情感、人的幸福是不可能被外在的物质世界所衡量和切割的，只有认识到人的心灵力量的价值，才能找到正确的价值取向，避免人性被物质所侵犯的悲剧。

第三节　"星期六"在当代价值体系中的消亡

前面已经说过，麦克尤恩的作品主要以当代都市为背景，注重挖掘当代都市中的复杂人性及当代都市人的生存状态，因此，他也被誉为"我们这个时代最优秀的地图绘制者"[1]。

> 伊恩·麦克尤恩对现代都市体验进行了最为前沿的探索,而伦敦则成为其探索过程的核心城市。他的早期作品为雷蒙德·威廉姆斯(Raymond Williams)所谓的"最黑暗的伦敦"描绘了一幅典型画卷,即"一所黑暗的城市,充斥着压抑、犯罪和肮脏,以及人性的缺失。"[2]

伊恩最初的作品如《床第之间》和《水泥花园》等,涉及乱伦、性变态、谋杀等令人震惊的阴暗题材,将伦敦城的黑暗与丑恶揭示得相当彻底,也正是因为他的恐怖书写,被评论家贴上了"恐怖伊恩"的标签。及至其创作手法日趋成熟,他的作品从早期关注幽闭的私人空间转向了更为广阔的社会和人性领域,如《阿姆斯特丹》《赎罪》和《在切瑟尔海滩上》等。《星期六》是麦克尤恩于 2005 年出版的小说,该小说以当代伦敦为背景,细腻而深刻地呈现出当代都市人的文化生态和文化逻辑,将被丰富的物质所包围的当代都市人的心灵空洞与精神变异表现得异常生动。小说虽然没有了早期的黑暗文字,似乎呈现的是一派祥和宁静的现代都市景象,但是这种华丽景象背后人的心灵的荒芜扭曲,则更加形象生动地展示了当代伦敦城的真正风貌。小说以成功的神经外科医生贝罗安在星期六这一天中的经历为线索,对当代都市成功人士的生活、思想、心灵、精神和情感进行了细致入微的描绘,丰满而令人信服地展现了当代都市文化对人类生活的浸润和异化,温和沉静的叙述中呈现出来的似乎是都市成功人士的富足而美满的生活状态,然而这种生活状态却令人沉重地感受到当代都市的文化逻辑对人性和情感的剥夺与异化,由此形成了一种人性已不复存在,人性彻底堕落的当代都市人文状貌。诚如詹姆逊所说,近年来,在西方学界一个明显的特征是"颠倒了的太平盛世说,其中关于未来的预感,不论是灾难的还是拯救的,都已经被这种或那种毁灭感取代。"[3]而在《星期六》中,麦克尤恩提出了这样的问题:"在都市中,在时间中,在转变中,在人群中,做一个人意味

① Groes, Sebastian & Ian McEwan, *Contemporary Critical Perspectives*, London: Continuum International Publishing Group, 2009, p. 1.

② Ibid., p. 98.

③ 詹姆逊:《快感:文化与政治》,北京:中国社会科学出版社,1988 年,第 116 页。

着什么……在‘一个没有团体感，在一个人的价值被削弱的社会中，生存意味着什么。”[①]麦克尤恩在平静叙述下对当代都市文化的精准诊断，无疑使《星期六》成为梳理当代西方都市文化逻辑的范本。

一、“星期六”：扭曲的欣快症

《星期六》这一天“定位于2003年的2月15日，是麦克尤恩的第9部小说。作品讲述了一个人星期六早晨一直到星期天凌晨这一天内的生活，叙述质朴平实。这部小说发人深省，引人深思。书中所描述的生活中的微小琐细的事件与大多数当代小说的内容形成了鲜明的对比。”[②]

> 在当代社会与当代文化中——即后工业社会和后现代文化——知识的合法化问题可以用不同的术语来表达阐释。不论宏大叙述使用怎样的统一方式，也不论它是推断叙述还是自由叙述，宏大已经失去了可信性。叙述的衰落可以被看作是二战后技术及技巧兴趣的影响。[③]

《星期六》作为后现代的典型文本，摆脱了传统的宏大叙事，而是从众多细微之处展示当代文化无处不在的影响。叙事的琐屑在形式上就使作品不再具备宏大、崇高这样的传统主题，而细节的铺陈也为生动而详尽地展现人内心的缺失提供了生动的证据。《星期六》的开篇就是对突然醒来的贝罗安的细微感受的描述，对他内心中的“日常生活的欣快感的描述”[④]。他住所的所有细节都使他充分享受了当代社会物质发展与进步的舒适体验。身为神经外科名医的贝罗安享受着先进奢华的生活设施，无论衣食住行的各方面细节，都体现出生活的高端与舒适。然而，作者却将“星期六”早上的这种感受定义为“欣快症”，即贝罗安的欣快背后所感受到

---

① Andrew Foley, *The Imagination of Freedom*, Johannesburg: Wits University Press, 2009, p. 242.

② Peter Childs, *Contemporary Novelists: British Fiction Since* 1970, London: Palgrave Macmillan, 2005, p. 144.

③ Jean-Francois Lyotard, “From the Postmodern Condition: A Report on Knowledge”, Ed. Bran Nicol, *Postmodernism and the Contemporary Novel*. Edinburgh: Edinburgh University Press Ltd., 2002, p. 83.

④ Brian Finney, *English Fiction—20th Century—History and Criticism*, New York: Palgrave Macillan, 2006, p. 88.

的没有愉悦，却只有不安。“正是在这种欣快感觉的背后，潜伏着一种令这种欣快无法长久的威胁感。正如麦克尤恩所说，‘焦虑像梦游症一样伴随着欣快感左右。’”[①]他在这样完美的都市中却无法享受完美的睡眠，他因为一种莫名的兴奋突然醒来。身为名医的他认为这是一种“持续而扭曲的欣快症”[②]。

这种感觉背后隐藏着三个重要的概念，一是“星期六”，二是“欣快”，三是“症”。星期六是周末，是世界公认的休息日。星期六可以不用工作，它属于个体，属于个性，属于私人，属于秩序外空间。星期六不用做出与工作日一样的严谨安排，可以随心所欲地放松和享受一下，因此星期六应该是快乐的，闲散的。而欣快是一种感觉，从某种意义上讲，它体现出了星期六应有快乐感觉。然而问题是“症”这个字却直截了当却又毫无掩饰地指出了在星期六所感受到的欣快的本质，它与心灵的愉悦无关，只是一种姿态，甚至是一种症状。“欣快症”表达出当代都市人在星期六这个本应享受自我、享受休闲的日子中，却完全丧失了放松心灵，感受真正快乐的能力，只能做出一种虚假的欣快的姿态，导致这种快乐本身成为当代都市病症的一种。而这种病症很快就明显起来，当贝罗安开车驶向伦敦城区时，这种感觉空前的强烈。伦敦城的建筑、排水系统、街道等都昭示着当代都市的现代化程度，伦敦这座高度发达的当代都市也使贝罗安安享着美妙的生活便利。恰如他刚刚起床时在窗口看着伦敦城的感受，他觉得“这座城市真是无比辉煌，它本身就是人类伟大的成就，是一项了不起的杰作。”[③]城市是人类科技发展的最美妙的成果，是人类文化发展的最前沿，更是小说家所热衷于描述的对象。

> 我们的城市会按照我们想象中的模样发展。不过，要想象出更新更好的城市，我们必须学会观察我们拥有的城市。想象存在于过去的经验和感知中。我们是逐渐学会如何观察城市的，而文学作品就是教师。小说在描述城市方面独具优势，因为小说对不同的背景做出细致的描写，并且能针对这些背景传达出相应的价值观和思想态度。而且，小说是城市艺术形式。当代小说家莫

---

① Brian Finney, *English Fiction—20th Century—History and Criticism*, New York: Palgrave Macillan, 2006, p. 88.

② 伊恩·麦克尤恩:《星期六》,夏欣茁译,北京:作家出版社,2008 年,第 3 页。

③ 同上书,第 3 页。

> 里恩·达菲(Maureen Duffy)把小说的起源和城市联系在一起:“写作本身是随着城市发展起来的……印刷出来的小说作品本质上是一种都市艺术……”因此,都市和小说是彼此创造的关系。历史地看,正如达菲所指出的,小说是从都市中诞生的,而都市小说又都告诉读者以新的方式想象城市的样子,以新的方式观察既存的城市风貌。建筑师和城市规划者也意识到了这种关联。例如,建筑师凯文·列奇(Kevin Lynch)写道:“毫无疑问,狄更斯协助建筑师们建造了我们如今所体验的伦敦城。”[①]

城市与文化之间的紧密关系由此可见一斑。伦敦城作为当代西方都市的典型代表,更是成为英国小说的摹写对象,成为作家们展示时代风貌的最佳载体。麦克尤恩笔下的伦敦显然是当代都市文化绝妙的代言,它的舒适与发达更是当代科技高速发展的见证。然而问题是,这座无比完善、无比现代的当代都市,表面上给予贝罗安舒适与美好的感觉,然而当贝罗安深入城市当中,他却遭遇堵车、罢工、示威,甚至是车祸。无比现代化的城市可以保证外观上的高端与完善,却无法保障人内心的舒适与幸福。在一系列的事故之后,在他眼中的建筑、街道便开始充满了病态感觉。“贝罗安的描述生动地展现出他身边的这座城市、这个世界。他还在病理学方面对这个城市做了诊断:谈及那些病态的建筑,已经使用了太久了,只能通过摧毁来治愈。城市和国家都已经病到无法修缮了。”[②]这便是作为医生的贝罗安所感到的来自内心深处的病症,而这种病症在他看来无法治愈,只有毁灭。这种病症无法用外表的先进与完善来治愈,它正是外表光鲜的城市所留下的心灵空白和心灵伤害。城市的病症无疑是贝罗安“欣快症”的延续,是光鲜欢乐的外表下涌动的不安与威胁。

那么这种蔓延在深处的欣快症从何而来?这是贝罗安百思不得其解的困惑。小说中通过许多细节陈述,便可探知这种奇怪病症的根源所在。

---

① Christine Wick Sizemore, *A Female Vision of the City: London in the Novels of Five British Women*, Knoxville: The University of Tennessee Press, 1989, p. 1.

② Sebastian Gores, “Ian McEwan and the Modernist Consciousness of the City in *Saturday*”, Ed. Sebastian Gores, *Ian McEwan: Contemporary Critical Perspectives*, London: Continuum International Publishing Group, 2009, p. 109.

第一，当代都市职业规划本身就是他“患”上欣快症的核心因素。

贝罗安的职业是一名外科医生，他按部就班地按照普通的职业规划一步步走来，看似完美而安稳。他在高中毕业之后进入医学院学习，经过努力的学习之后，进入医院工作。最初作为普通医师，他没日没夜地拼命工作，期间不停地参加培训。当人将自己投入职业生涯，同时也投入企业运营的大链条之中，人便会不知不觉成为这个运营链条上的一环，并且为了运营的正常与规范而使自己放弃一切不利于机械运营的因素。贝罗安就是这样在职业规划之路上越走越顺畅，却越来越丧失了自己的个性与自由。可以说，他职业之路的自由是以交出个体的自由为代价的，而这也正是当代都市职业规范的常态。

> 企业活动的自由从一开始就不完全是一件幸事。不是工作的自由就是挨饿的自由，它使绝大多数人陷入艰辛、不安和焦虑之中。当作为自由经济主体的个体不再被迫在市场上证明自身，那么这种自由的消失会成为文明最伟大的成就之一。机械化和标准化的工艺程序使得个体的精力释放到一个未知的、超越需要的自由领域成为可能。[①]

伴随着职业规划的链条化与程序化，人便越来越成为这个链条中的规范存在，而属人的、属于灵魂与精神的所有行为都被边缘化。贝罗安在职业奋斗的过程中结婚生子，但更重要的是他成功地成为在专业内受人尊敬的医生。由此，恋爱、结婚、生子等与情感需求密切相关的事情都沦落为职业生涯的附属品，人们只有抽出些零散时间应付这些情感问题——这些属于人的内心与灵魂的事情居然被视为问题存在，因为它们与职业的发展无关，与外在的成就无关。

除了应付个人的情感问题之外，贝罗安在职业发展的十五年期间，从未读过除了医学之外的任何书籍，文学书籍对他而言如恶魔般可怖。他的生活轨迹中只允许与他的职业规划有关的内容出现。他的生命可以分为对职业的准备工作——医学院的学习及医院实习，以及对职业的全心投入——在医院的努力工作。其他一切都被他从生命中排除。他对工作极为专注和认真，时间的流逝让他的医术渐臻

① Herbert Marcuse, *One-Dimensional Man: Studies in the Ideology of Advanced Industrial Society*, Boston: Beacon Press, 1964, p. 2.

精湛。他的专业是脑外科，

> 每天都会面对需要医治的病人，这些病人通常都患有不可医治的神经疾病，或者是灾难性的脑部外伤，或者是因为年老而变得痴呆和健康恶化。他个人的生命体验与此密切相关。比如说，他碰到他妻子时就恰恰是在他作为助手为一个脑瘤即将影响视力的病人切除肿瘤的时候。[①]

他接触的世界就是一个如此病态的世界，他的爱情就是在这种病症之间产生，贝罗安的生活就此远离了正常的情感关怀，只是对于疾病的理性处理。“疾病”，尤其是脑部疾病正是作者对被工具理性浸润的世界的隐喻，这个世界的脑子病了，在脑部疾病的威胁下，一切真正涉及情感的体验，如爱情，都变得苍白而虚弱。而贝罗安却沉浸在这样的病态生活中不自知，甚至为此骄傲。他理性的思维方式保证了他在这专业上的成功与辉煌，不过爱情、婚姻、生子则变成了支流和副业，甚至是一段插曲。他全部的精力都在专业修为上。他的成功以牺牲情感、摈弃情感为代价，对专业的极度认真与投入使他无暇顾及心灵与情感，完全丧失了感受本真的快乐与幸福的能力，他所能体会的只有工作引起的兴奋而已。对贝罗安来说，工作才是人生活的全部，除此之外都似乎不重要。贝罗安只会享受工作带给他的充实感和秩序感，当他手术完成后面对患者家属时，他感觉自己像“天神”。同样，身为律师的罗莎琳的高潮也来自法庭。他们做爱是忙里偷闲的偶然行为，而且总是被电话中断。人与人之间爱与情感被视为可有可无的累赘，唯有按部就班的工作是他们所要努力护持的。当贝罗安在做爱的过程中接到电话后迅速离开妻子跑到医院后，他“到达四楼的手术室，进入消毒区，拿起肥皂，聆听他的助理医师叙述手术的难度，这时，他心中最后的欲望也毫无察觉地消失了，不带遗憾。”[②]当代都市中被工作所异化的人，面对主观性的消失、面对情感的消亡毫无感觉，木然地接受。对他们而言，天然与直觉因为与工作成就关联不大，因而完全丧失了其价值和意义。

第二，对外在成功的追逐使人只有欣快的症状，而无幸福的感受。

当代人的职业规划使人的生命中只有对外在成功的追逐，只有对物质的不断

---

① Andrew Foley, *The Imagination of Freedom*, Johannesburg: Wits University Press, 2009, p. 244.

② 伊恩·麦克尤恩：《星期六》，夏欣茁译，北京：作家出版社，2008年，第19页。

占有，将人的内在幸福与情感充盈剔除在外。豪宅、豪车等外在物质的堆积成为检验当代都市人是否成功的唯一标志。当代人追求的成功是剔除了主观性的成功，他们追求的兴奋是经过涂层装饰的兴奋。这种兴奋是奇怪的、补偿性的，它封住了人性，成为商品化的兴奋。它闪着光芒，如同安迪·沃霍笔下的《钻石粉末鞋》一般。那些鞋闪着金粉的光芒，这种光芒完全脱离了古希腊裸体躯干雕塑的庄严与素朴，脱离了活生生的生活世界。它们代表当代人对死的物体的随意性收集，当代人的成功、兴奋在这些金粉的装饰下，归结为残余零散的东西，归结为情感消逝的虚假光芒，而人之所为人的根本则在这装饰涂层的闪光中、在这种对人性的嘲讽中变得轻浮，直至一无所有。"洋洋自得，被成功调教得毫无同情心"[①]的贝罗安便是在物质的层层环抱中丧失了人的基本情感，丧失了体味生命的最基本能力。"他的洋洋自得折射出了物质西方对世界事务的冷漠和无动于衷，正如他坐在梅赛德斯中听着舒伯特的音乐，体会着物质和科技进步带来的享受，同时却毫无感觉地想到'饥饿和贫困'一般。"[②]贝罗安的道德基础由于物质成功的变异而扭曲，他可以得意，可以成功，可以得到虚伪的尊敬，但却丧失了感受能力，丧失了情感本真，丧失了体悟星期六的能力。可以说，"《星期六》既对专横的独裁主义提出抗议，又对个体那种自以为是的心理提出批判，并对这个充满不确定性的新时代充满质疑。"[③]这就是当代都市文化对人内心的侵蚀，人可以成功，可以富有，可以因此自以为是，但是无论如何无法让自己安宁愉悦。

后现代主义把我们从牛顿的世界——在那里，运动中的物质都遵循可预见的机械的自然规律——带向了马克斯·普朗克(Max Planch)的离散量子理论(theory of discrete quanta of radiation)的世界。这些科学研究挑战了我们的所知及致知的方式。信息以静态、聒噪和冗余的方式传递给我们，在这个过程中，人们把精力完全集中于信息的获取，而忽略了其中的情感体验。信息的冗余使信息在传递的过程中失去了内涵，只剩下与外在成功相连的机械意义。恰如贝罗安的学

---

① Peter Childs, *The Fiction of Ian McEwan*, New York: Palgrave Macmillan Ltd., 2006, p. 145.

② Ibid., p. 146.

③ Sebastian Gores, "Ian McEwan and the Modernist Consciousness of the City in *Saturday*", Ed. Sebastian Gores, *Ian McEwan: Contemporary Critical Perspectives*, London: Continuum International Publishing Group, 2009, p. 114.

医之路，他通过付出精神与情感的代价，掌握了能够助他取得外在成功的足够信息。而他所获得信息的复杂性，也决定了人们处理一切事物的思辨方式与逻辑方式。在信息、成功相交错的当代社会，容纳这些因素的城市成为一个特别不同的意义领域。都市中的所有人都把自己放在链条的一环上，机械而又繁忙地运转。大家都奔忙而欣快。正如贝罗安的感觉，“在这条平凡得不能再平凡的街道上，每个经过贝罗安身边的人都是一派喜气洋洋，至少也像他一样心满意足。但是在那些高等院校的教授眼里，从整个人类的角度来看，苦难是更容易讲的话题：幸福对他们来说太过深奥。”[①]教授们企图在物质繁杂的社会中拨开物的虚假光芒，探寻情感的真相与幸福的本源，这种尝试对于贝罗安们通过复杂自信的获取而达成所谓的成功模样与幸福模样来说，是多么不可思议。情感真相和幸福本源是贝罗安们永远也无法了解的范畴，因为它们不是理性可以推理与分析的。科技的发展和知识的精细划分，使知识被架空在高高的空中，远远脱离了真实的大地。学习不同专业、不同方向知识的人们随着知识的划分被分割到了不同的、远离大地的狭小领地中，越来越脱离了本性与情感。

其实，麦克尤恩的这个开篇有意模仿了卡夫卡的《变形记》，而这种对比恰恰反映出当代都市人异化而扭曲的成功观。

> 两个文本都以描述醒来时的身体感受为开篇，贝罗安重复了格里高尔·萨姆莎醒来后径直走到窗前的动作。然而，格里高尔感受到的是自己的四肢变成了笨拙的虫子，贝罗安却带给四肢舒适自在；格里高尔感觉悲伤而愚钝，贝罗安则是欣快，觉得他自己完整而清晰的理性。[②]

格里高尔时代的异化是显性的，它表示着人类对于异化现象的敏锐感知与深刻认知，因而格里高尔对于人的异化所表露出来的是恐惧和悲伤。贝罗安所生活的当代都市中的异化则是隐性的，是内在的，因而也是更彻底的。但是由于隐性异化的欺骗性，人类面对这种异化不但是接受的，甚至是“欣快”的。“欣快”本应是一

---

① 伊恩·麦克尤恩：《星期六》，夏欣苗译，北京：作家出版社，2008年，第64页。

② Sebastian Gores, "Ian McEwan and the Modernist Consciousness of the City in *Saturday*", Ed. Sebastian Gores, *Ian McEwan: Contemporary Critical Perspectives*, London: Continuum International Publishing Group, 2009, p. 103.

种情感表达,而贝罗安却在欣快与理性之间建构了逻辑关系,这也是他的致命问题——情感缺失。贝罗安虽然拥有很高的收入和社会地位,但他却在获得成功的道路上丧失了感受的情感。

科学技术获得了巨大的成功,给人类世界带来了巨大的物质,却并未带给人类预期的幸福。从某种意义上说科技是一种反自然的力量,科技制造出来的机器是异化了的力量。这种力量反过来以一种不可辨认的形式反对我们,并且构成了我们集体和个体实践的广阔的非乌托邦视野。穿过原野和空旷土地的高速公路把海德格尔的"存在之屋"变成了单元住宅房,人们被这些房子隔离,变成没有根基和心灵家园的住在"单身牢房"中的囚徒。贝罗安正是一个身在华丽牢笼中的囚徒。在星期六这样一个可以享受自由时光的日子,他却早已不知如何享受自由,而是一切按部就班地按照常规去做——从早上的剃须开始。他知道星期六可以不用刮胡子,但却不知为什么还是照常去做。精制的、设计科学的剃须刀令他振奋,这些工业进步的产物令他欲罢不能。虽然这些东西"曾经所代表的含义已经模糊不清,只剩下让人欲罢不能的空壳"[①],但人的灵魂已经被这些没有意义的空壳所俘获,丧失了其"生命之美",只能在华丽的装饰中体验虚假的兴奋。贝罗安在这种装饰的兴奋中开始了其星期六的生活。

> 如果说小说中有什么重要情节或者重大发展的话,那就是星期六早晨贝罗安在毫无烦恼的平静与安宁中醒来,感觉无比舒适,而 24 小时过后,"在这一天结束的时刻,在这个独特的夜晚,他变得胆怯、憔悴……现在他的感觉变成了恐怖。他虚弱而自负……"[②]

从安静到虚弱便是当代星期六对于当代人的真正价值和真正影响。"星期六"本来应该是放下工作,享受身心放松与自由的日子,而在当代都市价值观的冲刷下,人类的价值追求全部指向了利益与目的,同时把一切都视为达成自我利益的工具与手段。在这种无尽的理性获取中,人的情感被排除在外。没有情感的人便会在辉煌的物质世界中感受到成功带来的喜悦,能在被高度保护和高度发达的现代

---

① 伊恩·麦克尤恩:《星期六》,夏欣茁译,北京:作家出版社,2008 年,第 45 页。

② Peter Childs, *The Fiction of Ian McEwan*, New York: Palgrave Macmillan Ltd., 2006, p. 145.

化房间中睡去,但却只能莫名其妙地醒来;能在醒来后感受高科技带来的安全与宁静,却在经历毫无感情的各种事件后感到虚弱;能用理性的力量获得物质的丰厚,但却在夜深人静时被恐惧所淹没。工具理性所依托的科学逻辑内核将人的血性生命过滤出去。人类凭借理性思辨和逻辑思辨取得的一系列的科技成果使人类洋洋自得于理性的巨大成功——知识俨然已经成为人类所景仰的终极力量。职业的精细划分使人将全部的精力和时间放在职业生涯的奋斗中,投身于精细知识的钻研中,并在这个过程中实现自我的成功,并为此感到兴奋和膨胀。而这种兴奋无法慰藉人的心灵世界,无法体验来自灵魂深处的幸福,因此人只能欣快,却在欣快中倍感不安。

第三,当代人的生活方式使人远离了本真与天然,使欣快只能是一种病症。

外在当代社会物质的巨大发展和丰富使精神冷漠的人为了物质更加冷漠和自我。而物质迅速发展后的世界演变为一切都是商品的社会,尤其在当代都市中,通过影像的媒介,通过商品的占有,表达着金钱的最终主宰力量。商品化把现代社会装扮得五彩缤纷,只是在这种喧闹中,人听不见内心的声音了,忘记自己的灵魂了。生活就是由商品组成的一个串联的数字,收入、消费、负债等是解释生活、了解生活的唯一途径,效率和金钱是衡量人生活质量的唯一标准,情感在这种无所不在的理性主义和物质主义的侵蚀下迟钝到无人想起的地步。《星期六》中的贝罗安也和马丁·艾米斯的《伦敦场地》中的基思、《金钱》中的塞尔夫一样,生活中已经无法和技术产品割裂开来。在他们的生活中,主要的娱乐只来自于作为技术产品的电视,即电视充当了他们生活体验的重要载体。

> 电视中滚动的事件和新闻的功能对于贝罗安来说就像钟表一样,它们精确地规划出了当下真实世界本身与回顾中的事件符号之间的现代关系。这种关系似乎也界定了真实的事件与它们的符号之间的关系。而这种占有绝对优势的符号性事件缺乏亲身的体验与在场,恰如贝罗安与文学之间的关系一样疏远。[1]

---

① Laura Marcus, "Ian McEwan's Modernist Time: *Atonement* and *Saturday*", Ed. Sebastian Gores. *Ian McEwan: Contemporary Critical Perspectives*, London: Continuum International Publishing Group, 2009, p. 96.

电视在当代小说家作品中的反复出现，并不断地被赋予隐喻意义，绝不是一种偶然现象。当人们所有的体验都从电视中来，当人们对世界的理解完全依赖电视的时候，人便与真实的世界割裂了。电视带给人们各种事物的代表与综合，却绝不是事物本身，甚至于电视把对事物的判断都直接给了观众。更为糟糕的是，电视为了吸引观众，便通过屏幕建构了一个光怪陆离的物质世界，那个世界吸引着人们的眼光，吸引人们模仿，更令人在对电视的迷恋中丧失了真正感悟世界的能力。电视促进了当代都市中的商品世界的繁荣，同时也促进了当代人的情感危机。当代都市中由丰富奢华，但却虚幻的商品组成了无所不在的壮丽景观，而本质上这只是人类的一种巨大的幻觉，在这个幻觉中人们忘记了自我，忘记了生命，诸多不同的个体同化为一个消费者形象在商品世界中变成了抽象体。

随着情感生命的枯萎，随着人的想象力的消失，人成了整个商品社会中的一种新型商品，没有发自灵魂深处的情感追求，只黏滞于物。内心的、情感的东西逐渐被外在的、统一的、大众的理性约定代替。人在这个过程中放弃了思考、放弃了情感，丧失了感受生活、丰腴内心的能力。在这个背景下，在"星期六"这个与理性相分隔、与职业相分隔、与知识相分隔的"自由日"，人类却无所适从，完全丧失了对这个日子的感受能力。正如贝罗安面对星期六的尴尬和落寞，直至突如其来的工作使他回到理性与逻辑的世界才重新活过来似的。严谨周密的"星期六"计划使这个日子完全丧失了抚慰心灵与情感的功能，使这个日子成为理性控制与理性思辨的机械延伸。当代都市的生活图景是千篇一律、循环往复的机械化生活，在这种生活中的欣快感与情感和灵魂脱离了干系，只剩下外在涂层的绚美。这种诘求功利主义的纯理性主义者漠视了人类具有自发的娱乐需求这一简单事实。

刘易斯在《城市文化》中将城市的发展归纳为六个阶段，即从原始都市(Eopolis)开始，依次历经城邦、大都市、超大都市、暴虐都市(Tyrannoplolis)和废墟都市(Nekropolis)。[①] 而在发展到最高级阶段的当代都市中，消费功能停止了所有高级的文化活动，所有的所谓文化的行为都远离了文化的真正内涵，而与展示和费用密切联系起来。物质的城镇只剩下没有心灵与情感的空壳，书籍与经典不再传

---

① 刘易斯·芒福德：《城市文化》，宋俊岭，李翔宁，周鸣浩译，北京：中国建筑工业出版社，2009年，第285—292页。

达意义，生活只剩下拙劣的模仿与机械的复制。被物质架空的人可以从物质的丰富与绚丽中感受到扭曲的欣快症，却丧失了自发感受快乐的能力。扭曲的欣快症像蒙在心灵上的灰色殓衣，笼罩在当代都市的上空，由此产生的负面道德因为缺少了灵魂的参与而四处横行，物质掩盖下的当代都市本质上已经成为了心灵的“死亡之城”。科学的精密与技术的先进不足以维护心灵的宁静与安全，拥有最高端监控设备的高档居所受到侵袭，正如《星期六》开篇时贝罗安看到的飞机失事一样，虽然最后证明那不是恐怖袭击，但恐怖的事情随时都可能发生。早在19世纪，罗斯金就对都市发展提出了控诉：“这种和谐现在被打破了，打破的还有我们周围的世界……如此月复一月，黑暗与日俱增。”[①]工业技术的单向发展，如今的都市成为一座丢失了情感与心灵的豪华监狱，都市中的人能够在丰繁的物质包围中找到欣快感，却无法找到幸福。

奥登在《无墙的城市》(*City Without Walls*)中，认为“传统的墙，神话和文化……已经瓦解了，(使得)现代人的生活丧失了方向和意义。都市人类被迫隐忧在由钢筋和玻璃筑成的洞穴中。”[②]在这精致先进但却毫无生机的洞穴中，人类享受着最高端的科技带来的舒适，却丧失了心灵的愉悦和精神的完满。这是个信息交错的世界，是成功蠢动的世界，是条理有序的世界，但却是没有诗歌、没有灵感、没有艺术、没有精神的荒芜之地。在这个世界里，人们可以穿上高级的西装，到高级的写字楼中，做在高端的电脑前，从事光鲜的工作。被同样的西装所包裹、被同样的大楼所吞噬的人们展示着同样的生活轨迹，表达着同样的欣快，追求着同样的成功，却唯独没有灵魂。

二、乌托邦姿态

尽管贝罗安的生活被物质与商品规划和过滤得丧失了情感，但他依然有能力使自己获得一种欣快的感受。他认为自己生活的城市设备高端先进，自己周围的

---

① John Ruskin, *The Storm Cloud of the Nineteenth Century: Two Lectures Delivered at the London Institution February* 1884, Whitefish: Kessinger Publishing, 2007, p. 138.

② 理查德·利罕：《文学中的城市——知识与文化的历史》，吴子枫译，上海：上海人民出版社，2009年，第190页。

环境因设施健全而安全舒适。表面上看,他眼中的伦敦城是人类理想中的乌托邦,然而细读贝罗安对这个乌托邦世界的感受,却只能将其称为一种乌托邦姿态——只有外在的炫耀,而无内在的真实。

第一,无处不在的安全与科技装备使人沦落到外在的、虚空的自大之中。

伦敦城的街道、排水设备、安全设施等,都是贝罗安引以为豪的地方,也是当代都市令人向往的原因。不仅城市本身的设施装备令人叹服,作为社会精英的贝罗安,他的豪宅同样体现了当代的高端科技成果。他住在伦敦的富人区,门上有层层防备。这些防备在展示高科技发展的同时,也揭示出了当代都市人之间的冷漠与距离。

> 三只坚固的班汉姆锁,两条和房子同龄的黑铁的门闩,一个隐藏在黄铜外壳下的门镜,一个电子报警装置,一个红色的紧急呼叫按钮,警报器的显示数字在安静地闪烁。如此严密的防范,如此现实的戒备都在传递一个信息:别忘了这城市里还有要饭的、吸毒者和地痞流氓的存在。[①]

无比高端先进的防护措施与其说显示着安全,不如说证明着危险。防护措施的严密程度与高端程度事实上与危险程度是成正比的关系。人们越是将精力与技术用在防护设备的不断改进与发展上,就表明人对自己所生存的人文环境是多么不信任。1969 年理查德·尼克松组建的"暴力行为原因调查及预防全国委员会"曾做过骇人的预言,如今在当代的都市中这个预言已经成了现实,"我们都住进了'要塞城市',一边是富裕社群的'堡垒单元',一边是警察搏击穷困罪犯的'恐怖之地'"[②]。这种生存状态彰显了都市人群的距离感、陌生感与焦虑感。都市中的人因科学与技术的发展,远离了原始的、苦累不堪的不完善的人类世界,却由此进入一个更可怕的、边缘化的残酷的生存世界。这个世界充满鲜艳夺目的颜色,却无法体会生命的律动。作为西方都市典范的伦敦城在麦克尤恩笔下尤其如此。我们知道,城市一直是麦克尤恩作品的主题。"麦克尤恩是探索当代城市体验的先驱,这里的都市尤其是指伦敦,因为伦敦在他的写作工程中扮演着核心角色。他的早期

---

① 伊恩·麦克尤恩:《星期六》,夏欣茁译,北京:作家出版社,2008 年,第 30 页。

② National Committee on the Causes and Prevention of Violence, *To Establish Justice*, *To ensure Domestic Tranquility* (Final Report), Washington D. C. 1969.

小说描述了雷蒙德·威廉姆斯所谓的‘黑暗伦敦’的典型境况。”[①]他笔下的伦敦城有着极为现代的装备，但这样完善的装备却无法令人的心灵得到真正的慰藉。像贝罗安这样的人通过高科技的层层保护，可以感受自己生活在一个乌托邦的世界的快感，而这种快感完全停留在思辨的领域，与情感和心灵无关。这种乌托邦可以被视为一种乌托邦姿态，是对当代都市生活中的专门化和精细分工的一种技术反射，也是对于人格分裂的当代都市生活的一种绝望的乌托邦补偿。

贝罗安正是以这种乌托邦姿态来梳理自己的生活，体会被分割的生活和被规划的时间所带来的稳定感与安全感。他没有勇气用情感力量去抵制和中断这种机械的乌托邦感受，如果自己感觉这种机械的感受受到了威胁，那么便会通过制造这种机械感的科学技术来消除威胁，建构更完善的技术体系。对于自己的安保系统，他骄傲地认为“既要睡觉，又怕被偷袭。人类最终提供了解决方案——中央锁紧系统”[②]。在被最高端的门锁所困厄住的华美空间中生活的人类，无论如何不能算是幸福，正像是生活在豪华监狱的可怜囚徒。人在这所自我构建的监狱中，自我阉割了感受，自我了断了幸福。从这个意义上讲，整个都市本身也是一所大监狱，完善而孤独，豪华而单一。当代都市文化通过将世界的风景单一化，使人在物质的重压下丧失了主体性，在对虚假乌托邦的欢喜姿态中，彻底丧失了对真正乌托邦的期待与建构能力。正如贝罗安的可怕的星期六，他已经从根本上丧失了享受“星期六”的能力，面对具有乌托邦特质的日子，他仅仅在姿态上表达了对这个日子的期待，而本质上这一天只是其他机械的日子的复制，甚至还因无法与其他日子复制得完全一致而令他恐慌。当代都市文化将一切主体格式化、客体化，并最终达成分裂，而对于这些，身处都市前沿的贝罗安理解得异常到位。他看到都市中通达各方的公路，便“觉得自己好像领会到了公路设计者的初衷，就是要建立一个简单的世界，人类必须屈从于机械。”[③]公路的切割创造了便利，但同时也造成了人的灵魂与精神的断裂。“当一个社会按照其明确的组织方式，似乎能够越来越多地满足个体的

---

① Sebastian Gores, "Ian McEwan and the Modernist Consciousness of the City in *Saturday*", Ed. Sebastian Gores, *Ian McEwan: Contemporary Critical Perspectives*, London: Continuum International Publishing Group, 2009, p. 99.

② 伊恩·麦克尤恩:《星期六》,夏欣茁译,北京:作家出版社,2008年,第99页。

③ 同上书,第3页。

各种需要时，那么独立思考、意志自由和政治反对权的基本的判断功能就会渐渐被剥夺。”[①]而正是在星期六，贝罗安却透过一模一样的窗户，看到穿的一模一样的人们在长的一模一样的建筑中忙碌，仿佛今天不是星期六。当代都市一模一样的装备，一模一样的价值观，把人的个性差异完全抹杀，最终使人心甘情愿地化身为其中一个一模一样的零件，丢弃了心灵，丢弃了感受，丢弃了星期六。

第二，逻辑思辨将人的行为逻辑化、秩序化、精细化，使人洋洋自得于机械性的精致中，丧失了辨识真实乌托邦的能力。

被精细的医学知识所浸润的贝罗安在丧失了情感之后，便只能用医学原理分析一切行为，用精密的知识体系环绕一切思想，并坚信自己在这种理性的分析与思辨中享有最安全舒适的生活。然而，正是这种舒适使人放弃了心灵的自由与情感的柔软。正如马尔库塞在《单向度的人》中所说，“一种舒服、顺畅、合理而又民主的不自由在发达的工业文明中流行开来，这就是技术进步的标志。”[②]书中有一个细节是对贝罗安生活态度的完美诠释：有一次他下楼梯时，一时兴起跳着跨下楼梯，然而他立刻就想到这样会“造成尾骨骨折，接下来等着他的就是六个月的卧床生活，之后再耗费一年的时间来恢复懈怠已久的肌肉的力量——于是跃跃欲试的想法延续了不到半秒钟就流产了。他又乖乖地用正常的方式走完了余下的楼梯。”[③]在楼梯上跳跃可以被理解为被都市文化所绑缚的人的本真性情的短暂流露，是人类情感力量的隐现，然而这个情感力量刚一闪现便被理性的思辨所压制，贝罗安的生活也因此完全回归了理性与规范。这是当代都市文化的又一尴尬逻辑：当被商品包围的人类自己也被异化为商品时，便会自觉地为了保持最良好的机械形态而放弃任何形式的情感表达，从而维护高效运转的都市生活。“在马尔库塞看来，先进工业社会的最令人震惊的特点是，这个社会有能力涵盖所有的社会变化，并且能够整合所有的潜在的变化因素，使这些因素都朝一个方向发展，即使控制的体制运

① Herbert Marcuse, *One-Dimensional Man: Studies in the Ideology of Advanced Industrial Society*, Boston: Beacon Press, 1964, p. 1.

② Ibid.

③ 伊恩·麦克尤恩：《星期六》，夏欣茁译，北京：作家出版社，2008年，第125页。

转得更流畅、更舒适、更令人满意。"[①]这种流畅的运转机制保障的是技术性与逻辑性制度的流畅，却将人的不同个性和不同情感体验排除在外。人类为了维护这种运转，以放弃最真实、最自然的幸福感受为代价，那么人类生活是由此得到了幸福，还是完全放弃了最基本的幸福感？

阿多诺认为在机械和物质文明与真正的文化之间有着根本差异，人们对机器的信仰已经强大和变异到与它要服务的目的不相称的地步，好像机器本身，抑或其作为目的就有一种价值。[②] 人类在这种价值观的浸润下，已经断裂为机械的一个链条，这个链条的最大价值就是为整部机械服务，并且为了更好的服务将不符合机械特质的一切踩在脚下，丢掉泥中。"一些隐喻，比如'机械文明'，或者'技术社会'，或者'机械体系'，都非常强大、内涵丰富，构成了现代人的复杂特点。"[③]机械强大到使人放弃了属人的灵性而被同化，人因此使自己脱离了其他一切柔软的、感性的、个性的东西，甚至脱离了一切其他的事物，由此宣告了自己无声无息的、单体的、机械断片般的孤独。人类变得无法体悟一切，无法爱一切，无法与外界接触，将自我打入了一个没有出路的单身牢房。生活在华丽牢房中的贝罗安只能按照牢房的规范生活，没有任何打破规范、尝试自我的勇气。在星期六的安排中，与朋友打壁球本应是其放松身心的方式，而对贝罗安来讲，却只是一种他无法打破的固定模式。"每星期六的上午和好朋友兼同事一起打壁球，这已经成为了他每周生活的固定模式，他没有勇气去中断它。"[④]周六对于贝罗安来说是休息的日子，是享受自由与放松的时间，但对于已经成为机械断片的贝罗安来说，他已经完全被按部就班的工作日程格式化为一台工作机器，内心深处已经不知道自由和情感为何物。"严酷的、讲求功利主义的纯理性主义者漠视人类具有自发的愉悦需求"[⑤]，因此，被这种

---

① Douglas Kellner, *Herbert Marcuse and the Crisis of Marxism*, Berkeley: University of California Press, 1984, p. 243.

② 阿伦·布洛克:《西方人文主义传统》，董乐山译，北京：生活·读书·新知三联书店，1998年，第169页。

③ Thomas Bender, *Toward an Urban Vision: Ideas and Institutions in Nineteenth-Century America*, Lexington: The University Press of Kentucky, 1975, p. 55.

④ 伊恩·麦克尤恩:《星期六》，夏欣茁译，北京：作家出版社，2008年，第86页。

⑤ 刘易斯·芒福德:《都市文化》，宋俊岭，李翔宁，周鸣浩译，北京：中国建筑工业出版社，2009年，第209页。

理性思维所规划的人早已丧失了享受星期六、追求自发愉悦的能力。贝罗安的星期六仍然按照工作的方式进行分割筹划:早上与妻子做爱,上午去打壁球,下午去看母亲,之后准备晚餐。即使是这种程式化的时间安排依然使他内心空虚,只有当医院来电话让他去做急诊手术时,他才感到安慰和踏实,似乎这才是渴望的自由与休息。他的愉悦都是被程式化的,都披着机械和功利的外壳,是为愉悦而愉悦,与心灵毫无干系。然而在排除了心灵的精致与奢华中,人们自以为是地做出欢喜的模样,表达着自以为是的乌托邦式的喜悦,而这种表达本质上讲只是一种外在的姿态,是一种虚伪认知,绝非真实的感受。

第三,紧张忙碌的工作绑架了人的情感与灵魂,使人成为依附在工作链条上的螺母,并为这种异变而兴奋欢喜。

贝罗安的世界中只有工作,他和妻子称工作为“魔爪”,一语道破了工作的实质。身为外科医生的贝罗安,随时都有可能被从床上叫走,回到医院工作。而他妻子罗莎琳的工作也充斥着每分每秒。虽然他们享受着舒适的物质生活,但精神生活已经完全被这种无所不在的工作所驱逐,人也因此只成为工作中的一个对象,或工作中的一个环节,与工作之间的关系一样沦落为对象关系,甚至成为猎人与猎物之间的关系。然而可怕的是,被工作的“魔爪”擒住的贝罗安们最后竟以工作为唯一可依靠的东西,以至于他没有了工作就无法感受生活。工作成了他活着的证据与基本需要。贝罗安为病人治病的根本目的是为了让病人重新恢复工作,重新回到程式化、秩序化的轨道上来,重新回到人作为机械断片的生存状态中来。“是否能够工作已经成了健康的象征。”[①]在当代都市中,没有工作的能力便意味着丧失了生活的根本,而能够让人驱逐情感、放弃自我的工作转而成了人人追逐的目标。贝罗安的母亲曾对贝罗安的生活姿态做出这样的鼓励——“或者勇敢地快乐”。贝罗安将母亲的这句话铭记在心,他随时用这句话提醒自己振奋起来。这种振奋所包含的力量脱离了最本真、最血性的原始激情,成为完全用理性的力量而支撑起的一种精神。也就是说,当代都市人所追求的快乐与内心的渴望脱离了联系,成为用意志和勇气而建构起来的外在快乐。这种快乐因此失去了自我,变得虚伪而做作。

---

① 伊恩·麦克尤恩:《星期六》,夏欣茁译,北京:作家出版社,2008年,第19页。

冰冷的机械也因此在这种文化中具有幻觉的光芒，而当代都市本身却因此堕落或分解到歇斯底里的程度。当代都市中的高速公路将田野和空旷的土地变成了千篇一律的混凝土高楼，将海德格尔的“存在之屋”变成了单元住宅，也将活生生的人变成了游走在这些高楼与住宅中的机械之物。从某种意义上讲，我们的机器是异化了的力量，这种力量反过来以一种不可辨认的形式反对我们，并且构成了我们集体和个体实践的非乌托邦视野。

被虚假的乌托邦姿态所迷惑的当代都市人，本质上是被都市运转链条所牢牢控制了心灵的人，他们无法忍受脱离链条面对心灵的恐惧感，恰如贝罗安离开医院的不知所措。当巴克斯特被送到医院后，贝罗安同意立刻到医院参加救治，虽然这是对他和他的家人实施抢劫与恐吓的暴徒，但他却表示自己不会报复。而实际上，不管那个病人是谁，贝罗安都会立即赶去，对他来说，而且对他的家人来说，“当他宣布自己不得不赶去医院的时候，每个人都感觉生活又恢复了正常。”[①]正如书中所说，“这只是一种惯性”，是作为机械断片的人的机械选择，与情感毫无关系，因此与病人是什么人更是毫无关系。对贝罗安来说，“没有什么比回到工作中来更让贝罗安感到快乐的了，让他的宝贵的星期六没有虚度。当他站起来离开手术室的时候，使他得出的结论是自己不是一个正常人。”[②]

随着人类理性成就的日益辉煌，世界最终背离了最初的人道主义价值观，走到了唯机械论的科学逻辑与理性思辨中来。人的血性生命、直觉生命和心灵世界也在这个科学逻辑的理性思辨中被过滤得无影无踪。当一些敏感的现代人如尼采警醒地发觉原来人已经远离了上帝，陷入了无边的空虚，当海德格尔发现人原来已经脱离了大地，成为无家可归的流浪人后，渴望回归大地，渴望回归神秘与血性生命成了现代与后现代思想和文学的主要特点。德波主张以激进的主体行为去抗衡，通过创建自己的日常生活，反抗来自消费、适应等景观的控制。因此，景观这一概念包含了消极与积极、消费与生产的区别，对景观消费消极性的谴责，正是对疏离人类创造性和想象力的谴责，对埋藏人的活生生的情感生命的谴责。原来的适合普遍大众的理想国被视为歹托邦(dystopian)和反人性。人们主张放弃机械论而支

---

① 伊恩·麦克尤恩：《星期六》，夏欣茁译，北京：作家出版社，2008年，第197页。

② 同上书，第215页。

持模糊、偶然、自发的，更符合人的情感本真状态的新原则。呼唤情感回归带动了当代社会一种新文化的产生，即一种与物质文化相对立的文化——它要求放弃物质主义的精神气质和资本主义以成功为导向的规范。贝罗安的“从最初的心满意足、洋洋自得的状态最终转变为非常阴郁而复杂的情绪，他迫不得已面对着脆弱的幸福，无论从个人角度还是世界角度看，幸福都是那么不堪一击。”[①]当想象中的乌托邦一旦面对现实，这种虚伪的乌托邦便会立刻破碎。而用意志撑起的乌托邦感受，也会在情感与灵魂的拷问下立刻坍塌。恰如享受无上的物质舒适与社会地位的贝罗安，完全失去了感受的能力，甚至失去了享受自由的能力，没有工作将其生活程式化，他们便无所适从，完全找不到生存的意义。这便是虚假的乌托邦的力量，它使人沉浸在外在的成功中，机械的忙碌中，精致的牢笼中，一定要快乐的意志中，使人在外在的辉煌中忘却了内心的声音。

三、胜者必败逻辑

小说中贝罗安一直以胜者的姿态出现，而他的胜利却全部体现在物质上、规则上与逻辑上。例如，他可以为准备一顿晚餐花掉一辆汽车的钱；可以为自己拥有的工作成就得意快乐；更可以为自己清晰有序的逻辑思辨感到骄傲。然而，正是他的逻辑和秩序将情感驱逐出了生活范畴，他从未用情感看待和感受过任何事情。有评论家这样评论贝罗安这个人物，

> 他有些自命不凡，但实际上他是个毫无同情心的人。不过，麦克尤恩无疑是把贝罗安的自命不凡描述为物质西方对于世界事物的无动于衷，正如贝罗安坐在他的梅赛德斯中听着舒伯特冥想时的思绪：“进步”总是与“饥饿、贫穷和其它东西”携手前进的……而全球瞩目的事件如9/11和伊拉克战争对于许多人来说都是史无前例的，而贝罗安则完全沉浸在自我成功中，对世界大事没有什么情绪，也从不愿多思考，直到他在家遭遇到暴力袭击……[②]

① Andrew, Foley, *The Imagination of Freedom*, Johannesburg: Wits University Press, 2009, p. 245.

② Peter Childs, *The Fiction of Ian McEwan*, New York: Palgrave Macmillan Ltd., 2006, p. 146.

他对所有的事情都没有情绪，在享受物质的同时对一切事物都无动于衷，正是他缺乏情感的表现，人类情感无法用理性来解析和推理的证明。“痛苦也许更容易被考察和分析，而幸福却是难以打开的坚硬坚果。”[①]幸福绝不是可以由逻辑思辨来证明和推理的，而只擅长逻辑思辨、在思辨领域无限风光的贝罗安，一旦面临任何情感选择，便必然会面对失败。《星期六》从两个层面指出了逻辑的落败，一是贝罗安所崇尚的秩序被生活证明是失败的，二是贝罗安所唯一擅长的逻辑面对诗歌的失败。

贝罗安一直以都市生活充满秩序感，符合他的思维模式，因而使他感到满足和欣快。在贝罗安的逻辑世界，一切都有条理、有规范，因而一切都可以通过思辨得以梳理和解决。

> 什么都无所谓。所有困扰他的事情都已经得到了圆满解决。飞行员是没有威胁的俄罗斯人；母亲被照顾得很好；黛茜带着她的书回来了；那两百万游行者都是一团和气；西奥和蔡斯写出了一首好曲子；罗莎琳的官司将在星期一取得胜利，现在正在回来的路上；从统计学的角度推断，恐怖分子今晚不太可能会来谋杀他的家人……[②]

然而贝罗安的星期六从一开始便被其无法理解的情感因素打乱。他在星期六的凌晨莫名地醒来，并尝试以清晰的思辨头脑去分析具体的、科学的原因，却最终告败，因为人的情感是无法用理性来计划规范的。贝罗安的星期六也因此差错频出——莫名兴奋中的突然醒来，站在窗前却看到了空难，去打壁球却因为蹭车事件与地痞发生冲突，女儿回家团聚的时刻又遭遇劫匪。一切都没有按他的头脑中清明的秩序进行。当代都市在物质上处于极度完满的状态，而在精神上却处于极度贫瘠的状态。因此，城市中依靠内心和灵魂来感受的道德范畴在物质的侵袭下越来越稀疏，导致城市“在表面的秩序下面，它总是藏着可能爆发出来的无序”[③]。

因此，企图用秩序和理性规划一切的他遭遇了一系列的失败。例如，他与巴克

---

① Peter Childs, *The Fiction of Ian McEwan*, New York: Palgrave Macmillan Ltd., 2006, p. 148.

② 伊恩·麦克尤恩：《星期六》，夏欣茁译，北京：作家出版社，2008年，第169页。

③ 理查德·利罕：《文学中的城市——知识与文化的历史》，吴子枫译，上海：上海人民出版社，2009年，第138页。

斯特碰车时，他并未考虑对方的感受与情感需求，而是缜密精细地运用他的医学知识迷惑对方。深受现代知识浸润，深处当代都市文化逻辑影响的贝罗安不相信直觉与情感的力量，一切对于他来说只有分析与思辨，只有成功或者失败。当他与巴克斯特的汽车相碰后，他的思想迅速以严密而冷峻的方式寻求出路，他不相信情感的力量。医生的训练使他相信，

> 人类的很多行为都可以在分子的复杂状态下得到解释。有谁会想到如果人体里有过度或者不足的神经传递素就可能会损害到一个人的爱情、友谊和所有对快乐的希望？当人们从自身的感觉上寻找出路的时候，又有谁会想到要从生化酶和氨基酸上寻找道德和伦理的产生？[①]

他将一切情感范畴的问题归为秩序和逻辑，归为思辨和理性知识。他从不认为情感能够解决问题，能够慰藉心灵。他解决问题的办法只有理性，并期待通过严谨清明的理性解决一系列的问题。因此，当他碰到问题后，他认为“这不是单纯的同情就能解决的问题。人的大脑可以有无数种方法让你遭殃。就像一部昂贵的车，纵然看起来精雕细琢，但也还是大批量生产出来的。”[②]当代都市中的人就像车一样，可以精细，可以昂贵，但总是没有个性，没有感情，全部是可以批量生产的产品。如今的时尚界如此，选美时每个选手都是长相完美的产品，个体差异被现代技术抹去；饮食界如此，如快餐店的每个产品，全部由固定的程式一步步生产完成，最后味道颜色永远一致。甚至教育界也是如此，学校不再重视孩子们与生俱来的个性，而是志在将有个性的孩子全部放进一个模子里，生产出完全一致的产品。这些“产品们”不再用情感来体悟世界，因为那样就意味着个性。他们全部用机械的逻辑来解析出发。

贝罗安就是一件近乎完美的“产品”，他在专业知识的学习过程中、在职场的努力中、在明晃晃的成功中出卖了自我，交出了灵魂，他的世界蜕化为干瘪的逻辑世界。他希望用思辨解决一切问题，用逻辑梳理所有危机。于是“他利用了或者更应该说是滥用了自己的医学权威而避过了一场危机，但他的行为却让他陷入了更加

---

① 伊恩·麦克尤恩：《星期六》，夏欣茁译，北京：作家出版社，2008 年，第 76 页。

② 同上书，第 82 页。

糟糕的处境。”[①]他利用自己的医学知识戏弄巴克斯特，从而得以从碰车事件中暂时脱身，他也在思考自己“是否有损医德地利用了自己的专业知识戏弄了一个正在遭受神经退化的病人？”[②]但很快又以自己受了威胁而为自己的行为开脱。不过，结局却没有按照他的思维秩序进行——巴克斯特因为情感上受到侮辱而选择了更进一步的报复。再有，尽管他的家里有非常先进的安全防御系统，尽管他的统计学从逻辑上无懈可击，然而晚上他的家里便遭到了袭击，这些都是他的秩序范畴无法预测、无法左右的。

巴克斯特受到贝罗安医学推理的戏弄后，在晚上袭击了贝罗安的家。巴克斯特进行袭击的主要原因，如上文所述，是因其自尊心和情感受到了贝罗安的侮辱与伤害，而贝罗安的秩序世界里，自尊心是被完全排斥在外的，他的世界里只有思辨是否合理、推理是否正确，人的情感反应丝毫不在其知识体系之内，因此他对于所遭受的袭击也无从理解。面对袭击时，他考虑的依然是如何选择反抗的武器、如何选择反抗的途径，而这些在激情难控的巴克斯特那里毫无用处。正因为情感的缺失，处处以胜利者的姿态面对世界的贝罗安，却最终败给了他眼中的地痞巴克斯特。

贝罗安更加致命的失败是当他的女儿黛茜按照歹徒的要求朗读诗歌时，贝罗安却根本无法理解诗歌。绚烂的商品世界将贝罗安毫无生气的心灵世界涂上了粗暴而鲜艳的红红绿绿的色彩，他的生活也因此由苍白转变成最灿烂的形式。贝罗安的生活毫无情感触动和情感关怀而失去了悬念，感受不到痛苦悲伤，也无法了解内心欢愉的滋味。当人以丢弃内心为代价，去赢得物质世界的成功时，便已经成功地把自己的灵魂关闭起来，只剩下一具躯壳在活动。这个躯壳为了无数数字的成功、外在的成功而像机器一样运作。人便在各种铺天盖地的数字的掩盖中走向了外表辉煌、内在荒凉的伪成功，或者说是心灵与灵魂的失败支撑起逻辑的胜利。布拉福德在《当下的小说》中这样评价《星期六》：

> 贯穿整部小说的是一种紧张感，这种紧张感是由两种截然不同的因素构

---

① 伊恩·麦克尤恩：《星期六》，夏欣茁译，北京：作家出版社，2008年，第178页。

② 同上书，第93页。

> 成，一是理性的、逻辑的、可预言的，甚至是残忍无情的；与之相对立的则是无规则的、耽于幻想的、随心所欲的、无法用理性预见的。贝罗安是前者的化身。他全部的工作就是修理和重构意识的机械式功能。[①]

贝罗安是当代都市中成功的代表，他住在高端社区，享受着高端的物质生活，而问题的核心是这种生活并非他内心的渴望与追求。他在读医学专业时放弃娱乐与自由，埋头于书本之中，毕业后为了生计，在实习医生的岗位埋头苦干。在这个过程中，婚姻只像是一个小小的插曲，带给他的主要感觉是压力。之后他在工作中获得了成功，而这种成功带给他的是在医院中度过几乎全部的时间的生活方式，甚至连做爱的时间都挤不出来。他从未真心感受过生命，也未曾真正体会过生活的滋味。但是他的成功，他的令人羡慕的成功无可辩驳地拥有强大的物质证明：豪华轿车、顶级公寓，等等。在他眼里，诗歌之类的文学作品不过是兴起之作，与理性毫无关系，那么这种毫无理性基础的东西就像是摘葡萄玩一样，没有任何实际价值，按照这种理论，写诗的人无论如何称不上一种职业。文学与艺术只能搅乱理性和逻辑，而非使逻辑理性更完善，因此文学和艺术是应该被驱逐的。他认为小说是瞎话，从来没有时间，也没有心情读完一本小说。他无法理解像《安娜·卡列尼娜》这样的故事，认为为了消化那些错综复杂的故事会使他的思维变得迟钝，而且还会浪费他的时间。“贝罗安非常理性，他无法从他儿子的吉他弹奏中感受到音乐之美，也不能欣赏文学的美好价值，更无法理解文学的想象世界。”[②]他的时间是用来进行按部就班的工作的，是用来从事能令他获得物质成功的手术的，他不相信梦想的力量，对幻想更是毫无兴趣，对他来说，通过修理大脑来拯救思维器官的故障才是值得尊重的，而通过激发情感和梦想则一无是处。贝罗安甚至认为，“他在医学领域里的地位足以让他在任何一位诗人面前挺胸抬头。”[③]人类洋洋自得地以为理性的力量可以使人无所不能，能够从一个辉煌走向另一个辉煌。然而，这种辉煌本质上却只是没有生命的光芒。当人为了知识、为了逻辑投入了全部的精力之后，把理

---

① Richard Bradford, *The Novel Now: Contemporary British Fiction*, Malden: Blackwell Publishing, 2006, p. 23.

② Peter Childs, *The Fiction of Ian McEwan*, New York: Palgrave Macmillan Ltd., 2006, p. 146.

③ 伊恩·麦克尤恩：《星期六》，夏欣茁译，北京：作家出版社，2008年，第163页。

性当成唯一的信仰之后，人类世界便熄灭了文学艺术之光，把诗歌完全屏蔽在外。当人的世界里缺席了诗歌与艺术，人的生活与精神只会变得干燥和冷漠。

《星期六》的故事集中在一天的时间里，即“2003年2月15日，是伦敦为反对人侵萨达姆·侯赛因统治的伊拉克而举行大规模示威游行的日子。”[①]麦克尤恩选择这一天为背景，显然大有深意。一些研究文章认为这种选择说明小说的反战主题，而麦克尤恩在谈到《星期六》时曾说：“撇开所有的文学形式不谈，这个小说首先能够引导我们探寻道德的基础应该是什么。也就是说，要有感受他人的处境与情感的能力……残忍是丧失想象力的表现。”[②]身为社会精英的贝罗安恰恰被其女儿判定为“缺乏想象力”，也就是他情感缺失，丧失了基本的心灵的感悟能力，从而造就了他精致的利己主义、优雅的残暴行为——对诗歌的无动于衷、对文学的鄙夷轻蔑。

诗歌便在当代都市文化中从古希腊的美学高度沦落为一文不值的玩意儿。在当代都市文化的逻辑中，今天的美学与艺术已经与商品生产普遍结合起来，从服装到飞机，物质生产以最快的周转速度永远在更新产品，正如贝罗安所驾驶的汽车，尽管心里并不喜欢这辆豪车，但汽车本身因其高科技的生产而带来的舒适却让贝罗安感到舒畅。“购物的消费空间就是当代社会的权力地形图，而购物已经成为毫无节制和疏远生活的重要比喻。零售业的巨大规模、商店的无所不在、对品牌的迷恋，这一切都使消费者无法避免具有说服力的冲击。”[③]能够触动他内心的东西再也不是诗歌或者其他深入心灵的东西，而完全是商品的价值。这种后现代都市文化所蕴含的便是这样在表面上超常繁荣，而内心深处却干涸到漠然无趣，幸福和激情、痛苦和死亡也因此都成为黏滞于商品上的标本。这也是当代都市中人类生存的致命困境：人们以为自己找到了精确的道德指向，而实际上只是把历史上那些赤裸裸的杀戮和残忍转变为一些慢性的、不易察觉的陨落过程。这种由自鸣得意的理性支撑起来的道德大厦从根本上说是抛弃了情感生命的负面道德，它像一袭灰

---

① Peter Childs, *The Fiction of Ian McEwan*, New York: Palgrave Macmillan Ltd., 2006, p. 139.

② Brian Finney, *English Fiction—20th Century—History and Criticism*, New York: Palgrave Macillan, 2006, pp. 98—99.

③ 迈克·戴维斯：《死城》，李钧，许平，傅骏，代林利译，上海：上海书店出版社，2011年，第7页。

色的殓衣，笼罩在光怪陆离的城市上空。

这种负面道德表现在成功富有的贝罗安那里，就是他的无趣、他的冷漠和他的残暴。他专心于用严格的理性思辨来达成自身的外在成功，为此他把一切看似与自身成功不相干的事物都用理性排除在外。他对他人冷漠、对世界冷漠，对一切都漠不关心。然而无论是大至世界还是小至个人的事情，并不是都能够用理性来梳理和规范的。他自鸣得意的严谨理性没有阻止暴力事件发生在家人身上，更无法阻止身处物质丰厚背景的他的内心软弱。可以说，外在的成功使身为胜者的贝罗安遭受的致命失败在于他无法感受到任何情感，无论快乐还是悲伤。他是“神经外科专家，以极势力的眼光看待文学，认为小说散漫夸张，他根本没有耐心去读。他是英国实用主义者的代表，对带有乌托邦味道的任何叙述都不信任，他认为自己是一个活生生的证明——证明人能够生活在没有故事的世界中。”[①]对他来说，一切情感都是可分析的逻辑之物。正是这种逻辑思维使他只能表达成功，却无法体会幸福。他对于情感热烈的岳父颇有偏见，而在身为诗人的贝罗安的岳父看来，“这个女婿充其量只是一个高级技工，一个没有文化而且乏味的大夫，是一群随着他身体的衰老而越来越离不开的人种，都不值得相信。”[②]在一次采访中，麦克尤恩承认，他的许多作品主题都是围绕“病态的、不安的”[③]社会而写。

黛茜朗诵的阿多诺的诗歌却使身为匪徒的巴克斯特的内心深受震撼，因此逐渐放弃袭击，并且转而信任贝罗安按照理性推理提出的建议，“他的急切和信任如孩童般幼稚”[④]，而这种如孩童般的感受在贝罗安那里则不可思议。两个社会地位悬殊的人，面对诗歌的体验产生了天壤之别。贝罗安丝毫未被诗歌感动，内心也没有产生任何同情与信任，而是依然按照其精密的反抗计划，趁巴克斯特因信任而失去防御之心时，将其推下楼梯，冷漠最终演变成残暴。而令人悲哀的是贝罗安丝毫感受不到自我行为的残暴。他在行为上显然又成为无可辩驳的理性逻辑的胜利者，无论是诗歌还是信任，都无法使他冷漠而机械的心灵受到震动，他在被商品文

---

① Arthur Bradley & Andrew Tate, *The New Atheist Novel—Fiction, Philosophy and Polemic After 9/11*, London: Continuum International Publishing Group, 2010, p. 28.

② 伊恩·麦克尤恩:《星期六》,夏欣茁译,北京:作家出版社,2008年,第163页。

③ John Haffenden, *Novelists in Interview*, New York: Methuen & Co. Ltd., 1985, p. 169.

④ 伊恩·麦克尤恩:《星期六》,夏欣茁译,北京:作家出版社,2008年,第191页。

化所商品化的同时,也将周围的一切商品化、物质化了。贝罗安的生活中没有情感可言,身为外科医生,他被一个又一个的手术占据了时间和心灵,最后使他失去了感动与被感动的能力,使每个行为都成为机械的逻辑思辨的结果。

黛茜朗诵的阿多诺的《多佛海滩》里所呼唤的正是“让我们真诚相爱”(Ah, love, let us be true to one another!)。阿多诺在其《文化与无政府主义》中也提出了“文学和艺术应成为生命中心”[①]的观点。阿多诺的诗歌在《星期六》中可谓点明主题,而怀孕的黛茜的朗诵本身也是生命与文学不可分割的隐喻。黛茜以及黛茜的诗歌所代表的正是情感的力量,能够真正慰藉这个机械化、工具化、对象化的世界的力量。其实在《水泥花园》中,母亲与姐姐的形象也在一定程度上具有情感关怀的味道,只是这种情感很快被工具理性所代表的机械社会所扼杀而已。可见女性在麦克尤恩眼中具有更加柔软、更加感性,从而更加真实、更加温暖的意味。麦克尤恩在谈及其创作时,明确表示了他对女性的尊重与信任。“20 世纪 70 年代的女性主义直接与我们家庭生活核心中的许多难解问题对话。我渐渐有了一种浪漫的信念,认为女性的精神一旦得到解放,世界的伤口便得到痊愈。我的女性人物都拥有着男性所缺乏的善。”[②]黛茜代表的正是这个足以疗伤的善。麦克尤恩将黛茜与诗歌相连,更加明确地表达了女性所代表的情感之美。这种情感之美恰如伍尔芙笔下的“灯塔”一样:首先它代表了善与美,代表情感真实,能够在机械冷漠的世界里让人找到自我,回归心灵,完善灵魂,从而使心灵之伤痊愈;而同时,这种治疗作用只在情感领域起作用,只能使人的心灵得到慰藉,恰如灯塔的光亮,能带给人希望与宁静,但却无法真正地改变现实世界。从这个意义上说,麦克尤恩通过诗歌和女性拯救世界的认识是客观的。他并不指望诗歌、女性,也就是情感慰藉能够改变世界前进的方向,而只是希望被工具化和对象化的人能在前进的同时审视心灵,直面情感,在物质的辉煌中依然保持内心灵动和灵魂温暖的真正的生命,而不是被机械化的冷漠螺母。

具有讽刺意味的是,作为高知阶层的成功人士的贝罗安,同时又是黛茜父亲的

---

① Peter Childs, *The Fiction of Ian McEwan*, New York: Palgrave Macmillan Ltd., 2006, p. 146.

② Ian McEwan, “Mother Tongue: A Memoir”, Ed. Zachart Leader, *On Modern British Fiction*, Oxford: Oxford University Press, 2002, p. 40.

贝罗安,根本无法领会和理解黛茜和她代表的情感慰藉。相反,巴克斯特在掉下去时,“眼睛直直地看着贝罗安,表情里并没有太多的恐惧,更多的是失望。贝罗安觉得自己从那双悲伤的棕色眼睛里看到他对欺骗的谴责。”[①]身为胜利者的贝罗安受到来自社会最底层的巴克斯特的谴责,他的物质成功与思辨成功只能说明其身为人的失败与无能。他的物质从姿态上证明了他的成功,却使贝罗安的灵魂更加枯萎败落。贝罗安拥有豪华奔驰,而他的内心其实并不因此而快乐便是例证。他买这辆车的原因是,既然他有幸作为这世界上少数能享受到荣华富贵的人群的一员,开一辆好车是很自然的事情。昂贵的汽车对他而言不但没有任何心灵的慰藉,反而成为他心灵的包袱。这辆车的唯一功能就是体现他的身份,体现他社会成功者的派头,是他享受生活的证据。“我们住在迄今为止最棒的世界上——他自己享受着舒适而洁净的生活,因此对他自己而言无疑是最棒的世界——然而从他的感受中,我们却不难探测到一丝资产阶级的傲慢自大,这种自大感导致 9/11 之后的他们深刻地感受到恐惧和黑暗。”[②]这便是资本主义社会物质大发展的最后结局,光鲜舒适的生活本应为人们带来快乐,然而他们的内心却越来越感受到黑暗。对“星期六”的贬低和践踏是人类所面临的更严重的 9/11:失去心灵体悟的人类会变得无比残忍而不自知,这种残忍导致的后果是内在的摧毁和精神的抽离,其严重性远远大于我们看到的那两幢建筑的坍塌。人们固然在 9/11 之后感到了仇恨的后果,那种残酷的现实、死亡的惨状、人与人之间的仇恨使他们不安,而心灵被摧毁的不安则会更加恐怖地把人们带到荒芜之地。从这个意义上说,“《星期六》是一部真正的 9/11 小说,因为它是贝罗安本人在星期六这一天所目睹的事情,正是 9/11 事件的隐喻。”[③]恰如在世贸工作的当代都市人,他们穿着体面甚至昂贵的衣服,整齐划一地在摩天大楼里工作,内心也许会有不安或者忧虑,但谁又能想到这种不安和冷漠拥有比将大楼摧毁的两架飞机更加强大的力量,它能令所有人的生命和生活从此破碎。

---

① 伊恩·麦克尤恩:《星期六》,夏欣茁译,北京:作家出版社,2008 年,第 192 页。

② Arthur Bradley & Andrew Tate, *The New Atheist Novel—Fiction, Philosophy and Polemic After 9/11*, London: Continuum International Publishing Group, 2010. p. 28.

③ Ibid., p. 29.

> 《星期六》所努力呈现的正是当代的历史,尤其指涉的是9月11日恐怖分子对世贸大厦的袭击。《星期六》的故事局限在一天之内,即2003年2月15日,即在伦敦发生大规模示威游行的日子。当时人们示威的原因正是反对迫在眉睫的对萨达姆·侯赛因的伊拉克进行入侵。[①]

作品对这一天的刻意安排充分表明了麦克尤恩对当代都市文化的忧虑。虽然没有大规模的世界大战,人们似乎都按部就班地享受着物质带来的舒适生活,然而,在内心深处,却无时无刻不在体验着不安。示威游行、入侵行为等,都为灾难埋下了伏笔。贝罗安们在这样的世界中,在本应安享闲暇的星期六,却无论如何无法宁静下来,或者说表面的宁静背后是内心隐隐的焦虑。就世界而言,侵略和恐怖袭击令人忧惧,就个体而言,豪华的物质、严格的保安措施也无法抵挡随时而来的冲突与袭击。“就在表面的快乐之下 ,潜伏着一种隐藏的威胁。这种威胁持续流淌,连绵不绝。”[②]因此,整部作品在描述他丰富而奢华的物质生活时,不断地将笔触停留在他的感受上。他从内心深处感到厌烦,他对其拥有的豪车等物质甚至会有时产生隐隐的罪恶感,而这正是社会和他人眼中他“享受”生活的依据,这种成功者的包装使成功者在受有艳羡的同时,心灵深处却感受着无所适从的难堪与无助。

当代都市文化的成功内涵,已经蜕变为随意而干瘪的物质累积。在这种“成功”文化的压制下,像贝罗安这样的成功人士已经完全丧失了享受“星期六”的能力。“他的业余时间总是被切分的支离破碎,不光是因为各种杂事、家庭的责任和体育锻炼,还有每个周末为了充分休息反而导致的劳顿。”[③]贝罗安的生活完全被纳入了程式化轨道,自我的情感被彻底放逐。“围绕着都市化和现代化进程,许多现代主义者都在作品中不断地表达这样的主题:孤独感、隔绝感、片断感和异化感。作家和文化批评家都深刻地感受到在现代都市中,他们无所适从,安身立命的根本受到威胁。”[④]在这个批判传统中,T. S. 艾略特、德莱赛、伍尔夫、艾里森都对当代都

---

① Brain Finney, *English Fiction Since* 1984, New York: Palgrave Macmillan, 2006, p. 87.

② Ibid., p. 88.

③ 伊恩·麦克尤恩:《星期六》,夏欣茁译,北京:作家出版社,2008年,第53页。

④ Hana Wirth-Nesher, *City Code—Reading the Modern Urban Novel*, Cambridge: Cambridge University Press, 1996, p. 17.

市的粗俗与混乱进行了揭示与展现。而麦克尤恩却从更深刻的层面对都市的文化逻辑进行了挖掘。“麦克尤恩和他的叙述者都以一种温和的、知性的、优雅的姿态进行叙述，风格沉静雍容、谦虚有礼，有时候很让人为之动容。而这种细节与描述性语言的堆积——并不是过分堆积，但却一直在不断地、细致地描述——却常常令读者产生一种特别熟悉、特别普通的感觉，由此隐隐产生了对于拥有这种异常普通的东西的不适感和厌倦感。”[①]《星期六》便以一种不厌其烦的叙述，温和而细腻地再现了贝罗安一天的生活，在这种看似满意而幸福的生活中，读者会产生一种过于熟悉，但却充满不安的感觉。究其根本，就是当代都市人的生活波澜不惊、舒适安逸，只有细节的堆积，却没有心灵的参与。可以说，在当代都市中，人们的生活异变为生产程序的一部分，完全抹杀了个体的异质性。人人都熟悉的美好生活，却因为缺乏心灵体验而最终让人感觉无法忍受。

> 没有了先验的能指，城市符号开始漂移，意义被神秘取代……符号已经无法指涉救赎的上帝（像鲁滨逊·克鲁索那样）、救赎的历史（像黑格尔那样）、救赎的自然（像华兹华斯那样）或者救赎的艺术（像亨利·詹姆斯那样），它开始自我指涉。进入充满城市符号的后现代世界，我们发现面临的问题更加复杂。与自由漂动的意义一样，阐释变得与妄想没有区别。这是任何自闭系统的最终结局。留给我们的，只有被贬低的人性、匿名感和零余感、人的孤独的脆弱感，焦虑和神经紧张。没有了超验的东西，城市无法超越其所消化的东西，心灵也无法超越自身。[②]

因此贝罗安的失败是心灵的失败、情感的失败、人性的失败。享受着巨大的工作成功感的贝罗安面对令他困惑的儿子西奥既陌生又羡慕。西奥喜爱蓝调音乐，行事与其父亲完全不同。他不接受按部就班的生活，而是为音乐痴迷。贝罗安有时会深刻感觉自己的生活

> 缺少了一种像西奥的音乐那样充满想象和自由的精神。这音乐和他长久

---

① Richard Bradford, *The Novel Now: Contemporary British Fiction*, Malden: Blackwell Publishing, 2006, p. 18.

② 薛毅:《西方都市文化研究读本》(第三卷),桂林:广西师范大学出版社,2008 年,第 327 页。

以来不曾倾诉过的渴望和烦躁产生的共鸣，令他遗憾自己从未有过机会去选择另一条更加自由的道路，从未像音乐所表达的那样为自己的心而生活。他的人生除了拯救生命之外一定还有其他的意义。[①]

而他却找不到那个意义，因为他完全丧失了感受的能力。情感的消逝使他被分裂为机械的断片，除了像机器一样按照固定轨道工作之外，没有任何主动享受生活、亲近他人的能力。正如黛茜的诗歌永远不会打动他的内心，而巴克斯特虽然没有贝罗安的社会地位和巨大成功，却依然拥有心灵的力量。黛茜吟诵那首诗如同给巴克斯特施了魔咒一般，巴克斯特在机械的世界中献出了自己的心灵，诗歌进驻了他的内心，打动了他的灵魂，让他意识到自己对生命的渴望是如此的殷切。巴克斯特体味出了贝罗安从来不曾体会过，而且有可能永远也无法体会的诗歌的境界。然而巴克斯特却败在了心灵早已僵死的贝罗安手中，因为当他捧出他的心灵时，他便已经宣告了失败。因为面对冷漠而无情的逻辑思辨，心灵的柔软与灵动无论如何不能生存，只有落败。“小说提出了一些极为重要的问题。一方面是艺术和文学在文化社会中的角色问题，另一方面，则是科学物质主义的局限性问题。科学物质主义的确是理解世界的重要途径，但却无法给人类提供明确的答案。”[②]麦克尤恩没有否认贝罗安的成功，更没有否认科学技术理性与物质主义思想为人类带来的不断成功，只是他提出了最根本性的问题，科学技术和辉煌的物质无法解决人最本质、最本真的生存问题。人的内心世界和精神范畴是物质和科技永远无法安慰和探知的。贝罗安的故事表达了麦克尤恩一直以来的观点，“在最前沿的大都市中，文化、技术、文明和法律都已经消亡，剩下一个毫无生机的阴沉社会，在这个社会中，人类的思想情感堕落到最低劣的地步。”[③]而这种低劣与人的世俗成功、与人的物质财富紧密相关。

归根结底，对诗歌的放弃使人们心安理得地走向物质的辉煌，却在这个过程中

---

① 伊恩・麦克尤恩：《星期六》，夏欣茁译，北京：作家出版社，2008年，第22页。

② Sebastian Gores, “Ian McEwan and the Modernist Consciousness of the City in *Saturday*”, Ed. Sebastian Gores, *Ian McEwan: Contemporary Critical Perspectives*, London: Continuum International Publishing Group, 2009, p. 114.

③ Ibid., p. 100.

丧失了心灵与灵魂,最终走向了一个价值陷阱。在这个陷阱中,人得到了外在的物质世界,这种获得却是以丢掉了心灵的感受能力和幸福的感受能力为代价的。人在拥有物质的同时,却成为无法体验幸福、无法体会心灵的宁静与满足的可怜生物。如何回归以心灵和幸福为核心的价值体系是当代都市文化面临的重要问题。

第五章

工具理性与情感生态

随着工具理性的思维模式越来越成为当代西方社会的绝对主导,西方社会也越来越呈现出伦理观和价值观的没落与衰微,人类的精神生活与灵魂世界彻底落败。通过对当代英国的典型小说文本的深入分析,可以清楚地看到,在当今西方社会,工具理性已经渐渐侵入社会结构的各个方面,支配着现代社会生活的各个领域,从而构成了发达工业社会,或者说晚期资本主义社会的社会控制的深层基础,因此在工具理性指导下的科学技术便异化成为当代资本主义社会用以取代传统政治统治的一种新的统治形式,形成了一种具有非政治化要求的新型的意识形态。这种意识形态以极其隐蔽,但却令人无可抗拒的力量塑造出了一个异化的、单面的社会,更塑造出异化的、单面的当代人。

霍克海默和阿多诺在《启蒙辩证法》中指出,工具理性侵袭一切领域的结果是:在科学技术领域,实证主义思潮主宰一切,自然界变成了单纯的客观实在和被人类肢解的对象;在经济生产领域,技术统治一切导致了异化;而在文化领域,则导致了主体的客体化、物化,最终扼杀了文化的创造性和丰富性,使文化成为一种工业。“文化工业的技术,只不过用于标准化和系列生产,而放弃了对作品的逻辑与社会体系的区别。”①

通过对文化工业的考察,对工具理性的批判也达到了最深刻、最敏锐的层面。

---

① 马克斯·霍克海默:《启蒙辩证法》,渠敬东,曹卫东译,上海:上海人民出版社,2003 年,第 113 页。

在当代社会中，由于工具理性的统治，艺术和文化的逻辑被迫从属于商品的逻辑和资本的逻辑，艺术和文化沦为金钱的奴隶。艺术、文化的商品化和工业化使得本该极富个性、情感充盈的艺术创作沦落为千篇一律的模仿，而且越来越拙劣。当今社会的电影、杂志、广播等无时无刻不在以廉价的、拙劣的模仿出现在世人面前。这种工业化使灵魂物化、使曾经属于灵魂的、个性的、超越的文学艺术失去了超现实的、批判现实的能力，沦为对现实进行辩护，甚至是粉饰的工具。一切有生命、有灵魂、有情感的存在都被过滤为可支配、可分析、可归类的对象。人在这种对象化的关系中完全失去了人之所以为人的根本。

> 工业所感兴趣的只是作为消费者和雇员的人。事实上，文化工业已经把全部人类作为一个整体贬低为无所不包的公式，就像文化工业对待其他客观对象一样。根据时代的主导文化，意识形态或强调计划，或强调机遇；或看重技术，或看重生活；或重视文明发展，或重视自然保护。对于像雇员一样的人们来说，他们想到的是合乎理性的组织形式，而且他们必须去顺应这种理性形式，这已经成为时代必然。而作为消费者的人们则通过银幕或杂志获知八卦奇闻，在这个过程中既得到愉悦，又感受到选择的自由，甚至还可以感受到游离于体制之外的美妙假象。不论是作为雇员还是作为消费者，人们都沦落成了对象。
>
> 文化工业做出的承诺越少，就越发难给生活提供有意义的解释，由此，文化工业所宣传的意识形态也就越发空洞。在广告无处不在的时代，甚至连建构和谐与仁慈的社会这样的抽象概念都被具体化了。抽象的概念都已经被界定成了具体的公共宣传手段。本应真实的语言也迫不及待地去自降身价，成为商业宣传的手段了。不能作为手段的词语似乎都变得毫无意义，而沦落为手段的词语则变得虚幻而不真实。价值判断要么被广告绑架，要么沦为一文不值的空谈。[①]

当代西方社会的文化核心被工具理性绑架之后，便形成了这样的文化形态：科

① Max Horkheimer & Theodor W. Adorno, *Dialectic of Enlightenment: Philosophical Fragments*, Stanford: Stanford University Press, 2002, p. 118.

学技术被视为时代的最高成就;征服与占有成为时代的最高美德;消费与购买成为人类的最高理想;计划与目的成为生活的最重要形式;广告与宣传成为社会的最高法则。与这样的文化形态相对的是,情感与内心成为最没有价值的范畴;爱情与亲情成为最轻易被背叛的对象;文学与艺术成为最令人鄙夷与丢弃的无用之物。在这样的文化基础上,物质的丰富与占有成为人最为炫耀的成果,而内心的幸福与安宁则成为被人类丢弃到一旁的废弃之物,当人们惊觉于世界的残忍与混乱时,已经几乎丧失了再将内心找回的能力,只能让生活重新陷入更加冷漠、更加坚硬的物质争夺中,以安慰已经丧失了灵魂与精神的内在碎裂。

这种沦落而干枯的文化现象在当代都市的表现尤其强烈,而这种被理性所控制的文化的基本因素便是理性对情感的驱逐。当一切行为、一切价值观、一切伦理观都表现为理性的思辨、逻辑的推理和功利的计算时,人的情感关怀、情感慰藉和情感依托便被忽视与贬低。人要顺应理性规范下的规则与利益,就必然要丢弃内心的需求及灵魂的呼喊,那么一切便都沦落为工具,沦落为对象,沦落为目的,于是人类社会便走向了干瘪和枯萎,人也沦落为工业化机器世界中的一个部件。那么人的内心世界就会因情感的被贬低而变得衰败冷硬,人便会在工具理性横行的社会中丧失内心的幸福与安宁,只剩下焦虑、竞争、成败,以及为了功利目的而无所不用其极的各种手段,人类的生活也由此变成由物质的成功与失败所切割和分类的毫无尊严的物,人被自己所努力发展并完善的理性思辨所控制,被自己无限建设的物质世界所同化,最终走进没有情感的冷酷而豪华的牢笼,人类便永久地失去了精神愉悦与内心幸福的机会。

在这样一个被工具理性主宰和统治的当代西方社会中,在文化工业的牢笼中,我们依然可以看到一些富有社会责任感、有深邃的洞察力的作家,试图通过自己的文字揭露工具理性梳理下当代西方都市的文化生态,希望借自己的作品来唤醒被异化的人类的灵魂。他们通过展现当代都市中伦理观念与价值体系的败落与扭曲,为当代西方社会剥去繁华与绚烂的表皮,为读者展现出已经千疮百孔的灵魂和精神世界。而在伦理和价值生态梳理之后,我们可以更清楚地看到,导致伦理衰微和价值扭曲的最核心根源便是情感在当代西方都市文化中的缺席。正是由于没有了情感,人类的一切选择都依照目的论和方法论展开,完全放弃了对内心世界和精神范畴的考量。人类的内心是否幸福、精神是否充盈、灵魂是否安宁这样的问题都因情感被放逐而遭到贬低和放弃。那么当代人的情感境遇到底如何呢？在探讨当代都市文化的伦理观和价值观的基础上，对当代西方都市中的情感境遇再做一番细致梳理，无疑更能凸显当代都市中的情感生态与情感困境，并由此对当代西方文化中的致命缺憾做出更加深刻的判断，为达成情感救赎的思想提供更有力的证据。

第一节　情感变异

情感常被认为是与理性相对的概念，如果说理性与逻辑、与分析相连的话，那么情感则与艺术、文学、爱情相融相连。工具理性的泛滥首先侵害的便是人的情感领域，以及一切与情感相关的范畴。本书的研究对象是文学，而文学从某种意义上讲便是情感的宣泄与表达。同样，对情感的描述与揭示是当代英国小说的重要主题。面对当代都市中被工具理性侵袭得体无完肤的情感世界，在当代英国小说家们的笔下所表现出的也是一种破败扭曲的情感生态。

当代英国小说中，马丁·艾米斯的小说以其荒诞的叙事、怪异的情节、令人惊悚的描述独立于世。他的小说大多以伦敦，即当代都市为背景，以极具想象力的荒诞情节，对当代都市中人类的生存状态进行了非常深刻的描述。他笔下的当代都市人的生存状态无不深受工具理性的控制，因而完全丧失了人性关怀与情感体验，成为残忍、冷漠和机械之人的代表。从工具理性角度对马丁·艾米斯的作品进行分析，可以进一步把握其都市文化批判指向，也能更深刻地了解工具理性对人性世界的侵袭程度。“小说是艺术的产物，创造的产物，但是英国小说一直与现实密切相关。它为我们提供了一个质疑我们所构建的社会的机会，质疑它的机械化进程，以及它对人性的封锁。”[①]马丁·艾米斯的小说表面上无比荒诞，运用了超现实的情节，并采取了实验小说的形式，但其实质上紧紧把握了当代都市文化生态，用隐喻的方式对掠夺人性、摧毁情感的都市文化现状提出了深刻质疑和批判。

在当代英国小说家中，马丁·艾米斯小说中对情感问题的揭示可谓深刻，甚至

---

① Florence Noiville, “The Contemporary British Novel—A French Perspective”, *European Journal of English Studies*, 2006(3).

让人措手不及，他的许多作品都不同程度地体现了当代西方都市人的情感世界的荒芜与恐慌。毋庸置疑，马丁·艾米斯的重要小说作品如《伦敦场地》《金钱》《怀孕的寡妇》等，都通过不同的方式对当代都市情感的扭曲与荒诞的存在生态进行了无情嘲讽与鞭挞。其实，他的第一部小说被普遍认为是描写青涩恋情的爱情故事，也深刻地表达出了作者对当代都市情感的敏锐认知。《蕾切尔档案》是马丁·艾米斯于1973年发表的第一部作品。由于是初试锋芒，小说的笔触不是特别凌厉，表面上看讲述了一个大学期间的爱情故事。这部小说由于其出色的描写与构思于1974年荣获了毛姆奖，更由于其较强的故事性于1989年被改编为同名电影。具体而言，小说讲述了“海尔韦面对即将到来的年龄所发生的故事。他明确地意识到他是故事的叙述者，因而一直保持高度的清醒。在他的生活中，面对逐渐长大的年龄，他为自己设置了一系列的任务，其中包括在20岁的生日时引诱蕾切尔，即小说标题中的名字。”[①]小说有些喜剧的特点，风格鲜明而生动，与小说的青春主题极为契合。而将追求爱情的过程以“档案”来指称，已经体现了将灵动的情感体验固化、规范化的心理期待。从这个令情感境遇无限尴尬的书名开始，整部故事为我们揭开了当代都市中最为真切的初恋情感是如何沦落、如何萎败的。

一、青春情感的扭曲

《蕾切尔档案》的主人公是一个阳光而任性的少年。故事记录了他在进入大学之前，也就是在他最美好的青葱岁月，即20岁之前所谈的一场恋爱，以及他对自己的青春岁月的总结与回顾。

> 小说记述了叙述者查尔斯在步入20岁的最后5个小时的思想行为。全书12章中每一章都以这5个小时的不断向前流走开始，不过很快就与一些日记档案搅在一起。这些记录唤起了查尔斯对过去事情的回忆，接着在每一章的最后，笔锋又转向对当前事情的描述。[②]

---

① Brian W. Shaffer, *A Companion to the British and Irish Novel* 1945—2000, Malden: Blackwell Publishing Ltd., 2007, p. 309.

② Brian Finney, *Martin Amis*, Oxon: Routledge, 2008, p. 35.

清晰的结构中，马丁·艾米斯讲述了一段属于青春的爱情。然而令人惊讶的是，本应真挚纯洁的爱情故事，却显示出极为荒诞的本质。当代都市文化已经使初涉社会的青年沾染了虚假与造作，使青年人的本应纯洁的初恋不再美好，而是成为荒诞与无聊的样本。初恋是人类第一次体验与异性的情感，本应悸动而真诚，令人向往。如果说马丁·艾米斯的其他作品如《死婴》《金钱》等展示的是成人世界对情感的亵渎，那么该作品则似乎应该体现令人怀念的美好的东西。然而令人惊讶的是，这部小说毫不掩饰地把一个千疮百孔的初恋故事呈现给我们。可以说，马丁·艾米斯的第一部创作便奠定了其创作的主要思想与批判旨向。没有真诚和美好的初恋恰恰印证了已经没有真情实感的当代西方社会的情感变异与扭曲的事实。

《蕾切尔档案》有着较强的自传成分。主人公查尔斯·海尔韦像年轻的马丁·艾米斯一样，聪明敏感、热爱文学，胸怀远大的抱负。查尔斯·海尔韦本是位即将年满 20 岁的血气方刚又爱好文学的青年，文学所赋予他的敏感与单纯使他不愿接受成人的世界，因此他为拒绝成人世界的到来做着最后努力。小说呈现了查尔斯·海尔韦在其 20 岁生日到来之前的思想与情感记录。故事以午夜 12 点之前的几个小时为时间线，在这几个小时里，主人公借整理自己的笔记的机会对未成年的生活做了一个回顾，并详细叙述了 19 岁这一年里发生的一切，以此作为对自己美好时代的道别。查尔斯在回顾 19 岁这一年里发生的事情时，对 20 岁这个概念做了详细的阐释：

> 二十岁当然是名副其实的转折点。十六、十八、二十：这些都是专断独裁里程碑式的年岁，十六岁时你就得为克扣钱款之类的事儿进局子了；十八岁表示你可以结婚了，也可以乱性胡搞了；二十岁时就可以上绞架了，等等。这都是些外在的东西。当然，人们也会像躲避瘟疫一样躲避二十岁，还说些自欺欺人的话，比如“心有多年轻，人就多年轻”。许多都已经年过五十的人对这话可真是记在心里了——他们肥胖松弛的身体塞在肥大的运动服里，硕大的屁股还是要从肥大的衣服中鼓出来……二十岁也许不是成熟的开始，但公平地说，它一定是青春的结束。①

① Martin Amis, *The Rachel Papers*, London: Vintage, 2007, p. 7.

查尔斯对20岁的认识及阐释表现了其对青春岁月的两种认识，一是20岁之后没有青春，因此20岁之后不再期待所谓的纯洁爱情，而是可以放纵性欲，肆无忌惮地走入成人的世界；二是他清楚地意识到成人的世界是肮脏和可耻的，硕大的屁股和肥大的衣服昭示着成人世界的丑陋，而欺骗自己心态年轻的谎言则告诉我们成人世界的虚伪。查尔斯通过对着日记倾诉的方式祭奠了自己的所谓青春，从而正式地步入了他所鄙夷并期盼的恶心的成人世界。这篇日记确切地说也承担着几种功能，一是查尔斯对自己19岁的作所作为、对张扬恣意的青春岁月进行总结整理，体现了他对青春的留恋与怀念，而这种怀念的心情恰恰说明查尔斯心中依然对真正的情感有所依恋，对将要步入的成人世界心存恐惧；二是查尔斯期望以这本日记为分割线，完成了自己青春的祭奠和依赖，同时也终结了自己年轻狂放的少年思想，使自己从心理上完成了迎接20岁的准备，即可以正式迎接成年岁月的到来；三是从情感和心理上使自己完成了埋葬青春理想的仪式，使自己完全丢弃了年轻时的简单理想和对爱情的期待，将自己从内到外塑造成冷漠、粗暴的成年人，以适应成人的世界。

可见，这篇日记里所表达的思路本身便将青春与成人这两个世界对立起来。要进入成人世界，首先要埋葬自己青春的情感。成人世界的生存状态由此可见一斑。而细读主人公对成长的认识，也可以发现其对于情感的认知从十六七岁时便已呈现出扭曲状态。在一个身心正在成长的少年身上，正常的情感吁求就已经根本没有容身之处，有的只是毫无理性的放纵，并以这种放纵的程度作为情感的成长的标志。“20岁”标志着成熟的年龄，其标志的内涵则是对正常情感的完全放弃，即对扭曲情感的全盘接纳。

主人公在外表上就呈现出不正常的状态，似乎正常的成长方式与之无缘，而这种非正常的成长状态同样是对当代都市文化的一种讽刺。当一种文化使得青年无法在身体和心理上健康成长，那么这种文化必然是可怖的。浸润在这种当代都市文化中的查尔斯便是这样一个无论在身体上，还是在心理上都不太正常的人。小说这样描述主人公查尔斯·海尔韦的模样：他中等身材，没屁股也没腰，身体总爱蜷缩起来，双腿不停地晃来晃去——总之他的身材、他的姿态、他的行为都轻浮古怪，与沉着稳重、大方得体相距千里。似乎他一定要将自己满不在乎、对什么都无所谓的轻蔑态度昭示给众人看似的。他似乎患有强迫症，总是爱挤青春痘、挖鼻孔，似乎不这样做，人就会失去肉体感受，变得麻木不仁。查尔斯还有严重的哮喘病，牙齿也跟作者马丁·艾米斯一样总是找麻烦，就连让人深感自卑的身高也跟作者一样。青春的躯体不再像文艺复兴时期那样壮美健康，令人骄傲，反倒成为嘲讽自我、嘲讽社会的证据。对身体的蔑视正是情感扭曲的根本所在。英国文学史上像劳伦斯那样呼吁尊重身体、热爱身体的传统至此被践踏得体无完肤，对身体的弃绝便宣告了对与身体有关的各种情感的弃绝。查尔斯不仅对自己的身体嗤之以鼻，对他妈妈的身体也同样表示不屑，甚至反感。查尔斯这样描述他的妈妈，

> 瞧她那一堆。头上的皮肤都皱巴巴缩在一起了，搞得她的下巴格外突出，而且为她那两只大眼腾了地方，显得格外大。她的两只乳房早已远离了它们曾经的家园，现在都孤独地耷拉在肚脐两侧。她的屁股——她还穿着弹力裤——就像两个没打足气的球一样在膝盖后面乱抖。[①]

这种情感的流露同样表明，查尔斯与母亲之间不但没有建立起拥有正常情感的代际关系，反而成为变态情感生发的源头。对母亲身体的嫌恶颠覆了传统的对母亲的依恋和赞美的情感传统，使本应是最为本真、最为自然、最为亲密的母子关系演变为极度厌恶、极度鄙视的变态关系。可以说，母子之间情感关系的破裂标志着当代都市文化中最基本的情感关系的扭曲与异化。

二、情感的沦落与变异

面对这些扭曲甚至荒诞的情感关系，作为当代都市青年的查尔斯不仅没有丝毫难过与遗憾，反而格外享受这种变异的情感，情感彻底沦落为毫无尊严的低级状态。小说中的查尔斯从内到外都与高贵尊严无涉，举手投足与行为方式都透露着深刻的轻浮与低俗。然而，与查尔斯浪荡的外表、轻浮的举止相对应的，是他极强的自恋情结。在嫌恶、鄙夷中建立起来的自恋情结从本质上讲绝对不是正常的、天然的，而必定是扭曲的、荒唐的。可笑的是，查尔斯的自恋情结既表现在对自己的外貌、性格等的欣赏上，甚至还表现在潜意识中对自我的肯定与追求。他曾为自己

---

① Martin Amis, *The Rachel Papers*, London: Vintage, 2007, p. 16.

的自我吹捧做过一番辩解，说“我并不是喜欢或者迷恋我自己，应该说，我是对自己相当的动感情。（不知道，这种想法对我这个年纪的人来说是否正常呢？）”[①]在吹嘘自己的超强性能力时又说，“我嫉妒我自己”。更为可笑的是，他追求的女孩蕾切尔（Rachel）都是自己名字（Charles）字母的重新排列。可以说在潜意识中，他所追求的与其说是其他女孩，不如说是在寻找潜在的自我。因此，从某种程度上说，查尔斯疯狂迷恋的并不是蕾切尔，而是他自己。

表面上看，《蕾切尔档案》讲述的是查尔斯的初恋，传统意义上的初恋应当是纯洁美好的，拥有未受世俗侵扰的干净情感。而查尔斯的初恋从一开始便以扭曲的形态出现，无论是其对青春、对恋爱的普遍认知，还是其对所追求的女孩蕾切尔的爱慕，一切的基础都建立在极度扭曲的基础上。这种畸形的初恋形态不由使读者质疑其成长的基础与环境。在当代西方都市文化中，到底是什么样的特质使得人的初恋如同黑色幽默般荒诞和无奈？

更为讽刺的是，查尔斯对文学情有独钟。文学从根本上讲为人提供的是理想的世界，是美好的情感。对文学的喜爱应当是人拥有美好情感的证明。小说中的查尔斯虽然热爱文学，立志考入牛津大学文学系，而在他内心深处，却没有对美好情感的渴求。他非常恐惧 20 岁，也就是成年的到来，这种恐惧不仅使他丧失了对正常情感的追求，甚至令他加快了情感扭曲的步伐。于是他决心在少年时代的最后一年，尽情地挥霍年轻的人生。查尔斯带着对个人成长的恐惧与渴望的矛盾心情，带着投入写作的殷切希望，愣头愣脑地闯入了性的竞技场——他把初恋的美好情感通过性的途径加以发泄。他在伦敦参加牛津大学补习班时，在一个聚会上遇到了蕾切尔。蕾切尔是位个子高挑、头发乌黑的女孩，查尔斯第一次见到她就被她深深地吸引了，他的生活也开始围绕着追求蕾切尔而展开。他把美丽优雅的蕾切尔的诱惑称为“拖力”，一是表明他深爱这种诱惑的吸引而不由自主地追随，二则说明这种力量在某种程度上并非他内心所渴望、所追求，而有被动向前的意味。“被动向前”正是初恋的情感趋向与情感表达开始扭曲的写照。

事实上，这种诱惑与查尔斯的生活形成有趣的对照：查尔斯出生于一个虽然富

---

① Martin Amis, *The Rachel Papers*, London: Vintage, 2007, p. 16.

裕的上流社会家庭，但其与父母的关系却并不融洽。他曾寄宿在姐姐家中，而查尔斯的姐姐生活窘迫，家里贫穷破败。姐姐与姐夫家庭出身有很大的差距，由此也造成了婚姻生活的不和谐。这种有些混乱的家庭生活与婚姻关系使查尔斯受到极大的冲击，也使他对于婚姻爱情产生了莫名的恐慌之感。除却姐姐的影响之外，他还结交了一些吸毒滥交的朋友，这些朋友对他的世界观也产生了很大的影响，使他过早地接触到了社会生活中比较阴暗的一面。在这个交往过程中，他与一位名叫格劳瑞亚的粗俗女孩发生了露水情缘。这些浅薄而粗俗的情感经历使他对蕾切尔所代表的优雅既有本能的抗拒之情，但又无法抵制其强大的诱惑力。查尔斯便是以这种矛盾的心情开始了与蕾切尔的交往，而且这种矛盾情绪一直贯穿在爱的初次体验之中。这种矛盾也可以理解为马丁·艾米斯创作之初的矛盾心理，一方面他意识到当代都市文化生态下青年人扭曲而变异的情感状态，因此志在通过文学创作进行揭示与批判。另一方面，他毕竟初涉文坛，在创作深度和批判程度上又有所保留，没有达到后面笔触阴厉狠重的程度。这种矛盾心理同时也可理解为一个年轻作家心中依然保持着对美好与纯洁的善良信念。马丁·艾米斯终究没有在一开始就下狠手把他所认识的都市社会砸得稀烂。手下留情的顾及中多少看出他对青春的隐约期待。

在小说中，查尔斯记录了其追逐并勾引蕾切尔的详细过程。与此同时，他也细致而生动地记录下了青春时期的懵懂岁月和对爱情的青涩认知与迷茫追求。随着小说的逐步展开，查尔斯通过其真实的记录一点点将其内心深处的思想展露了出来：主人公查尔斯内心深处坚定地怀有一个根深蒂固的概念，那就是生活与爱情是截然不同的两码事。青年人向往的美好爱情对他而言遥不可及，是他根本无法，也不敢企及的。换句话说，难堪与混乱的生活本身使他不可能相信，在这样的生活基础上会成长出纯粹的爱情。随着他与蕾切尔的不断交往，他对蕾切尔的迷恋之情却愈来愈淡，并最后随着他不断有新的发现而烟消云散。最初，他发现她并没有猜想中的犹太血统，想象与事实的距离使他产生失望之感。后来，她的肉体也令他感到失望：她有一次居然尿湿了床，还有一次她脸上长了疙瘩。这些肉体真实与其想象中的肉体形象发生了巨大矛盾与反差，致使他的内心无法接纳这种真实难堪的肉体真相。最后，他还发现她就自己父亲的真实身份向自己撒了一个弥天大谎，这令查尔斯简直无法忍受，因为撒谎是查尔斯自己最为擅长的，但他对蕾切尔的撒谎却感到无比失望。这种格外矛盾但却真实的对于想象的坚持、对于惨淡现实的规避，既表明了查尔斯病态的精神状态与扭曲的情感变异，又表明了在这种扭曲的状态中，他内心深处仍残留着一隅对于美好的执著守护。于是，带着淡淡的遗憾，他放弃了与她的交往，把她送进一个装腔作势的美国人的怀抱，同时也送走了自己最初的爱情。如果说青年人的恋爱毁灭在谎言中，这是大家都能接受的恋爱范本。而马丁·艾米斯笔下的爱情却因为尿床等肉体真相将情感期待打碎，这种恋爱经历无疑是文学史上前所未有的，它因毫不隐晦的真实把难堪的感受如实写出，使得美好的爱情毁于一次意外而又正常的尿床，的确是把当代都市中爱情的虚幻性、爱情的扭曲性、爱情的荒诞性，甚至是丑恶性揭示得淋漓尽致。

本质上讲，查尔斯对爱情的想象与其在生活中所遇到的真实之间的距离是使他无法接受现实的根源所在。生活中真实的查尔斯对蕾切尔的追求完全是以虚荣或者变态的思想为基础的，而在追求的过程中对概念化爱情的亵渎是查尔斯最终选择放弃的原因，看起来似乎是人性中有失尊严的特性是导致查尔斯发生转变的根源。恋爱的过程也是他更加深入地思索和更深刻地投入的过程，在这个过程中，查尔斯对人性的认识发生了彻底的改变。在马丁·艾米斯的叙述中，查尔斯最初对人性的完善抱有良善渴望的思想一点一点坍塌了，这种坍塌虽然缓慢，但却非常彻底。马丁·艾米斯的首部作品描写的是初恋，但情感扭曲的初恋体验奠定了马丁·艾米斯的写作基调，也生动而直接地指出了当代都市文化的情感困境的表现方式。当这种情感困境在青年人的初恋中蔓延时，那成人世界的变态与荒诞便更加令人难堪了。

三、父子情感的焦灼

在《蕾切尔档案》中，除了查尔斯充满了矛盾思想和扭曲基础的初恋之外，小说所体现出的自传性也使这部创作与生活紧密相连。在生活中，马丁·艾米斯受其父亲影响较深。此书成书时，马丁·艾米斯仅仅二十出头。此书的最终出版，出版前后所受的关注程度以及书中的自传情节，无一不与其身为著名作家的父亲有着剪不断理还乱的关系。马丁·艾米斯自己也承认，拥有一位小说家父亲的确为他的创作之路带来了优势。他甚至认为,有这样的父亲能够让媒体出于“功利性的好奇心”而为他自己的出版之路创造机会。而且父亲作为名作家的经历还能帮助他承受成名后的压力,因为“关于作家的很多烦心事,比如糟糕的评论之类的,都难不倒我,因为这些早就充斥在我的家庭生活中了。”[①]《蕾切尔档案》于 1973 年出版后,获得了评论界的一致好评,并为这位年轻的作者一举赢得了毛姆奖最佳小说奖。这一点跟其父成书于 1954 年的处女作《幸运的吉姆》(也曾获得毛姆奖)几乎境遇相同:金斯利·艾米斯当年正是凭借这部处女作一跃成为英国文坛上的一颗新星,并最终站稳了脚跟。不仅如此,《蕾切尔档案》中不可忽视的自传成分,也在某种程度上使这部作品与《幸运的吉姆》在内容和主题上有了传承意义。

提到金斯利·艾米斯及其作品,自然不能忽视《蕾切尔档案》中对父子关系的描写。其实几乎艾米斯的所有作品贯穿始终都有对父与子之间剪不断理还乱的复杂关系的描述,这也是众多评论家孜孜不倦地评价两位艾米斯的话题之一,将父子俩的作品,从主体到思想,逐一进行对比研究。这也似乎是理所当然的,毕竟子传父业,而且是深受影响的一种传承方式。小艾米斯作家职业生涯的方方面面,包括处女作的文风和人物设置等方面,在很大程度上归结于乃父的影响,这样说是毫不夸张的。这些影响包括他棱角分明的性格、精湛的艺术风格、为人父的担当,以及众所周知的对纳博科夫和贝娄的崇拜。这种影响和联系甚至在 1995 年金斯利去世后也没有减弱,《恐怖的科巴》的副标题即是《致我父亲灵魂的一封信》。而马丁·艾米斯与他父亲以及他父亲这一代人的羁绊剪不断理还乱,以至于进化成了一种“影响焦虑症”,这也是理解艾米斯小说的中心议题。“影响焦虑症”这个词是由文学理论家哈罗德·布鲁姆提出的,他将文学作品中的“父与子”之间的俄狄浦斯情结扩大化了,认为作家们一直与前辈男性作家之间存在着一种俄狄浦斯式的弑父情结,只有“强势”的作家,借助对文学先驱们的某种创造性的误读和重述,才能发出自己的声音。[②] 在艾米斯父子身上,这种创立自我风格的斗争尤其复杂,只因老艾米斯不仅是艾米斯的文学意义上的启蒙之父,更是其生身之父。艾米斯在整

① James Diedrick, *Understanding Martin Amis*, Columbia: University of South Carolina Press, 2004, p. 4.

② Nicolas Tredell, *The Fiction of Martin Amis*, London: Palgrave Macmillan, 2000, p. 8.

个少年时代,都在尝试着以自己的方式写作,成为超越父亲的作家。金斯利曾经这样描述儿子的举动,“每次我走进房间,发现他正在写作,他就赶紧用手捂住打字机上的纸张。”[①]这番描述表明父亲对儿子写作的关心被儿子的多疑挡了回去。而马丁则抱怨:“我的父亲在我看来,对我早期的写作尝试并不在意,直到那天我将自己的处女作砰地扔在他的桌子上。”[②]而金斯利对马丁崇拜并模仿的偶像纳博科夫不屑一顾,他只读过儿子的三部著作,其他的都是只看二三十页便扔到一边。

因此,虽说《蕾切尔档案》主要情节围绕着查尔斯对蕾切尔的追求而展开,但书中对于父子关系的描述也不可忽视,而这种描写则从另一个侧面表现了另一种情感关系的真实面目。在小说中,查尔斯与父亲高登的关系的描写也占去了相当大的篇幅,甚至可以当做全书的情感主题。在第一章,查尔斯就发现了一件奇怪的事情,“虽说父亲是我的材料中描述最多的人物,可是却没有哪本小本子是专门写他的,更不用说专门的一个文件夹了。”[③]父亲虽然出场不多,却总是如影子般追随着查尔斯的生活。高登·海尔韦的形象在一定程度上是作者父亲金斯利的翻版,例如,同样混迹于文学圈(高登是某著名期刊的主编),也不时地在剑桥教学,甚至查尔斯也是在十几岁的时候就得知自己的父亲有了外遇,这些都是现实中的金斯利的所作所为。书中缺乏交流、父亲不在场的成长环境是马丁·艾米斯自己生活的真实反映,这种关系一则表明了父子之间情感交流的缺失、情感关怀的缺失,同时父亲如影随形的重要影响也说明马丁·艾米斯对父亲角色重要性的认同。这种不在场但却重要的影响实际上是家庭伦理、家庭情感的一种真实反思。如果说在《蕾切尔档案》中的父子关系虽则淡漠,但依然存在几许温情的话,那么在马丁·艾米斯后来的创作中,这种父子关系则被演化为非常残酷、冷漠至极的对立关系。对父子关系不断深入的探讨也是马丁·艾米斯展现当代都市人之间情感关系的一种努力。

---

① James Diedrick, *Understanding Martin Amis*, Columbia: University of South Carolina Press, 2004, p. 5.

② Ibid., p. 6.

③ Martin Amis, *The Rachel Papers*, London: Vintage, 2007, p. 8.

四、成长中的情感缺位

《蕾切尔档案》不仅描述了变异的爱情和变异的父子关系，查尔斯这个人物本身在小说中也是个非常矛盾的形象，他肥胖笨拙的外表就足以令人倒了胃口，他的行为举止也没有可圈可点之处。然而，他给人的大体印象却并不使人厌恶。要生动地展现查尔斯这样一个既令人倒胃口又不使人心生厌烦的形象，没有漫画般的天赋与超凡的驾驭文字的能力是根本不可能的。马丁·艾米斯不但具备驾驭文字的能力，而且在刻画略有病态的反英雄人物方面极具技巧。查尔斯是马丁·艾米斯笔下一系列性格扭曲、情感倒错，甚至荒诞可笑的人物的起点，而马丁·艾米斯正是通过对这种人物的巧妙刻画，既确立了其在文学界的独特的、不可取代的地位，又通过漫画般的人物群为当代社会中人类尴尬而无奈的生存状态做了最生动、最精巧的诠释。或者可以这样说，查尔斯这个文学青年形象奠定了马丁·艾米斯之后的小说中众多“坏小子”的形象。

如上所述，马丁·艾米斯的父亲的成名作是《幸运的吉姆》。恰恰如同现实中的子承父业一样，《蕾切尔档案》与《幸运的吉姆》之间也如父子关系一样，有着沿袭和叛逆。《蕾切尔档案》和金斯利的成名作《幸运的吉姆》之间存在着千丝万缕的联系，或者说是某种模仿和变形。就如同《幸运的吉姆》20 世纪 50 年代成书时，同样年轻的金斯利正值信仰共产主义的激进时期，作品中以一个出身普通的中产阶级、反知识分子、反体制、思想激进的历史系讲师吉姆·迪克逊的视角出发，对当时虚伪的、以出身论英雄的英国文坛进行了一番嬉笑怒骂。而《蕾切尔档案》的查尔斯已经进入了 20 世纪 70 年代；兴起于 60 年代的性解放运动，到此时已经被年轻人接受得淋漓尽致了，于是吸毒、滥交、嬉皮似乎成了这一代年轻人的生活方式。查尔斯不同于吉姆·迪克逊，他对假模假式的做作行为来者不拒，对虚伪与轻浮的举止习以为常。例如，初次遇到蕾切尔时，查尔斯正跟一个在宠物店打工的粗俗的格劳瑞亚厮混。不过举止优雅、以上大学为目标的蕾切尔显然更具吸引力。而且蕾切尔比自己年龄上要大一点，能搭上比自己大一些的女孩子是一件很值得炫耀的事情。更令查尔斯开心的是当时蕾切尔的男友竟然是一个时髦有钱的美国人，这更增加了查尔斯对蕾切尔展开追求的动力。这些促使查尔斯追求蕾切尔的因素没有一个不是虚伪的、做作的，而查尔斯却如鱼得水般受用，丝毫没有感觉到这些因素与真正爱情之间有什么距离。与此同时，查尔斯还迫不及待地期待加入体制，也就是文学圈子中，由此为自己增添所谓的魅力。他做的第一步便是进入牛津大学文学系。然而，吉姆·迪克逊却截然不同，尽管他自以为拥有颠覆旧传统的激情与斗志，但事实上却毫不质疑男权主义等体制内的审美观，他将那句"美好的事物好过丑陋的事物"当做座右铭，而查尔斯·海尔韦却反其道而行之，认为"美好的东西都是沉闷的，而丑陋的东西确实有趣得很，而且越是丑陋，越是有趣。"[①]《幸运的吉姆》讽刺喜剧的地位在评论界已成定论，读来会觉得讽刺浪漫剧的定位更适合它。吉姆·迪克逊一直处于全书的道德代表的地位，获得了作者的肯定。在全书的结尾，主人公虽然没有保住大学教师的位置，但是却意外获得了梦中情人的舅舅提供的一份高薪工作，而且最终梦中情人克里斯汀也投入了他的怀抱，可谓鱼与熊掌兼得了。而在《蕾切尔档案》的结尾，虽说查尔斯被牛津录取了，过程却更像是一种侥幸，或者说是一出荒诞剧。就在面试的前一天，查尔斯竟然又跟格劳瑞亚厮混在一起；面试之后，便粗鲁地用一封短信将蕾切尔打发了。这个结尾压根就没有任何道德教育意义。所谓的情感在这种完全虚伪、完全荒诞的爱情形式中根本没有任何作用，或者说，这种只讲形式而摈弃情感的当代都市爱情方式根本容不下正常的情感。这也正印证了马丁·艾米斯的写作观：写作即生活，而所谓的道德教育意义、因果报应之类的只存在于文学作品而不是真实生活中。这种后现代意识萌芽也正是踩在以金斯利·艾米斯为代表的父辈肩膀上萌生并壮大起来的。《蕾切尔档案》作为马丁·艾米斯的第一部小说，自然是其走向后现代、启示录般的创作历程的起点。在这部作品中，有很多主题是显而易见的，只不过这些主题还都在酝酿与探讨之中，尚未得到全面阐释。马丁·艾米斯对病态的迷恋、对边缘化的痴迷以及对当代社会中衰败堕落层面的独特兴趣，在这部小说中已经明显露出端倪。而且，在马丁·艾米斯后面的小说中，这种对社会、对文化、对人性的独特的认识方式得到了充分张扬与展示。

从《蕾切尔档案》开始，马丁·艾米斯开始热衷于在自己的小说作品中设置带

---

① Martin Amis, *The Rachel Papers*, London: Jonathan Cape, 1973, p. 10.

有明显的自传成分的人物形象(在《金钱》中,作者插上了一个名叫马丁·艾米斯的人物)。本书的主人公查尔斯在一定程度上正是马丁·艾米斯本人的写照:同样的爱好文学,同样的挥霍青春,热衷于男女关系,甚至连通过上补习班考入牛津大学英语系的经历也纯系照搬作家的真实经历。近年来,马丁·艾米斯对其开山之作的评论大幅减少。他认为,以他对小说的高标准来看,这部小说"看上去太粗糙……不是说写作方式。写作方式本身充满生机。我是说技巧、性、结构等看上去真是笨拙得不可思议。"[①]马丁·艾米斯对其第一部小说的严苛态度恰恰可以反证出其在创作上的严格,同时也说明了马丁·艾米斯之后的小说受到评论界与读者不断好评的原因。不可否认,从内容和写作手法来说,这部小说相较于马丁·艾米斯之后的后现代主题与写作手法特点显著的作品,是最为传统的一部。它致力于探讨爱情和友情究竟是怎么回事。然而,马丁·艾米斯的第一部作品也为其创作主题奠定了基础,其一贯以不遗余力地揭露当代社会中人性的阴暗面为目的,使人前所未有地对身边物质极大丰富的世界产生恐慌感,而这种恐慌感正是马丁·艾米斯寄托于世界因此发生改变的源泉。

第二节 情感混乱

2010年,马丁·艾米斯在准备撰写其最新小说《怀孕的寡妇》时,再次研读了《蕾切尔档案》。他自己认为这两部小说的时间框架非常相似,他能够从第一部小说中获得灵感源泉。由此可以看出,马丁·艾米斯的第一部小说是其连贯思想的起点,同时对其今后的创作起到了极大的映照作用。在经历了长时期的写作、重写、编辑和修订后,艾米斯发表了他期待已久的长篇小说——《怀孕的寡妇》,这也是他的四本新书计划中的第一本。最初,这本小说计划在2008年就能够出版发行,之后却一推再推,2010年才正式问世。在这期间,马丁·艾米斯对这部作品进行了一次次的编辑和改动,可谓字斟句酌,最后才产生了这部长达480页的作品。

---

① Long, Camilla, "Martin Amis and the Sex War", *The Times*, 2010(1), http://entertainment.timesonline.co.uk/tol/arts_and_entertainment/books/article6996980.ece?token=null&offset=36&page=4. Retrieved 2010-05-25.

《怀孕的寡妇》被众多评论家称为艾米斯的回归之作。这一方面是指作者在进入21世纪以来，在不同的文体和主题之间进行了多次尝试，比如历史题材小说《恐怖的科巴》《会面室》等，均以失败告终，而此番终于再度回归了为作家赢得名声的主题，即：性、喜剧和英国社会；从另一方面来说，又是作者三十多年文学创作生涯的一个轮回，是一位年满60岁的老人对青年时代的一次回顾，所以无论是从主题还是创作手法上都给人一种似曾相识的感觉。事实上，作家本人在创作这部小说时曾多次重新审视早期《蕾切尔档案》的创作。

虽然在主题与批判指向上，《怀孕的寡妇》与《蕾切尔档案》一脉相承，都将矛头指向了当代都市人的情感。然而，与《蕾切尔档案》中青年人面对初恋、面对青春的矛盾心理与情感变异不同，《怀孕的寡妇》并非通过一个人的回忆与思考对当代都市文化中的情感境遇进行展示，而是通过一群年轻人的所作所为对都市文化中的情感问题进行揭示。因而，《怀孕的寡妇》没有了《蕾切尔档案》中的迟疑与徘徊，而是将批判指向表达得无比清晰强烈。在这部小说中，所有的年轻人都不再有查尔斯的犹豫与思量，他们全都毫无顾忌地投身到没有任何情感介入的文化中来，并以身示范如何在情感缺失的社会中以冷漠而残忍的心去面对一切问题，处理一切关系。通过这些年轻人的故事，马丁·艾米斯展现了情感异常混乱的后现代都市文化所面临的多重困境。

一、“性”与“爱”的错位

故事发生在意大利的一个城堡里，城堡的主人是卡帕尼亚的一个奶酪大亨。这是20世纪70年代的一个炎热的夏季，人物包括一个20岁的学文学的英国学生基斯·尼瑞因以及其女友丽丽，他们受好友山鲁佐德之邀来意大利度假。山鲁佐德是英国上层阶级的社会改良家，她曾因为竖琴演奏而闻名，现在却成为沉溺于性、放纵于性的煽情纵欲的女人。除此之外，还有一个上了年纪的美国人维特克，他是个同性恋者，他的男朋友阿门是利比亚人。另外的人物就是山鲁佐德哥哥的女友格罗瑞娅——一个出身贫寒的姑娘，以及意大利花花公子阿德里亚诺等。他们大都是二十多岁的年轻人，在某个炎热的夏天，他们共同出演了一场充满着梦魇的、低俗的、纵欲的喜剧，一出只有性的欲望，而没有情感关爱的情爱闹剧，一出看似欢乐，却令人惊心的荒诞剧。

在书中，马丁·艾米斯这样开始他对20世纪70年代都市人的情感生态的描述："这是70年代的一个夏天，性解放活动正进行得如火如荼。它已经进行了很长时间，每个人都不能自拔。"[①]也就是说，在当代都市中，"性"已经取代了情感，或者说，情感的表达与追求不再涉及心灵与灵魂，与内心的感受毫无关系，而只与肉体的性行为有关，情感世界由此堕落为身体世界，情感的追求也因心灵的缺席而成为梦魇般的迷乱与荒唐。作品开头部分描写的天堂般的生活几乎是每个年轻男性梦寐以求的：蓝天、城堡、游泳池、比基尼美女和性。这些描写虽然使作品乍看上去像是初出茅庐的年轻人的试水作品，而这种简单的物体的描写、物质的刻画本身便深刻地透露出心灵的不在场，涉及情感的爱的世界已经全然成为物的堆积。然而作者又在20世纪70年代的城堡美景中穿插了现在时态下的基斯的个人描述，此时的基斯已经同作者一样登上了"出膛子弹般的五十多岁的列车"[②]了。这时的基斯既没有成功，也没有成为诗人，在与女人的交往方面更是一塌糊涂。叙述者此时跳出来将所有的失败皆归结于那年夏天的性解放运动。马丁·艾米斯在这里并非只是在进行简单而机械的总结，表面的简单逻辑本质上是对情感缺席的直接批判。"性"将情感驱逐，导致生活变得混乱不堪，情感的缺席是人在物质极大丰富的时代无法享受幸福的根源。夏天结束了，基斯回到了伦敦，此时真实的生活成了那场仲夏夜之梦的终曲。如果说"夏天"是情感奔放的时节，那么当这个夏天中的"情感"被"性"取代，之后的秋天便只有萧条落寞。正是"夏天"的性解放将爱与性撕裂开来，最终导致了日后一场场的灾难。基斯的妹妹瓦尔丽特纵欲至死，一些女性朋友落得终生不能生育，只有那些笃信宗教的反倒是最幸福、最多子多福的。这也就是作品题目的由来：性和爱情被一场革命般的性解放运动撕裂了，而留下的却只是一名怀孕的寡妇，也就是旧的已经离去了，新生却还没有来临，而且其降临也必将伴随着痛苦。

在小说的"前言"中，作者曾对小说的内容作出这样的评价：

---

① Martin Amis, *The Pregnant Widow*, London: Jonathan Cape, 2010, p. 11.

② Ibid., p. 26.

众所周知,20世纪的60年代西方经历了性解放运动,这大大影响了那些幸运的生在二战之后的西方人的生活。但革命也只是革命而已——它偶然发生,充满血腥。用俄罗斯思想家亚历山大·赫尔岑的说法:"该为现代社会秩序形式上的死亡感到高兴,但可怕的是即将逝去的世界留下的不是一个继承者而是一个怀孕的寡妇。在死去的和新生的两者之间还会有很长时间,那将是一个黑暗、混乱、荒凉的漫漫长夜。从很多意义,包括字面意义上来看,这都将是一场非暴力的革命,但并不意味着不流血。这场革命尚未结束,直至今天,在2009年,这场孕育还是处于第二个阶段的中期。"①

当情感远离了心灵,世界只剩下身体的狂欢与物质的堆积,那么最后留给世界的必然不是希望,而是可怕的情感梦魇——"怀孕的寡妇"。"怀孕的寡妇"本身就传达出三层意味:第一,寡妇意味着爱情的缺失,也意味着生命的不完整;第二,怀孕的寡妇意味着这个孩子的孕育与爱情无关,与感情无关;第三,这个未来的孩子根本无从体会有爱的、有情感的世界。简言之,这个寡妇孕育的将不会是鲜活的生命与积极的人生,而是可怕的、荒芜的未来。那么,"怀孕的寡妇"也就成为情感变异的社会中所产生出的代表着变异的下一代、变异的未来的可怕产物。

二、性解放对情感的侵害

马丁·艾米斯在成书前,不断声称自己已经将原稿中的自传色彩过浓的部分剔除出去了,因为他将把这些自传的部分用于下一本著作。不过,我们仍可以看出,《怀孕的寡妇》中还是残留着浓重的个人色彩,而这种对插入作者个人色彩的手法是从最初的处女作《蕾切尔档案》开始,一以贯之的。正如库切所说:"一切作品皆自传"②。小说中的反英雄式的主角基斯同作者一样,热爱文学,也成了一名文学编辑和评论家。在小说中,甚至于基斯的生活都是以文学人物为蓝本,"至于刮胡子、拉屎、洗澡,都沿袭了小说家的习惯。"③这显然与《蕾切尔档案》中的查尔

① http://www.martinamisweb.com/reviews_files/pw_guardian_advpub-link1.pdf.

② J. M. Coetzee, *Doubling the Point: Essays and Interviews*, Cambridge: Harvard University Press, 1992, p. 391.

③ Martin Amis, *The Pregnant Widow*, London: Jonathan Cape, 2010, p. 92.

斯·海尔韦如出一辙。马丁·艾米斯曾经透露,自己在写作《怀孕的寡妇》时,再次研读了《蕾切尔档案》的故事情节,可见两者是有着或多或少的关联。在《怀孕的寡妇》的前半部分中(即前 300 页中),基斯马上就要度过 21 岁生日,年龄正好与《蕾切尔档案》里的查尔斯·海尔韦相差一岁,而他的身高则与作者相差无几,介于五英尺六英寸和七英寸之间,而且他也正在追求一名同名的妙龄少女,这些简直就是查尔斯·海尔韦的一年后的生活。唯一不同的是,两位主角背后的作者已经经历了由初出茅庐的青年才俊,到功成名就的知天命的转变。所以不同于处女作中已经初露端倪的讽刺喜剧风格,虽然在《怀孕的寡妇》中作者依旧没有舍弃这种风格,却平添了一种反思的味道。这部作品应该被视作是对以自己为代表的一代人的年轻经历,特别是性解放的反思。细读作品就会发现,就连主角的名字也跟作者之前的小说中的多位主角形成了一种互文:例如《死婴》中的基思·怀特海德,《伦敦场地》中的基思·泰伦特,《怀孕的寡妇》中的基斯·尼瑞因。而基斯·尼瑞因的姓"Nearing"("接近"之意)的设置,更是将作者的小心思昭然若揭:在开头部分,这个"Nearing"指的是即将年满 21 岁,而在后半部分"终曲"中,生活则指的是接近死亡之意了。

在小说中,马丁·艾米斯甚至还颇为动情地将自己已逝的家人和朋友再现在小说中,其意图也是给他们重新赋予生命。基斯的妹妹瓦尔丽特就是以艾米斯的妹妹莎莉为原型创作的。他借基斯之口说出了往昔的兄妹深情和对莎莉的怀念:"他总是爱盯着小床里的妹妹微笑,帮着她学会爬,练习走路,学会说话。给她读书读故事,读圣经,读童话……担心她只吃了五片面包和两小块鱼……让妹妹爱自己是很容易的,对他来说,第一眼看到这个小女孩,他就深深喜欢上了。"[1]

书中年近五十的基斯对妹妹的想念即是艾米斯的手足情深的表现,然而这种发自内心的情感却在性解放运动中被肢解、被摧毁。艾米斯认为六七十年代的性解放运动中性和爱分离,女性开始享受性而不用考虑感情付出,但这给女性带来了巨大的压力。他的妹妹莎莉就是这场性解放运动中最大的受害者。莎莉一生都为酗酒和滥交所困,她 24 岁生下了女儿凯瑟琳,却因太年轻无法承担养育孩子的压

---

① Martin Amis, *The Pregnant Widow*, London: Jonathan Cape, 2010, p. 92.

力而被迫在她三个月的时候送了人。她在40岁的时候中风病倒,在重症监护室住了5年,去世时才46岁。"她的生活混乱得近乎病态,实际心理年龄只有十二三岁,就像个被吓坏的孩子。她频繁地更换男友,我认为她一直想从男人那里寻求保护,"艾米斯说,"但往往大失所望。她经常挨打,或被虐待被利用,最后耗尽了自己的生命。莎莉能活到46岁是一个奇迹"。[①] 马丁·艾米斯通过自己妹妹的悲惨遭遇,亲眼见证了性解放运动对情感的破坏,对女性的残害。是当代文化的扭曲走向令可爱的小姑娘变为自己的杀手,而且可怜可叹的是在性纵欲中走向死亡的妹妹,始终都只是个被吓坏的孩子。

由此可见,通过表达对妹妹的怀念与追述,矛头指向了被众多青年迅速接受并追捧的当代新型价值观——性解放(sexual liberation)。性解放是西方社会在20世纪六七十年代进行的一场思想运动。它的要旨是反对男女两性在社会生活等诸多层面的不平等,因此又称为性革命(sexual revolution)。性解放运动发生的源起是西方社会经济发展的必然结果,其最初的目的导向也有一定的积极作用。当时的西方由于经济的迅猛发展,传统工业越来越被分工精细化和产业信息化的现代工业所代替,社会财富的创造与积累也不再像从前一样在很大程度上依赖自然环境。在这个背景下,社会关系也开始摆脱自然的家庭关系而走向更加开放、更加松散的层面。两性关系由此发生了质的变化。男女在社会生活方面力求平等,性关系也不再被家庭关系所禁锢,两性关系的形式越来越公开、自由和放纵,婚姻对两性关系的约束逐渐减弱。同时,也由于19世纪的英国实行严厉的性禁锢措施,妇女要求保持贞洁,社会推崇严格的一夫一妻制,无论何种原因都不允许夫妻离异,因此性压抑的现象普遍存在。过度严苛的性约束和性禁锢反而促进了20世纪性解放运动的发展与蔓延。

由此,性解放以反对性禁锢、争取性自由为手段,以张扬个性自由和性别平等为目的,以最终为女性争取到平等的政治权力和经济权力为旨归,在西方社会展开了声势浩大的运动。毋庸置疑,性解放是社会进步、女性解放的结果,其进步性的一面是受到青年人的广泛欢迎的重要原因。但是,性解放在演变过程中,越来越注

① http://www.martinamisweb.com/reviews_files/pw_guardian_advpub-link1.pdf.

重两性交往的自由与随意，离婚率逐年升高，女性的服装越来越暴露，性行为和性知识越来越公开化。这些都导致了家庭稳固性降低，一些社会问题逐渐因此而出现。例如，性解放降低了婚姻关系的稳定性，淡化了亲缘情感；性经验不对等引发男女双方情欲上的缺失，增加了婚姻关系的复杂性，加大了社会关系控制的难度；威胁和危害子女的身心健康，父母离异导致子女成长过程中出现心理缺陷的比率增高；加速了传染性皮肤病和性病的蔓延；观念冲突激发社会矛盾，容易导致性放纵提高了社会犯罪率。

事实上，在西方狂热的性解放运动初期，很多青年的确投身到这场运动之中，以肉体的放纵昭示这场运动的威势，但真正有思想、有洞见力的人却在这场声势浩大的运动中看到了运动背后的危害性。马丁·艾米斯作为极富社会责任感、极富社会敏感性的作家，在其知天命之年依然笔耕不辍，依然用其犀利的文字指出当代西方的性解放运动所带来的恶果。《怀孕的寡妇》中以他妹妹为原型的悲剧故事正是他对性解放运动伤害人的情感世界，用放纵的性关系代替严肃的爱情关系之后所造成的对人的贬低和对人的异化。事实上，西方世界性解放的毁坏性后果已经被多数人所认识，因为大量骇人听闻的数据已经将性解放对人类正常情感世界的摧毁揭示得极为清晰。《怀孕的寡妇》中瓦尔丽特对性解放的以身试法，以及她日后的悲惨结局恰恰是这场性解放运动的一个活生生的案例。瓦尔丽特受性解放运动的指引，一心通过自由的性行为寻求自由，找到自己精神的依靠。然而一生的纵欲和乱性不但没有使她的精神找到任何慰藉，没有让她体会到自由而带来的幸福，反正使她备受打击和虐待，最终痛苦地搭上了性命。不仅她自己丧生于性解放运动，她还为此留下了一个显而易见前途渺茫、生活无着的孩子。这个孩子是性解放的产物，也是性解放未来的承受者，她一出生便孤单落寞，缺少正常的情感关爱，她的未来更加令人担忧。由于性解放造成的严重消极后果已经使西方社会重新审视性道德的重要性，因而正在出现性道德回归的趋势，表现为要求青少年婚前禁欲，保持严格的一夫一妻的两性关系等。

然而，时至今日，我们国家的青年却对西方性解放文化持简单的崇拜与追随态度，对我国优秀的文化传统表示厌恶甚至摈弃。他们不去了解西方性解放发生的社会根源及社会必然，更没有充分了解性解放繁荣表象后的痛苦真相，也未能及时探知性解放对西方社会各个层面造成的冲击。简单的模仿只会造成对我国优秀文化的破坏,对我国建构社会主义核心价值观的破坏,因而,通过译介并阐释西方当代文学中展示当代都市的文本,为广大读者呈现出西方当代都市文化的困境,从而形成对西方文化现象的正确理解、深入了解,才是正视西方文化的唯一途径。盲从与效仿只能使自己的文化受到冲击与伤害。

西方性解放的社会运动从本质上讲,也是工具理性对人类世界侵袭的结果之一。工具理性的唯目的性、唯手段性使得当代都市中人们对物质的攫取欲望大大增强,同时,快速的物质发展使人普遍沉浸在迅速的、机械的占有之中,这种占有逐渐走出外在的物质世界,进入了本应生动的灵魂与精神世界,将情感世界物化为纯粹的物质占有和物质享受。而物质对人的精神世界的侵袭使世界变成了一个商品的世界、一个没有灵魂的千篇一律的僵死之地。以女性解放为发端的性解放运动在这种文化背景下终于走向了单向度的切割。"性"的无限放大放逐了情感,使人的情感变异为肉体的性关系。本质上讲,两性关系是与情感联系最紧密的关系,而当这种关系被物化,也就是因为工具理性的侵袭而成为对象化、交易化、金钱化的物质关系之后,两性的交往便彻底丧失了情感基础。最具情感隐秘性的"性"甚至也公开站到交易的舞台上,一切都在工具理性的梳理下变成了商品,变成了滤去一切情感价值的可买卖的东西。而在西方国家越来越公开化、越来越泛滥的性工业使人将生活托付给产生机械快乐的瞬间,可这种机械的瞬间却因其放纵性和罪恶感反过来将人内心仅存的人性信心摧毁,最终形成对人性的放逐和对暴力的崇拜。

三、情感被放逐后的晦暗未来

在这种性将情感放逐的灰暗社会中,人将没有未来。马丁·艾米斯在这部作品中描述了其对年老和死亡的反思,由此指出人类未来的晦暗本质。借书中的叙述者之口,作者发挥了自己擅长的幽默的语言,这样评价年华老去:

> 当你老去的时候……当你老去的时候,你发现自己一生都在为一个角色试镜;然后,在没完没了的排练过后,你最终得以主演一部恐怖电影——一部毫无才情、不负责任、低成本的恐怖电影,正如众多的恐怖电影一样,最骇人的

地方总是留到最后。[1]

缺乏情感的人生除了恐怖再无其他，而且就连这种恐怖本身也是廉价的、毫无质感可言的。情感变异之后的人将在这种庸俗廉价的恐怖中走向老年和死亡。这些恐怖的景象，在艾米斯幽默反讽的笔触下，又有了另一番景象：

> (年老的恐惧)都会过去的。你的大腿会越来越瘦——没事，因为你的肚子越来越大了。你的眼睛会变得湿热——没事，因为你的手会变得冰冷了。尖叫或是突如其来的噪音会变得越来越难以忍受——没事，因为你的耳朵会越来越聋。你头顶的头发会越来越稀疏——没事，因为你鼻孔里和耳朵里的毛发会越来越浓密。最后，所有的这些都不是问题了。[2]

人外貌的丑恶，以及对丑恶本身的无视甚至习以为常，正是人类情感缺席的最普遍结果，也是人放弃情感之后的必然归宿。马丁·艾米斯通过人的躯体的丑陋化，形象又直观地描述了人类的惨淡未来，对情感的放弃就是对美的放弃，对未来的放弃，更是对人类自我的放弃。人类通过背弃情感的方式达成了物质的堆积和科技的成就，但却在外在的辉煌中交出了灵性的自我，交出了美好的身体。情感的不在场的最直接后果就是心灵丧失了感受与体悟的能力，丧失了对美与真的认知，丧失了对内心真正吁求的确认。而这种丑恶审美所造就的当然只能是毫无希望、毫无美感的未来。这些描写虽然残忍，但是也让读者长舒一口气：我们熟悉的艾米斯又回来了。他依然继续着他对世界的最深沉、最直接的揭露与批判。马丁·艾米斯的不留情面使读者丧失了最后一丝侥幸心理，不得不直面因情感变异、情感缺席而导致的惨淡世界与惨淡未来。

四、新“十日谈”的情感真相

读过《怀孕的寡妇》，读者一定会联想到《十日谈》。《十日谈》是文艺复兴初期对中世纪压制人的本真情感的反抗宣言，是西方文学文化史上对情感进行赞美与歌颂的著名作品。不知是出于无意还是有心，《怀孕的寡妇》和《十日谈》的情节设

---

① Martin Amis, *The Pregnant Widow*, London: Jonathan Cape, 2010, p. 8.

② Ibid., p. 362.

置、故事安排有诸多相似之处，而不同背景下的相近故事也让两个文本的互读比较有了可能，这种对比使当代《十日谈》的批判指向更加彰显。

《十日谈》是14世纪意大利文艺复兴时期意大利作家薄伽丘的重要作品。故事的背景是1348年在意大利发生的一场可怕瘟疫，即后来被广泛称为黑死病的鼠疫。这场灾难使欧洲有多达三分之一的人口死亡。美丽的佛罗伦萨同样由于黑死病的侵袭而变成了一座死亡之城，几乎每一分钟都有人死去。薄伽丘的小说《十日谈》就是以这场瘟疫为背景，记录已经变成人间坟场的佛罗伦萨城的一些青年男女面对巨大灾难时发生的故事。

在可怕的瘟疫肆虐期间，所有人都疲于保命，有人为了自己的幸存居然抛妻弃子，只身远走他乡。面对死亡，7位美丽的年轻小姐却显示出了令人尊敬的庄重及高贵，她们在生死攸关的时刻贡献出自己的真挚情感，使情感成为死亡世界唯一令人充满希望、充满愉悦的根本，成为对抗死亡的内在力量。小说描写这7位年轻而优雅的小姐在教堂中偶遇，她们都沉浸在家人被瘟疫夺去生命的痛苦当中。同样的情感体验使她们做出了同样的情感选择，其中一位小姐认为她们可以一起远走他乡，离开这个瘟疫横行的可怕坟场，其他小姐对此提议都表示一致赞同。这时她们又遇到了3位男子，而这3位男子正是7位小姐之中3个人的情人。大家商讨一番后决定一起出走，到郊外的一座小山上的别墅里去躲避灾难。那里环境优美，鸟语花香、树木叠翠，地窖里甚至还藏着香味浓郁的美酒。这10位年轻人为了更好地度过每日的时光，决定每天大家都轮流讲美丽动听的故事。他们一共讲了10天故事，因此该书称为《十日谈》。

《十日谈》的思想反映了文艺复兴初期的人文主义和自由思想，刻画了社会各个阶层的生动形象，展现了意大利广阔的社会生活画面。在对待爱情和两性关系方面，薄伽丘的处理大胆奔放，他提倡现世幸福，认为爱情可以涤荡心灵，激发才智。在这里，爱情因情感的真实受到青年人的尊重与追求。所有的故事对爱情的态度都是宽容的、友善的、热爱的。例如第四天中的第一个故事中的公主在向父亲申辩对毫无地位的情人的爱意时是那么有理有据、不卑不亢，最后从容为爱殉情：

坦科雷迪，你自己是血肉之躯，你该知道，你养的女儿也是血肉之躯，并非铁石。尽管你现在年纪大了，可你该记得青春的法则有着什么样的、多么大的

> 力量……我找到圭斯卡尔多，并非偶然，像很多女人那样，随便找一个就行，而是经过深思熟虑，才在许多男人中挑选了他，谨慎地把他引到我的怀里。我们俩海誓山盟，矢志不移，的确也享受了不少乐趣。除了风流罪过之外，你刚才还指责我，说我不该找一个出身卑微的男人发生关系，好像我只有找一个王孙公子做情夫，你才不会如此生气，这完全是没有道理的世俗之见。在这件事情上，你应该发现，这不是我的过错，而是命运不公，它常常把无能之辈提到显赫的高位，却把英才埋没在底层。[①]

女主人公的辩护何等酣畅淋漓！其中对爱情的大胆追求和极大包容，男女平等，以及人人平等的观念都是文艺复兴自由精神的折射。《十日谈》中大胆追求幸福的故事比比皆是，主人公们往往爱情至上并愿意为之付出一切。讲述故事的10个年轻人也是怀着对爱情、对美好生活的憧憬和期待来到了与世隔绝的别墅里，这是他们的伊甸园。年轻的情怀、美丽的面孔、令人沉醉的环境与外界的痛苦和死亡格格不入，这个避风港俨然成为了大瘟疫中的诺亚方舟。薄伽丘用幽默的笔触和轻松的艺术形式为读者描绘了一幅荡气回肠的文艺复兴时期的意大利画卷。从情感角度来看，《十日谈》无疑是一部张扬情感、崇尚情感的作品，故事中的青年人正是因为情感的真挚而直面灾难，也因为情感的真挚而把握幸福。可以说，以灾难为背景的故事恰恰彰显了情感的力量。

几百年之后(20世纪70年代)，性解放运动正如14世纪的那场大瘟疫一样席卷欧洲，并改变了不少人的生活观和两性观。艾米斯将社会大潮浓缩在一个小小的城堡里，主人公们不是为了躲避外界的“瘟疫”，而是为了尽情地享受“瘟疫”带来的短暂快感。他们对待爱情的态度和《十日谈》中的忠贞不渝、相信美好爱情的坦诚与信念截然相反，受性解放熏陶的年轻人不再受任何社会道德规范的约束，纵欲狂欢，将这场闹剧推向极致。

《怀孕的寡妇》中主要的主人公有6个，他们之间都是朋友关系或者情人关系，在奶酪大亨的城堡里，度过了一个漫长炎热的夏天。性解放思想的影响使他们坚持性纵欲的自由，尽情享受着性体验带来的肉体乐趣。小说的叙述者是基斯·尼

① 薄伽丘：《十日谈》，钱鸿嘉等译，南京：译林出版社，2000年，第239页。

瑞因，他大学里所修的专业是文学，他的梦想是成为诗人。“文学”专业所包含的隐喻应该是精神的和理想的，而向往成为诗人本身也指涉出基斯纯粹而美好的愿望。基斯从本质上讲的确是位有些抱负的品德端正的青年，他对诗的追求和热爱同样使他具有超然的性格。然而，即使是这位受到了文学熏陶、拥有丰满精神世界的青年依然无法抵制性解放的诱惑。

基斯的女友丽丽很漂亮，但却非常务实。基斯和丽丽受到好友山鲁佐德的邀请到意大利度假。一起度假的还包括其他几位年轻人，其中有美国老同性恋维克多，他的同性恋男友阿门，山鲁佐德哥哥的女友罗瑞娅，以及来自意大利的花花公子阿德瑞亚等。山鲁佐德曾经是位竖琴演奏家，却在性解放的大潮中变成舍身纵欲的女性前锋。她在泳池里主动诱惑基斯，使基斯意乱神迷，一直策划如何避开女友丽丽与她出轨做爱，纵欲偷欢。最终基斯给自己女友的葡萄酒中下了药，致使丽丽昏睡不醒，使他达到了与山鲁佐德偷欢作乐的目的。他的放纵行为使他患上了慢性性障碍，导致他一生的三次婚姻均以失败而告终，没有一次获得过幸福。混乱的情感、放纵的情欲、无度的性爱，使当代女性完全丧失了道德操守及婚姻法则。与此同时，无法把握与无法实现的天然的母性冲动一直困扰着小说中的女性。她们在性方面以男性为榜样，时时处处追求性自由和性放纵的快感，以此来彰显自己获得了性自由以及性平等。而事实是，女性将纯粹的纵欲解释为性解放的预期结果和目标，最终只能使自己丧失性尊严和性快感。艾米斯在小说所力图阐释的，就是性解放运动当中，如果女人和男人一样随意发生性行为，对婚姻法则不屑一顾，那么后果只能是践踏自己的身体，摧毁自己的灵魂，使自己成为性自由的牺牲品。这是艾米斯笔下男女的世界正在发生改变的时代，所谓的性解放运动让当时的女性失去了对爱情的信念，她们没有实现真正的自我价值，只能随波逐流，纵欲强欢，牺牲掉自己的肉体与精神。

无论是《十日谈》还是《怀孕的寡妇》，它们的艺术价值绝不是仅仅停留在表面对爱情的讴歌或者两性关系的探讨上，而是把批判的矛头犀利地指向当时的时代大背景，因而具有积极典型的时代意义。《十日谈》的形式更加新颖独特，涵盖了社会各个阶层的形象，展现的是一幅广阔的意大利社会生活画面。在其中一些故事中，薄伽丘以辛辣的笔锋嘲讽了教会的腐败堕落，为整个作品定下了基调，同时抨击了僧侣的虚伪和奸诈。他们责备教徒心中的杂念却自己乘虚而入,勾引妇女。他对教会和基督教的批判不仅局限于表面,而是直指教廷和宗教教义,道出了宗教的虚伪性和反人性。而这一切都是以喜剧的形式展现出来的,其中的喜剧精神是用人文主义精神对教士的丑行进行嘲讽,具有狂欢化的喜剧特色。而在这个大背景下对于青年人依靠情感的力量而实现个人的追求、达成理想的生活进行了酣畅淋漓的歌颂,从中可以看出作者对压制人情感的中世纪思想的批判与反抗。

艾米斯的写作风格同样以幽默讽刺见长,但这种讽刺更为辛辣,读来更加沉重。书中的各个人物都丢弃了最为本真的情感,因而他们之间无法达成有效的情感沟通,只能靠外在的性关系相互联系,而这种没有情感支撑的关系本质上只能摧毁人的灵魂世界,使人坠入情感混乱的深渊,永远无法达成心灵的幸福。《怀孕的寡妇》中的各个人物在这场性解放运动的狂欢之后各自付出了巨大的代价。纵欲致死的瓦尔丽特,纵情狂欢的山鲁佐德,失去爱的能力的男主人公……正因为情感的无比混乱,《怀孕的寡妇》令读者深感不适,远不如《十日谈》让人愉悦。城堡犹如缩微的社会,折射的是当时西方社会的瘴疠,是情感混乱后人类的境遇。而其中对女性的描写也让艾米斯再一次成为女权主义者抨击的对象:女性在艾米斯的作品中从来都不是浓墨重彩描绘的丰满形象,荡妇和弱者与《十日谈》中美丽而富有教养的小姐们形成了鲜明的对比。当代的女权主义者对他侧目而视,但他自己说这部小说是"一部真正意义上的女权主义小说"(actually a very feminist book)。[①] 在艾米斯看来,女性解放运动并不像公众认为的那样取得了胜利,相反是远不够完善的。艾米斯曾经说过:"简单的动动手指并不能改变人们的意识。女性主义,我认为正处在第二个阶段的中途,并将持续经历一段黑暗和阵痛的时间。"[②]他的本意是呼吁人们对那个时代重新检视,将女性解放运动继续下去,让"怀孕的寡妇"诞生下新的生命,让女性获得真正的解放和自由。相比薄伽丘,艾米斯的主题更加浓缩,批判更趋犀利、尖刻,读来也愈发令人沉重。正如前文所说,马丁·艾米斯将小说题目定为《怀孕的寡妇》本身就大有深意。"怀孕的寡妇"这个题目的来源是俄国19世纪的作家赫尔岑的作品《来自彼岸》。赫尔岑认为革命本身恰如漫漫的长夜,

---

① http://www.martinamisweb.com/reviews_files/pw_guardian_advpub-link1.pdf.

② Ibid.

混乱中孕育着日与夜的交替,也意味着旧秩序与新秩序的交替。不过,革命留下来的并不是一个崭新的"新生儿",而只是一个"怀孕的寡妇",即旧秩序虽然已经让位,但新的秩序并未形成,而是要等待痛苦的新生。《怀孕的寡妇》显然指涉的就是性解放作为新的秩序,代替性禁锢和性压制的旧秩序自然有进步之处,但是,这个新秩序离真正建立还有很长的路要走,因为性解放本身充满了矛盾与痛苦。新的秩序恰如一位"怀孕的寡妇",要真的等待新生儿的诞生,则必然会经历痛苦的过程,其中必然有牺牲、有流血。

总之,《怀孕的寡妇》涉及的主题包含了争议性较大的性、暴力、女性等问题,但思想性显然更加沉淀,是艾米斯在中年危机之后的成熟作品。它承袭了马丁·艾米斯一贯的以粗鲁的笔触和有些无赖的风格书写社会、反映世界的传统。虽然小说包含一些喜剧的色彩,但细读之下感受到的却是生活的龌龊和苦难。马丁·艾米斯以锐利的视角看到了隐藏在社会繁荣的表象之下的困境,看到了隐藏在角落中的痛苦。因此他揭示这些困境和痛苦,似乎视表面的繁荣于不见。这使他的作品总是广受非议,却在沉淀之后重新获得认可与支持。马丁·艾米斯在1995年发表《隐情》之后,便忍受了评论界和公众很长时间的批评与谩骂。《怀孕的寡妇》问世之后的境遇稍好一些,得到的评论贬褒不一,销量也差强人意。虽然媒体对之报道如排山倒海,非议很多,不过其中也有一些正面的评价。就在大家认为意识到该书的价值与意义,马丁·艾米斯也因此被重新认可时,这部小说却遗憾地与2010年的布克国际小说奖擦肩而过。读者与评论界的态度,在一定程度上也反映出当代都市人对都市文化顽疾的尴尬态度:既了解马丁·艾米斯批判指向的深刻与内涵,又为承认这种残酷的事实而痛苦。

第三节 情感缺失

一、《夜行列车》的批判指向

1997年,马丁·艾米斯奉献给世界的是其短篇小说《夜行列车》。这部小说与马丁·艾米斯的其他作品的明显不同之处在于这部小说的主人公是女性。按照西方传统的理性思维模式，其根基是西方一直以来的二无对立思想，即主体/客体、主要/次要、高等/低等、优势/劣势、尊贵/卑微等二元对立构架。在这种分割一切、解析一切、对立一切的理性思想传承下，人和自然是对立的两极，自然是人类征服与压迫的对象。与这种关系相一致的是，女人也是男人所征服与压迫的对象。虽然在不同世界的文明中，女性都被尊为人类的始祖，自然界中最富生命意味、对人类繁衍起到最重要作用的代表事物都常被赋予女性色彩。孕育中华文化成长发展的黄河便被尊称为“母亲河”；而在作为欧洲文明摇篮的古希腊神话中，孕育世间万物的神则是被称为“大地之母”盖娅；古埃及文明中，则更加直接、更具象征意义地将女性具有繁衍能力的子宫来代表生命的繁衍和谷物丰收。虽然女性是人类发展和传承所必需的重要角色，然而，更如被人类对象化的自然一样，女性自古至今都有着相当强烈的性别特征，即被男人征服和压迫。

及至工具理性统治了人的思维领域的当今西方社会，原本应温柔善良、孕育一切的女性形象更加迅速和完全地被对象化和客体化，以更悲惨和更彻底的方式成为工具理性世界的牺牲品。本质上讲，女人对感情的期盼与追求比男子强烈，或者说女人本身就是情感的代表，是世界温柔力量的代表，是美好自然的代表。在世界不同的文化中，大多都不约而同地把美好的自然与女人相连。工业文明虽然也把自然当女人，不过当成一个可以强奸的女人。女人的命运因此更加成为工具理性影响下最为悲惨的故事。在当代社会中，女性是与男性对立的客体，是男性征服的对象。本质上讲，“男性主宰的经济不是关于爱和关怀，而是关于统治、霸占。”①

马丁·艾米斯在《夜行列车》中，便以极阴郁的笔触描述了两位女性的命运。虽然主人公是两位女性，但是小说却没任何温暖的感觉，反而愈发令读者感觉惊恐和黑暗，似乎处处充满着凄凉与不幸。更具有象征意义的是，这部小说并没有设定具体的城市，因此使得故事本身更具普遍意义。模糊不清的城市表明这种故事并非某个城市所特有，而是无时无刻不在发生的所有西方当代都市中的普遍故事。故事中两位女性的悲惨命运也因此成为当代所有都市女性的命运范本，小说的批

---

① 蒲蒲：《活着：自然和女人》，http://mp.weixin.qq.com/s?__biz=MjM5MDk3NzMwMA==&mid=200042281&idx=1&sn=a39d75c67a04eb7ebf0d49992f98b2d8&scene=1&from=singlemessage&isappinstalled=0&uin=MjM0NjA3OTM4MQ%3D%3D.

判指向也摆脱了某个地域的局限，而是直指当今世界的文明前沿无处不在的文化困境与道德窘境，从而深刻地揭示出当今西方社会人类的生存状态，由此提出对工具理性统治下不断发展的物质文明的质疑。

故事中的两位女性身份悬殊，性格悬殊，甚至容貌都迥然不同。她们的命运也似乎完全不同，只有细究之下，才可以看出她们命运的本质是惊人的相似。一位名叫詹妮弗，她容貌不凡，美丽脱俗，来自社会上层，家庭富足而幸福，她受到了极好的教育，拥有博士后的极高教育背景，之后成为物理学家，拥有人人羡慕的工作环境和极好的收入水平。而故事的叙述者则是一位长相粗糙、体型粗壮、出身低微、生活困窘的女性，她来自社会底层，没有受到很好的教育。她甚至拥有一个极为强悍的名字——迈克·胡立汉。这本身是一个男性的名字，这个名字本身就指明这位女侦探的男性特点，也表明她与美丽的詹妮弗的巨大区别——如果说詹妮弗这样的女性会成为男性追求的焦点、男性征服的对象的话，作为侦探的迈克·胡立汉则永远不会成为男性所认同、所爱慕、所追求的对象。两位外貌和性格差别如此之大的女性成为故事的主角，一则说明女性的命运极具普遍性，不论是不是男人爱慕与征服的对象，结局都一样的悲惨，命运都同样的黑暗；二则表明女性凭借自身的努力，不管是设法成为社会精英，还是让自己变得与男人一样健壮粗野，最终还是会沦为工具理性主宰的社会的切割对象，永远无法获得心灵和情感的满足。

该书通过迈克对詹妮弗自杀动机的调查，揭示出一个看似完美的生命自我选择以残忍的方式结束生命的深刻原因。作者在书中让詹妮弗这样一个容貌美丽、教养良好、生活富足、社会地位较高的女性自杀，并且使用极其血腥残忍的自杀方式——朝自己头部开枪，使自己的死亡变得血肉模糊，与美丽少女的肉身形成鲜明的对比。这种对美好事物撕毁的强烈视觉冲击起到震撼人心的效果。詹妮弗的美毋庸置疑，死亡的惨烈程度也显而易见，但马丁·艾米斯却在撕毁美的同时并未传达出强烈的悲剧感，反而令人奇怪地融进了一些荒诞因素，使传统意义上摧毁美的悲剧增添了一些扭曲的色彩，体现出一种冷漠甚至嘲弄的后现代风格。詹妮弗的自杀看似无原因，因为其物质条件、外在条件都堪称完美，然而作者通过完美无缺的表象，所直指的正是人的精神与情感范畴。人拥有的一切外在条件可能会令人羡慕，但根本无法抚慰内心的情感缺失与孤独，或者说，知识可以让人精确、让人获得世俗的成功，获得物质的享受，获得金钱的积累，却无法带给人发自内心的情感愉悦。人的智力可以征服宇宙，而人的内心却无法靠知识和智力征服，那是一片属于感受与直觉的领域，詹妮弗掌握再多的数据也无法填补其中的空白。詹妮弗自己意识到了这一点，因此选择自杀，即亲手毁掉这个精明聪慧的躯体，因为它从未感受到情感快乐，甚至从未作为美丽的肉体存在过——它的存在形式只是作为一种物体、一种可被测量、被解析的物质。因此，詹妮弗自杀的原因就变得非常具有普遍性，即每个当代人都在义无反顾地投身于物质的成功、外在利益的获取，却忽略了本应用情感护卫的心灵本体。美丽的躯体不代表幸福、光鲜的地位不代表幸福、富足的生活不代表幸福。马丁·艾米斯笔下看似完美无瑕的女性的自杀，正是其对当今生活中精神缺失、情感缺失的生存状态的一种最深的痛切与批判。

而另一位女主人公迈克·胡立汉在名字上就具有极强的男性特点。不仅迈克本身是男子名，她的姓也极为特殊——Hoolihan（胡立汉）。由于胡立汉的英文拼写与 hooligan（小流氓）这个单词只有一个字母的差别，而使她的名字，甚至是性格都带上了一丝野蛮气息。头顶这样一个匪里匪气的男性之名的女侦探的真实生活却令人扼腕——她根本没有丝毫野蛮或者强悍的举动，事实是她的生活里充满了被野蛮和强悍的男性所欺凌侮辱的悲剧。她土匪一样的名字何尝不是对世界的讽刺——她是土匪一样的世界的受害者、牺牲品，更令人悲哀的是，她被土匪一样的世界所同化，最后不惜让土匪一样的名字笼罩自己，更不惜像土匪一样对待自己本不令他人和世界尊重与关心的身体。

她未成年的时候，所遭遇与承受的便是来自男人的野蛮侵袭。她的继父不断对她进行性侵害，作为被残忍欺凌的一方，她也曾因为无法忍受继父的野蛮侮辱而进行了激烈反抗，试图保卫自己的身体、自己的情感。反抗失败后她慢慢放弃了对自己身体的珍爱与尊重，并开始以极其野蛮的手段来对抗野蛮的世界。她开始放纵自己，随意与不同的男性发生性关系，甚至不管这些男子多么猥琐卑鄙。她对被男人的世界所糟蹋的自己的身体不屑一顾，甚至极端厌恶，于是便通过自我糟蹋的方式进行报复——她没有节制地酗酒，没有节制地与男人发生性关系。她通过对自己的仇恨方式表达了对世界的仇恨，通过对自己的情感无端践踏的方式表达对世界的绝望。她成年所做的工作是侦探，即是对世界上所发生的所有残酷血腥的事情追根溯源。也就是说，工作所展示给她的是与她所感同身受的残酷世界相一致的破败与肮脏。通过这样的背景设定，可以看出，迈克的世界是冷漠而残忍的，她根本无从体验所谓的美好与温暖。一个本该成为情感承载者与感受者的温柔女性，终于在这种冰冷和血腥的浸润和滋养下变成了像土匪一样的残暴女性。

令人意外的是，迈克无论在生活还是工作方面都阅尽丑恶、看尽血腥，却能够如鱼得水地将侦探工作做得非常出色，尤其是在侦探詹妮弗自杀案的过程中，更是展现了其极强的职业素养和侦探能力。詹妮弗的自杀本身令人费解，然而迈克却好像能够参透詹妮弗的生命，了解她内心的荒芜。对詹妮弗生命的洞察力绝不仅仅源自女性之间的相互理解，而是两个来自不同阶层的女性对女性生存状况的相同理解。与詹妮弗用手枪对自己美丽的身体施暴相比，迈克同样以极尽残忍的手段向自己施暴。她们虽然有着社会地位、教育背景、职业背景等极端的差异，但是她们都同样地无法享受心灵的慰藉和情感的满足，她们选择用本质相同的残忍手段对抗庞大而丑陋、势力而冰冷的物质世界。整个社会的情感被物质化、心灵被机械化、追求被利益化，而作为情感化身的女性，面对社会这架庞大的机器，所能做的要么像詹妮弗一样杀死这具与机器完全不同，却很快要被变成机械的身体，要么像迈克这样，对被冷酷的物质世界定义为丑陋的身体贬低践踏，使这种残忍的践踏成为区别她的肉身与机械世界的唯一途径。

在小说中，马丁·艾米斯似乎只是客观地描写和平静地叙述，并没有担负起传统的道德说服和教育功能。对于小说中各人物的价值观和道德观，他没有表现出任何评判迹象，没有支持的态度，没有批判的语言。作者秉承了后现代主义写作的风格，对于当代社会中发生的一切仅仅去冷静地表现，对于各种扭曲甚至荒唐的社会现象，以及道德缺失的窘境，都是以极其客观的态度呈现给读者。这种态度本质上透露出作者的两种意向，一是作者认为这种现象已经不是社会的偶然或者片面的现象，而是存在在当代西方社会的方方面面，作家面对这些普遍存在的现象根本无法，也没有信心提出任何评判；二是对于各种情感缺失和暴力现象的无动于衷以及在冷静笔触下的阴狠描述，恰恰表明了作者内心深处深刻的意识倾向，即这种暴力的泛滥存在已经使世界变得疯狂得再也无处可逃。换句话说，冷静而阴狠的描述本身正是作者深刻的批判态度的体现。

二、情感缺失与暴力横行

除了两位女主人公因情感缺失而遭受生活重创的故事主线，小说中还描写了各种各样的暴力事件，为我们呈现了一个暴力横行的残忍世界。由于工具理性的大举入侵，人的本体、人与人的关系都被异化为毫无情感色彩的工具，所有与情感相关的存在都被异化为可度量、可解析的机械组合与量化关系。更具批判意味的是，这些大大小小、无所不在的暴力事件发生的地点根本不明确，小说中只提及了故事发生在一个地点不详的美国都市，即 a composite American city。而“composite”一词的含义是混合的、合成的、综合的。也就是说，故事发生的背景是当代西方所有都市的综合之地，这就使小说指向了所有当代西方都市。

在这些都市中，残暴的事件无时无刻不在发生。而根据书中对所有暴力事件的描述，根据这些暴力事件的伤害程度、伤害目标，可以归纳为外在伤害和内在伤害。

外在的伤害自然是指对身体进行明显的暴力行为，目的是使人的身体受到残暴的对待。不论是人对自己的身体施暴，还是对他人的身体施暴，只要是使身体受到暴力侵犯，都属于外在伤害。在书中，针对身体进行暴力行为的事件比比皆是。例如，把小小婴儿杀死在野餐盒中，或者用棍棒杀死不到一岁的婴儿，甚至还有人对九十多岁的老妪施暴，在轮奸后将其残忍杀害。[①] 作为侦探的迈克，更是亲眼见到更多残忍得无以复加的身体暴力事件，如那些死亡过久、发死亡通知时只能靠称蛆虫重量的尸体[②]等等。犯罪已经成为当代都市的一种普遍现象，而且犯罪的残忍程度也日渐加深加重。一直以来，在英国的文学作品中，探讨社会的犯罪现象似乎是一种传统，而犯罪所体现出的人性扭曲的根源则是对社会文化的最好说明。

> 痛苦与快乐、现实与自我、权力和爱之间的对立冲突——几个世纪以来，这些冲突都是文学创作不变的关注对象。而这些冲突在弗洛伊德的《文明及其不满》中得到完全的认同。弗洛伊德的严肃结论是：“通过提高对犯罪感的

---

① 马丁·艾米斯：《夜行列车》，王之光译，上海：上海译文出版社，2001年，第28页。

② 同上书，第4页。

认识,人类丧失了幸福。这就是文明发展的代价。”[①]

在当代都市中,种种犯罪现象无疑是对当代都市文化背后的思维模式的一种显性呈现。这些犯罪的残忍程度与人类文明的发展程度呈现出正比的趋势,不得不说这是人类理性发展的深刻悲剧。这些令人心惊的事件昭示着当代西方都市中情感缺失、道德混乱、残忍横行的现状。这种残忍是暴力的开始,是暴力横行世界的开始。这种暴力并未停止在个体伤害的层面,而是以更加广阔的力度展开。西方世界发生的各种战争,各种恐怖袭击,无一不是这种残忍泛滥的结果。在9/11事件之后,马丁·艾米斯曾作出过这样的回应,“我们自己的行为,我们也许内心软弱但嘴上坚定地称之为对抗那些恐怖组织的斗争,其实也明确无误地表现出大众梦游和自我催眠的症状。”[②]事实上,理性主义的思想,尤其是当代的工具理性思想,正是通过强大的思维模式,使施暴者醉心于自己的残暴行径,甚至梦幻般认为这种残暴行径本身具有强大而不可否认的利益与价值,因而才能更加肆无忌惮地施暴、无所顾忌地大规模施暴。

在对身体的伤害中最令人触目惊心的是自己对自己的身体施以暴力,当人类绝望到对自己的身体无比厌恶,甚至开始以残酷的手段摧毁自己的身体时,可以想象人类社会的冷漠与绝望到了何种程度。而《夜行列车》中,身体美好的詹妮弗和身体粗壮的迈克都以不同的形式自我施暴,体现了马丁·艾米斯对当代都市生存状态的深刻思考。这种对身体的摧毁绝非将美的东西摧毁给人看的古典美学的延续,而是一种刻骨仇恨的极端体现。知性高雅、美丽端庄、前途美好的女性以最血腥的方式对着自己的身体开枪,使被自己摧毁后的身体令见过无数尸体的侦探迈克都震惊无比。这种决绝和残忍背后是自己对自己身体的极度厌恶,更是对世界的极度厌恶,厌恶到不想留下完整的尸体给这个满目疮痍的世界。体格健壮粗糙、头发枯黄稀少、长相乏善可陈的迈克侦探则通过肆虐地糟蹋自己的身体来发泄对世界的敌意与怨恨。当她主动地用酒精伤害自己的身体,随意与各种肮脏下流的

---

① Ihab Hassan, *Radical Innocence: Studies in the Contemporary American Novel*, Princeton: Princeton University Press, 1971, p. 15.

② Martin Amis, *The Second Plane: September 11: Terror and Boredom*, New York: Alfred A. Knopf, 2008, p. 196.

人做爱来鄙夷自己的身体时,她便已经把最后一点美好的期待撕碎了。她不关心自己的身体,更无从关心别人的身体。承载人的美好生命和美好情感的身体成为了世上最后一件被撕裂的对象。那究竟是什么让两位本应温和柔顺的女性对自己的身体发出抗议并主动摧毁呢?这便是当代都市中人对自己的放弃。当工具理性将人格式化、机械化、工具化后,人便不再具有生命特质,而只具有物质特点。人便沦落为可以被利用、被测量的工具,更是可以用来达成目标和利益的工具。当人与生命割裂,只与目标相连,那人的身体便不再具有生命价值。这时,追求生命本体、追求生命本真意义的人便会丧失信念,必定会直面被物质贬低的生命。由此,对于本真生命的丧失和被工具化的身体,仍然期待情感追求和情感满足的人便只剩下仇恨。这种仇恨的积累最终会使善良无辜的人们将愤怒指向本应承载情感的身体本身。当人自己的身体被毁掉之后,那么与身体共存的生命的神秘与尊贵、情感的美好与灵动便同身体一起被抛弃,世界由此再无情感,再无真正意义上的生命,只剩下阴冷的残忍和满目的血腥。

从结构上讲,"艾米斯在这部小说中采用了惯常的做法,即用一位丑陋、不幸的主人公衬托另一位美丽、幸运的女主人公。在《成功》中,艾米斯便是这样做的。只不过,在这部小说中两位主人公之间惺惺相惜,而非敌对关系。"[①]《夜行列车》中的两位女性虽然差异巨大,但却相互衬托,二者之间没有明显的敌对关系。二者唯一的交集之处是詹妮弗死后迈克处理她的自杀案件。不过二者最深刻的关系却是虽然有着截然不同的背景和出身,却一样对身体憎恨、对身体厌恶,甚至对身体残忍施暴。虽然施暴的方式不同,但本质却惊人的相似。因此,二人不同的身世与背景恰恰说明了当代西方社会身体暴力的无处不在,不仅底层的人们憎恨自己的身体,上层社会的人们同样如此。这种憎恨与物质条件的好坏没有关系,甚至可以说,越是享有富贵而安逸的物质生活的人们,对身体的憎恶便越强烈,毁灭身体的决心就越强烈,手段也越残暴。

与对身体的外在伤害相比,对身体的内在伤害则更令人心惊。内在的伤害或许看起来不像外在的伤害那样血腥,那样支离破碎,却因对内心的冷漠和对心灵的

---

① James Diedrick, "From the Ridiculous to the Sublime: The Early Reception of *Night Train*", http://www.martinamisweb.com/reviews_files/jd_night_train_survey.doc.

残忍而更加深刻地揭示出当代西方社会病入膏肓的现状。内在的伤害与外在的伤害本质上讲同根同源,只是内在伤害表面看更加隐晦、更加合理,实质上却更加残暴、更加彻底。如果说外在的伤害因其血腥的表象和残忍的形式能够令人心惊,从而催人反省的话,那么内在的伤害却以其更加清晰、更加合理的逻辑外壳而使人在不知不觉中接受并认可,从而完全失去了反省以致改革的力量,由此,社会的冷漠便成为人人接纳的一种定式,内在伤害的暴力形式也便以合理的,甚至是进步的面孔存在并发展下去。

在《夜行列车》中,对詹妮弗的尸体进行解剖的过程便是内在伤害的完美例证。詹妮弗自杀后,警方对她的尸体进行了解剖。尸体在马丁·艾米斯的眼中具有相当强的隐喻意义。在谈及当代小说时,马丁·艾米斯曾这样说,"尸体是沉默的,是静止不动的,而且更重要的是,尸体是完全可以预见的。也就是说,尸体已经是最坏的极致。另外,尸体也是不被爱的对象,而且尸体之后再无死亡。"[①]因此,对詹妮弗的尸体的描述一则指涉出尸体是当代文化的最坏产物,二则明确表示尸体便再无被爱的可能,而且也无所谓死亡。这种态度恰恰反映出詹妮弗对待自己身体的姿态,在工具理性的世界中,身体由于与情感脱离了关系,只是成为机械的物,在某种意义上,这样的生命已经沦落为没有生命的尸体,于是,爱变得遥不可及,死亡也变得无所谓。

也就是说,这具尸体在警察的眼里不再是与人相关的载体,而只是成为各种物质的合成体。他们用细胞、酸碱度、英寸和磅等进行定义,俨然把尸体看做一具可分割、可计量、可解析、可研究的物质对象。因此在解剖时,

> 他切了呈Y字形的三刀,两肩下来各一刀到心窝,然后再划下来穿过骨盆。皮片拉起来了——不由令我想起遭洪水或火灾损坏后正在被拉起来的地毯——诺用电锯锯过肋骨,胸板像下水道窨井盖一般掀了起来,器官树随之被整个端了出来,放进一旁的钢槽里。[②]

---

① Martin Amis, "Against Dryness", Ed. Zachart Leader, *On Modern British Fiction*, Oxford: Oxford University Press, 2002, p. 265.

② 马丁·艾米斯:《夜行列车》,王之光译,上海:上海译文出版社,2001年,第31页。

当美丽的躯体像井盖一样被掀开，身体中的器官像垃圾一样被放进钢槽时，工具理性便完成了对人类最后阵地的占领和侵袭——即承载人的灵魂和灵性的身体。身体失去了古希腊时的天然本质，失去了文艺复兴时的尊贵与骄傲，完全演变成被技术解剖的对象、被理性肢解的客体、被科技所异化的机器。与身体相关的对本能、对情感、对灵性的追求也一起随着被肢解的身体消失，人的生命由此变成了技术的组合和工具的组合。拥有美好情感期待的詹妮弗的肉体被冷静而精确地画上了几个线条，几个图形：有的线条代表躯干，有的代表四肢，圆圈则代表头。这便是工具理性对人性世界侵袭的隐喻。线条切割下的詹妮弗已经无法再拥有情感与灵魂，理性的切割与分析使灵性的东西无处藏身。“美丽”在技术的侵袭下被无情而又合理地肢解，人们在逻辑与工具理性的指引下完成了对最天然之美的破坏。当人打着科技与合理的旗号去切割美、肢解美时，人就在不知不觉中成了美的施暴者。“艾米斯的讽刺作品所提出的根本问题是，池塘干涸之后那喀索斯会怎么样”[①]。那喀索斯是希腊神话中为自我倾倒的美少年，他欣赏自己的美，热爱自己的美，而当代的西方却失去了让那喀索斯了解自我之美的途径，即映照美的池塘。池塘干涸意味着人发现美的载体和途径的消失，没有了映照美的载体，美便不再被认知，被尊重。丧失了美的信仰和美的热爱的当代都市，不但不会再了解美、认识美，而且会进一步掠夺美、阉割美、肢解美，美的遁逃和最终消失使得丑陋登场、暴力横行。

当人把美丽的身体物体化之后，便会将身体视为可切割、可毁坏之物，残暴由此找到了可以为所欲为的证据。对某一具身体的残暴行为可以进一步扩展到对所有身体的残暴行径上。事实上，除了奉献小说作品之外，马丁·艾米斯本人对于残暴的行径表达过许多更加直白的愤慨之情。他曾写过一本文集，名为《第二架飞机——9月11日：恐怖与厌烦》。在这本文集中，他表达了对于恐怖行为、未来战争的忧虑及批判。他认为，我们应该“意识到一个明显的事实，我们对9/11的理解

① R. S. Barker, “Kingsley Amis and Martin Amis: The Ironic Inferno of British Satire”, *Contemporary Literature*, 2005(3).

仍在不断加深，我们永远不可能再期盼一个完整美好的世界了。"[①]人对物的过度追求使人开始忽略人本身，对人的忽略导致人对身体的冷漠及残忍，当这种残忍成为人的普遍性格之后，世界便走向了敌对、战争与毁灭，由此便永远告别了美好。这种对美好的告别是终极的，彻底的，因为残暴战争的根源不再是外在的、可探求、可消除的。这种根源是内在的，是基于人类情感缺失、情感破败、情感扭曲的心灵因素，是内在的碎裂、内在的坍塌。它与外在的政治、宗教无关，是人从内心深处对自己的放弃，对心灵的放弃，对美的放弃。这种残暴是物的残暴，它因丧失了内心的情感关怀，从而会无底线的残暴、无原因的残暴，更是无法逆转和抚慰的残暴。法兰克福学派的领军人物在提出工具理性概念的时候，早已预见了工具理性所导致的这种暴力结果，并在对工具理性进行批判时，对暴力的泛滥表示了自己的担忧。"霍克海默和阿多诺都非常恐惧发展可能会'导致最近刚刚在战场上被打败的新野蛮主义会以胜利的姿态再度现身。'"[②]小说中所展示的已经是个暴力横行的世界，而双子塔被炸毁的事实则使人类见证了比小说中的暴力更加残酷的现实。

三、暴力根源与社会批判

马丁·艾米斯描述令人惊恐的暴力事件，旨在展示出一个已经完全丧失了情感追求和灵性本真的世界，以及这样的世界所带来的恶果。正是由于工具理性的入侵，"世界从人道主义的价值观走到了机械论的科学逻辑中来。人的血性生命也在这个科学逻辑的理性思辨中被过滤得无影无踪。"[③]人的精神生活和情感领域也都变得程序化、制度化，人的职业更是与人的生命本质和天然情感割裂开来，变得技术化和工具化。当人的情感消失，与情感相伴的同情心和道德感也随之消失殆尽。这些被掠去了情感的人们便成为机械断片，如果说他们还有些情感，那一定是变异的情感。他们"喜爱病态，喜欢变老，喜欢冬天而非夏日，喜欢秋天而非春光。

---

① Martin Amis, *The Second Plane: September 11: Terror and Boredom*, New York: Alfred A. Knopf, 2008, p. I.

② Zoltan Tar, *The Frankfurt School: The Critical Theories of Max Horkhermer and Theodor W. Adorno*, New York: John Wiley & Sons, 1997, p. 132.

③ 刘春芳:《英国文学中的情感救世传统》,长春:吉林大学出版社,2007 年,第 237 页。

他们喜欢阴雨，喜欢阴郁，喜欢孤独和沉默。"[①]作为仍具有正常情感的詹妮弗，最终无论如何也找不到在这样变异的世界中生存下去的理由。

从詹妮弗的高贵出身与令人羡慕的职业来看，詹妮弗的自杀绝不是因为生活的艰难和物质的匮乏，良好的生活氛围也使迈克警官无法找出她自杀的真正原因。迈克曾根据一般自杀案的常规逻辑列出了一系列导致自杀的因素，但针对詹妮弗的案件却令她不得不把这些因素一一抛弃。詹妮弗的自杀与常规的案件毫无相同之处。身为女性的迈克侦探最终通过深入詹妮弗精神世界的方法找到了她自杀的原因，即"观像宁静度"。这个枯燥的、干瘪的专业术语直指詹妮弗枯萎衰败的精神世界。现代人的精神世界不正是像詹妮弗一样，早已被数据、术语所切割了吗？描述一个人的词语不再是他的情感生活是否圆满、他的心灵是否充盈，他的精神是否愉悦，而是将收入水平、职业范畴，甚至是身高体重的一些数据作为衡量人、描述人的主要依据。人的情感已经无处藏身，被现实而又无情的数字所占据。税单、票据、证件把人的情感生命滤空，剩下的只是数字和利益所指涉的机器一样的生命。在这些数据与证件的包围下，詹妮弗那独特的、美丽的身体再没有存在的意义。这只是一具没有生命的躯体，没有情感的细胞组合体，它的存在只是为了填充一些数字的空白，而没有情感的共鸣。书中曾这样描述她的身体——"这是玛莉恩生养过、上校呵护过、特瑞德·福克纳爱抚过、海·图尔金洪治疗过、波利·诺解剖过的躯体"[②]，身体的客体化、对象化由此可见一般。詹妮弗的身体从来只是作为他人眼中的对象存在，或者说他人生活中的一种物体而存在。从未有人想到这具身体不只是物体，也从未有人关注过身体之下蕴含的情感需求和灵性吁求。然而，人的身体中寄居着灵魂，成长着精神，它蕴含着喜怒哀乐的情绪。詹妮弗的灵魂和精神从头至尾没有被关注过，她只是被当做物体来对待，因此，她对自己的身体是愤怒的，是绝望的。于是她用手枪摧毁这具人人可以描述、人人可以解析，却人人不懂关爱与欣赏的身体。

詹妮弗与男友的关系是情感缺失的重要例证。男女之间的爱情关系本应成为

---

① Martin Amis, "Against Dryness", Ed. Zachart Leader, *On Modern British Fiction*, Oxford: Oxford University Press, 2002, p. 266.

② 马丁·艾米斯:《夜行列车》，王之光译，上海:上海译文出版社，2001年，第169页。

最具情感关怀、最体现情感皈依的天然关系，而《夜行列车》中詹妮弗与男友的关系却同样被工具理性异化为物与物之间的关系。她的男友名叫特瑞德，英文名为“Trader”，即商人、交易者的意思。这个名字形象又深刻地体现了二者的爱情关系——是一种交易、一种买卖、一种符合双方利益关系的物质交换而已。

同詹妮弗一样，她的男友也同样从事高端的知识研究。作为语言学家的特瑞德，主要研究的是 if it was（如果）和 if it were（假如）之间的区别。二个被精细的知识所控制的人，可以进行精密、合理的交换，却无法建立情感愉悦的关系。因此，他们两个人可以有肉体的亲密，可以做爱，可以达成世人的理性认可的逻辑关系，而最重要的情感沟通却在逻辑与理性的冲击下消失得无影无踪。他们所拥有的高端的知识可以使他们成为当代都市中的精英，成为物质意义上的成功者，却无法使他们获得真正的幸福。

知识经过不断的精细划分和逻辑演变，已经与传统意义上源于兴趣和爱好的知识大相径庭。如果说过去的知识与个性相连，因此充满感情负载的话，那么现代意义上的知识已经演变成一种跟利益相关、跟物质相关、跟逻辑相关的机械性生产。詹妮弗研究的“观像宁静度”和她的男友研究的 if it was（如果）和 if it were（假如）之间的区别，是他们极高的教育背景的明证，也是他们在这个过程中丢弃灵魂的明证。这些精细的知识使人的情感被踩在脚下，使人的心灵被永久驱逐。而人却仍不自知，依然得意洋洋地因自己掌握如此精细高端的知识而自豪，这是理性主义的成功，理性的无度发展使人终于达到摆脱了大地，摆脱了天然，摆脱了自我，进入纯粹的逻辑世界，架空的知识领域，干瘪的精神荒原。因此，现代意义上的知识生产是一场纯功利性、纯目的性的机械生产过程，在这个机械生产过程中，个体、人性和情感被完全驱逐在外。一切都以迎合生产目的为轴，由此而形成了精细庞大，但却冷酷无情的知识体系。知识不再与人有关，不再与人的情感有关，不再与人的爱好和满足有关，知识只是成了机械的附庸，成了逻辑的产品，成了利益的奴仆。

当代都市文化在这种知识体系的支撑下取得了表面的辉煌与繁荣，物质的不断丰富、产品的日益更新都使当代都市人品尝了知识的果实。然而当代都市文化的生命之根便在这种繁荣与辉煌中干枯衰败。人们得到了菜单上的幸福，即作为消费者得到了消费的满足，而非内心的幸福感受。这种伪装的幸福本质上是令人惊悚的。而更加令人惊悚的是，这种知识生产链条、律令般的知识生产模式已经成为社会的常态，已经为广大社会民众接受，并从中感觉到作为知识消费者的幸福。然而这种幸福本质上只是作为菜单消费的另一端的满足感。这种满足感与情感的需求无关，只与理性逻辑链条中的物质满足相联系。人们不再是主宰知识结构的主体，而是知识消费的客体。在这个逻辑关系中，个性的需求、情感的需求和生命本体的意义被排除在外，人们的所有选择都是从既定的菜单上来挑选，生命也因此成了机械的、无意义的重复。知识在这个过程中越来越失去了与人的心灵的联系，与人的个人兴趣、个体情感、个体向往和个人价值实现脱离了关系，只是成为逻辑链条中的幸存者、成功者的一种机械化载体而已。由此，知识失去了原创力，失去了主体性，越来越成为一种被繁杂的机械术语、机械数据和机械过程所覆盖的客体，看似越来越精细、越来越具专业性的知识其实是在这种类似知识加工的生产流程中被异化。而热衷于掌握并炫耀这种知识的人，则同样被异化为只是为了实现这知识生产链条中的个人利益和个人地位的机械断片。詹妮弗作为一个有情感追求、有情感生命的活生生的个体，却硬生生被沦为机械生产环节的知识所掏空，她柔软灵动的情感世界被挤压、被放逐，自己只剩下被各种术语所包围、所侵犯的干瘪身体。詹妮弗对这具已经被物化、被奴役的身体肯定是心存怨恨的。

她渴望能在爱情中寻找到情感的慰藉，使她感受到情感生命的存在，感受到生命的律动和渴盼。而她沉浸在语言学各种术语与精密知识建构的男友，则完全丧失了情感认识的能力，彻底成为知识生产链条中的一个机械断片，对自己的情感生命早已放弃的他，根本无从体会和理解詹妮弗的情感需求。他是已经被现代知识所异化的典型，脑子里除了异化的知识体系、各种枯燥的术语和毫无生命色彩的学术成果，便空无一物。这便是现代知识对人的本性的戕害。人在获取知识的同时交出了灵魂，交出了血性。人在沾沾自喜于自己获取尖端高深的知识的同时，忘记了自己已经为这些付出了最惨重、最深沉的代价，即个体的生命体验和内在情感的丧失。詹妮弗的爱情期待被各种术语围追堵截，最后只能放弃对人类本真爱情的期盼。她对自己本该获得尊重和喜爱的身体由此会更加憎恨。

这便是当代知识的本质，也是当代知识毁灭性所在。“表面看起来越来越精细化、越来越抽象化、越来越高深莫测的知识本质上早已沦落为生产的一环，成为逻辑链条上的一环。当知识与制造相连、与生产为伍的时候，知识便完全丧失了本真意义和生命灵气。”[①]知识只是为了生产、为了创造利润。知识被利益买断，被产品绑架，这样的知识不但不再为满足人们的生命追求服务、不再为满足人们的个性发展服务，而是成为摧毁人的生命与个性的武器。在当代大学中，学生不再是依照个性发展自我的有尊严的个体，而是被这种知识链条所掠获的奴仆，他们的一切学习都与利益、与生产发生了卑鄙的交易。知识甚至打着精美的旗号介入欺骗性消费中，沦为消费的鼓动者与强迫者。以 iphone 为例，每一款新的苹果手机都会以高端知识为噱头，引导消费者疯狂购买。消费者在这种购买行为中早已忘记了自己真正的需求，真正的个性追求和情感需要，纯粹是为了迎合高端知识所架构的骗局而购买。知识与人性彻底割裂，消费与需求彻底割裂。人成为被知识产品、知识链条所控制的可怜的机械断片，毫无思考能力、毫无选择能力，而更加悲哀的是，人们还沾沾自喜于自己的这种被消费。人的存在意义、个体的幸福感被这种既定的知识网络所控制，人的生活期待仅仅是下一批次、另一款新的产品而已。除了手机款式，各种电影大片的生产的消费也是同样的模式。甚至书籍的消费也完全被这种强制模式所控制，Top10 的读书榜单把人的读书兴趣、个性爱好绑架甚至扼杀，使人沉浸在被设定的范式中沾沾自喜，丝毫意识不到自我的被剥夺，反而为迎合了人为设定的消费模式而感到所谓的幸福。

詹妮弗和其男友所研究并以此为职业的知识本质便是这样一种生产环节而已，早已与个人志趣、个人情感失去了联系，而只与消费需求和生产需求相关。被这种知识本质所倾轧、所掠夺的活生生的人要么心甘情愿成为这一链条的机械物，要么为自己生命本真的被毁灭而采取愤怒的报复手段。质言之，只有依然渴望生命本体、渴望情感价值、拥有血性生命的人才会愤怒，才会报复。詹妮弗便是愤而报复的依然守望生命本体的人，而她那已经堕落为“交易人”的男友则完全适应了知识的交易化与生产化，不但不会愤怒和报复，反而服服帖帖地为这个链条服务。

詹妮弗的报复之路是毁灭被工具理性所轻蔑、所异化的身体，这是她最珍贵的

---

① Max Horkheimer & Theodor W. Adorno, *Dialectic of Enlightenment: Philosophical Fragments*, Stanford: Stanford University Press, 2002, p. 198.

财富，她以毁掉它的方式保全其尊严，使它逃出被割裂、被肢解、被贬低的宿命。而迈克警官对待身体的放纵与抛弃态度同样出于对被工具理性对象化的身体的厌恶。换句话说，她早已失去了拥有血性生命的身体，现在的身体不是她所珍爱并维护的，而是她要放弃与践踏的。《夜行列车》这部小说的第一句话便展示了迈克对自我身份的认识："我是警士"，即 I am a police. "police"的用法本身极具象征意味。迈克不说自己 policewoman，首先放弃了女性的身份，她也并没有说自己是 policeman，意味着她连基本的人的身份也不屑一顾，police 这个词与人、与生命无关，只是一个机械的表示类别或者职业的干瘪词汇而已。"名字缺失，性别缺失，种族缺失，听起来更像是谈及了一种体制，或者一种观察和运作的模式，而不是活生生的个体。"[①]

当知识成为生产的环节，成为利益的链条上的一环后，知识本身已将人的尊严出卖。人面对这样的知识结构，为了成为这个链条上获利的组成部分，只有将自己的情感和个性贬低，甚至完全抛弃。当血肉之躯被掏空，当身体与灵性分离，那么身体也便只是各种组织的合成体，再也不是值得尊敬与爱慕的对象。正如阿多诺所说："文化把身体定义为可占有的东西；与此同时，文化又把身体与精神、身体与权力和命令区分开来，身体变成了对象，死的东西和'尸体'。"[②]身体不再具有希腊式的崇高尊贵，也不再具有文艺复兴时的丰满美好，而变成了毫无情感价值的物质，这种物质化的身体自然不再与心灵相关，其结果是遭到仍有情感追求的、仍追求灵性的人的鄙夷。

身体物化的同时，被异化的身体又变身为禁止的、对象化的和异化的东西受到疯狂而冷静的追求。这时的追求不再有任何浪漫色彩，而是把身体单纯作为工具、作为对象来追求。这种对象化的过程毁掉了身体所带有的一切高贵本质，人在机械般的追求的过程中，也会产生出强烈的憎恶，因为身体只是一种可获得、可买卖、可抛弃的物体。由此，身体和灵魂被彻底撕裂，身体不再是一种美丽肉身，不再有灵魂相守，那么身体就只能是尸体而已。身体成了死人，自然成了实体，一切都被

---

① James Diedrick, "Martin Amis Dresses in Drag", *Authors Review of Books*, 1997(b) (Vol. 1).

② Max Horkheimer & Thedor W. Adorno, *Dialectic of Enlightenment*, California: Stanford University Press, 2002, p. 193.

物质化，一切都被贬低。没有了对身体基本的尊重，对身体的暴力也便蔓延开来。为了实现占有身体的目的，人们开始用残酷、最直接的方式向被物化的身体进攻，并在最终占有了身体时表现出剧烈的厌恶，因为他们对于自己亲手毁灭的对象、对被自己还原为物质实体的肉身既仇恨又愤怒。

随着知识发展的越来越精细化，职业也同样走向精细化的阶段，被这种职业所规划的人的灵性生命也遭到驱逐。人所从事的职业经常只涉及某个领域、某个专业、某个方向的某个研究层面，这种精细的点的研究使人失去了与更广泛的意义的联系渠道，成为精细化职业链条中的一个螺母。詹妮弗身为一名博士后，一名专门研究天文物理学的专家，她的研究范畴和职业范畴只与银河系室女星座的陨落速度有关。她的职业生活本质上讲与银河的灿烂、与星空的浪漫毫不相关，包围她、浸润她的只是一些干巴巴的数字、术语和概念，如膨胀减速的速率、物质密度总参数、哈勃常数、q-零和暗物质，等等。这些术语无疑是人类智力达到巅峰的明证，是人类通过运用理性解析世界所得到的成果的明证，却同时也是理性逐渐将人的情感驱逐的明证。在这些术语的世界中，情感没有容身之地。要想在这样的工作中取得成绩，只需思辨的理性和分析的能力即可。詹妮弗的确有很高的智商，可以驾驭这些极抽象、极具理性色彩的研究范畴。然而，问题是，詹妮弗首先是人，她需要人的情感。情感领域的关怀与满足恰恰是高智商的工作所不能给予，甚至是要排斥的。因此詹妮弗的情感问题永远无法得到满足。她可以凭借高智商取得令人瞩目的成绩，可以凭借理性的思辨力取得新的研究成果，可以凭借更出色的研究成果获得更高的报酬、更好的物质享受，但却无法使自己的情感世界得到温暖与关爱。詹妮弗的遭遇恰恰是当代人类的尴尬遭遇：人类通过对外在知识的无尽追求，在发展科技、征服世界的范畴内取得了巨大的胜利，却在这种越来越极端、越来越精细的追求中丧失了最本原的血性生命。科学研究的辉煌成就的确光芒无限，被技术光芒掩盖的却是人的精神世界的落寞与绝望。书中怨愤地表达了詹妮弗对其高知职业的愤怒，她认为她所研究的对象只是一个空洞，那里什么都没有。她认为不仅自己是弱智，爱因斯坦也是弱智，“我们住在一个弱智人的行星上。”[①]尤其是对当

① 马丁·艾米斯：《夜行列车》，王之光译，上海：上海译文出版社，2001年，第118页。

代著名科学家霍金,马丁·艾米斯更是竭尽挖苦之能事,甚至直接宣称他就是坐在轮椅上的机器人——他已经被现代知识剥夺了灵魂,剥夺了血性使命。由于他将身心完全投身于没有血肉的精细化知识领域的发展,因此他的身体便遭到贬低,而他之所以能够取得辉煌的科技成就,只是因为他的眼睛看不到生命,只能直视死亡。这与英国浪漫主义诗人威廉·布莱克对牛顿的批判何其相似。马丁·艾米斯把科技直接与死亡相连,体现了作为一个有人文理性和情感关怀的当代作家对当今西方社会只重具体知识的掌握和突破,忽略人性的尊严和灵魂的文化现状的深沉忧虑。他笔下的詹妮弗因为无法忍受知识对人性的侵袭而选择了自我摧毁被剥夺了灵性的身体,詹妮弗的命运就是人在精细化职业分类的当代社会中灵魂无处皈依的悲惨命运的代表,是人类最终只能通过自我摧毁才能结束精神之痛的绝望未来的代表。

人类摧毁自我生存之境的思想源头便是工具理性的泛滥。工具理性的思想来源是启蒙主义。启蒙运用知识统治了万物,万物也由于启蒙的力量而成为与知识对立的客体。人在这种主客分立的过程中,发展为与自然对立的力量。霍克海默认为,"'理性'在很长一段时间内意味着理解和追求永恒理念,这是人类的目的。今天恰好相反,理性不仅成为商业工具,而且理性的主要职能在于找到通过目标的工具以适应任何既定的时代。"[①]启蒙主义理性思想的不断发展最终使它走向自己的反面,将自然作为客体与作为主体的人对立,使人在征服自然的道路上越走越远,越来越洋洋自得,然而却也迫使人的心灵世界向理性主义精神贡献出最后一点天真。于是人的情感和思想也被异化为商品,语言艺术则沦落为对商品颂扬的工具。人类的理性达成了对情感的完胜,人的精神世界也便随之堕落,人类也在精神世界的缺失状态下走向自我毁灭。

马丁·艾米斯的作品以笔触凌厉和残酷著称。"他的小说所展现的当代文明都如世界末日般悲惨。用他自己的话说,这叫'整个星球的马桶化厕所化'。他对现代化的这种烦腻态度或许能够解释为什么他笔下的众多人物的行为'都好像是一头扎进末日似的'。"[②]《伦敦场地》中的妮科拉如此,《夜行列车》中的詹妮弗同样

① Max Horkhermer, *Critique of Instrumental Reason*, New York: The Seabury Press, 1974, p. VII.

② Brain Finney, *English Fiction Since* 1984, New York, Palgrave Macmillan, 2006, p. 54.

如此。而且在《夜行列车》中，詹妮弗不仅一头扎进死亡，她的死法也被书写得惨绝人寰。一些评论家就此认为他厌恶人类，因此笔下的人类都以如此痛苦的方式呈现。对此他回应说："（我没有）虐待狂倾向以及残忍的嘲弄倾向，只是因为我们还没到那一步。"[①]其实文学最基本的功能是通过揭示悲惨的生活以及悲惨的根源，为人类提供反思与改良的基础和动力。从这个意义上说，马丁·艾米斯的写作如此痛彻的原因是他希望自己的写作能够唤醒踏上悲惨之路而不自知的人们，以期人类能够重新反思社会、反思未来。马丁·艾米斯说，他是"努力要把当今世界活生生的现实进行更加真实的展现。"[②]他的展现的确有些阴暗，马丁·艾米斯自己承认说，"我似乎有些吹毛求疵，但是在我内心，我觉得我们就要迎来第二次启蒙，而且20世纪会被视为人类进化史上残暴的青春期。"[③]可见，他只是通过这些阴暗的描写让人们反思历史，反思这个时代，从而更加清醒地看待自己，看待现在，看待未来。

《夜行列车》正是以各种令人惊恐的暴力事件来向读者呈现一个本质上残暴无比的时代，人类需要反省这个残暴时代的根源，意识到这个残暴时代对人性的戕害。在这样的残暴时代，人们或者在暴力中摧残他人，或者毁灭自我，就连幸存者也只能因残暴的伤害而变得"头发稀疏，皱纹横生，痛苦的感觉日渐加深，不仅是身体上的痛苦，还有情感上的痛苦。中年时期身体的衰老相当于后现代时期的衰老信号，迫使在后现代依然寻找知识的人类在通向死亡的过程中经历了同样的痛苦体验。"[④]马丁·艾米斯的笔下形象健康美好的人物非常少，大都是以外表惹人厌恶的形象出现，或丑陋肮脏，或肥胖笨拙，或衰老迟缓。这些形象无疑是对当代人类生存状态的深刻隐喻和生动描绘。人类面对着精美奢华、堆积如山的物质，根本没有获得任何正面的、积极的、美好的影响，而是变得更加不堪入目。《夜行列车》

---

① Chris Wright, "Whydunit. Martin Amis's New Novel Shakes up the Mystery Genre", *The Boston Phoenix*, 1998(2)(D7).

② Brain Finney, *English Fiction Since* 1984, New York: Palgrave Macmillan, 2006, p. 54.

③ Chris Wright, "Whydunit. Martin Amis's New Novel Shakes up the Mystery Genre", *The Boston Phoenix*, 1998(2)(D7).

④ Nicole LaRose, "Reading *The Information* on Martin Amis's London", *Critique*(Vol. 46), 2005 (Winter).

中人类的衰老形象更是体现出人在面对心灵的扭曲、情感的缺失所表现出的深刻痛苦，或者是痛苦的结果。人在情感制度的残忍社会中，或者被别人杀死，或者举刀砍向自己受到贬低的身体，或者在无尽的痛苦中变得衰老难堪。由此，马丁·艾米斯力图使受残暴时代侵袭的人们意识到时代本质，意识到身体被暴力侵害的事实，从而真正唤起复兴身体的吁求，摆脱工具理性对人类情感世界的切割，实现灵魂与身体的原始结合，恢复内心深处最真实的情感，抵制工具理性通过精细的知识结构、精细的职业划分，以及各种冷漠的公式及术语来驱逐人类灵魂，导致暴力横行的时代病症。

质言之，马丁·艾米斯通过《夜行列车》所表达的思想是激进的、急切的，或者说是浪漫的，因为它充满了对情感与激情的呼唤与崇拜。《纽约时报》曾经这样评价《夜行列车》，"《夜行列车》本质上是一部隐秘的浪漫主义作品，是关于所有权的故事。詹妮弗是世界的灵魂，但她却无法再直视那个世界。"[①]詹妮弗就像希腊悲剧中通过死亡来唤起人对美的追求与向往的女神，她用毁灭自己身体的极端行为向被工具理性异化的现代人重新展示出了浪漫的真正所在，希图人类能在重建浪漫的基础上唤回美丽的身体，召回真实的灵魂。

第四节 情感倒错

马丁·艾米斯创作的诸多小说中，《伦敦场地》《金钱》和《隐情》都将背景设置在西伦敦城，即"深受美国影响的当代英国"[②]。它们被称为"伦敦三部曲"，组成了一组描摹后现代都市的典型文本。在这个"三部曲"中，艾米斯"用艳丽而革新的文体检阅了现代生活中城市的作用、美国文化帝国主义的滋长、英国的衰落、性别差异、多媒体时代小说创作的未来，以及嫉妒、报复、爱情和失败等永恒的主题"[③]。而这三部作品中，对都市文化的揭示笔触最为痛彻的当属《伦敦场地》。

---

① Patrick Mcgrath,"Her Long Goodbye", *New York Times*, 1998—02—01(D5).

② Peter Childs, *Contemporary Novelists: British Fiction Since* 1970, London: Palgrave Macmillan, 2005, p. 42.

③ Bette Pesetsky, "Lust Among the Ruins", *The New York Times*, March(4), 1999.

本质上讲，马丁·艾米斯的《伦敦场地》与《夜行列车》有极大的相似之处，都是以极其黑暗的笔触，极其阴暗的情节，展现了当代西方都市人的生存状态。2014年《伦敦场地》被改编为电影，而电影的定位是悬疑惊悚。这个定位自然有一些商业味道，然而也是对小说的一种较为准确的定位。《伦敦场地》的主题就是谋杀，而令人恐慌的是，小说中的杀手只是普通的人群，而且几乎人人都是潜在的杀手。这种人人皆杀人、人人可能被杀的残酷事实正是马丁·艾米斯通过《伦敦场地》所希图呈现的。正如有评论所说，这部作品"把伦敦描述为消失的阿卡迪亚，一个杀手出没的都市，一个处在生态大屠杀边缘的地方"①。可以说，"生态大屠杀"状态的伦敦正是当代西方都市的生动写照。

在这个处于"生态大屠杀"边缘的城市中，谋杀和被谋杀都以反传统的方式进行。妮科拉本人既是谋杀者，又是被谋杀者，她谋划的谋杀对象正是她自己，而谋杀的方式、谋杀的时间及实施谋杀的人也是她在精密地策划，旨在成功地实施自我谋杀。这样的故事本身就极具张力，它不仅会令人惊悚，同时也会让人思索离奇谋杀产生的根源，从而对当代都市中人类的生存状态产生质疑。《纽约时报》这样评论这部看似滑稽、实则深刻的"谋杀小说"，"这是一出滑稽的谋杀故事，一个启示录般的讽刺，一个对爱、对死亡、对核冬天的合乎逻辑却令人作呕的深刻思考……书中淫秽与抒情交替，庸俗与狂想并存。"②这部表面看起来主题为谋杀的小说，本质上却是对爱和死亡等永恒主题的另类思考。书中所表现的各类情感生态则是谋杀框架之下当代人性的生动呈现，对这些情感关系的梳理可以从更精准、更明确的角度探知该小说的谋杀真相及批判指向。

一、性别情感错乱

《伦敦场地》中的男女在很多方面是错乱的，即男女性别完全混淆。首先从姓名上看，《伦敦场地》中的男子常常用的是女人的名字，而且名字的含义与人物的性

---

① Malcolm Bradbury, *The Modern English Novel* 1878—2001, Beijing: Foreign Language Teaching and Research Press, 2005, p. 448.

② Michiko Kakutani, "About This Book", *New York Times* 〈http://www.randomhouse.com/catalog/display.pperl? isbn=9780679730347〉.

格相比也呈现出极为错乱的状态。例如，一位好斗又好色的街头流氓的名字却是琪珂，即姑娘的意思。这与《夜行列车》中名为迈克的女警官如出一辙。而女主人公妮科拉的全名是"Nicola Six"，"Nicola"与"Nuclear"谐音，指出女主人公的强大和破坏性；而"Six"则与《新约》中"启示录"里所说的"野兽数字"(666)暗合，同样象征着她的野蛮与强大，同时"Six"一词为"Sex"，即"性"的谐音，在小说中妮科拉是一位一心为自己寻找谋杀者、性生活随意而放纵的女性。其中一位名叫基思·泰伦特(Keith Talent)。"Keith"这个名字的选择"明显指涉的是流氓小混混的形象。"[1]"Talent"在英文中意为"天才"之意，而基思在小说中则只是一个来自底层社会的流氓，对自己的亲人毫无感情、对他人毫无感情，一心沉迷于投镖的游戏之中。这个指涉人在某些方面有出众才华与内在能力的单词的选择简直是对基思的巨大讽刺，同时也是对社会现状的巨大讽刺——才华与智力无关，与成功无关，与高贵无关。堕落猥琐的基思偏偏被视为天才，这种扭曲的天才往往能够使人获得社会地位，整个社会对于才华的认识已经完全变异。"你没有天赋就可以变得很有钱(靠赌啊抓奖啊或者放债什么的)，你没天赋也可以变得很出名(靠在电视上的各种'秀'的舞台出洋相啊)"[2]。这种只看金钱和人气，而不问底蕴与道德的社会生态，无疑是对当代都市文化的强烈讽刺。"Talent"另外的隐喻意义是"指涉异性的一个俚语"，由此也可见基思的性别错乱。另一位男主人公名叫盖伊·克林奇(Guy Clinch)，"Clinch"在英语俗语中为拥抱、多情之意，小说中的盖伊生活在上流社会，富足而优越，虽然有娇妻，并已生育孩子，但却无法找到任何生活乐趣，最终与妮科拉和基思搅在一起；而"Clinch"一词的另一个意思为"钳子"，暗示他会被夹在中间无法脱身，其软弱无能的性格由此可见一斑。"Guy"一词则"令人想到盖伊·福克斯(Guy Fawkes)，其试图炸掉上议院的行为最终归于失败"[3]。其次，这些人物的名字如果说与他们的个性有些联系的话，那么体现出的也是情感错乱的世界。三个主人公的名字具有极强的隐喻和象征意义，分别代表了当代都市中三类人群，或

---

① Peter Childs, *Contemporary Novelists: British Fiction Since* 1970, London: Palgrave Macmillan, 2005, p. 48.

② Ibid.

③ Ibid.

者说人类三种不同混乱情感的代表：基思代表着智力在伦理范畴的软弱无力；盖伊则代表着当代社会中情感与温柔的边缘化；而妮科拉则代表着当代伦理观念中对性的放纵，即性与爱的分离。从这些名字的象征意义可以看出，作者对于当代社会抱有极为深刻的批判思想，对于混乱颠倒的意义与思想更是有着极深刻的洞察力。再次，很多人物在外貌上极具异性特征。如女主人公妮科拉的外貌就极像男人——她长着像胡须一样的浓黑色绒毛。第三，如果单从性格上来说，他们的性别特征更是混乱无比。书中的两位男性主人公都在本质上丧失了男性应有的阳刚及强壮。基思本是位底层社会的流氓，他的形象应当是强壮粗糙，然而他却毫无男子气概：他无法承担妮科拉交给他的谋杀任务，凡事只是凭借简单狂热的念头来应付。而另一位生活优越的男性盖伊则遇事犹豫不决，而且无比懦弱。与妮科拉相比，他们都无法承担任何责任，更无法做出任何决定。对于这些男子无法承担责任、没有任何男子血性的根源，书中并没有明确探讨。但是小说中却对基思的生活方式进行了详细的描述。作者提及了他对电视的依赖和甚至有些变态的热爱方式。“在《伦敦场地》中，电视事实上已经成为当代文化的同义词。”[①]当人们把全部的生活寄托在电视上，无疑是脱离真实生活的指征。当电视把人和生活隔绝开来，人便无法承担生活中的任何责任，甚至无法理解生活中的真实情感，解决生活中的各种问题。马丁·艾米斯认为，

> 人们不顾一切地看电视就是当代文化的组成部分。例如，安迪·沃霍在他的日记里曾说，“我努力地看电视，可是什么好节目也没有。”而基思甚至需要把电视节目都录下来，这样他就可以或者慢放（如性、暴力，或者是金钱的镜头时），或者快进（除此之外的一切都快进）：他无法忍受电视以正常的速度播放。[②]

电视带给基思的不是感情，而是色情。除了色情，电视能够给予基思的就是暴力和对金钱的崇拜。如今的电视节目不正是如此吗？为了吸引更多的观众，电视

---

① Peter Childs, *Contemporary Novelists: British Fiction Since* 1970, London: Palgrave Macmillan, 2005, p. 40.

② Ibid.

节目里充斥着情色与暴力的内容，同时，各种广告和生活方式的宣扬，并没有指导人们真正地对待生活，感悟生活，而只是为金钱化的价值观设置样板，让人们为了金钱而迷狂。电视把人们正常的情感驱逐出生活，并用色情和暴力将情感代替。理性指导下的科技发展越来越快，完全超出了人的想象。马丁·艾米斯在对电视驱逐人类本真情感进行批判的时候，无论如何也不会想到，时隔20多年的今天，电视已经几乎成为历史的存在，人类在驱逐情感的路上越走越快。如今，手机版本的不断提升使人不再依靠电视来承担驱逐情感的工作。人们睁开眼睛，便能摸索到枕边的手机，之后便沉溺在手机的世界中，把情感世界驱逐出自我与内心，在手机的引导下得意地去追寻手机所宣传的商品、追随手机所宣扬的时尚、模仿手机所展示的姿态，建构手机所倡导的价值观。手机用刺激人的感官的绚丽商品世界和各种情色的产品，使人沦陷在冷漠的世界中沾沾自喜。暴力、色情因此泛滥，扭曲的价值观因此横行。在《伦敦场地》中，基思就是一个为了色情和暴力而忽略女儿，任女儿受尽伤害的父亲，更是一个为了与妮科拉的情色关系而不顾一切的男人。对他而言，“色情唤醒了他的所有美好回应，它不只是性那么简单。他真的真的认为色情很美好。”[①]正如评论家彼得·查尔兹所说，“对于基思来说，色情就等同于现代艺术。”[②]

《伦敦场地》中对男性传统力量的颠覆本身意味着当代西方都市中传统力量的消失，而新型的力量又无法构建，因而形成了极端混乱的局面。男女两性依据不同的性别特点、不同的性别需求，形成不同的性别体验，这也是奠定世界性别格局的重要指征。在西方的世界里，从《圣经》中“创世纪”开始，男女的性别特征便已经明确奠定，这种性别特征是两性生活的依据，也是社会生活的支撑。然而男性力量在马丁·艾米斯小说中的变迁与沉浮则指涉出当代西方都市的混乱格局。在小说中，妮科拉成为控制两性关系的绝对力量，她细致而精确地规划自己的生命，策划自己的谋杀，而男性只是她计划中的被动因素和普遍的失语一方。男性既无力决定自己的生活，也无力决定女性的选择。本应充满暴力倾向的流氓基思在妮科拉

---

① Martin Amis, *London Field*, Harmondsworth: Penguin Books, 1990, p. 332.

② Peter Childs, *Contemporary Novelists: British Fiction Since 1970*, London: Palgrave Macmillan, 2005, p. 42.

面前表现得唯唯诺诺，而盖伊则毫无决定权与分辨力，完全作为弱势的一方——无论在智力上还是身体上——被妮科拉欺骗戏耍。“力量在艾米斯的小说中是一贯的主题——尤其是男性力量……艾米斯总是用令人难以接受的方式考察男性力量的浮沉。”[①]在当代的两性关系中，女性完全成为主宰的一方，她们有能力、有智力、有体力使男性听命于她。甚至在性关系中，妮科拉同样处于绝对的主导地位，她完全按照自己的意愿随意与男性做爱，丝毫没有贞洁观念，同时在做爱中也完全占据话语权。这里不得不提及妮科拉的色情观。“《伦敦场地》中的妮科拉不喜欢色情，或者说她不喜欢色情侵犯到她自己的爱情生命中。因为色情太狭隘了，而且色情之中没有情感，因为色情散发着金钱的恶臭。不过她却能从事色情。”[②]她从未有过任何属于传统女性的羞涩与懦弱，而是比传统的男性更加放纵、更加大胆，更加无视责任。这一切只是源于她对世界本质的了解。她明白色情之中毫无情感成分，因此拒绝色情侵入她的生命中。同时她也明白她无法改变爱情情色化的现实，因此她可以在压制心灵和情感的情况下从事任何色情活动。可想而知妮科拉的感受，她鄙视色情，却又随心所欲地从事色情，对世界的绝望和嘲弄可见一斑。她之所以决绝地自我安排死亡也便是自然而然的事情了。由此可见，荒诞的背后必然是最残酷的现实。

除了性别情感的错乱之外，《伦敦场地》也以极端黑暗的描述展现了当代都市中两性之间关系的本质。对于两性之间最原始、最本原的性爱关系，英国文学史从开始的阴晦到后来的直白，只是存在描述程度的差异，而本质上则是认可的、尊重的。从西方文学的传承史来看，不论是希腊时期对性爱的直面与赞美，还是文艺复兴时期对性爱的尊重与崇拜，直到现代作家劳伦斯等对性爱的大肆颂扬，无不体现出性爱纯净高贵的本质。然而在马丁·艾米斯笔下，性爱则被描写得恶心丑恶。基思和妮科拉之间第一次亲密接触便以妮科拉看到便池中没有冲净的肮脏之物时的感受予以指涉——“真恶心”。除此之外，书中所有的关于男女性爱的描述都令人厌恶。妮科拉谈接吻的技巧时便是绝妙的代表——她对吻的认识是解析的、理

---

① Sam Munson, “His Gulag”, *Commentary Literature*, Vol. 123, Issue 4, 2007.

② Peter Childs, *Contemporary Novelists: British Fiction Since 1970*, London: Palgrave Macmillan, 2005, p. 41.

性的。在她的意识中,吻本身是可以通过强度、角度等进行分析归类的物理现象,她能够细致地从这些角度对吻进行分析和总结。吻本身是情感的隐喻和象征,当这种爱的象征只剩下机械的定义和理性的描述,也就意味着男女之间的性爱只剩下机械和理性的动作表述,却失去了最基本的情感支撑。没有情感的性爱便只剩下色情和丑恶。正是因为彻底失去了情感内核,男男女女、老老少少都可以随意做爱,不管是基思还是妮科拉都是如此。两性关系中爱的消失同样是工具理性作用的结果,当理性介入两性关系,两性之间最血性、最真实的情感便被肢解、被毁灭,剩下是逻辑,是目的,是利益,是混乱,最后就是绝望。

二、代际情感混乱

除了对两性关系的错乱状况进行隐喻性呈现,《伦敦场地》同样以看似极喜剧化、实则极阴沉的笔触呈现了不同的代际关系。而代际关系中有暗线、有明线,几条线索互为映衬、互为补充,将当代都市中代际关系的混乱本质揭示得淋漓尽致。

代际关系的一条暗线描述的是一位年龄只有 12 岁的女孩与其母亲的关系。这位女孩虽然年龄很小,却已经是位专业的妓女。她与基思等好几位男士长期保持性关系并从中牟利。而帮助小姑娘建立这种肉体买卖关系、并从中取利的人正是她的母亲。谈到她自己的母亲时,女孩认为她妈妈并“不坏”。这种出卖幼女并同时被女儿认可的母女关系正是马丁・艾米斯笔下代际关系的缩影。这与《夜行列车》中的女警官迈克从 7 岁到 10 岁时就不断被她的亲生父亲纠缠污辱——父女之间成为强暴与被强暴的关系如出一辙。这种淡然一提的残暴事件恰恰反映出其普遍性,以及当代都市人对此习以为常、司空见惯的态度。这种态度也揭示了当代生态的残酷性,母女、父子之间毫无底线地伤害与残忍不但已经成为当代都市文化的常态,而且人人将之视为再正常不过的存在,人类生存基础的破败性由此可见一斑。

基思与其女儿基姆似乎是这条暗线与明线之间的一种过渡。基思对女儿的关系冷漠到了极点。他不关心女儿的成长,不关心女儿的死活,甚至当妮科拉问起时,他居然忘记了自己有女儿,过了一段时间才想到自己原来是有个女儿的。父女之间的冷漠关系从中可见本质。因为基思的冷漠,女儿身上满是伤痕,基思却对女儿的生存状态视而不见，只是轻描淡写地认为孩子是女人的事情。他丝毫不担负父亲应有的责任，任由女儿的小生命在残酷中受尽伤害。基思与女儿的关系是当代人冷漠的一个例证。当代都市中横行的物质主义思想，以及无所不在的消费主义思想导致人"厚颜无耻地强调自我的不朽，却拒绝承担任何自我之外的社会责任。"[①]基思对女儿的态度指出了这种物质主义思想的危害，当人们只关注物质，只以自我的物质获取为一切行为的目标指向时，便会拒绝对除自己之外的任何人负责任。当代人的冷漠不仅存在于人与他人的关系中，甚至存在于父亲与女儿的关系中，最终这种冷漠必然导致人性的完全丧失。正如《伦敦场地》中所明确表达的，"对孩子温柔的情感是最后一件消失的东西"[②]。当对孩子的情感死亡，意味着一切情感、一切与情感相关的善意及美好的彻底消失。最终，人便以冷漠与残忍的姿态指向所有的他者，指向了自己的家人和孩子，更指向了人类的未来，其实也就是人类自身。

与这条过渡线相对应的是盖伊与儿子马马杜克之间的明线。他们是生理上的父子关系，但在他们关系的描述中，却无论如何找不到父子的影子。事实上，马马杜克仅仅是个出生不久的婴儿，他在意识形态发展不完全的情况下，便天然地与父亲成为敌对关系，这无疑是马丁·艾米斯对于当代都市文化中代际关系的恶劣程度，以及恶劣的根源性进行的尖锐批判。也就是说，代际的不信任、不友好已经演变为天然的、与生俱来的，从而深刻地指出了当代都市中人际关系的冷漠本质。马丁·艾米斯笔下的马马杜克完全像个野兽一样出现在盖伊的生活中，他的出生似乎是带着邪恶的诅咒而来。他把呕吐物喷射到父亲脸上；用他的小尖爪把父亲的脸抓得血肉模糊；在父亲背着他时使劲咬住父亲的脖子；在父母吻别时把手指伸向父亲的眼睛，几乎把他戳瞎……书中这样形容他的杀伤力——像一种"放射性物质"。从逻辑层面讲，初生的婴儿绝没有如此的威力，能将父母的生活搅得一团糟，并且对父母进行如此不堪的伤害，因而马马杜克和父亲的关系从本质上讲是对代

---

① Daniel Lea, "One Nation, Oneseld: Politics, Place and Identity in Martin Amis' Fiction", Ed. James Acheson & Sarah C. E. Ross, *The Contemporary British Novel*, Bodmin, Cornwall: MPG Ltd., 1988, p. 70.

② 马丁·艾米斯:《伦敦场地》,梅丽译,南京:译林出版社,2003年,第364页。

际关系的一种隐喻——人与人之间由于理性的侵袭，情感已经无处藏身，而没有情感的人与人之间的关系只剩下仇恨和残忍，即使父子之间也不例外。婴儿从某种意义上说代表着自然，因此这种代际关系也暗指人与自然之间的敌对与相互毁灭关系。而婴儿同时也是未来的暗示，那么残忍的代际关系同时也指涉着人类毫无光明的、惨淡的未来。婴儿的出现又是人类自我孕育的结果，从而将一切残忍和痛苦都找到了生发的原始根源——人类自身。人类自己终将品尝自己酿造的苦果，即生出毁灭自己、摧毁自己的未来。人类洋洋得意地通过理性的发展来征服自然、征服世界，成就了许多辉煌，却在这个过程中把属于内心的、属灵的情感贬斥出局，没有情感的未来因此变得充满血腥和暴力，最终把矛头指向了自己。

三、死亡情感错乱

从情节上讲，除了三位主人公外，小说还有一位重要的叙述者，即美国作家萨姆森·杨。他在伦敦居住，作为作家他已经有20年因找不到创作灵感而无法笔耕了。他希望在伦敦找到灵感、找到素材。而恰恰在这个时候，他碰到了妮科拉，一个早已预知自己死期，并努力为自己寻找谋杀者的女人。这个情节本身就极具黑色喜剧的效果，看上去像一部谋杀小说，只不过这个小说完全摆脱了传统上谋杀者千方百计去害人的套路，而变为被谋杀者为了成功地使自己被谋杀而不遗余力地寻找适合谋杀她自己的人。妮科拉所预知的她将被谋杀的日子是1999年9月9日。这个日子的选择是对美国9/11事件的暗喻。因此，这部小说从某种意义上讲也是对核战威胁日益严重、恐怖事件不断升级的世界局势的一种讥讽，对恐怖阴云笼罩的世界中，人们道德丧失、情感丧失的一种讽刺，同时也是对生活在这个谋杀与战争随时可以将人类毁灭的星球上的人们的一个警示。小说从对个体死亡的阐释扩大到对群体死亡的批判层面，涉及主动的死、被动的死、冷静的死、糊涂的死，总之，死亡成为这个世界的核心与必然。正如小说开篇所说述：

> 这是一个谋杀故事。这场谋杀还没有开始，不过它总会发生。我知道谁是谋杀者，也知道谁是被谋杀者。我知道谋杀的时间和地点，也知道谋杀的动机和方法。我知道谁会是帮凶，谁被蒙在鼓里，谁是可怜的、会被彻底毁掉的受害者。我不能阻止他们，就是我能阻止我也不想去阻止。这姑娘肯定会死。

可死不正是她想要的嘛。人们一旦开始你就无法阻止他们。人们一旦开始创造起来你就无法阻止他们。[①]

马丁·艾米斯的笔墨从一开始便隐喻着当今世界，直指当代西方都市社会在情感完全丧失，情感生态处于极度混乱的状态中，人和人之间丧失了最后一抹温情，世界从此变成一个谋杀场地的可怕命运。爱与温情的丧失使人类在互相伤害的路上越走越远，谋杀的手段、谋杀的方式、谋杀的规模越来越大。人类虽然知道这些大规模谋杀的危害、战争的危害、核武器的危害，也知道结局必然是死亡，却从不知收敛，一味地扩张野心，其结果就是让血腥和残忍横行世界。马丁·艾米斯作为一个小说家，无法阻止残暴与血腥，只有通过最痛切的文字希望世人意识到自我孕育的灾难与末日。《伦敦场地》将故事时间设定在1999年。千年之末，“大难”将至，女主人公妮科拉·西克斯精心策划，试图引诱两位男主人公——酒吧无赖基思和光鲜体面的盖伊——将自己奸杀。为了达到这一不可思议的目的，她毫无顾忌地对前者使用金钱加肉弹的手段，对后者则费尽心思地灌输俗不可耐的骑士精神。同样不可思议的是，她竟然可以用美色引诱叙述者萨姆森·扬，让他改变故事情节，使他成为这场谋杀游戏的超级同谋。

故事中的“伦敦场地”既是伦敦市区内的一处场所，也是后现代西方世界的荒凉象征。伦敦这座城市本身就代表了后工业时代的前沿都市文化所在地，因此，《伦敦场地》的故事无疑是马丁·艾米斯针对后工业时代的都市中呈现出的人性异化生态所给予的又一次猛烈炮轰，是对人类未来的又一次深刻警示。在小说中，萨姆森和多个角色——妮科拉、盖伊和基思散步的公园就是伦敦中部的海德公园。萨姆森回忆儿时曾在这里玩耍，希望死之前还能回到这里。“伦敦场地”是否就是现实生活中的东伦敦公园，或者还有什么其他的意义，都让人不得而知。不过，可以确定的是，小说题目本身就是一个悖论：“伦敦场地”(London Fields)本应是现代都市中的一处乡村田园牧歌式的所在，而恰恰在这个场地上，一切都变得诡异而肮脏。萨姆森的叙述也提到了这个矛盾：在伦敦“没有原野”(Fields一词有原野之意)，只有令人生厌的旅游胜地，只有人侵入的原野。题目指出了艾米斯创作中的

① Martin Amis, *London Field*, Harmondsworth: Penguin Books, 1990, p. 1.

这种内在的矛盾:小说中伦敦的地理位置和现实的地理位置不相符,小说中萨姆森意识到“这里是伦敦,没有原野”,他无法回到儿时记忆中的荒野,读者也无法回到伦敦的荒野时代。也就是说,当代都市中,人性随着都市建设的步伐而消失,面对人性在后工业时代的异化,人类无法找到回到从前的路径。“伦敦场地”在现实生活中确实作为一个公园存在,而想象和梦想中的“伦敦场地”也一直存在于小说的每一页中,同时也是小说中谋杀发生的地方。这个现实告诉人们,曾经供人类精神栖息的“原野”,如今只沦落为杀人和被杀的死亡场所,人类的精神在表面繁华、内心荒芜的当代都市中早已无处安放。当代都市只是一个物的场所,人们对物怀着激情,对人的趣味却低下甚至冷漠。物质迅速发展的同时,精神遭到贬低,人的伦理思想和伦理观念也就此被物所占有与侵犯。精神的缺失使这个时代变成一个“物的尺度”高于“人的尺度”的时代。[①]

谈及小说的情节,虽违背常理,却令人惊心,催人警醒。小说中每一个角色都似乎没有什么可取之处。到伦敦来寻找灵感的美国小说家萨姆森·杨虽然境界不如《金钱》中的马丁和马丁娜,但也可以说是艾米斯的元小说替身——他不仅是故事的“创造者”,也是故事的积极参与者和策划者。作为一个失败的作家,他很多年没有写出过正经作品,眼看就到了穷途末路。他刚到伦敦不久就碰到了基思。基思是个无所事事、游手好闲的恶棍,靠小偷小摸混日子,平时最喜欢的就是玩飞镖。他欺骗虐待自己的妻子,与一个十几岁的小女孩发生关系,而后者只为给自己的母亲挣钱。他酗酒赌博,参与抢劫和其他暴力犯罪行为,对色情书籍和电视沉迷到了和现实分不清的程度。而他也曾经强奸过好几位妇女(包括他自己的妻子)。基思在伦敦机场以出租车司机的身份出现,狠狠敲诈了萨姆森一笔。在车上二人攀谈了起来,基思还带萨姆森到了“黑十字”酒吧,而萨姆森在那里又认识了盖伊。盖伊来自富有的上层社会,生活安逸富足却无聊乏味。他的妻子来自美国,非常势利,庸俗不堪。他的孩子才是刚刚学走路的年纪,却令人震惊地具有破坏力,搅得全家不得安宁。之后不久,二人都结识了一心为自己寻找谋杀者的妮科拉。妮科拉身份不明,谁也不知道她来自哪个国家。她放荡无情,不具备任何女性优点。妮科拉

① 赵红梅,戴茂堂,《文学伦理学论纲》,北京:中国社会科学出版社,2004年,第4页。

晦暗不明的身份也许正是马丁·艾米斯又一个高超的隐喻——当代都市中灵魂缺失的人到处都是，而这些没有灵魂的人的唯一命运就是孤独和漂泊，根本无法找到可以栖息的地方。她们无处安身，同时也找不到任何慰藉，在都市的茫茫人海中根本没人想了解她们、关心她们。正如妮科拉的命运一样，她只有无比荒诞地嘲弄自己的命运，并在绝望中设计自己的死亡。看着自己走在通向死亡的道路上，她不但没有任何悲伤与哀怨，反而令人心惊地躲在一旁偷笑，似乎在看别人死亡的笑话。马丁·艾米斯的笔触可谓尖刻，他用一则令人恐慌的故事将当代都市的伦理扭曲表现出来，而且表现得太过深刻，甚至让读者感到不安。将命运看作笑话的故事表明，当代都市中人们甚至丧失了对死亡的情感判断，在一种绝望的状态中将死亡故事演绎为荒唐而可笑的过程，由此完全放弃了对情感的追求与尊重。

故事沿着这种放弃的荒诞感进行。后来，萨姆森看到妮科拉在兜售她的日记，这令萨姆森感到不可思议。从妮科拉的日记中萨姆森知道她有某种预知自己未来的能力。妮科拉对生活感到厌倦，毫无希望，同时对于日渐临近的衰老感到恐惧，对生之意义完全丧失了信心与勇气，因此正在自己安排自己于35岁生日那天被谋杀的事情。萨姆森早已意识到他根本不可能依靠自己的灵感与想象创作小说了，因此他希望通过记录妮科拉的谋杀过程来创作一部哗众取宠、销路良好的故事。他猜测基思这个残忍无情的恶棍会成谋杀者，于是他开始介入其中，不时地与妮科拉联系以便及时跟踪事态发展，及时更新"故事情节"。看似荒唐的故事其实使当代都市中的多重生存形态一一得到展示。妮科拉是对现实生活彻底绝望，同时对未来也毫无信心的代表。因为完全丧失了信心，她渴望能够放弃现世毫无价值的生活与生命。如果说妮科拉的形象在书中仍具备一些人文思想的话，就是她宁可死也不愿生命被异化成断片。基思则是当代社会中彻底丧失了道德底线的恶棍的代表，他根本没有人性，没有情感，没有心灵，是被物质社会剥夺了所有精神期待的空心人。由于没有了任何情感期待与情感慰藉，他变得冷漠而血腥，他人情感与生命在其看来毫无价值，毫无意义，因此伤害他人甚至杀害他人只成为一种毫无情感的游戏而已。盖伊则代表当代社会中的"成功"一族，金钱的成功令他们享受着舒适的生活，但精神世界的坍塌却只能令他们成为丧失了情感需求与情感供给的机器人，因此，他们的生活中只有物质舒适，却没有精神满足。而萨姆森则是当代社会中追求金钱、追求物质成功的人，他的追求中只有金钱与物质，为了达成对金钱的攫取，他可以毫不犹豫地放弃道德，放弃人性。在辉煌的工业与科技成就面前，人们异化成为追求科技成功与物质成就的机械，把科学公理与价值等式视为追求的目标，"人"的问题在科技飞跃发展的压制下被掏空，科学决定论、技术决定论、价值决定论将人的情感追求掏空，人变成了只拥有知识、拥有物质的机械断片，在情感问题上则成为彻底的无能儿。人性、人情、道德、伦理在科学与技术之剑的威逼下丧失了所有活力。因此，人对于死亡、谋杀、犯罪等字眼变得淡漠与无助，甚至开起了死亡的玩笑。

妮科拉自封为"被谋杀的人"，她设计了被谋杀的整个过程，这样就不必面对衰老和整个时代的堕落。为了成功地被谋杀，她策划了一系列的事件，对小说中的三个男人（基思、萨姆森和盖伊）编造了不同的故事。在富有的梦想家盖伊这里，她装成一个冷淡的，对性望而却步的保守处女：童年时她在孤儿院长大，和一个悲剧式的女孩埃诺拉成为好朋友，但后者被一个"可怕的伊拉克人"强奸生下了一个"小男孩"。朋友的这次遭遇在她心里留下了阴影，以致无法与任何人发生性关系。她假装爱盖伊并寻找一切机会与之调情，却装作对性极其恐惧，无法与他完成"整个过程"，直到后者为情欲所颠倒，抛弃妻子给了她一大笔钱，用来让虚构的埃诺拉和小男孩到伦敦去。在盖伊的心目中，妮科拉是一个美貌的有教养的女人，能激发他的怀旧情绪和保护欲，而这正是他的婚姻中所没有的。在基思面前，妮科拉则装成一个饱经世故的阔太太，和伊朗的国王曾有过一夜情。基思狂热地喜爱飞镖游戏，他接受了妮科拉从盖伊那里拿到的钱，过着挥霍无度的生活。同时他还是一个色情狂，经常看由妮科拉自己拍摄的色情录像。而对萨姆森，妮科拉假装告诉其所有真相，事实上却控制着他。她的计划对读者来说一目了然，但萨姆森却在小说最后才恍然大悟。

小说便以这样的线索不断发展。基思作为惯犯，一直被认为是实施谋杀的人，而盖伊则只是充当了激怒基思，使其最终采取谋杀手段的可怜家伙。而最后的结局却完全出人意料。马丁·艾米斯似乎也暗示了最后的结局并不是大家期待的，并以萨姆森的梦境来迷惑读者，使读者最终搞不清谋杀真相。而反思整个故事的基础，我们发现其实整个故事从一开始就是荒诞的：妮科拉为了使自己成功地被谋杀而努力寻找谋杀者的动机，既是对传统小说的颠覆，又是对传统观念的颠覆。这种颠覆本身的意义已经超过了谁是真正的谋杀者。马丁·艾米斯通过谋杀故事似乎在说明，当代社会充满无情与冷漠的今天，其实每个人都是始作俑者，每个人都无法脱离干系。失意的小说家萨姆森明知谋杀即将发生，不但不去阻止，反而热衷于记录其进展以便弥补其已经干枯的创作灵感，并由此写出故事而获得收益。基思面对谋杀与残忍如同家常便饭，只是为了投掷飞镖而忘记了谋杀。死亡在当代人眼中荒诞如同儿戏，廉价如同游戏，情感的缺席使死亡呈现出如此随意、如此琐屑、如此无聊的事情。

书中唯一残存一些人性与温情的应该是盖伊。他很富有，而且心中还有一些可以被称作梦想的东西。但他在书的角色可以说是一个可怜虫，或者是一个傻瓜。他希望从妮科拉身上寻找一些情感，可笑的是，妮科拉的情感全部是装出来的。也就是说，盖伊的梦想在当代社会的都市中，只有被欺骗、被戏弄的份。他梦想的结局无疑只是一场笑话。他拥有金钱，但根本不知如何使用，金钱成为绑缚其智力与情感的桎梏。盖伊本人的生活状态也可谓荒诞之极：他们的儿子一生下来便拥有一种强大的破坏力，把盖伊的生活搞得一团糟。这种面对现实的无能和面对生活的无用从一个侧面揭示出人面对残存梦想的软弱与无助。人在当代极度扭曲的社会中，仅余的一丁点儿可怜的梦想已经沦落为可笑、可悲的笑话。然而，面对这种笑话，在可笑之余，却也不免令人悲叹。盖伊虽然怀抱着一丝温暖的东西，却在无意中成为谋杀的参与者与始作俑者。无法逃避的悲剧命运与可怖结局不能不说是马丁·艾米斯写作的残酷之处。

可以说，书中每个人都与谋杀有关，这种谋杀可以理解为当代社会中人与人之间的紧张关系，也可以理解为金钱与物欲横行下道德与伦理的日渐没落。金钱也许能给人带来短暂的物质满足，但金钱绝不会带给人心灵的慰藉。人的心灵世界绝不是简单的等式关系与线性关系，绝不是凭借科技的发展和物质丰富可以填充的。心灵的价值不可能通过科技的发展得以倡扬，相反，只注重科技进步，忽略人的心灵，最终只能造成心灵的异化。当人成为机械或者工具，那么与人的心灵相关的情感关怀和情感慰藉也会随之消失。

马丁·艾米斯曾说，在小说创作中，他无法摆脱施虐冲动，在给人物设置恶毒的圈套和阴损的困境时,则享受着"一种可怕的狄更斯式的快乐"。不过,小说家的"施虐快感"不免要激起普通读者"恶心"的阅读感受,而这种感觉就是马丁·艾米斯所致力打造的。他以后现代的写作手法,实践着现实主义的宗旨。他希望通过自己令人触目惊心的写作,使身陷在当代都市繁华生活表相中的人们恍然醒悟,意识到自我生存状态的危机与困境,意识到这种生存方式的最终结局绝不是人们期望的美好与快乐,而是不自觉地成为冷酷、谋杀,甚至是死亡的参与者与见证者。整个社会按着这样的状态发展下去,结局必然是一场悲剧。当然,也会有读者享受一种"恶心的快乐",这种享受既可以理解为阅读的乐趣,也可以理解为对作家批判指向的领悟与警醒,这样的警醒必然会使人心生感悟,反思自己的生存境遇与社会生态。可以肯定,只要艾米斯仍然翻检不堪入目的生存死角,继续窥探人类生活的"难言之隐","坏小子"将会永远地"坏"下去,而这种"坏"因其强烈的现实主义责任感和对社会与人类的敏锐认知而成为人们不得不面对的特质,不得不表示敬重与接纳的根源。艾米斯对英国社会的攻击是肆无忌惮、史无前例的。在某些英国人看来,"坏小子"的攻击是非常"恶毒"的。然而,正因其"恶毒",其文字才更具批判意义与现实价值。艾米斯的另一部作品《金钱》没有获布克奖提名曾在英国文坛引起轩然大波,对立双方在媒体和文学杂志上发生过激烈交火。畅销英美两国并深受批评界好评的《伦敦场地》也没有获布克奖提名,同样引发了激烈的争议。有人认为,艾米斯的小说没有获奖,与其说是因为小说的艺术品质问题,不如说是因为他的辛辣讽刺强烈地刺痛了某些人的脆弱神经。《伦敦场地》发表之后,"艾米斯现象"已经成为英国文坛一道独特的景观。正如布莱德伯里所说:"20 世纪 80 年代末,他已经成为最受人尊敬、被模仿最多、被质疑最多的英国小说家。"[①]

四、死亡与当代都市生存状态

情感被理性驱逐导致当代人无法梳理、无法确认自己的情感归属和情感吁求,因此各种情感均处于混乱倒错的状态。在贪婪的物欲的侵袭下,人类的一切行为都以如何获得更多的物为指引,情感在这种工具理性的泛滥下没有立足之地,如果

① Malcolm Bradbury, *The Modern English Novel* 1878—2001, Beijing: Foreign Language Teaching and Research Press, 2005, p. 448.

说还有一丝情感存在的话,那便是倒错的情感。情感的倒错状态则直接导致了当代都市人无法跟随正常的情感指引,拥有丰满而充盈的灵魂与精神世界。灵魂的缺位使得人不但被冷漠收买,被残酷同化,最终更是将自我的生存之地摧毁。“《伦敦场地》描述的正是贪婪的资本主义的可怕后果。由于人们都投身于‘躁动不安、气喘吁吁的当下’,从而因此出卖了有安全感的未来。”[①]“躁动不安、气喘吁吁”极其恰当地描述了当代都市中人为了物质利益而拼命争抢的生动画面,在这种极端混乱及野蛮的争抢中,人类的情感世界早已被抛至一旁,剩下的只是喘着粗气的抢夺与撕扯。人类的尊严在这种撕扯中被踩在脚下,人类之间的情感关爱被彻底忘却,你死我活争抢的结果或者是胜利者被物质掠获,从此再无灵魂;或者是失败者因物质丧失而疯狂,从此再无人性。无论何种结果,都直指人类精神死亡的现实,直指人类失去信心与希望的现实,直指人类没有未来的现实。《伦敦场地》中妮科拉的自我设定死亡的行为,便明确说明了一心追逐物质的人类的晦暗未来——没有任何安全感,有的只是不同形式的死亡。

马丁·艾米斯以妮科拉自我设置谋杀等细节入手,指出了当代都市中死亡无处不在的残酷事实。没有死亡自己设计死亡,不想杀人自我设计原因杀人。死亡被游戏化的背后是死亡的普遍化。“正是由于这种‘死亡无处不在性’,故事中的三个主要的男性角色才会排队加塞、争先恐后地充当奸杀妮科拉的凶手。”[②]妮科拉冷静而优雅地自我制定死亡计划,自己寻找谋杀者,并非常有条理地将这些计划分类辨析,直到找出最完美的计划。这种将死亡商业化、条理化的行为使死亡不再具备传统中的神秘和隐晦,而是如同设计论文一样被设计出来。人类的理性的、设计的头脑终于登上了最高的层级——自我设计死亡。

妮科拉冷静地设计死亡的背后指涉出两个层面的含义。一是妮科拉平静的背后对世界的深沉恨意。如果不是深恨这个没有情感、没有温情的世界,她是不会如此冷静地将自己推向死亡的。如果说《夜行列车》中的詹妮弗在看到世界的情感缺

---

① Daniel Lea, "One Nation, Oneseld: Politics, Place and Identity in Martin Amis' Fiction", Ed. James Acheson & Sarah C. E. Ross, *The Contemporary British Novel*. Bodmin, Cornwall: MPG Ltd., 1988, p. 75.

② 阮炜:《“伦敦原野”上最后的死——评〈伦敦原野〉》,《国外文学》1997年第3期。

失而绝望自杀的话，妮科拉的死便比她所包含的仇恨更深刻。她要做出一种死亡的姿态昭示他人：她恨这个世界，她恨自己的生命，她也仇恨其他所有的生命。这种仇恨来自内心的破碎，来自情感的荒凉。因而这种仇恨所导致的杀害并不是激情的、血腥的、短暂的，而是冷静的、理性的、彻底的、长久的。它不是因情绪失控而产生死亡欲求，它是人在彻底放弃之后的有步骤地、清晰地寻求死亡。这种死亡背后是求死的坚定性与决绝性，是情感彻底归于冷漠的必然结果。二是妮科拉自我指挥死亡的行为表明她对理性功能的最后确认。死亡是唯一使她逃避混乱现世的途径，也是她最后对自己的生命表示尊重的途径，因此她要自己的死亡清晰而有条理。也就是说，她设计死亡是对理性的最后确认，对理性功能的最后一次检阅。她期望通过规划死亡步骤的行为，使推动人类取得成功的理性达成最后的功用。这既是对理性的最后梳理，也是对理性的最终诅咒。她的行为本身已经指涉出理性将把人类带到的最后场所——死亡。

除了妮科拉清晰而坚决地执行死亡计划外，其他所有人都不同程度、以各种方式进行与死亡的对话。盖伊生活富足，但却从来没有体验过生命的感觉——被理性剔除了情感的人本就失去了本真的生命。在他看来，生命的唯一目的就是寻找死亡，只不过他生性懦弱，不具备妮科拉的坚定和明确而已。基思是一个狂热的飞镖爱好者，如果说他还有梦想的话，就是通过飞镖赢钱。而基思与死亡相连的象征便是飞镖。基思沉迷于飞镖，沉迷于没有情感、没有灵魂的杀人游戏。马丁·艾米斯在谈及美国的9/11事件时，便使用了飞镖作为隐喻。他说："什么在9月11日发生？9月11日——发生了什么？这样一幅图景：两个倒着放的火柴盒子，被两个力大无比的纸飞镖撞倒。"[①]这便是飞镖的死亡力量。当人把杀人当做游戏后，死亡便最终会以这种方式将人类摧毁。基思玩飞镖背后的残酷性和死亡性由此可见一斑。飞镖本身的隐喻就是冷漠地杀害，是毫无同情心地摧毁生命。

失去了情感的"伦敦场地""什么都有，除了美，除了善，除了爱。"[②]因此妮科拉

---

① Martin Amis, "The World: an Explanation", *The Daily Telegraph* (March), 2003. 〈http://www.martinamisweb.com/documents/world_explanation.doc〉

② 阮炜：《严肃的艾米斯与"恶心的快乐"》，《读书》2002年第2期。

选择自我谋杀，而追踪这个事件的记者在发现盖伊和基思都不去完成谋杀使命时，便为了钱而亲自去实施。当代的“伦敦场地”中，剩下的只有死亡，各式各样的死亡。“伦敦场地”就是一个“反乌托邦的地狱一样的世界。”[①]马尔库塞把这种资本主义的现实危机归结为“人的本质的大灾变”[②]，这个世界中的人类没有了任何参照物，已经无处寻找自我，灵魂也早已被工具理性挤得无处藏身，精神世界如同一片荒原。这些人类所能做的就是伤害他人、伤害自己，最终共同毁灭。

有评论家认为，马丁·艾米斯之所以写出这样残忍血腥的作品，目的是“严厉地责骂、痛快地辱骂撒切尔执政下的资本主义社会所提倡的物质主义观点。”[③]从文本的苛刻程度看，马丁·艾米斯的确是想通过作品表达对当代都市文化的不满。当然，作为一名极富社会责任感的作家，马丁·艾米斯以这样黑暗的笔触描写当代都市人的生存状态，目的不是加速它的毁灭和死亡，而是期待这样的黑暗文字能让被理性驱逐的情感重新找到回归之路，使人的生命再次与灵魂结合，从而在黑暗中找到光明，在残酷中找到柔软，在死亡中找到希望。在一次访谈中，他在谈论战争对人类的戕害之后这样追问，“那我们还剩下什么？或者说在剩下的东西中，我们是什么？”[④]马丁·艾米斯希望人类能够反思，在无尽的占有、无尽的征服之后，我们到底拥有什么？人类通过理性的力量开始了无尽的攫取，对资源、对物质、对金钱，甚至是对毒品、对性，等等越来越疯狂的攫取，最终导致在这个过程中丢失了灵魂。“在理性的尽头，人直面无意义性”[⑤]。马丁·艾米斯笔下的世界就是一个毫无意义的世界：爱情没有意义，亲情没有意义，最后连死亡也失去意义，只剩下扭曲的谋划与荒诞的方式。《伦敦场地》所呈现的当代都市的生存状态与残忍关系，生动地表明了当代都市文化的没落与混乱。工具理性对情感的驱逐使得当今西方社

---

① Jon Begley, “Satirizing the Carnival of Postmodern Capitalism: The Transatlantic and Dialogic Structure of Martin Amis's *Money*”, *Contemporary Literature*, No. 3(Fall 2006), p. 80.

② 朱立元：《法兰克福学派美学思想论稿》，上海：复旦大学出版社，1997年，第8页。

③ Daniel Lea, “One Nation, Oneseld: Politics, Place and Identity in Martin Amis' Fiction”, Ed. James Acheson & Sarah C. E. Ross, *The Contemporary British Novel*, Bodmin, Cornwall: MPG Ltd., 1988, p. 70.

④ Martin Amis, “The World: an Explanation”, *The Daily Telegraph*, March, 2003. 〈http://www.martinamisweb.com/documents/world_explanation.doc〉

⑤ 威廉·巴雷特：《非理性的人》，杨照明，艾平译，北京：商务印书馆，1995年，第63页。

会已经千疮百孔，残暴横行。所有生活在其中的人都扭曲地、痛苦地生活，没有幸福，没有希望，没有未来。马丁·艾米斯的作品便是当代英国仍对人类前途充满忧虑和希望的作家所做的控诉。"对于马丁来说，后现代实验'只是恶作剧和自我反思'，这也许并不能解决什么，但是他相信，至少这种'预言的力量'能使人警醒。"[①]《伦敦场地》从情节布置到人物设置，都使读者感到强烈的不适，而这种不适感正是马丁·艾米斯费尽心机想要达到的目的，人们只有深刻意识到当下生活的不适与荒诞，才会真正反思荒诞背后的根源。而这种反思必然会促使有良知、有社会责任心的人重新审视自己的文化生态，从而最终达成文化新型建构的愿景。对这种小说的解读对我国读者正确认识西方文化现状，反思我国文化建设，具有非常积极的意义。当今我国的都市文化中，同样存在着情感冷漠、内心扭曲、行为暴虐荒诞的问题，西方文化的这些生动读本无疑会在一定程度上使我国读者找寻问题的根源，并寻求问题的终极解决方案。

简言之，《伦敦场地》的主题显然是各种死亡：首先是情感和爱之死导致的伦理之死，伦理的死亡又导致了人精神世界的荒芜与死亡。在核毁灭威胁、政治危机和环境崩溃的后现代大背景下，这部小说巧妙地表现了充满死亡焦虑的"末世情结"。自杀、谋杀、被杀或奸杀，这些虚拟的暴力意象构成了小说总体的死亡氛围。这里的死不仅是肉体之死，而且也是精神之死，信仰之死，灵魂之死，是世界的末日，是存在的终结，是大难临头前人类的自戕。

马丁·艾米斯本人认为这部小说和《隐情》《金钱》组成了另一个非正式的三部曲，相近的主题使它们承担着相近的批判功能。2014年，《伦敦场地》被改编为电影，马丁·艾米斯本人亲自参与了改编。马丁·艾米斯依然在通过各种途径努力发出自己的声音，而这种声音，因其指点社会的精准性与毫不避讳的残忍性，必然会深深刺痛人类的神经。人类也会因这种刺痛而记住他，并终有一天会因此而感谢他。

---

① Robert S. Barker, "Kingsley Amis and Martin Amis: The Ironic Inferno of British Satire", *Contemporary Literature*, 2005(3).

第六章

都市文化困境的救赎之路

第一节　多重困境的思想根源

通过对当代英国小说中以都市为背景的诸多小说的分析可以看出，当代西方都市文化存在着重重困境，导致被丰富的物质裹挟的当代都市人丧失了精神世界的丰满和心灵世界的丰盈，失去了精神支撑与心灵吁求的人类面对物质只剩下无止境的攫取，人性丧失、道德缺失，人与人之间变得越来越冷漠，人本身则被异化为机器，虽拥有丰富的物质，却永远丧失了内心幸福的能力。

那么到底是什么导致了当代西方都市文化的重重困境？如何为身陷多重困境的当代都市人找到一条救赎之路，使当代人回归以心灵和幸福为核心的思维方式与价值体系中来？要找到救赎之路，就要首先找到产生这些困境的思想根源。人类的思维方式本身有着内在的逻辑性，这种逻辑性引导人们的道德取向和价值体系。因此，首先要厘清人类思维模式的内在机制，随后再挖掘出造成当代文化多重困境的思维模式的内在逻辑，最后再从根源上入手，指出如何通过改变这种内在机制，从而从根本上达到发扬甚至重塑健康文化的目的。

首先，通过梳理西方思想文化的历史流变，了解西方思想文化的发展脉络，从而厘清其内在机制。

理性是西方思想文化的内核，是西方人基本的看待世界的方式。秉承着二元对立的逻辑思维方式，理性思维贯穿了整个西方思想史。从思维模式上讲，西方人以理性的方式看待现实世界，同时以理性的方式建筑理想王国。不同的是，由于不同时代的着眼点不同，所追求的建构理想王国的途径也不尽相同。

西方思想文化的渊源可以追溯到古希腊时期。古希腊神话从某种意义上讲表现出极为独特的一种思维方式。古希腊的诸神，无论是诸神之王宙斯随心所欲追逐女性的行为，还是爱与美的女神阿弗洛狄忒因妒生恨迫害丘比特的恋人，自己则纵性而为，与战神偷情的行为，都可以读出希腊神话所蕴含的对欲望的放纵精神。希腊人本着最为本真、最为畅快的生命认知，将欲望视为通达理想王国的途径，因此虽然他们的行为看似无规无矩，本质上则是旨在通过张扬欲望、达成欲望而实现从现实王国到理想王国的转变，即放纵的外表下是理性追求的内核，只是这个内核被希腊人解读为欲望。而历史发展到中世纪时，人类的行为又在宗教的浸润下摆脱了对欲望的放纵，转而一切以信仰为出发点，使一切行为均以符合信仰为最高旨归。中世纪的人认为只有遵循神的指引，压制现世的欲望，才能通达理想王国。及至文艺复兴时期，又重新开始申扬人性的美好与现世的快乐。对人的价值的重新肯定再次将张扬人性、肯定人性为行动的第一要义，对人性的张扬又成为文艺复兴时期的人们探寻理想王国的途径。启蒙主义时期则因人类理性的极大发展而极度崇尚科学与技术理性的精确与缜密，由此，人类开始以理性为一切行为的出发点，将方法论、逻辑运用在所有领域，甚至包括了日常生活中的琐事。这种理性思想认为只要凭借人类的思辨能力，提高人类的科学水平，就可以达到理想中的自由王国，最终实现人类的梦想，在现实层面大大提高人类的生活水平，但却因严谨细致、精确沉重而使人的情感认知被逻辑和智慧所掩盖。启蒙主义之后，在西方文化文学史上出现了张扬而热烈的浪漫主义思潮。这种思潮在短期内、在特定的领域一改理性为旨归的思维模式，倡导以情感为核心的思维方式。它强调情感、强调个性、强调想象力，认为人的行为应该受内心情感的指引，而非外在理性的控制，并相信通过情感的张扬、情感的释放和情感的皈依而达成回归理想世界的努力。短暂的情感张扬固然是西方思想文化史的一次灿烂释放，然而工业革命的进程把浪漫的思潮中止在昂扬的宣泄的路上，矫枉过正的行为使浪漫主义最终将情感解放停留在文学艺术领域，停留在自我燃烧的激情烈火之中，为世界留下了情感迸发的璀璨壮丽的一抹霞光，却没能真正落实到地面，为现实生活带来真正改变。加之伴随工业革命而来的对科技的推崇和对理性的崇拜，使人们再一次看到了理性带来的美好生活，于是，伴随着工业革命的机器声，贯穿在西方思想史中的理性之核被推到了最顶端，以致发展为工具理性，使工具化的思想渗透到生产生活的全部范畴。

通过梳理西方的思想文化史可以看出，不同历史阶段的思维核心有着本质的差异，然而，思维模式的内在结构则是一致的。无论在哪个阶段，哪种思维模式，从根本上讲都是一种看待世界方式的体现，而这种看待世界的方式都有着相同的出发点，即实现人类的自由，通达理想王国，使人类社会更加美好。只是不同阶段，所依托的载体有所不同。在希腊时期，指引人们行为的是“欲望”，中世纪是“神学”，文艺复兴时期是“人性”，启蒙主义时期是“科技”，浪漫主义时期是“情感”，而当代社会则是“工具”。由此可以看出，西方人其实一直在探寻实现人类理想的道路，不同的时期做出了不同的尝试。如果说现实世界是A，理想世界是B的话，那么“欲望”“神学”“人性”“科技”“情感”“工具”就是人类希图通过这些思维核心改变现实世界，达成理想王国的途径。即：

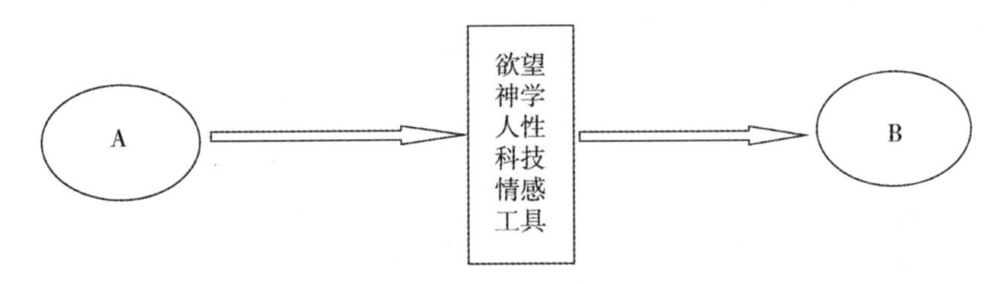

虽然在不同的时期，不同的尝试导致了不同的问题，但是西方思想界寻求人类理想王国的意图从未终止过。通过探寻这些不同思维方式的逻辑构成，可以发现，它们的内核不同，但内在机制相同，都是在寻找一个行为支点，并以此指导行为，旨在达成人类最理想的状态，实现终极自由。

其次，以工具理性为核心的思维机制在科技发展方面确有一定的积极作用。浪漫主义之后，由于工业革命所带来的科技进步，使人类在短暂的情感勃发之后，走向了更加机械的理性主义。前文探讨了工具理性的内在逻辑及工具理性的批判要义，然而工具理性绝非凭空而来，它的产生有着深厚的思想根源和历史渊源。西方世界自文艺复兴及资产阶级革命后，就进入了以工业文明为主要标志的全新的历史阶段。

> 如果我们把工业化定义为经济专门化、大众产品机械化、大众消费和物品及服务的大众化分配几个因素协调发展的结果的话，那么我们有必要重申，在十九世纪最后三十年之前，这种协调发展的情况是不可能发生的。铁路和运河的建造，水能运用和水力发电的不断增加，以及在19世纪50年代开始的工厂体系的建立，都给工业发展奠定了基础。[1]

这个时期的主要标志是人对自我的信心越来越强大，越来越相信凭借理性的力量能够完成人类的最终理想。以工具理性为核心的思维模式的内在机制就是通过大举张扬思辨理性、逻辑理性，达到大力发展科技，为人类带来福祉的目的。这种思维模式体现在生活中，就是将一切工具化，一切都以考虑事物是否具有利用价值，是否能够创造价值，是否能够带来利益为核心。即上述的"欲望""神学""人性""科技""情感"替换为"工具"。凡是能被视为工具的，凡是能够为人类带来物质利益，使人类达成物质追求的事物都是有用的，可取的，否则就是应该放弃的。在物质生产和科技发展方面，工具理性的确起到了不可或缺的重大作用，人类的物质生活渐趋丰富和繁荣，人类享受着几百年前的人类不敢想象的舒适与便利。

第三，工具理性对情感的驱逐和对人性的侵蚀。如上所述，工具理性的萌芽可以追溯至文艺复兴时期，那个时期虽然以人性为思维模式的核心，但是对理性的认可与追求已经初见端倪。文艺复兴时期的达·芬奇，以极其强大的个人能力完成了至今令人无法理解的诸多成就，他不仅为世界奉献了无数令人叹为观止的绘画作品，其对生物、对机械，甚至对武器的研究都使他成为运用人的理性力量达成无尽成就的代言。人可以通过自己的天赋、自己的能力、自己的坚持成就难以想象的伟业。如果说在达·芬奇的时代，人的理性中还蕴藏着些许人文色彩，严谨的理性中依然闪耀着美好的艺术与精神之光的话，那么随着历史的发展，人类对理性的崇拜越来越驱逐了个性化与多变性的情感。及至启蒙主义时期，培根的"知识就是力量"与笛卡尔"我思故我在"的时代将理性大旗举到了前所未有的高度。文学艺术最应该是情感与精神的产物，而这个时代的文学则充斥着理性思辨的力量。《鲁滨

---

① Howard P. Chudacoff, *The Evolution of American Urban Society*, Englewood Cliffs: Prentice-Hall, INC., 1975, p. 84.

孙漂流记》中对于人类用理性征服自然的专注记载成就了人类理性文学的巅峰。鲁滨孙的世界里没有爱情，没有妻儿，没有风月，只有成败。他的努力史正是西方自然科学走向辉煌的历史。在同时期的作品中，有披着童话外衣的《格列佛游记》，也有披着爱情外衣的《帕米拉》，然而这些作品只是披着外衣而已，格列佛其实不是童话，只是借童话的叙事表达作者最为理性的观点与批判；《帕米拉》更没有爱情，只是探讨如何将逻辑与理性用于婚姻领域，从而达成个人最大化的利益。"帕米拉"可以说是如何精密策划从而嫁入豪门的先驱了，小说里有算计没爱情；有成功没快乐；有物质没精神。理性一步步从科技领域入侵到文学艺术领域，从工业领域入侵到情感领域。

> 现代人期待通过钻研事物来扩大知识，通过解析周围的自然界来挖掘事情的根源。通过把研究得来的知识应用于自然事物，人类希图为自己、为他的时代、也为他的追随者们建构一种秩序井然的生活。他们使用的方法极为精确，可以经得起任何测试与论证，他们的研究也具有科学性。[①]

理性思想为科技的发展带来了极大的促进作用，而且以理性为基础的自然科学也是在努力挣破陈旧封建势力和宗教束缚的痛苦中艰难发展起来的。历史上的先进分子们都有一种强烈的内在冲动，这就是征服自然、支配自然。要达到这一目的，首先必须去发现自然界的诸规律。由此，一种实用主义、科学理性主义开始影响人们的思维方式。

对理性的崇拜、对理性的发展无疑为科学技术的发展带来极大的好处。人类通过解析与研究，越来越多地了解世界、了解自然，并在此基础上更好地利用自然，完成更多的发明，建构越来越精良的科学，发展越来越完善的技术，制造越来越先进的产品。然而问题的核心是，人是有情感的，情感世界无法被理性解析和分割。

> 技术不仅消减了个体的自由，它也占领了国家。汤因比曾写道，"经济社会这架飞机的显著特点是引发了一场持久战——即机械工业所兴起并施加于人的系统化和组织化与顽强地抵制被系统化和组织化的人性之间的战争。"他

① W. Lloyd Warner & Paul S. Lunt, *The Social Life of a Modern Community*, London: New Haven Yale University Press, 1941, p. 8.

> 说，“造成这种情况的症结所在是机械化与警察的不可分割性，这是令人沮丧的事实。”系统化给人带来的好处与地狱毫无二致，而“警察”一词应用在我们假想中的民主则显得过于粗暴。①

这就是技术发展的致命问题。当一切有关人与人性的范畴都被系统化和组织化后，面临的就是人的个性、人的思想、人的情感的丧失。当这种理性侵入人类世界的情感范畴时，便会将灵动的情感规划为清晰而僵化的逻辑理性，使人之所以为人的根基遭到破坏，人便变成了精确冷硬的机器，残暴便因此成为横行在当今都市、当今世界的流行风尚。当代都市文化最核心的问题是，理性已经完成了对情感的同化和奴役。这样，属于人的一切范畴都被理性所规划，即一切都和严谨的目的性相关联。也就是说，一切都成为了手段，成为了工具。“工具”成为指导人们思想的核心，即将一切工具化——人性、情感、幸福都成为可利用的工具，在这种思想模式的指导下，获得物质效益和物质成功成为衡量幸福与成功的唯一标准。

第二节　当代都市文化与情感救赎

工具理性在以理性和物质摧毁人的情感世界的基础上，使人异化为不顾一切获得外在成功和物质利益的物。异化为物的人便失去了基本的人性，失去了人之所以为人的基本情感，因而成就了一个暴力横行的世界。这种暴力不仅针对他人，更针对被物化的自我。马丁·艾米斯作为一个极富洞察力、极富社会责任感的当代作家，对当代西方的一些残酷事件极为关注，并提出了自己的思考及认知。对于美国等强国挑起的以物质获得为目标的杀戮事件，他这样评论道，

> 我们的大多数的分析从根本上说是不合适的，因为我们一直在试图以推理的方式分析穆斯林。如果我们从情感的角度来分析会怎么样呢？相似的情感状态（伤害、仇恨、暴怒、羞愧、耻辱，最重要的是辱没尊严），但同时也是不相

① Ihab Hassan, *Radical Innocence: Studies in the Contemporary American Novel*, Princeton: Princeton University Press, 1971, p. 15.

同的程度——程度是现世的民主、法律条款和公民社会一直以来都试图中和的。①

在这里，马丁·艾米斯直接提出了情感的问题。如果以情感角度来看待他者，考虑问题，而不是凡事以工具理性的目的性和对象性来思考，那么一切便都会得到合理的解决。人所具备的基本的情感及怜悯心，会使人放下杀戮，形成更加和谐的关系。

然而，我们目前看到的事实是，工具理性发展已经导致了无所不在的物的暴力。在当代英国小说的文本中，处处可以看到对工具理性剥夺人的情感世界而导致的种种困境与悲剧。人与情感的天然亲密关系被工具理性的效率化、目的化所割裂，人由此丧失了对自然、对自我的情感体验，一切都被纳入可计算、可规划的范畴，人在这种理性的计算与规划下变得无比冷漠，既无法感受内心的幸福，也无法体会他人的情感变化，只沦落为为了世俗成功而不惜一切手段的机械之物。由此导致当代都市中身体暴力、情感暴力、精神暴力横行。人彻底丧失了感受幸福与痛苦的能力，因此面对死亡也丧失了永恒感和尊严感。人们冷漠地对待自我和他人，残酷地对待生命和死亡，当代都市的伦理秩序和价值体系因此走向扭曲和没落，传统的信仰被摧毁到体无完肤，当代都市人生存的状态呈现出前所未有的衰败与混乱。

工具理性则是西方理性传统的果实。尼采在《悲剧的诞生》中，对苏格拉底依靠知性力量，认为知性才能提供人生的意义，并借助知识来超脱死亡提出了质疑，并认为因为苏格拉底排斥激情，他最终被处死再公正不过，因为苏格拉底迷信的知性科学不可能给人生带来真正的永恒价值。历史证明了苏格拉底的错误偏执。科学技术发展到今天，人从哪里来，到哪里去这样最本质的问题也更加悲哀地被机械的轰鸣声所掩盖。人们对大脑带来的进步欢呼雀跃，对一座座水泥森林膜拜不已，却忘记了内心真正的需要和灵魂本真的状态。大脑所引导的技术发展终于为人类带来了灾难。

---

① Martin Amis, *The Second Plane*: *September* 11: *Terror and Boredom*, New York: Alfred A. Knopf, 2008, p. 202.

> 人类远远地站在太空，回望着地球那个遥远的天体，那蓝绿色的海洋，翠绿的土地，那个像果实一样的天体。可是，如果仔细观察的话，就会看到果实上的污点，这些污点像胡须一样一圈圈扩散开来。人类终于意识到，这些像溃疡一样的黑灰之处就是人类劳作的成果。于是人类问："人带给星球的难道只有疾病吗？"
>
> 这个意象至少有两重含义。也许最重要的是，这个景象是遍布全球的，大地和海洋像一个超机体一样相互影响，形成一个完整的生物圈。人的构成也是如此，人由数百亿的细胞构成，但是所有的细胞却作为一个单个的有机体在工作。以这一点为基础，与之密切相关的第二个含义浮出水面，即人类可能就是这个世界生命体上面扩散开来的病菌。
>
> 相对于人类就是星球病的根源这一概念，所有的生命都作为一个单个的有机体在动作的概念比较新鲜。人就是毁坏者，或者说大脑就是毁坏者，这个看法是合乎道理的。多少年来，人类致力于把大脑和身体分开，把人和自然分开，然后洋洋自得地吹嘘着理性的进程与进步。[1]

当大脑把身体驱逐之后，人和自然也失去了和谐共生的关系，面对科学技术的不断成功，人们也越来越简化成功的含义。成功似乎只被赋予了物质价值——开着什么样的车子，住着什么样的房子，看着什么样的电视，用着什么样的手机，戴着什么样的手表，背着什么样的包包——简而言之，拥有多少金钱成为衡量一个人是否成功的标准。在这个标准的比照下，人们一心向前，洋洋得意于自己的外在成功。而正是这种成功使人们离血肉的生命越来越远。被电子信号、电子产品簇拥的人们没时间思考自己，思考"人"的问题。他的脑子里只有程序和订单，他谨慎地思考如何一步步赢得可观的收入，他盼望着用大笔的金钱去购买幸福，却从未思考过幸福的真正含义。常常可以听人说，因为太忙没时间恋爱，因为太忙没时间回家，最后人们果真因为太忙于追求外在的物质，而丢失了内心，再也找不到真正的爱情，真正的情感，最后再也回不了家了。物质追求的无休无止使得人成为了一个

---

① Leonard J. Duhl & John Powell, *The Urban Condition: People and Policy in the Metropolis*, New York: Basic Books, Inc. Publishers, 1963, p. 44.

只为物质而活的机器。人越来越成为一个大脑精密而心灵空白的机械断片。在当代都市文化中，“浪漫主义的主张渐渐退出了历史舞台，乡村的和谐宁静被大都市的混乱嘈杂所取代。”[①]换句话说，一切精神的、情感的东西都被物质的、工具的东西所取代。技术引领着人类进入一个无尽的欲望领域，在那里我们享受技术，同时又被技术蒙蔽。如今，当我们环顾一下周围的世界，便会发现技术成果的无处不在，文明似乎成了技术发展的附属物。

> 除了我们的苹果手机、电脑、数码相机和其他不断的发展创新之外，技术最本质的特点是它完全不是崭新的。事实上，回顾人类漫长的发展史可以看到，人类的文明不是与技术携手发展的，而是因为技术的发展而发展。技术的角色可能并不仅仅是附加在“人性发展”上面的附属物，技术的本质是创造工具，创新农业和建筑，改变城市、道路和机械。[②]

技术最终脱离了人性，在建设外在世界的道路上越走越远，在摈弃情感的方式上越来越强大。“机械代表着思想与文明的一种不合格的胜利。正如帕里·米勒(Perry Miller，1905—1963)曾做的论断，‘从来没有哪个概念会像机器一样，会在某一天控制一切……从人一直到他们的思想。’”[③]技术本质上是为人类的文明发展提供物质保证，而非制约并左右文明的发展。技术制造工具，人类使用工具，并依靠技术与工具的不断进步使文明更迅速地发展。目前的情况却是，技术的发展掩盖甚至左右了文明，使人类在沉醉于技术的同时，忘记了人之所以为人的根本。人使用手机不再为了使自己的生活更舒适方便，而是执著于一部一部购买最新款，不惜花费巨资让技术将自己的灵性掩埋，使自己成为技术的奴仆。

与西方的发展相比，我们的物质发展存在着差距。我们一心着眼于这些差距，因而对物质的重视与投入更甚于西方。人们一心追随物质世界的召唤，以至于生

---

① Hana Wirth-Nesher, *City Code—Reading the Modern Urban Novel*, Cambridge: Cambridge University Press, 1996, p. 17.

② Robert Eaglestone, *Contemporary Fiction: A Very Short Introduction*, Oxford: Oxford University Press, 2013, p. 85.

③ Thomas Bender, *Toward an Urban Vision: Ideas and Institutions in Nineteenth-Century America*, Lexington: The University Press of Kentucky, 1975, p. 55.

活以及梦想都变成了被物质所掌控、所替换的机械物。人们无暇顾及内心的感受以及灵魂的归宿。人随之被完全异化，而更悲哀的是，被异化的人在这种异化中手舞足蹈却毫不觉察。

> 他（人）被三重异化了：对于上帝，对于自然，对于满足他的种种物质需要的巨大社会机器，他都是一个不相干的外人。但是最坏的也是最后的异化形式是人的自我异化。实际上，其他异化都趋向于这一异化。在一个只要人高效率地履行其特定社会职能的社会中，人就变得等同于这一职能，他的存在的其他部分则只允许尽其可能抽象地存在——通常是被投入意识的表层之下并被遗忘。①

在人被完全异化后，人便逐渐失去了情感生命，越来越迷茫，越来越虚无。这种虚无映衬在现代商品社会、物质社会的繁华与灯红酒绿中，越发显得悲哀。德波把现代商品社会中人被商品裹挟、被商品异化的现象称为“景观社会”。“景观在当代都市中的繁华表象中诞生：当商品已经全面占有社会生活时，与商品的关联不仅是可见的，而且除此以外别无他物。目之所及皆是商品世界，现代经济产品广泛而密集地扩张着它的独裁。”②

景观社会本质上就是按照工具理性为核心的思维模式所取得的成果。德波认为抽象图画、商品幻象和技术关系就是景观。当世界完全被物质占领，我们举目四周看到的全部是商品。五彩缤纷的商品构成宏大的景观，人便在这个景观中沦落为商品。如今的社会中，爱情是商品，女人是商品，甚至男人也是商品。没有人在意人在商品社会的心灵价值，所有人都会从你身上所体现出来的商品价值来判断你的价值。人已经堕落为最廉价的商品，人性在宏大的景观社会中无处藏身。因此，如今无所不在的商品社会摆在人类面前的问题不是能不能够被理解，能不能够被获得的问题，而是如何应对，如何面对自我的问题，即工具理性无法解决灵魂归属、心灵皈依的问题。德波对商品世界的分析无疑是对工具理性思维方式的归纳与总结，更是对其深刻的批判。他关于当代资本主义的分析发展了马克思关于商

---

① 威廉·巴雷特：《非理性的人》，杨照明，艾平译，北京：商务印书馆，1995 年，第 35 页。

② 德波：《景观社会》，王昭风译，南京：南京大学出版社，2006 年，第 42 页。

品社会的分析，达到了商品社会的最新阶段。在这样的社会中，人们消费着由他人建构的世界而并非创造自己的世界。这倒与柏拉图所说的"床"与"床的理式"理论遥远地呼应起来，即如今的人与真正的世界隔着三层。人是通过无所不在的广告，再通过他人创造的产品认识世界。换句话说，人已经远远离开了本真的世界，而这次的远离不是中世纪的神学压制，也不是启蒙时代的理性推拒，而是在商品的诱惑下自己放弃了世界。这种放弃由于其主观的自觉自愿显得更加悲哀，更加难以挽回。

景观本质上就是一种政治安抚和瓦解的手段，意味着一场"持续的鸦片战争"。它麻醉社会主体，把人们的注意力从真实生活的压迫中转移开来。资本主义社会将劳动者从他们的劳动中分离，将艺术从生活中分离，将生产领域从消费中分离，这使得观众被动地看待社会生活的产品。如今每个人都会深切感受到这种景观社会带来的转变，只不过许多人陶醉在这种商品的纷繁壮观中，还没有意识到自己的情感生命已经被排挤得无处藏身，没有意识到人已经无处寻找灵魂的家园。

景观是当代西方都市文化的典型体现，而广告是景观社会得以实现的重要载体。在当代都市中，广告已变成一种主要的社会力量，并且主导着潮流和消费者的生活方式。如今广告弥漫渗透所有地方，公交车被巨大鲜艳的图画包裹，变成流动的广告牌，整个城区，夜晚灯火辉煌，激光时时闪烁，照亮建筑上的促销广告。同时，广告随着光纤和卫星电视的传播已无所不在，并且被人们轻易接受。本质上讲，这是一种新的社会控制。它的控制能力远远大过了独裁政治对人类的专制，因为它是在人的愉悦中实现了对人的彻底控制。"新型的社会控制，如大众文化和广告，会产生能够使个体与消费社会相吻合的需求。"① 人们通过种种特殊的媒介来看待这个世界，而不再直接去感受，渐渐地就会发现视觉和触觉成了另外一个世纪的事，抽象的感觉才符合当前的社会。电视、报纸把一切与生命相关的故事化为统一的报道，所有的人感受同样的描述，事物完全失去了血性的真实，人们也远远离开血性的感受。如今的人们甚至连购物都不需要从躺椅上起来，网络可以把一切搞定，就连日常用品人们都不再去感受，情感从不在这方面浪费时间。就算亲自到

---

① Douglas Kellner, *Herbert Marcuse and the Crisis of Marxism*, Berkeley: University of California Press, 1984, p. 243.

了卖场，你也不会找到令你的情感激荡的感觉，如果有，也是铺天盖地的广告与特价宣传。曾几何时，抬眼看我们的世界，广告渗透在我们目力所及的一切地方。随便打开一杯饮料，随便买一份外卖，都会有花花绿绿的广告吸引我们的眼球。我们的一步一行都在被大众的兴趣牵动，个人的喜恶爱好渐行渐远，以至于离开了广告，离开了诸多的外在大众化形式，我们就会变得无所适从。大型体育比赛没有那冠在一切项目上的赞助商，没有职业化的啦啦队，没有胜者的奖励制度，没有大型的电子显示屏，没有巨型广告，我们就会觉得不对劲。我们不再想心里到底喜欢什么，到底要从运动与比赛中获得什么样的感受。运动员、明星在我们眼里是商品，不再是活生生的人。人们再也不用介入事件本身，或者说从根本上失去了了解真实事件的兴趣，人变得越来越消极，仅仅成为一个与真实隔着三层的看客。在具体的事件和人际关系中，景观代表着抽象，强化了抽象，人们便不再生活于本真的世界，也丧失了原来属于人本身的自然权力，只是生活在抽象的图像世界里，所有直接的生活全都转移到代用品中。商品化把现代社会装扮得五彩缤纷，只是在这种喧闹中，人听不见内心的声音了，忘记自己的灵魂了。生活就是由商品组成的一个串联的数字，收入、消费、负债等是解释生活、了解生活的唯一途径，效率和金钱是衡量人生活质量的唯一标准，情感在这种无所不在的理性主义和物质主义的侵蚀下迟钝到无人想起的地步。如果询问现代人的生活哪一个选择是出自情感的需要，现代人肯定会不知所措。无所不在的商品化使人们把理想与体验完全放到了令人炫目的商品世界中，人们的直接体验与个人情感被取而代之。人们专注于光鲜奢华的商品世界时，接受了商品所传达的世界观。于是人们追求商品，同时被商品所衡量，最终原本属于生命本身的血性情感也被商品化。让人们激动不已的是商品的占有、物质的堆积、金钱数额，占领我们情感阵地的是明星的故事、富人的奢华和名人的人生。明星与名人的绯闻成了大众释放情感的途径。而这种情感是经过商品变异的情感，早已远离了人的内心。当因特网的虚拟交流代替人与人面对面的联系时，问题就更大了，人的本真身份被机械的屏幕所消解，人与人的真实交流也被一套套变异的符号所消解。

由此可知，景观和图像组成了一个代用世界，一个通过商品自身的消费实现价值和意义的世界。景观这一概念也包含人造与真实、抽象与具体的区别。由于资本主义对新技术和新产品的无限追求，他们制造了商品世界和景观世界，创造了一个想象的自我现实以及享乐的幻象世界，而这并非真正的人类所需的创造与交流。

与景观相对应的是现代人，即消极的看客陷入前所未有的迷失，富于创造性和想象力的积极行动全都随商品的入侵而消失。“他接受的影像的控制及认识自己的程度越深，而相比之下他明白自己的存在和愿望就越少……他的姿态不再是他自己的，仅仅是别人通过它们表达给人的。”[1]商品世界，或者说德波所认为的景观社会，其本质就是金钱的另一面。在当代社会，尽管金钱的主宰不再是直接的，但是通过影像的媒介，通过商品的占有，仍然表达金钱的最终主宰力量。人们看到的种种“景观”其实就是金钱，或者说“景观”就是能观看的钱。景观的社会是资本世界的商品、消费者和媒体的狂热者，就是没有人的情感。无所不在的壮丽景观是一种巨大的幻觉，在这个幻觉中人们忘记了自我，忘记了生命，诸多不同的个体同化为一个消费者形象在商品世界中变成了抽象体。

景观社会就是工具理性的统治所结出的果实，它是灿烂的果实，但这种灿烂表象以内心的碎裂为代价。由于工具理性的统治，由于在这种思维模式指导下的人一味注重科学技术，一切以外在利益为最高目的，执著于对外部世界的征服与解析，人便在工具化、对象化的过程中呈现机械世界的特点：人与外部世界从共存关系演变为对立关系和利用关系，本应与人相亲共生的事物都消隐成对象化的被统治的物。工具理性对人类社会最大的侵蚀是人与人之间的亲密关系也遭到越来越致命的破坏：人由于异化为工具，不但将他人视为工具，更是忽略了自己的内心情感与精神追求，将自己的内心与情感一同被工具收买，沦落为获得利益的工具。这样，人就与本真的生命割裂，只沉沦于科学技术理性的控制。

> 西方文明自十七、十八世纪以来，哲学在思辨概念的抽象化，在设定普遍的理性等方面，取得了重大的进展。它表达了西方社会向外追求、探索自然、发展科技的蓬勃愿望。到十九世纪，大工业化开始无情地普遍吞噬着人们的传统生活方式。但完整的、富有感性血肉的人远不是唯理主义的抽象化、概念

---

① 斯蒂芬·贝斯特，道格拉斯·科尔纳：《后现代转向》，陈刚译，南京：南京大学出版社，2004 年，第 115 页。

化了的人所能穷尽的，而资本主义的工业文明又造成人的心灵的枯竭。[①]

随着情感生命的枯萎，随着人的想象力的消失，人成了整个商品社会中的一种新型商品，没有发自灵魂深处的情感追求，只黏滞于物。理性和科学的时代提出了如何处置人的原始本能和情感问题：由于把原始本能和情感推到了一边，因此，在这个时代里我们面临着整个人种的生命力的衰减的威胁。而大多数人却投身到物质世界的纷争中，对自己的生命与灵魂的被异化浑然不觉。人离开大地，成为孤独的存在。

假若你问一个现代人人存在的意义，以及他对存在本身的理解，繁忙的现代人会认为这种问题毫无意义，对他们来说，有意义的是金钱积累的快慢与物质生活的富足与否。可以说，伴随着物质的巨大的丰富，带给社会的却是道德伦理的没落，同情心的隐退，爱与善的渐行渐远。暴力、色情进而泛滥，冷漠与无情遍及每个角落。面对着这种精神世界的迅速衰落，敏感的人们陷入恐慌，却苦于找不到出路。一个时代，如果它只投身于物质发展，以物质主义为成功的唯一标准，却没有文化，没有贯穿人的精神生命的一种风格，那么，它就将是一个失去正误判断的时代，是一个善恶不分的时代。阿多诺认为机械和物质文明与真正的文化有着根本差异，当代都市人"对机器的信仰已经到了与它要服务的目的荒谬地不相称的地步……好像机器本身或其作为目的就有一种价值"，然而文化却不同，

(文化)却把人对完美的追求放在把自己变成什么上，而不是拥有什么上，放在思想和精神的内在状况上，而不是外在的环境上……放在有别于自己兽性的我们人性本身的发展和优势上……放在扩大那些使得人性成为特殊的尊严、财富和幸福的思想和感情才能上。[②]

如果一个时代只关注机械和物质文明，却没有了"文化"，那么这个世界必将是一个人性丧失、兽性横行的时代。尤其是如果在这样的时代中，哲学思想只是孤独散步者的学术自白，是个别人侥幸的战利品，是耄耋老者与稚嫩幼子之间无害的唠

① 刘小枫：《诗化哲学》，济南：山东文艺出版社，1987年，第132页。

② 阿伦·布洛克：《西方人文主义传统》，董乐山译，北京：生活·读书·新知三联书店，1998年，第169页。

叨；当艺术变得像女巫一样四处游荡，乔装躲藏，仿佛是一个罪人般绝望无助时；当诗歌被囿放在精神病院中，或被人彻底遗忘，或称为嘲讽和讥笑的把柄时，那么这个时代就会丧失勇气和良心，只剩下野蛮人的角逐与狂欢。人们的生活陶醉于新发明的电子产品，不断更新的汽车洋房，但是人们仍然感觉到生活是虚无透顶的。令人绝望的是这些人们甚至连“为了什么？”都不问一声，更别提追求答案了。

> 这就是现代人致命的虚无感。当现代人走出那种凌驾物质世界的强大有力感，便不可避免地感受到一种无法控制的软弱无主感。那种面临危险的感觉经久存在，而且越来越强烈……这种意识与文艺复兴和启蒙运动力图驱散中世纪的黑暗，并满怀信心地将其精力转向征服大自然时那种陶醉和强有力的感觉有天壤之别；与早期新教对其自身良心的真挚及其世俗道德观念的绝对价值的信念有天壤之别；与资本主义以资产阶级文明的物质繁荣表明其存在的正当理由和目的时所怀的胜利感有天壤之别。[①]

要使当代人摆脱这种致命的虚无感，使当代人重新找回生命的尊严和人之所以为人的证据，就要使人摆脱技术的控制，反思被技术异化的心灵与情感。只有情感的力量才能抵御技术对灵性的侵袭，才能在科学技术至上的社会中护持生命的本真风貌，才能使人在物质的围追堵截下依然拥有精神的丰盈。不管科技发展到何种先进发达的程度，它永远不能通过精良与先进的设备护佑人的心灵世界，而对科技过分崇拜与依赖的人必将遭遇生命灾难。

> 到目前为止，技术已经注定无法消除生命的悲剧感，我们甚至可以怀疑技术成就本身是超越其自身力量的不可控物。能够赋予生命意义的是艺术，而绝非科学。这里的生命意义不仅仅指强大得令人无处躲藏的异化感（与自然的异化、与社会的异化、与自我的异化），而且也指人与其自身命运——也就是死亡的和解。这里的死亡不仅指肉体的死亡，而是指精神的冷漠与无动于衷，即精神死亡。[②]

---

① 威廉·巴雷特：《非理性的人》，杨照明，艾平译，北京：商务印书馆，1995年，第32页。

② Kurth. Wolff & Barrington Moore JR., *The Critical Spirit: Essays in Honor of Herbert Marcuse*, Boston: Beacon Press, 1967, p. 211.

科学技术武装生命的外在形象，而艺术，或者说能够引发并引领人情感的东西却关注生命的内在。因此，提供与张扬能够唤醒人类情感的东西是摆脱技术控制的重要途径。艺术、诗歌、直觉，甚至是性，是不同的哲学家、思想家和小说家所提供的出路。而这些出路所共同的内在机制便是情感——对情感的确认，对情感的尊重和对情感的吁求。无论是艺术、诗歌、直觉还是性，都指向一个核心，就是人必须拥有或者依赖能够唤醒内在的东西而感悟生命。艺术作用于人的精神世界，诗歌直指人的情感领域，直觉更是以尊重人的真实感受为出发点，而性则是人类所有关系中最需要情感投入、最崇尚情感内核的关系。目前是金钱，是物质令人丧失了在这些领域中的本来面貌。如果说金钱和物质对人的精神掠夺还能够使人，或者说更容易使人意识到异化而进行抵制的话——因为金钱和物质毕竟代表着侵犯灵魂的反面力量——那么科学精神和技术发展则打着进步的旗号令人在洋洋自得中抛弃了情感。这也是科学技术对人情感的驱逐越来越严重的原因所在。科技所示人的特点是人类在智力世界的不断进步，在生产世界的不断成就，科学技术的这种特点更具有迷惑性，使人以主动的、兴奋的，甚至是激动的心情为科技交出了灵魂与情感。然而科技的发展与进步却无法护佑人的内心与灵魂，人必须在技术化的世界中重新唤回情感，才能明白什么是自己真正的需要，什么才是使内心充实幸福的保证，才能找到灵动的、个性的、精神的气质，才能使心灵回归应有的柔软。

> 我们应该把真实的需要和虚假的需要加以区别。为了特定的社会利益而从外部强加在个人身上的那些需要，使艰辛、侵略、痛苦和非正义成为永恒化的需要，就是“虚假”的需要。满足这种需要或许会使个人感动开心，但如果这样的幸福会妨碍（他自己和旁人）认识整个社会的病态并把握医治弊病的时机使这一才能得以发展的话，那它就不是必须维护和保障的。因而结果是不幸之中的欣慰。现行的大多数需要，诸如休息、娱乐、按广告宣传来处世和消费、爱和恨别人之所爱所恨，都属于虚假的需要这一范畴之列。[①]

而召唤情感、尊重情感、回归情感，本质上就是抵制这些被外在的力量所控制

① Herbert Marcuse, *One-Dimensional Man: Studies in the Ideology of Advanced Industrial Society*, Boston: Beacon Press, 1964, pp. 4—5.

的虚假需要，使人的生命不再黏滞于物，不再将生命规划为符合外在规则和外在表象的物体，而是将生命视为灵动丰盈的个体。生命不因物质的拥有而被定义，选择不因广告的暗示而整齐划一，爱情不被个人利益和外在物质所左右，职业不因薪金的多少更迭改变，亲情不因金钱的多少而冷热难知。有了情感的世界，人不会再冷漠残忍。《夜行列车》中的詹妮弗便不会自杀；《伦敦场地》中的妮科拉不会自我设计死亡；“水泥花园”中会鲜花盛开；“星期六”则会充满欢愉与轻松……情感使人转向内心，呵护自我，观照灵魂。人在情感的护持下，生命更加柔软，人性更加丰满，当下的生活会因情感的介入而有了温度，而未来也因此更加绚美。

第三节　情感救赎的内涵

那么如何才能在物质主义、商品社会、景观社会的今天，帮助现代人回归人的精神气质。按照海德格尔的说法，只有认识到真正的死，真正的存在才成为可能。[①] 他认为死亡是摆脱物质束缚与桎梏的必经之途。当人们热衷于物质世界的享受与获取时，经常忘记了死亡随时会降临的基本事实，因此抛掉了一切柔软的东西，变得像机器一样坚硬冷酷。而我们生存的有限性明明白白告诉我们生命的意义绝不可能靠物质决定，更不能靠物质体现。我们的理性非常刻板而固执地遵循着因果律、矛盾律，却忘记了我们生命中的生与死根本就不靠理性来决定和支配。理解了这一点，才会畏惧生命，唯有畏惧生命，才会真正地面对心灵，而面对心灵，就是直面情感，或者说回归情感。

从上文对西方思想史的简单追溯来看，西方思想史秉承着理性传统，只是思维模式的内核随着人们对世界的认知而不断转换。及至工具理性时期，对一切事物工具化、对象化的思维模式将人的情感驱逐出了认识范畴。而情感则是与心灵、与灵魂密切相关的领域，是人之所以为人、之所以区别于物的重要保证。因此，在工具理性的机械论中再次倡导情感的价值，是对抗工具理性横行的重要途径。

虽然西方思想史中理性长期以来处于主流地位，但也可以看到，情感一直作为

---

① 威廉·巴雷特：《非理性的人》，杨照明，艾平译，北京：商务印书馆，1995 年，第 222 页。

一个重要的力量与理性抗衡,为争取个人自由、实现个人价值而努力。尽管在一些历史时期情感受到冰冻与压制,但呼唤情感、回归情感的声音却一直在文学史的发展中回荡。尤其是近代工业革命以来,工业的壮大,传统农业生活形式的毁灭,新的机械主义哲学和实践的兴起,无不复杂地与艺术、想象创造力、自发性和情感归属等词语的重新兴盛相联系。即使到了完全自由的社会,彻底消除了一切异化的社会,仍然有个人命运的问题,仍然有感性个体的满足与死亡的问题。人们很难想象会有一种消除了所有机遇或命运的社会,比如十字路口的偶然相遇、情人的邂逅、亲人的远离等。生活肯定不是能够被规划的对象,而是感受与体悟的对象,充盈在生活中的不受规则所控制的惊喜与意外正是生活的魅力所在。同样,个人情感的亲切性和具体性是抽象的知识体系和专业理论无法理解的。精神生活的内心深处根本不能像自然科学那样用定量方法度量,抽象的头脑不足以把握情感的丰富。人的感性具有这样一些本体论上的特质,这表明,人的感性只有由艺术和诗来救护。因为只有艺术和诗永恒地祝福人的激情、回忆、想象、爱恋、苦恼,并创造出一个属人的世界,肯定那些处于极端情境中的人的经验,那些在爱情、死亡、罪行、失败、欢乐、幸福、懊悔中达到顶点的经验。艺术作品的内在逻辑确立了另一种理性和感性,反抗那些与占统治地位的社会制度结为一体的理性和感性。在艺术作品中体现出来的对生命的本质的理解便是对情感生命的张扬和肯定的结果。因此对情感的确认、对情感的呼唤成为对抗技术理性的一种传统方式。

换言之,科学乐观主义、理性崇拜心理摧毁了人的审美之境,使人离开了自己的故乡。那么,要回到故乡,就得要有一个引路人领他返回,因为现代人再也不认识故乡的道路了。这引领人就是情感。

这个情感引导的世界在本质上是一种心境,这种心境需要让人充分感悟和领会。因此浪漫主义及浪漫主义之后的寄希望于情感救世的诗人作家们努力使情感具体化,使这种存在于意识形态领域的情感转化为实在内容,以获得人们的理解共鸣,从而帮助人们挽救灵魂,最终摆脱科学知识的过滤和放逐,回归充满生命活力的意义世界。这种情感具体化的过程便是诗人、作家们不断的创作过程,不同的诗人情感通过不同的载体表达出来。华兹华斯试图回归童年的单纯;柯尔律治却致力于宗教的神秘虔敬;拜伦主张撕毁一切外在形式,把情感看成唯一的上帝,最终演绎了一则情感神话；雪莱则专心致志地为他的诗意王国不懈努力，企图建立一种诗意的政治；济慈则幼稚地抱着梦境和幻象冥想翩翩；伍尔夫温情脉脉地讲述情感的暖意及关怀；劳伦斯则简单狂热地颂扬性冲动……不管他们有多少差异，有一点是肯定的，他们都在试图通过情感的确认和张扬建立一个与现世相对立的幻象世界，它是主体肯定自我、扬弃了知识和理性后所达到的一种心境。在这种心境中，人们赋予枯燥的现象世界以诗意，使被知识和理性标本化了的现世充满光彩，到处渗透着生命本身的丰富。

及至当代社会，工具理性逼迫情感彻底走出了人类的认知范畴。于是在当代英国小说的文本里，詹妮弗因为找不到情感皈依和情感慰藉而仇恨自己的身体，并将身体以最残忍的方式摧毁；妮科拉因为没有任何情感归属和情感信念而游戏人间，继而以游戏的姿态残忍地谋划自我生命的被谋杀过程；查尔斯则因对真挚情感的放弃而在面对成人生活时冷漠地扼杀掉青春，坚定地走向成人世界的庸俗和无耻；贝罗安则因情感的疏离与情感的缺席而无法体会任何艺术之美和亲情关爱，也因此丧失了享受周末和自由的能力；艾德里安则因情感的丧失与情感的贬低而无法面对恋爱问题，最终选择结束生命……这些文本都明确而生动地展现了当今社会因为情感缺失而导致的各种困境和文化衰败。本书通过对当代英国小说中体现出的这些因工具理性侵袭而导致的文化困境进行多层面、多角度的分析，目的正是梳理当代都市文化生态困境的根源，从而探寻有效的救赎方案。因此，回归情感正是在现代技术理性泛滥的情况下提出来的。

然而，提出回归情感的目的却不是使人对抗技术理性、对抗商品社会，毕竟科学技术的发展是人类社会发展的成果，也是必然的方向，尤其是在今天，科技的发展更是以日新月异的速度改变着人类的生活。工具理性在发展科学技术与提高人类生活品质方面的确起到了积极的推动作用。

> 在今天的生活中，不论是发达国家还是发展中国家，我们都使用网络，智能手机，Facebook，Twitter：这套当代技术的全副装备在二十年前，甚至是十年前都是根本不存在的。改变与发展的速度是如此之快，也许在我写下这些的时候，就在此时此刻，在你正阅读这些的时候，甚至是在任何时候，技术上的伟大变革都可能会发生。当代社会的重要特点之一就是变化的速度与压力。

我们对未来的展望也被这些不断的革新所制约和影响。[①]

问题是人类在享受物质发展与科技发展的同时，会忘记了生命的本来意义，忘记了站出来生存，而是沉溺于物，黏滞于物，使属人的、属心的、属灵的领域被遗忘甚至遭到践踏，从而使人丧失了情感真实，只剩下物欲与占有欲。放眼当今的生活，可以看到，当代都市人都"把小汽车、高传真装置、错层式家庭住宅、厨房设备当作生活的灵魂。把个人束缚在社会上的机构已经变化了，社会控制正是在它所产生的新的需要之中得以确立起来。"[②]将人物化、异化的根本原因是逻辑思辨和理性思维对情感的放逐，因此，要想拯救被理性格式化、被理性对象化的人，帮助人回归柔软的心灵、丰富的个性、天然的本一，就需要召回被工具驱逐的情感。科学没有情感，因为它的活动方式及其手段规定了它不能让情感左右，在科学中摈弃情感不是它的缺陷，是它的长处。只有这样科学才能以自己的研究方式进入其对象领域。而在人的世界中同样让理性主宰，把情感放逐，那么人就会成为机械的人，成为被计算、被解析、被分割的物体，它可以豪华、可以昂贵，但就是不会幸福。普遍的理性化使人普遍地忘记了感性生存。西方传统的理性认识论野心勃勃，想让理性统治文学进而涵盖生命本身，而人却因此失去人之为人的安身立命的根据。

回归情感只是希望现代人能面对物质世界的飞速发展和无所不在的侵袭，保留自己的情感生命，认同自己的情感欲望，保留一部分非理性的空间，用心灵去感受生命与真实。"非理性主义认为感觉或者意志，或者本能，比理性更宝贵，甚至比理性更实在。"[③]事实上，理性面对存在的深奥与情感的多姿无能为力。只有当人们摆脱了物质世界的种种外在束缚，一心一意地回归到本真的情感状态，才能达到最彻底的狂欢，卸下冰冷的面具，人才能真的成为兄弟，真的以心相待。只有情感才能使人们与心灵对话，才能使人在机器的轰鸣声中找到血液流动的感觉，找回活生生的喜怒哀乐，让无情的世界变得温暖，让坚硬的生活变得柔软，让人们看得见

---

① Robert Eaglestone, *Contemporary Fiction: A Very Short Introduction*, Oxford: Oxford University Press, 2013, p. 85.

② 马尔库塞：《单面人》，朱亮译，见江天骥编《法兰克福学派》，上海：上海人民出版社，1981 年，第 113 页。

③ 威廉·巴雷特：《非理性的人》，杨照明，艾平译，北京：商务印书馆，1995 年，第 203 页。

风，听得到雨，流得出泪水。让人听得到心灵的呼喊，触得到内在的丰富，感受得到情感的慰藉。拥有正常情感的人不仅能够完善自我的精神生活，构建更加灵动的文化生态，享受发自内心的幸福感受，同时也能以情感的姿态善待他者，感受他者。唯有如此，生活才会回归本真，回归天然，回归和谐。

第四节　情感救赎的问题辨析

一、情感救赎并非颠覆西方的理性思维传统

从某种意义上讲，根据西方思维模式传统，情感救赎的思维模式只是希望在某种程度上将工具理性的“工具”内核替换为情感，因此可以尝试将其称为“情感理性”。它指涉的仍然是一种理性思维模式，这个思维模式的特点是以情感为内核，从情感角度认识现实、理解现实，并从情感角度建构理想。

本质上讲，西方自柏拉图以来理性传统不可能在一夜之间被其“对立面”情感所替代。即使在情感最为张扬的浪漫主义时期，张扬的虽然是“情感”，但是，这种张扬的情感并非与理性无涉，而是理性指导下的一种“情感”。或者说，这种情感其实是理性结构的一种特殊形式。也就是说，浪漫主义者依然秉承二元对立的思维模式，但是其思维模式的核心已经转变为情感。即浪漫主义者普遍以情感出发看待世界、思考问题。浪漫主义者体现出来的并不是理性与情感的冲突。在他们那里，理性与情感并不是对立的两种因素。我们知道，理性是指思考问题的能力，没有思考能力的人是不存在的，或者说只有疯傻之人才没有理性。笛卡尔认为，“我们的意见之所以分歧，并不是由于有些人的理性多些，有些人的理性少些，而只是由于我们运用思想的途径不同，所考察的对象不是一回事。”[①]任何人，不管是浪漫主义者还是当代以非理性思想震惊世界的后现代主义者，都是在以不同的方式解读世界、思考问题，并非全然放弃理性。浪漫主义者同样在以自己独特的理性思想解读所面对的迅速变化的世界。所不同的是，浪漫主义者思考问题的方式是以情

① 笛卡尔：《谈谈方法》，王太庆译，北京：商务印书馆，2001年，第3页。

感出发，不再是以希腊时期的欲望、中世纪的神学、文艺复兴时期的人性等作为理性的核心，而是将情感视为思维的核心。这种情感是理性指导下的情感，其出发点是为了解世界，其目的是为了达成理想，因此，理性是浪漫主义情感张扬的内在要素。

由于"情感理性"的思维模式的内核被替换为情感，因此这样的思维模式从最大意义上肯定了人的情感价值与情感力量，使人能够以观照情感需求为出发点来思考自身、思考社会，因此这种思考也便具有了相当生动、相当具有生命色彩的特点。其巨大的情感背景使得"情感理性"的思维方式与工具理性产生了质的差异。当一切从人的情感出发时，人对世界的认识则更加丰盈，不再以单纯的外在物质为坐标和参照，而是以是否有利于人的情感世界为参照。当人认识自我时，也不再关注他人与外界的评判，而是以思考是否满足自身的情感需求为标准。当人关注他人时，同样会以领悟他人的情感本质为出发点，从而达成对他人的情感关怀，工具理性所带来的冷漠与残忍也会因此化解。情感充盈的世界必是生动而多彩的，被工具理性放逐的情感的回归，将使当代都市文化再次迎来希腊式的狂欢。

二、情感救赎是指在精神领域输入情感信息，并非在所有领域用情感代替工具理性

乔治·桑在谈到浪漫主义时说，"感情，而非理智；相对于脑的心。"[①]面对今天心灵被驱逐、灵魂被忽视、人性被异化的现实，情感救赎呼吁的是在属灵的、属心的领域倡导情感的价值，是指在这些领域中拒绝用脑思考和解析，而是用心感受和领悟。情感救赎不是要在科学技术领域将理性排斥在外，而是在个体生活领域回归情感。在工业生产领域，依然需要理性去分析，去思辨，从而梳理最为合理、最为先进的技术发展。而在个性生活中，要让情感进驻，使人以情感是否获得满足来考虑问题，决定选择。

因此，情感救赎并非拒绝理性，它只是提供人短暂的休歇，让浮躁轻薄的现代人能重回心灵的宁静，倾听心跳的声音，认识人所以为人的根本所在。叔本华说艺

---

① 利里安·弗斯特:《浪漫主义》，李今译，北京:昆仑出版社，1989年，第5页。

术是意志的暂时休歇和否定。看艺术品时会暂时忘却了人生的痛苦。艺术是无功利的，没有生存功利。情感便具备这种功能。与此同时，由于人们在这种体验中，暂时忘却了痛苦对自己的折磨，忘记了求生意志对自己的要求与压迫，获得了一种不知不觉的超然感受。从功能上说，能使人暂时忘记现世的痛苦，获得精神的暂时愉悦的途径不只是通过艺术品。现实生活中每个人每一天都在用自己的方式去摆脱痛苦的侵扰，如打牌、饮酒、购物，甚至吸毒、嫖娼等恶劣行径的背后，也是行为人寻找暂时的欢乐，用以暂时地规避痛苦。那么是否我们可以说艺术品，包括绘画、音乐、文学作品等，在本质上等同于吃喝嫖赌这些低俗的活动。答案自然是否定的。并非所有的能引发情感的行为都能达成情感的救赎。这就涉及一个层次问题，即情感救赎的载体选择问题。

三、情感救赎达成的重要载体是文学艺术

低俗的活动在动机上是自发的，是本能的，是冲动的，它所提供的只是瞬间的忘却。由于它的这种自然冲动特质，导致它的这种对痛苦的暂时忘却不但极其短暂，而且在瞬间的快乐过去之后，导致的是痛苦的加深加重，或者说它满足的只是肉身需求。而通过文学艺术的方式对痛苦进行宣泄和忘却，则不是自发的，而是自觉的，是人通过对知识的把握之后利用自己的精神力量和理性力量进行的精神建构，它形成的是一种有着精密结构的精神结构。正是这种结构的形成，使得痛苦可以在这种既成的结构中得以消解，得以缓和，因为它满足的是灵魂。因此，这种对痛苦的忘却不是瞬间的，而是更加长久。它不是本能的，不是冲动的，而是精神的。再如宗教，它因其背后的庞大系统而对痛苦的消解能力更加强大，甚至成为能与现世的痛苦相对抗的重要力量。究其根源，也在于它背后强大的理性支撑和知识建构。这样，我们可以得出结论：建立在知识体系之上的、理性的精神结构可以形成对现世痛苦的规避，从而达成对快乐的确认，使陷于物与利中的变形的灵魂得到救赎。而没有建立在知识体系之上的对痛苦的规避，则因其本能冲动的特质而无法真正成为获得快乐的途径。

而就艺术和宗教这些以知识为基础，以精神结构为目的的对人的理想世界的建构，也在层次上存在差异。可以说，文学、哲学和宗教都是引导人并指引人获得

幸福的方式,都是通过以知识为基础的理性建构建立起一个理想世界与现世的丑恶对峙,使人的心灵获得安宁,精神获得依托,它们的目的相同。但是这并不是说文学、哲学和宗教提供的理想天国在本质上是相同的。

宗教指向的是活生生的现实,是每天必须面对的现实生活,因而它所建构的理想天国是针对现世生活的。也就是说,现世与天国,此岸与彼岸是宗教中的两极。因为宗教中所构建的天国的基础是芸芸众生都体验的现实,所以宗教所提供的理想天国更能为普通大众所接受;也因为宗教所提供的天国的历史沉淀所形成的庞大系统与依托,使得宗教所提供的理想天国更为精准、更为明确,因而皈依宗教所带来的信心与力量可以大到与现世的一切痛苦抗衡,使宗教成为大众所普遍接纳并认可的一种救世方式。当然,我们不否定人们对宗教的需求与依赖在某种程度上仍是情感的需要。问题在于人类在这种强烈地要规避痛苦,用自己的意志与理性构建理想天国的情感需要所形成的结果是一个几乎剔除了情感的完整而有秩序的结构——宗教结构。这个结构的根源是生发于情感需要,然而在构建过程中逐渐背离了情感。宗教中的处世哲学及容忍观念都是告诫人不要因情用事,而是要理性地对待一切不公和痛苦。被誉为是世界上最伟大的30份文献之一的《摩西十诫》,以及基督教教义所教导的要“爱敌人”,“当别人打你的左脸时,把右脸伸过去”,等等,早已不再是情感的需要,更谈不上情感的解放。宗教所建构的一个完全与现世对立的、完整而完善的理想天国体系,本质上是要求人不去遵循情感的指引,而是要控制情感,从而接近善,最终得以摆脱痛苦,获得解脱。

哲学对理想的追求则是建立在抽象与综合的基础之上,因而更具逻辑性和科学性。哲学理想建立的基础并不是柴米油盐所构成的现实生活,而是经过转型,被概念化的现实。在此基础上建立起来的指导人们走向理想的道路也就更具抽象性。然而哲学本身的强烈思辨色彩与逻辑推理,往往使哲学指向更本质的幸福,更本质的人性。也就是说,哲学会通过揭示人之所以为人的难题使人能够从更高的角度来审视幸福,判断理想。同样,我们不能否认哲学家的情感作用。没有强烈的对现世、对人生的情感,不会促使哲学家埋头著述。然而,情感的作用在这里同宗教一样,只是一个原动力。在具体操作过程中,哲学家同样是规避了情感,不去解决人类的情感困惑。它不像宗教那样摈弃情感建构信仰的理性王国,而是通过避开情感,走到现象下面探寻本质,寻找本真。可以说,哲学是一个寻找真的过程,要使这种真客观并且具有普适性,就必须使它远离个人的、冲动的廉价情感。

文学艺术不像宗教那样压抑情感去达到善,也不像哲学那样规避情感以寻找真,文学艺术是一个直面情感,甚至张扬情感去寻找美的过程。从这个方面看,文学艺术更关乎个体,因此没有宗教和哲学那样的普适特性。然而,这样的特点使文学本身绚烂多彩,使文学具有哲学和宗教不可替代的人文关怀的作用。文学艺术在本质上不同于哲学和宗教。它的核心不是宗教中的信仰,也不是哲学中的思辨,而是情感。因此,依靠文学艺术引发的情感是真正的关乎内心的纯粹情感,文学艺术因而也是能够帮助人达成情感回归的重要载体。

关于情感,苏珊·朗格在《情感与形式》中曾作过分类——一是现实情感,一是艺术情感。文学艺术所依托的正是艺术情感。正是由于艺术情感的根源性作用,艺术作品中表达的现实绝不是柴米油盐的现实,也不是经过概念化、抽象化的现实,而是经过情感过滤的现实。换言之,文学艺术中的现实不等于我们面对的现实,而只是情感的真实。同样,文学艺术为我们提供的理想天国、幸福世界也不像宗教那样致力于解决现世的活生生存在的苦恼,不解决哲学那样本质的问题,它要做的只是解决我们情感上的困惑与痛苦。因而文学作品提供给我们的理想天国是经过情感投射的理想天国,是经过情感转型、情感升华的理想,是在为我们提供一条情感出路。文学艺术这样一种基于情感真实而生发的情感出路,所具有的自然是一种情感价值。具体来说,文学艺术不会像宗教那样为普通的人生提供解脱之路,也不会为社会的发展路线、人类的本质追求提供答案,它所具有的只是情感价值。不能否认情感来源于生活这个基本事实,但是这种真实已经是经过情感过滤的真实,带有作者的情感取向,是情感的真实。它只关心人的情感世界,填补人的情感空白,解决人的情感痛苦,致力于人的情感解放。

因此,达成当代都市文化的情感救赎,倡导文学的价值、促进文学的阅读与欣赏是非常重要的途径。当代都市人的文化生活目前已经越来越远离书本,远离文学,而是被诸多作用于肉体的各种消费活动所占据,导致人类的精神层面严重荒芜。只有文学能够促进人激发精神层面的活动,促进精神层面的提升,使人从物的暴力中摆脱出来,回归到关照心灵、关注灵魂的温暖灵动的道路上来。大力推广思想健康、内容充实向上的文学作品，加大文学作品的传播力度与方式途径，使文学作品深入到每个人的生活中，用文学激发人类的情感，使人类再次学会用情感关注自我，关注他人，从而形成灵动温暖的新型文化。

四、情感救赎的局限性及深远影响

通过建构"情感理性"，使陷入工具理性的当代都市人重新认识情感的重要性，回归情感关怀，是一条迷人但却力量有限的救世之途。就其本质来说，这只是以情感为核心的一个精神领域的神话。称之为神话，一是因为它在某些方面脱离了物质现实，只关注情感和心灵，因此并不能起到普遍的救世作用。二是因为它关注灵魂，引导人尊重自我个性和内在灵性，实现人的生命尊严。

伍尔芙的《到灯塔去》曾这样对理性和情感进行比较。开篇时拉姆齐先生和拉姆齐夫人为小儿子要去灯塔的提议做出不同的反应。拉姆齐先生按照理性的、科学的、思辨的、逻辑的思维方式，认为儿子提出的第二天早晨去灯塔的愿望根本无法实现，因为根据天气预报所示，第二天无法出海。而拉姆齐夫人同样在了解天气条件的情况下，对小儿子和善地说，只要明天天气好，就可以去。两个人面对同一个问题时，拉姆齐先生只考虑合理性与科学性，却把儿子的情感置之度外。而拉姆齐夫人则考虑到了儿子的情感世界，因此出于对孩子情感关怀的考虑给出了不同的答案。儿子当时的反应是，如果他手头有一把刀的话，一定会毫不犹豫地捅向爸爸。拉姆齐先生的理性思辨造成的结果是对儿子情感的深深伤害。表面上看，一切以逻辑和理性作为思考核心的拉姆齐先生，是一位成功的哲学教授，但他却对生活上的一切问题毫无办法，而且朋友们跟拉姆齐在一起都会枯燥难当。拉姆齐夫人虽然没有她丈夫那样的智力优势，但却深得朋友喜爱，也更让孩子们感到愉悦。因此，情感与智力无关，人们无需研习，情感本是人与生俱来的本能，只是后天社会的多重规范和思想侵袭使人渐渐远离了情感，贬低了情感，驱逐了情感。而拥有精神追求和心灵世界的人类一旦远离了情感，便会丧失关爱与怜悯，变成残忍冷漠的机器。

但是，我们并不能因为拉姆齐夫人对情感的关注而将她的思维模式视为唯一所应遵循的模式。拉姆齐先生的思维模式更加冷漠，因为他从不关注人的情感范畴。然而，正是因为其理性的思维方式，才能在科技与智力的领域取得成果。因此，情感的回归并不驱逐理性的发展，而只是在人的心灵领域重新感受情感的价值。而情感的价值恰如这本小说的题目《到灯塔去》中的灯塔，它照耀世人，给人光明和希望，令人的心灵安宁愉悦，但却无法承担世界的改良与科技发展的重任。灯塔的作用恰如拉姆齐夫人关爱情感的态度所起的作用，是针对人的内心，针对人的精神，并不针对外在的世界，这是情感救赎的特点与作用，同时也是情感救赎的局限性所在。

拉姆齐先生的理性的确承担着改变世界的力量，但人类的世界绝不能只有理性，只有成就，只有利益，只有功利。情感救赎如灯塔般带给人类温情的安慰和闪烁的希望。它虽然不会令世界取得科技的进步，但却使人类的世界更加光明和温暖。灯塔恰如浪漫主义的自燃之火虽然很快失去了曾有的热度，然而它发出的光亮仍然起到了更新思想、启迪情感的作用。借着这种光辉，现实主义者把这种情感力量拉回到现实的地面，企图让情感摆脱唯我主义的狭隘，真正地与现实联合，达到拯救世界的目的。现代主义者面对由技术理性主宰的僵硬文化，也企图通过情感的回归使它变得柔软温馨。细读英国文学中的经典文本，不难发现，这种通过呼唤情感回归、情感自由而找回血性生命、找回生命尊严、返归精神自由的努力一直继续着，成为英国文学中的另一种传统。文人墨客们凭借敏锐的目光和敏感的心灵，发现理性带给社会的不只是秩序和进步，还有对人的思想、情感的束缚，因此致力于对情感的挖掘与寻觅，力图通过情感救赎世人被物质玷污或硬化的灵魂，使人在僵化而古板的理性世界中找到生命的气息，找回生命的尊严。显然，情感救世自有其精神意义。它并不让人人排斥宗教，弃绝理性，而是为机械轰鸣的冷漠的物质世界和“上帝死了”的信仰危机的时代找出一个能够慰藉人的心灵的东西，一种柔软的东西。

结　语

本书以当代英国小说中以都市为背景的作品为研究对象，通过对这些作品的细致分析与归类，梳理出当代都市文化的不同表现方式与当代都市文化困境的不同表现形态。本书以三位重要当代英国小说家的文本为依据对当代都市文化多重困境的分析可以将当代西方文化生态得以生动而丰满的展现，为当代都市文化的研究提供令人信服的范本与研究结果。

本书通过对当代英国小说的都市文化因素进行分析，从当代都市文化的伦理困境、价值困境和情感困境等方面进行了多重阐释，建构了当代都市文化的多面体研究方式。在此基础上，本书对当代都市文化多重困境的根源进行了深度探寻。通过贯穿西方整个文化史的思维方式进行历史性梳理，掌握并厘清了西方理性思维的发展变化的脉络。这种梳理方式可以清晰地认识到西方一直以来的理性主义思维传统，尤其是自启蒙主义以来，唯理主义思想不断发展。理性主义思维模式在使科学技术取得巨大发展的同时，也使人文主义气质和人性世界遭到破坏。由此，可以认为，启蒙主义以来的工具理性是导致当代都市文化出现重重困境的思想根源。为了抵制工具理性对人性的侵袭、对情感的破坏，本书提出了与工具理性相对应的“情感理性”的概念，旨在通过强调情感价值，使人回归更加人性的领域，回归人所以为人的根本，拒绝工具理性对人的情感世界的压制与侵袭。

本书的主旨是针对当代都市所代表的以物质主义、利益最大化思想为核心的现代文明将人的本真情感、本真欲望和天然追求驱逐的现状，针对人已经成为丧失了心灵皈依的机械之人，丧失了感受情感关爱的冷漠的机械之人，转而放弃能够给人精神慰藉的天然之美，自发而主动地追求机械带来的冷漠与工具理性带来的人性异化。强调情感的价值是希望人在物欲横流的当今社会能够重新审视生命的本体，人性的本质以及幸福的终极意义。纵观整个文学史，可以看出，历代文人都在为人文思想、人性光辉而努力，从浪漫主义对工业革命的对抗、现代主义对机械化生活模式的反抗中都可以看到这种努力，然而文学的声音无法从根本上阻止当代都市物质化的进程，只是希望能够从人的情感层面、人性层面加以探讨，加以关怀，不致使人在物质化的进程中完全迷失本性，丧失情感，彻底沦为机械断片。

本书的研究倾注了本人对文学的热爱，希望使文学研究与社会文化发展相结合，为当代都市文化建构提供文学出路。当然，本研究还有一些待完善之处。第一，本研究涉及的领域较广，仅就当代英国小说而言，以都市为背景的小说可以说俯拾皆是，本书对于当代英国小说作家、文本的选择上有待进一步扩充，使研究结论更具说服力；第二，西方思想发展史同样复杂多样，本书仅从其理性思维模式的角度进行探讨，对于其他的哲学思想未加涉及，同样为今后研究的深入留下了很大的空间；第三，“情感理性”与情感救赎的提出仍需在理论运作、内在机制上进行更进一步的探讨，使这个理论更加成熟完善。

总之，本书承袭本人一贯的文学思路，从都市文化角度对当代英国小说的诸多文本进行了深入研究，旨在以此为突破口，建构西方当代都市文化的结构图，将西方当代都市文化予以全方位的生动呈现，并从中找到当代都市文化困境的思想根源，以便从思想角度寻求解决当代都市文化困境的新思路。

参考文献

一、中文参考文献

阿拉斯代尔·麦金太:《马尔库塞》,邵诞一译,北京:中国社会科学出版社,1989 年。

阿伦·布洛克:《西方人文主义传统》,董乐山译,北京:生活·读书·新知三联书店,1998 年。

阿瑟·丹托:《艺术的终结》,欧阳英译,南京:江苏人民出版社,2005 年。

艾布拉姆斯:《镜与灯——浪漫主义文论及批评传统》,郦稚牛,张照进,童庆生译,北京:北京大学出版社,2004 年。

艾志强,《科学技术观的现代进路》,北京:北京师范大学出版社,2011 年。

安德鲁·芬博格:《海德格尔和马尔库塞:历史的灾难与救赎》,文成伟译,上海:上海社会科学院出版社,2010 年。

奥古斯丁:《忏悔录》,向去常译,北京:华文出版社,2003 年。

白爱宏:《后现代寓言:马丁·艾米斯的〈时间之箭〉》,《当代外国文学》2004 年第 2 期。

保罗·德·曼:《解构之图》,李自修译,北京:中国社会科学出版社,1998 年。

贝顿:《马克斯·韦伯与现代政治理论》,徐鸿宾, 徐京辉, 廖立傅译,台北:桂冠图书股份有限公司,1990 年。

贝尔:《后工业社会的来临》,高铦,王宏图, 魏章玲译,北京:商务印书馆,1986 年,

柏拉图:《理想国》刘勉,郭永刚译,北京:华龄出版社,1996 年。

柏拉图:《文艺对话集》,朱光潜译,北京:人民文学出版社,1988 年。

薄伽丘:《十日谈》,钱鸿嘉等译,南京:译林出版社,2000 年。

布拉德伯里:《现代英国小说》,北京:外语教学与研究出版社,2005 年。

布鲁姆:《批评·正典结构与预言》,吴琼译,北京:中国社会科学出版社,2000 年。

曹波:《人性的推求:18 世纪英国小说研究》,北京:光明日报出版社,2009 年。

查尔斯·米尔斯·盖雷:《英美文学中和艺术中的古典神话》,北塔译,上海:上海人民出版社,2005年。
常耀信:《英国文学简史》,天津:南开大学出版社,2006年。
陈嘉:《英国文学史》,北京:商务印书馆,1982年。
陈学明:《阿多诺、马尔库塞、本杰明论大众文化》,昆明:云南人民出版社,1998年。
陈学明:《痛苦中的安乐:马尔库塞、弗洛姆论消费主义》,昆明:云南人民出版,1998年。
陈伟,马良:《批判理论的批判:评马尔库塞的哲学与美学》,上海:上海社会科学院出版社,1994年。
程巍:《否定性思维:马尔库塞思想研究》,北京:北京大学出版社,2001年。
达维德·方丹:《诗学——文学形式通论》,天津:天津人民出版社,2003年。
戴阿宝:《文本革命:当代西方文论的一种视野》,沈阳:辽宁大学出版社,2007年。
戴维·洛奇:《小说的艺术》,卢丽安译,上海:上海译文出版社,2010年。
德波:《景观社会》,王昭风译,南京:南京大学出版社,2006年。
邓志伟:《弗洛姆新人道主义伦理思想研究》,北京:人民出版社,2011年。
迪尔克·克斯勒:《马克斯·韦伯的生平、著述及影响》,郭峰译,北京:法律出版社,2000年。
笛卡尔:《谈谈方法》,王太庆译,北京:商务印书馆,2001年。
弗兰克·帕金,《马克斯·韦伯》,刘东,谢维和译,南京:译林出版社,2011年。
福柯:《癫狂与文明——理性时代的精神病史》,孙淑强,金筑云译,杭州:浙江人民出版社,1990年。
福克斯:《小说与人民》,何家槐译,北京:作家出版社,1957年。
高继海:《英国小说史》,北京:中国社会科学出版社,2003年。
高万隆:《哈代与劳伦斯小说的主题研究》,北京:中国社会科学出版社,2009年。
顾祖钊:《文学原理新释》,北京:人民文学出版社,2000年。
哈贝马斯:《交往行动理论》,洪佩郁,蔺青译,重庆:重庆出版社,1994年。
哈罗德·布鲁姆:《追寻罗曼司的内在化:批评、正典结构与预言》,吴琼译,北京:中国社会科学出版社,2000年。
海德格尔:《海德格尔选集》,孙周兴译,上海:三联书店,1996年。
何蓉:《经济学与社会学:马克斯·韦伯与社会科学基本问题》,上海:上海人民出版社,2009年。
何新:《艺术现象的符号——文化学阐释》,北京:人民文学出版社,1987年。
黑格尔:《哲学史讲演录》,贺麟,王太庆译,北京:商务印书馆,1983年。
黑格尔:《美学》,朱光潜译,北京:商务印书馆,1997年。

侯维瑞:《现代英国小说史》,上海:上海外语教育出版社,1985 年。

侯维瑞,李维屏:《英国小说史》,南京:译林出版社,2005 年。

侯维瑞:《英国小说通史》,上海:上海外语教育出版社,2002 年。

胡全生:《英美后现代主义小说叙述结构研究》,上海:复旦大学出版社,2002 年。

胡经之:《西方文艺理论名著教程》第 2 版,北京:北京大学出版社,2003 年。

黄梅:《现代主义浪漫下 1914—1945》,北京:中国社会科学出版社,1995 年。

惠敏:《西方大众文化研究述评》,《山东外语教学》2010 年第 4 期。

吉尔伯特:《美学史》,夏乾丰译,上海:上海译文出版社,1989 年。

杰弗里・C. 亚历山大:《社会学的理论逻辑》,于晓,唐少杰,蒋和明译,北京:商务印书馆,2008 年。

康德:《判断力批判》,邓晓芒译,北京:生活・读书・新知三联书店,2002 年。

拉曼・塞尔登:《文学批评理论——从柏拉图到现在》,刘象愚,陈永国译,北京:北京大学出版社,2000 年。

莱辛:《拉奥孔》,朱光潜译,北京:人民文学出版社,1997 年。

莱因哈特・本迪克斯:《马克斯・韦伯思想肖像》,刘北成译,上海:上海人民出版社,2002 年。

勒内・韦勒克,奥斯汀・沃伦:《文学理论》,刘向愚译,北京:文化艺术出版社,2010 年。

理查德・加纳罗,特尔玛・阿特休勒:《艺术:让人成为人》,舒予译,北京:北京大学出版社,2007 年。

理查德・利罕:《文学中的城市——知识与文化的历史》,吴子枫译,上海:上海人民出版社,2009 年。

理查德・沃林:《海德格尔的弟子》,张国清,王大林译,南京:江苏教育出版社,2005 年。

H. 里德:《艺术的真谛》,王柯平译,沈阳:辽宁人民出版社,1987 年。

李广仓:《结构主义文学批评方法研究》,长沙:湖南大学出版社,2006 年。

李健:《审美乌托邦的想象:从韦伯到法兰克福学派的审美救赎之路》,北京:社会科学文献出版社,2009 年。

利里安・弗斯特:《浪漫主义》,李今译,北京:昆仑出版社,1989 年。

李寿福:《现代西方文艺理论研究》,杭州:杭州大学出版社,1991 年。

李伟昉:《黑色经典:英国哥特小说论》,北京:中国社会科学出版社,2005 年。

李维屏:《英国小说人物史》,上海:上海外语教育出版社,2008 年。

李维屏:《英国小说艺术史》,上海:上海外语教育出版社,2004 年。

李维屏,宋建福:《英国女性小说史》,上海:上海外语教育出版社,2011 年。

连淑能:《论中西思维方式》,《外语与外语教学》2002 年第 2 期。

梁实秋:《英国文学史》,北京:新星出版社,2011 年。

廖昌胤:《当代性悖论诗学的哲学基础》,北京:中国科技大学出版社,2011 年。

刘炳善:《英国文学简史》,开封:河南大学出版社, 2007 年。

刘春芳:《〈伦敦场地〉:现代人的“废都”——解读马丁·艾米斯笔下的后现代情感》,《四川外国语学院学报》2008 年第 1 期。

刘春芳:《英国浪漫主义诗歌情感论》,天津:天津大学出版社,2009 年。

刘春芳:《英国文学中的情感救世传统》,长春:吉林大学出版社,2007 年。

刘春芳:《〈夜行列车〉中身体暴力现象研究》,《解放军外国语学院学报》2011 年第 2 期。

刘洪涛:《现代主义语境中的劳伦斯小说》,北京:中国社会科学出版社,2007 年。

刘建军:《基督教文化与西方文学传统》,北京:北京大学出版社,2005 年。

刘建军:《西方文学的人文景观》,长春:吉林人民出版社,2003 年。

刘建军:《演进的诗化人学——文化视界中的中西方文学的人文精神传统》,长春:东北师范大学出版社,1998 年。

刘文荣:《当代英国小说史》,北京:文汇出版社,2010 年。

刘文荣:《19 世纪英国小说史》,北京:中国社会科学出版社,2002 年。

刘小枫:《诗化哲学》,济南:山东文艺出版社,1987 年。

刘易斯·芒福德:《都市文化》,宋俊岭,李翔宁,周鸣浩译,北京:中国建筑工业出版社,2009 年。

卢梭:《论科学与艺术》,何兆武译,北京:商务印书馆,1963 年。

路易·迪蒙:《论个体主义——对现代意识形态的人类学观点》,谷方译,上海:上海人民出版社,2003 年。

陆建德:《现代主义之后:写实与实验:1945—》,北京:中国社会科学出版社,1997 年。

陆俊:《马尔库塞》,长沙:湖南教育出版社,1999 年。

吕西安·戈德曼:《隐蔽的上帝》,蔡鸿滨译,天津:百花文艺出版社,1998 年。

罗尔夫·魏格豪斯:《法兰克福学派历史、理论及政治影响》,孟登迎,赵文,刘凯译,上海:上海人民出版社,2010 年。

麻林娟:《论〈时间之箭〉的叙事策略》,《海外英语》2011 年第 14 期。

麻林娟:《从小说〈死婴〉看马丁·艾米斯的后现代叙事技巧》,兰州大学硕士论文,2008 年。

马克思:《马克思恩格斯全集》第 12 卷,北京:人民出版社,1962 年。

马克斯·霍克海默:《启蒙辩证法》,渠敬东,曹卫东译,上海:上海人民出版社,2003 年。

马克斯·韦伯:《伦理之业:马克斯·韦伯的两篇哲学演讲》,王容芬译,北京:中央编译出版社,

2012年。

马克斯·韦伯:《经济与社会》(上卷),林荣远译,北京:商务印书馆,1997年。

马克斯·韦伯:《社会科学方法论》,杨富斌译,北京:华夏出版社,1999年。

马丁·艾米斯:《伦敦场地》,梅丽译,南京:译林出版社,2003年。

马丁·艾米斯:《夜行列车》,王之光译,上海:上海译文出版社,2001年。

马尚德:《拜伦》,林丽雪译,北京:名人出版社,1980年。

马尔库塞:《爱欲与文明:对弗洛伊德思想的哲学探讨》,黄勇,薛民译,上海:上海译文出版社,1987年。

马尔库塞:《单面人》,江天骥编,《法兰克福学派》,朱亮译,上海:上海人民出版社,1981年。

马尔库塞:《单向度的人》,张峰,吕世平译,重庆:重庆出版社,1994年。

马尔库塞:《单向度的人》,刘继译,上海:上海译文出版社,1989年。

马尔库塞:《工业革命和新左派》,任立译,北京:商务印书馆,1982年。

马尔库塞:《理性和革命:黑格尔和社会理论的兴起》,程志民译,上海:上海人民出版社,2007年。

马尔库塞:《马尔库塞文集》,李小兵译,北京:生活·读书·新知三联书店,1989年。

马金桃,徐建纲:《一个男人的中年危机之战——析读马丁·艾米斯〈隐情〉》,《湖北第二师范学院学报》2010年第11期。

马丁·杰:《法兰克福学派的宗师——阿道尔诺》,胡湘译,长沙:湖南人民出版社,1988年。

迈克·戴维斯:《死城》,李钧,许平,傅骏,代林利译,上海:上海书店出版社,2011年。

麦克伦泰:《"青年造反哲学"的创始人:马尔库塞》,詹合英译,长沙:湖南人民出版社,1988年。

米勒:《重申解构主义》,郭英剑译,北京:中国社会科学出版社,1998年。

缪朗山:《西方文艺理论史纲》,北京:中国人民大学出版社,1985年。

尼采:《查拉图斯特拉如是说》,萧编译,北京:商务印书馆,1936年。

聂珍钊:《文学伦理学批评——基本理论与术语》,《外国文学研究》2010年第1期。

蒲蒲:《活着:自然和女人》,http://mp. weixin. qq. com/s? __biz=MjM5MDk3NzMwMA==&mid=200042281&idx=1&sn=a39d75c67a04eb7ebf0d49992f98b2d8&scene=1&from=singlemessage&isappinstalled=0&uin=MjM0NjA3OTM4MQ%3D%3D

乔国强:《二十世纪西方文论选读》,上海:复旦大学出版社,2006年。

荣开明:《现代思维方式探略》,武汉:华中理工大学出版社,1989年。

阮炜:《〈伦敦场地〉上最后的死——评〈伦敦场地〉》,《国外文学》1997年第3期。

阮炜:《社会语境中的文本:二战后英国小说研究》,北京:社会科学文献出版社,1998年。

阮炜:《危机中的文明:英国小说研究》,北京:新世纪出版社,1993年。

阮炜:《严肃的艾米斯与恶心的快乐》,《读书》2002 年第 2 期。

阮炜:《钱与性的世界》,《外国文学评论》1997 年第 4 期。

沈国经:《当代英国文学史纲》,沈阳:辽宁教育出版社,1993 年。

石璞:《西方文论史纲》,成都:四川大学出版社,1992 年。

苏忱:《再现创作的历史:格雷厄姆·斯威夫特小说研究》,苏州:苏州大学出版社,2009 年。

苏耕欣:《哥特小说:社会转型时期的矛盾文学》,北京:北京大学出版社,2010 年。

苏珊·朗格:《情感与形式》,刘大基等译,北京:中国社会科学出版社,1986 年。

特里·伊格尔顿:《美学意识形态》,王杰,傅德根,麦永图译,柏敬泽校,桂林:广西师范大学出版社,1997 年。

特里·伊格尔顿:《历史中的政治、哲学、爱欲》,马海良译,北京:中国社会科学出版社,1999 年。

梯利:《西方哲学史》,葛力译,北京:商务印书馆,2000 年。

王春元,钱中文,《英国作家论文学》,汪培基等译,北京:生活·读书·新知三联书店,1985 年。

王才勇:《现代审美哲学新探索》,北京:中国人民大学出版社,1990 年。

王凤才:《批判与重建——法兰克福学派文明论》,北京:社会科学文献出版社,2004 年。

王乐:《后现代表象下的现代追求——马丁·艾米斯的〈时间之箭〉》研究,《中北大学学报(社会科学版)》2011 年第 4 期。

王卫新:《与时间游戏,和死亡对话——评马丁·艾米斯的〈伦敦场地〉》,《外国文学评论》2006 年第 1 期。

王卫新,隋晓荻:《英国文学批评史》,上海:上海外语教育出版社,2012 年。

王一川:《语言乌托邦:20 世纪西方语言论美学研究》,昆明:云南人民出版社,1994 年。

王佐良,周珏良:《英国 20 世纪文学史》,北京:外语教学与研究出版社,2006 年。

威廉·巴雷特:《非理性的人》,杨照明,艾平译,北京:商务印书馆,1995 年。

文美惠:《超越传统的新起点 1875—1914》,北京:中国社会科学出版社,1995 年。

温恕:《想象、幻象与消费社会》,《文艺理论与批评》2002 年第 2 期。

伍蠡甫:《欧洲文论简史》,北京:人民文学出版社,1985 年。

项歆妮,陈夜雨:《后现代主义的"真实瞬间"——以马丁·艾米斯的小说〈时光之箭〉为例》,《江西社会科学》2011 年第 2 期。

休谟:《人性论》,张同铸译,西安:陕西人民出版社,2007 年。

徐博:《马尔库塞否定性思想研究》,北京:社会科学文献出版社,2011 年。

薛毅:《西方都市文化研究读本》(第三卷),桂林:广西师范大学出版社,2008 年。

亚当·斯密:《道德情感论》,谢祖钧译,西安:陕西人民出版社,2004 年。

雅克·巴尊:《古典的、浪漫的、现代的》,侯蓓译,南京:江苏教育出版社,2005年。

雅克·马利坦:《艺术与诗中的创造性直觉》,刘有元,罗选民译,北京:生活·读书·新知三联书店,1992年。

亚里士多德:《诗学·诗艺》,罗念生,杨周翰译,北京:人民文学出版社,1984年。

亚里士多德:《尼可马可伦理学》,苗力田译,北京:中国人民大学出版社,1991年。

杨金才:《当代英国小说研究的若干命题》,《当代外国文学》2008年第3期。

伊恩·麦克尤恩:《爱无可忍》,郭国良,郭贤译,上海:上海译文出版社,2011年。

伊恩·麦克尤恩:《星期六》,夏欣茁译,北京:作家出版社,2008年。

伊恩·麦克尤恩:《水泥花园》,冯涛译,上海:上海译文出版社,2007年。

伊芙·科索夫斯基·塞吉维克:《男人之间:英国文学与男性同性社会性欲望》,郭劼译,上海:三联书店,2011年。

殷企平:《推敲"进步"话语新型小说在19世纪的英国》,北京:商务印书馆,2009年。

瞿世镜:《当代英国小说》,北京:外语教学与研究出版社,1998年。

瞿世镜,任一鸣:《当代英国小说史》,上海:上海译文出版社,2008年。

詹姆逊:《快感:文化与政治》,北京:中国社会科学出版社,1988年。

章安祺,黄克剑,杨慧林:《西方文艺理论史:从柏拉图到尼采》,北京:中国人民大学出版社,2007年。

张秉真,章安祺,杨慧林:《西方文艺理论史》,北京:中国人民大学出版社,1994年。

章国锋,王逢振:《二十世纪欧美文论名著博览》,北京:中国社会科学出版社,1998年。

张莉.朱利安·巴恩斯:《叩问存在的"佩涅洛佩"》,2012.
http://www.chinawriter.com.cn/2012/2012-02-17/116748.html

张和龙:《后现代 都市的欲望狂欢——评马丁·艾米斯的〈钱:自杀者的绝命书〉》,《外国文学研究》2009年第5期。

张和龙:《颠覆性的后现代游戏——论马丁·艾米斯的"后现代招式"》,《外国文学》2006年第2期。

张和龙:《后现代都市的欲望狂欢——评马丁·艾米斯的〈钱:自杀者的绝命书〉》,《外国文学研究》2009年第5期。

张和龙:《战后英国小说》,上海:上海外语教育出版社,2004年。

张玉能:《西方文论思潮》,武汉:武汉出版社,1999年。

张中载:《二十世纪英国文学:小说研究》,开封:河南大学出版社,2001年。

张中载,王逢振,赵国新:《二十世纪西方文论选读》,北京:外语教学与研究出版社,2002年。

赵红梅,戴茂堂:《文学伦理学论纲》,北京:中国社会科学出版社,2004 年。

赵炎秋:《西方文论与文学研究》,长沙:湖南师范大学出版社,2003 年。

赵一凡:《从胡塞尔到德里达:西方文论讲稿》,北京:生活·读书·新知三联书店,2007 年。

赵勇:《整合与颠覆:大众文化的辩证法——法兰克福学派的大众文化理论》,北京:北京大学出版社,2005 年。

郑春生:《马尔库塞与六十年代美国学生运动》,上海:三联书店,2009 年。

周庭华:《后现代现实主义:解读马丁·艾米斯的小说〈黄狗〉》,《解放军外国语学院学报》2010 年第 5 期。

周庭华:《评〈夜行列车〉的死亡主题》,《电影文学》2010 年第 10 期。

朱光潜:《西方美学史》,北京:人民文学出版社,2003 年。

朱立元:《当代西方文艺理论》,上海:华东师范大学出版社,2005 年。

朱立元:《法兰克福学派美学思想论稿》,上海:复旦大学出版社,1997 年。

朱晓慧:《新马克思主义消费文化批判理论》,上海:学林出版社,2008 年。

朱志荣:《古近代西方文艺理论》,上海:华东师范大学出版社,2002 年。

左燕茹:《关注人类痛苦,表现滑稽人生——评马丁·艾米斯新作〈怀孕的寡妇〉》,《外国文学动态》2010 第 4 期。

二、英文参考文献

Adams, Tim. "A Review", *Observer*, 2010—01—31.

Adelman, Irving. *The Contemporary Novel : A Checklist of Critical Literature on the English language Novel*, Lanham, Md. : Scarecrow Press, 1997.

Adiga, Aravind. "A Review", *Sunday Times*, 2010—02—06.

Aldridge, John W. *Time to Murder and Create : The Contemporary Novel in Crisis*, New York: David McKay Company, INC, 1966.

Allen, Brooke. "Pretentious and Hollow", *New Criterion* (*Online*) (March 1999).

Amis, Martin. "Against Dryness", Ed. Zachart Leader, *On Modern British Fiction*, Oxford: Oxford University Press, 2002.

Amis, Martin. *Money : A Suicide Note*, London: Jonathan Cape, 1984.

Amis, Martin. *Dead Babies*, New York: Vintage, 1991.

Amis, Martin. *Experience : A Memoir*, New York: Vintage, 2001

Amis, Martin. *House of Meeting*, New York: Knopf, 2007.

Amis, Martin. *Invasion of the Space Invaders*, London: Hutchinson, 1982.

Amis, Martin. *London Fields*, London: Jonathan Cape, 1989.

Amis, Martin. *Night Train*, London: Jonathan Cape, 1997.

Amis, Martin. *Other People: A Mystery Story*, London: Penguin, 1982.

Amis, Martin. *Success*, New York: Vintage Books, 1992.

Amis, Martin. *The Information*, New York: Harmony, 1995.

Amis, Martin. *The Pregnant Widow*, New York: Knopf, 2010.

Amis, Martin. *The Rachel Papers*, New York: Vintage, 1992.

Amis, Martin. *The Second Plane: September 11: Terror and Boredom*, New York: Alfred A. Knopf, 2008.

Amis, Martin. "The World: an Explanation", *The Daily Telegraph*, 2003—5—23.

URL: http://www.martinamisweb.com/documents/world_explanation.doc.

Amis, Martin. *Time's Arrow*, or *The Nature of the Offense*, London: Penguin, 1992.

Amis, Martin. "Will Self, China Mieville, and Maggie Gee", *Contemporary Literature*, 2010 (Volume 51, Number 1).

Amis, Martin. *Yellow Dog*, New York: Vintage, 2004.

Angell, J., Helm, W. & Robert, M., *Meaning and Value in Western Thought: A History of Ideas in Western Culture (Volume I: The Ancient Foundations)*, Lanham: Lexington Books, 1981.

Barker, Robert S. "Kingsley Amis and Martin Amis: The Ironic Inferno of BritishSatire", *Contemporary Literature*, 2005(3).

Barnes, Julian. *The Sense of an Ending*, Toronto: Random House. 2011.

Barnes, Jilian. *Nothing to Be Frightened of*, New York: Alfred A. Knopf, 2008.

Barnes, Julain. *A History of the World in 10 1/2 Chapters*, New York: Vintage, 1990.

Barth, Gunther. *City People: The Rise of Modern City Culture in Nineteenth-Century America*, New York: Oxford University Press, 1980.

Barzun, Jacques. *From Dawn to Decadence: 500 Years of Western Cultural Life—1500 to the Present*, New York: Perennial, 2001.

Baumbach, Jonathan. *The Landscape of Nightmare: Studies in the Contemporary American Nove*, New York: New York University, 1965.

Begley, Jon. "Satirizing the Carnival of Postmodern Capitalism: The Transatlantic and Dialogic Structure of Martin Amis's *Money*", *Contemporary Literature*, Fall, 2006(3).

Bender, Thomas. *Toward an Urban Vision: Ideas and Institutions in Nineteenth-Century America*, Lexington: The University Press of Kentucky, 1975.

Bentley, Nick. *British Fiction of the* 1990*s*, London: Routledge, 2005.

Bradley, Arthur & Tate, Andrew. *The New Atheist Novel : Fiction, Philosophy and Polemic after* 9/11, New York: Continuum International Publishing Group, 2010.

Bradbury, Malcolm. *The Modern British Novel*, New York: Penguin Books, 1993.

Bradbury, Malcolm. *The Modern British Novel* 1878—2001, Beijing: Foreign Language Teaching and Research Press, 2005.

Bradford, Richard. *The Novel Now: Contemporary British Fiction*, London: Wiley-Blackwell, 2007.

Bradford, Richard. "It happened One Summer", *Spectator*, 2010—04—06.

URL: http://www.martinamisweb.com/reviews_files/pw_bradford_spectator.pdf.

Briggs, Asa. *Victorian Cities*, Los Angeles: University of California Press, 1993.

Brockwell, Simon. "Misinformation in Reviews of The Information", 1997—10.

URL: http://www.martinamisweb.com/reviews.shtml#information.

Brooks, Cleanth & Lewis, R. W. B. & Warren, Robert Penn. *American Literature: The Makers and the Making Book B*, 1826 *to* 1861, New York: St. Martin Press, 1973.

Bttersby, Eileen. "Amis Aims High ... and Misses", *Irish Times*, 2010—4—6(4).

Carter, Graydon. "That Summer in Italy", *New York Times*, 2010—5—21(4).

Childs, Peter. *Contemporary Novelists: British Fiction Since* 1970, London: Palgrave Macmillan, 2012.

Childs, Peter. *The Fiction of Ian McEwan*, Hampshire: Palgrave Macmillan, 2006.

Childs, Philip. Julian Barne, Manchester: Manchester University Press, 2011, p. 251.

Charles, Ron. "A Review", *Washington Post*, 12 May 2010.

Chudacoff, Howard P. *The Evolution of American Urban Society*, Englewood Cliffs: Prentice-Hall, INC., 1975.

Coetzee, J. M. D*oubling the Point: Essays and Interviews*, Cambridge: Harvard University Press, 1992.

Cowart, David. *History and the Contemporary Novel*, Carbondale: Southern Illinois University Press, 1989.

Daoul, Phil. "Post-Shock Traumatic: Profile of Ian McEwan", *The Guardian*, Aug(4), 1997.

Douglas Kellner. *Herbert Marcuse and the Crisis of Marxism*, Berkeley: University of California Press, 1984.

Dern, John A. *Martians, Monsters, and Madonnas: Fiction and Form in the World of Martin Amis*, New York: Peter Lang, 2000.

Diedrick, James. "Martin Amis Dresses in Drag", Authors Review of Books, 1997(b) (Vol. 1).

Diedrick, James. "From the Ridiculous to the Sublime: The Early Reception of Night Train", 1997(Nov.) http://www. martinamisweb. com/reviews. shtml

URL:http://www. martinamisweb. com/reviews_files/jd_night_train_survey. doc.

Diedrick, James. "Martin Amis Dresses in Drag", *Authors Review of Books*, 1997—11—16.

Diedrick James. *Understanding Martin Amis*, Columbia: University of South Carolina, 2004.

Driscoll, Lawrence Victor. *Evading Class in Contemporary British Literature*, London: Palgrave Macmillan, 2009.

Duhl Leonard J. & Powell, John. *The Urban Condition: People and Policy in the Metropolis*, New York: Basic Books, Inc. Publishers, 1963.

Eaglestone, Robert. *Contemporary Fiction: A Very Short Introduction*, Oxford: Oxford University Press, 2013.

Finney, Brain. *English Fiction: Since* 1984, New York: Palgrave Macmillan, 2006.

Finney, Brian. *Martin Amis*, New York: Routledge, 2008.

Foley, Andrew. *The Imagination of Freedom*, Johannesburg: Wits University Press, 2009.

Fredric Jameson. "The Cultural Logic of Late Capitalism", Ed. Bran Nicol, *Postmodernism and the Contemporary Novel*, Edinburgh: Edinburgh University Press Ltd. , 2002.

Geng, Veronica. "The Great Addiction", *New York Times*, 1985—03—24.

Glueck, Grace. "The Rachel Papers: Not the Son of Lucky Jim", *New York Times*, 1974—05—26.

Groes, Sebastian. *Ian McEwan : Contemporary Critical Perspectives*, London: Continuum, 2009.

Crosthwaite, Paul. *Criticism, Crisis, and Contemporary Narrative: Textual Horizons in an Age of Global Risk*, London: Routledge, 2010.

Curiel, Jonathan. "Working with Words on all Fronts", *San Francisco Chronicle*, 2001—11—04, Sunday Review 2.

Haffenden, John. *Novelists in Interview*, London, New York : Methuen, 1985.

Hall, Peter. *Cities of Tomorrow: An Intellectual History of Urban Planning and Design in the*

Twentieth Century, Oxford: Basil Blackwell, 1988.

Hensher, Philip. "A Review", *Telegraph*, 2010—02—05.

Hassan, Ihab. *Radical Innocence: Studies in the Contemporary American Novel*, Princeton: Princeton University Press, 1971.

Hirsch, Erner Z. *Urban Life and Form*, New York: Holt, Rinehart and Winston, INC. 1963.

Hitchens, Christopher. *The Portable Atheist: Essential Readings for the Unbeliever*, Philadelphia, PA : Da Capo, 2007.

Horkhermer, Max. *Critique of Instrumental Reason*, New York: The Seabury Press, 1974.

Horkheimer Max & Adorno, Theodor W. *Dialectic of Enlightenment: Philosophical Fragments*, Stanford: Stanford University Press, 2002.

Hunter, Evan. "Mary Lamb and Mr. Wron", *New York Times*, 1981—07—26.

Jacobi, Martin. "Who Killed Robbie and Cecilia? Reading and Misreading Ian McEwan's *Atonement*", *Critique: Studies in Contemporary Fiction*, 2010 (1).

Jones, Russell Celyn. "Not Such Light Reading", *The Times*, 1998—09—24.

John J. Su. *Imagination and the Contemporary Novel*, Cambridge: Cambridge University Press, 2011.

John, Mellors. "Animality and Turtledom", *London Magazine*, 1975—03—15.

Joyce, Graham. "Working Class Monster", *Experience*, 2000—06—29.

Karl, Robert Frederick. *A Reader's Guide to the Contemporary English Novel*, London: Thames & Hudson, 1963.

〈http://www.randomhouse.com/catalog/display.pperl? isbn=9780679730347〉

Kakutani, Michiko. "Raging Mid-Life Crisis As Contemporary Ethos", *New York Times*, 1995—05—02.

Kakutani, Michiko. "Time Runs Backward to Point Up a Moral", *New York Times*, 2001—10—22.

Kellner, Douglas. *Herbert Marcuse and the Crisis of Marxism*, Berkeley: University of California Press, 1984.

Kemp, Peter. "A Review", *Sunday Times*, 2010—01—31.

Karl, R. F. *The Contemporary English Novel*, New York: The Noonday Press, 1962.

Karl, Frederick Robert. *A reader's Guide to the Contemporary English Novel*, Beijing: Foreign Language Teaching and Research Press, 2005.

Keulks, Gavin. *Father and Son: Kingsley Amis, Martin Amis and the British Novel Since*

1950, Wisconsin: The University of Wisconsin Press, 2003.

Keulks, Gavin. *Martin Amis: Postmodernism and Beyond*, New York: Palgrave Macmillan, 2006.

Kirn, Walter. "Tough Chaps Don't Dance", *New York Magazine*, 1998—04—02.

Koning, Christina. "Death by Request", *Guardian/Observer website*, 1989—09—21.

Kurth, Wolff. & Barrington, Moore JR. *The Critical Spirit: Essays in Honor of Herbert Marcuse*, Boston: Beacon Press, 1967.

LaRose, Nicole. "Reading The Information on Martin Amis's London", *Critique*(Vol. 46), 2005(Winter).

Lea, Daniel. "One Nation, Oneseld: Politics, Place and Identity in Martin Amis' Fiction", Ed. James Acheson & Sarah C. E. Ross, *The Contemporary British Novel*, Bodmin,Cornwall: MPG Ltd. ,1988.

Lehan, Richard Daniel. *The City in Literature: An Intellectual and Cultural History*, Berkeley: University of California Press, 1998.

Lehmann-Haupt, Christopher. "Two Kinds of Metaphysical Joke", *New York Times*, 1976—01—16.

Levitt, Morton P. *Modernist Survivors: the Contemporary Novel in England, the United States, France, and Latin America*, Columbus : Ohio State University Press, 1987.

Lewis, Roger. "A Review", *Daily Express*, 2010—02—05.

Long, Camilla. , "Martin Amis and the Sex War", *The Times*, 2010(1).

http://entertainment. timesonline. co. uk/tol/arts_and_entertainment/books/article6996980. ece? token=null&offset=36&page=4. Retrieved 2010—05—25.

Lyotard, Jean-Francois. "From the Postmodern Condition: A Report on Knowledge", Ed. Bran Nicol, *Postmodernism and the Contemporary Novel*, Edinburgh: Edinburgh University Press Ltd. , 2002.

MacIntyre, Alasdair. *Herbert Marcuse*, New York: The Viking Press, 1970.

Manly John M. *Contemporary British Literature: Outlines for Study Indexes, Bibliographies*, London : George G. Harrap,2002.

Marchand, Philip. "Open Book", *National Post* (*Canada*), 2010—05—15.

Marcuse, Herbert. *One-Dimensional Man: Studies in the Ideology of Advanced Industrial Societ*, Boston: Beacon Press, 1964.

Marcus, Laura. "Ian McEwan's Modernist Time: Atonement and Saturday", Ed. Sebastian Gores. *Ian McEwan: Contemporary Critical Perspectives*, London: Continuum International Publishing

Group, 2009.

Massie, Allan. *The Novel Today: A Critical Guide to the British Novel* 1970—1989, London: Longman House, 1990.

Masters, Tim. "Man Booker Prize Won by Julian Barnes at Fourth Attempt", *BBC News*, 2011—10—18.

McEwan, Ian. "Mother Tongue: A Memoir", Ed. Zachart Leader, *On Modern British Fiction*, Oxford: Oxford University Press, 2002.

McEwan, Ian. *First Love, Last Rites*, New York: Vintage International, 1994.

McEwan, Ian. *In Between the Sheets*, New York: Vintage Books, 1994.

McEwan, Ian. *The Cement Garden*, New York: Vintage Books, 1994.

McEwan, Ian. *The Comfort of the Strangers*, New York: Simon and Schuster, 1981.

McEwan, Ian. *Or Shall We Die?* London: Jonathan Cape, 1983.

McEwan, Ian. *The Child in Time*, New York: Penguin Books, 1988.

McEwan, Ian. *The Innocent*, New York: Bantam, 1991.

McEwan, Ian. *Black Dog*, New York: Bantam Books, 1994.

McEwan, Ian. *The Day Dreamer*, London: Random House Children's Books, 1995.

McEwan, Ian. *Enduring Love*, New York: Nan A. Talese, 1998.

McEwan, Ian. *Amsterdam*, New York: Anchor Books, 1999.

McEwan, Ian. *Atonement*, New York: Nan A. Talese, 2002.

McEwan, Ian. *Saturday*, New York: Random House Large Print, 2005.

McEwan, Ian. *On Chesil Beach*, New York: Nan A. Talese/Doubleday, 2007.

McGrath, Patrick. "Her Long Goodbye", *New York Times*, 1998—01—01(D2).

McGrath, Patrick. "Interview with Julian Barnes", *Bomb Magazine*, 1987(Fall).

McGrath, Patrick. "Julian Barnes", *Bomb Magazine*, October(Fall),1987.

Mcgrath, Patrick. "Her Long Goodbye", *New York Times*, 1998—02—01(D5).

Mengham, Rod. *An Introduction to Contemporary Fiction : International Writing in English Since* 1970, Cambridge, Polity Press, 1999.

Michiko Kakutani. "About This Book", *New York Times*, 1990—04—04(D4).

URL: http://www. randomhouse. com/catalog/display. pperl? isbn=9780679730347.

Miller, Karl. "Gothic Guesswork", *The New York Review of Books*,1974—07—18.

Miller, Laura. "Terror and Loathing", http://www. martinamisweb. com/reviews. shtml.

Millett, Fred B. *Contemporary British Literature: A Critical Survey and 232 Author-Bibliographies*, London: George G. Harrap & Co. Ltd., 1935.

Molyneux, Jacob. "A Review", *San Francisco Chronicle*, 2010—05—16.

Moseley, Merritt. *Understanding Julian Barnes*, Columbia: University of South Carolina Press, 2009.

Mount, Harry. "A Review", *Telegraph*, 2010—02—07.

Mullings, Leith. *Cities of the United States*, New York: Columbia University Press, 1987.

Munson, Sam. "His Gulag", *Commentary Literature*, Vol. 123 Issue 4, 2007.

National Committee on the Causes and Prevention of Violence. *To Establish Justice, To Ensure Domestic Tranquility* (Final Report), Washington D. C. 1969.

Nicol, Bran. *Postmodernism and the Contemporary Novel: A Reader*, Edinburgh: Edinburgh University Press, 2002.

Nixon, Rob. "An Interview with Pat Barker", *Contemporary Literature*, 45(No. 1), 2004.

Noiville, Florence. "The Contemporary British Novel—A French Perspective", *European Journal of English Studies*, 2006(3).

Parini, Jay. "Men Who Hate Women", *New York Times*, 1987—09—06.

Pesetsky, Bette. "Lust Among the Ruins", *New York Times*, 1990—03—04.

Pritchett, V. S. "Shredded Novels", *The New York Review of Books*, Vol. 26, 1980(1).

Prose, Francine. "Novelist at Large", *New York Times*, 1994—04—27.

Randall, Martin. *9/11 and the Literature of Terror*, Edinburgh: Edinburgh University Press, 2011.

Rich, Nathaniel. "A Heavier Amis", *The Yale Review of Books*, Spring 1999(1).

Richetti, John J. *English Fiction: History and Criticism*, Beijing: Foreign Language Teaching and Research Press, 2005.

Robson, Leo. "A Review", *New Statesman*, 2010—01—28.

Rushdie, Salman. *Imaginary Homeland: Essays and Criticism* 1981—1991, New York: Viking Penguin, 1991.

Ruskin, John. *The Storm Cloud of the Nineteenth Century: Two Lectures Delivered at the London Institution February* 1884, Whitefish: Kessinger Publishing, 2007.

Ryan, Kiernan. *Ian McEwan*, Plymouth: Northcote House, 1994.

Seaboyer, Judith. "Ian McEwan: Contemporary Realism and the Novel of Ideas", Ed. James Acheson & Sarah C. E. Ross, *The Contemporary British Novel*, Bodmin, Cornwall: MPG

Ltd, 1988.

Scott, James B. "Parrot as Paradigms: Indefinite Deferral of Meaning in 'Flaubert's Parrot'", *A Review of International English Literature*, 1990 (21).

Scott A. O. "Trans-Atlantic Flights", *New York Times Book Review*, 1999—01—31.

Shaffer, Brian W. *A Companion to the British and Irish Novel* 1945—2000, London: Wiley-Blackwell, 2007.

Sebastian, Groes. *Ian McEwan: Contemporary Critical Perspectives*, London: Continuum International Publishing Group, 2009.

See, Carolyn. "Humanity is Washed Up— True or False?" *New York Times*, 1987—05—17.

Singh, Anita. "Julian Barnes Wins the 2011 Man Booker Prize", *The Daily Telegraph*, 18 October, 2011(10).

Sizemore,Christine. *Wick A Female Vision of the City: London in the Novels of Five British Women*, Knoxville: The University of Tennessee Press, 1989.

Sorokin,Pitirim A. *Social and Cultural Mobility*, New York: The Free Press of Glencoe, 1959.

Su, John J. *Imagination and the Contemporary Novel*, London: Cambridge University Press, 2011.

Patrick Swinden. *English Novel of History and Society* (1940—1980), New York: The Macmillan Press Ltd. , 1984.

Tandon, Bharat. "Martin Amis's Chronicle of Loss", *Times Literary Supplement*, 2010—04—03.

Tar, Zoltan. *The Frankfurt School: The Critical Theories of Max Horkhermer and Theodor W. Adorno*, New York: John Wiley & Sons, 1997.

Taylor, Christopher. "A Review", *Guardian*, 2010—02—06.

Teaford, Jon C. *The Twentieth-Century American City: Problem, Promise, and Reality*, Baltimore: Johns Hopkins Univ. Pr. , 1986.

Tew, Philip. *The Contemporary British Novel*, New York: Continuum, 2007.

Tonkin, Boyd. "A Review", *Independent*, 2010—02—12.

Tredell, Nicolas. *The Fiction of Martin Amis: A Reader's Guide to Essential Critics*, London: Palgrave Macmillan, 2000.

Vebken, Thorstein. *The Instinct of Workmanship: And the State of Industrial Art*, New York: The Macmillan Company, 1992.

Vonngut, Kurt. *Timequake*, New York: Berkley Books, 1998.

Walker, Nancy A. *Feminist Alternatives: Irony and Fantasy in the Contemporary Novel by Women*, Jackson: University Press of Mississippi, 1990.

Warner, W. Lloyd & Lunt, Paul S. *The Social Life of a Modern Community*, London: New Haven Yale University Press, 1941.

Wells, Lynn. *McEwan, Ian—Criticism and Interpretation*, New York: Palgrave Macmillan, 2010.

White, Edmund. "More Lad Than Bad", *New York Review of Books*, 2010—06—24.

Winnberg, Jakob. *An Aesthetics of Vulnerability: The Sentimentum and the Novels of Graham Swift*, Goteborgs: Goteborgs Universitet Acta University, 2003.

Wirth-Nesher, Hana. *City Code—Reading the Modern Urban Novel*, Cambridge: Cambridge University Press, 1996.

William H. Whyte. *The Exploding Metropolis*, New York: Doubleday Anchor Books, 1958.

Wood, James. "Slouching toward Auschwitz to be Born Again", *Guardian*, 1991—09—19.

Wood, James. "The Literary Lip of Ladbroke Grove", *Guardian*, 1991—09—07.

Wright, Chris. "Whydunit. Martin Amis's New Novel Shakes up the Mystery Genre", *The Boston Phoenix*, 1998(2)(D7).

Zeidne, Lisa. "Amis's Memoir Confides and Conceals", *Philadelphia Inquirer*, 2000—06—25.

后 记

自从2011年获批国家课题，我的生活便似乎走上了兴奋与忙碌的轨道。原本阅读小说就是我的乐趣，而今阅读不仅令我愉悦，也令我常常激动不已。近20年来的文学研究终于得到了最高水平的认可，并以如此隆重的方式鼓励我继续下去，使我常默默感动，内心充满感恩。

我对文学的研究之路可谓曲折。在读研时，我热衷于研究现实主义的小说，研究被社会的大潮所裹挟的众生的命运，从而寻找人生存的根本和人真正的价值与尊严。当我发现现实主义小说的主人公大多是因为坚持理想而导致与社会冲突，并为自己带来厄运的时候，我对理想主义情怀的根本性质的兴趣越来越浓厚，于是一群为了坚持浪漫理想而不惜与现实对立的诗人进入了我的视野。读博的时候，虽然导师希望我进行当代小说的研究，我还是坚持我对浪漫理想的探寻。我把英国浪漫主义诗人作为研究的对象，将读博的时光全部用来走进他们的诗歌和内心中，感受浪漫主义理想的壮丽和浪漫主义情感的灿烂。对英国浪漫主义诗歌的研究使我建构出了英国浪漫主义诗人的思维结构，探知了他们用诗歌表达思想的目标指向。当我梳理完成英国浪漫主义诗歌及浪漫主义诗人的情感真相之后，我沉思了很久。

我向当代小说的转向严格来说并不是真的转折，而是系列研究的继续。因为我所有的研究中只有一个内核，就是情感问题。浪漫主义诗人因护持内心的真实情感而遭遇现实落寞与失败，而当代小说中的人却因为坚持物质欲望而丢弃了真实情感。是什么导致在不同的时代，情感的境遇如此不同？怀着对这个问题的探究之心，我开始了我的英国当代小说的研究之路。而当代英国小说的确没有让我失望，翻开一本本小说，呈现在眼前的大多都是当代社会中因丢弃本真情感而灵魂扭曲的人物。因此我决定把反映当代西方这些物质丰足但内心荒芜的现状的小说作为研究对象。我的目的是揭开当代西方人灵魂堕落与情感扭曲的真实根源，同时探寻物质发展与灵魂护持之间的关系，使当代人能够意识到自己心灵和情感的异化，在物质的世界里找回属于人的柔软与温暖的东西。

同时，我国目前物质迅速发展的现状也坚定了我研究的决心。我希望，第一，能为我国广大读者，尤其是青年们呈现出西方真实的社会生态，避免对西方文化的盲目崇拜与追随。第二，能够从文学的角度找到救赎当代都市中被物质所奴役、被物质所侵犯的途径。为了这个目的，我开始了漫长的当代英国小说的研究之路，希望我的研究能解答西方文化的真实生态，如何正确看待西方当代都市文化，面对物质的侵袭如何护持灵魂、回归本真的自我等问题。

我的研究还很不完善，也算不得深刻，但字里行间却都是我迫切而真诚的期待与向往，因为我的文学研究并不是孤立的，不是与世隔绝的阳春白雪，而是面对社会问题所提出的文学解决方案。这个方案并不能解决所有的社会问题，但却一定能够起到正面的、积极的作用。而且在本书的写作过程中，我投入的不仅是时间和精力，更是深刻的情感。我希望通过我的吁求，更多的人能认识到情感的力量与情感的珍贵，能够在喧嚣的物质世界中真正找到心灵的价值，从而成就有尊严、有品格的人生。我并不希望我的文字只有文学领域中的专业人士可以读懂，我希望它走进普通人的书房，走进普通人的内心。不管通过阅读我的文字理解我的理想诉求的人有多少，但只要有，我的工作就有价值。我始终记得威尔·杜兰特在《哲学的故事》中的一句话，“他终生致力于将哲学从象牙塔中解放出来，让它进入普通人的生活。”这也是我的目的和努力的方向，我希望文学能够成为大多数人的精神食粮，使文学成为改善大众品味和社会价值观的重要途径，为建设和谐的社会做出自己的贡献。同时，正确了解西方社会生态和价值体系，也能为建构和实现中国梦提供重要的借鉴价值。

在本书的写作过程中，我得到了很多人的无私帮助。我的博士生导师刘建军先生在百忙中对我的研究思路和研究方向提出了许多宝贵意见。他的思想深刻独到，每次谈话总能带给我茅塞顿开的启发，令我受益匪浅。虽然我早已毕业，但他依然不辞辛苦地谆谆教诲，使我感动，也使我温暖，更使我领会到为师为长的伟大品格。

我的博士后合作导师郭继德已经70余岁的高龄，但仍然非常关心我的课题研究的情况，不断提出宝贵的建议。他甚至仔细到对我的参考文献的句号与逗号的运用提出了指正，使我感动非常，也使我倍感羞愧。老一辈学者在治学中的严谨与细致使我的收获远远超过了学术的领域，它必将成为我一生的宝贵财富，指引我永远严格要求自己，朝着更好的方向不断努力。

在本书的出版过程中，我还有幸得到了北京大学出版社张冰老师和李娜老师的帮助与支持。张老师为人亲切真诚，同时具有很高的专业精神，与她的沟通过程非常愉快，没有她的热心与耐心，本书绝无可能顺利出版。李娜老师在出版过程中多次电话沟通，对各种问题都是倾心相助，遗憾的是至今我们还未曾谋面。而这也是令我深为感动的地方，对于未曾谋面的作者，李娜老师付出了大量的时间与精力，内心的感激之情绝非“谢谢”二字所能表达。

此外，我能这么顺利地承担并做好课题，与我爱人的支持与理解是分不开的。多年来的相濡以沫，他越来越宽容我，了解我，也默默地成全我。他忍受我的糊里糊涂，忍受我的坏脾气，忍受我随意就忘记做饭的坏习惯，主动承担了许多本应该由我来承担的家庭责任，使我可以安心学习、安心研究。

除此之外，我还想特别感谢我的女儿。我爱她，从她的出生，到见证她的成长，是我所体会到的最饱满的幸福的过程。她的成长让我无时不感到生命的美妙，感到生命中最真切的意义，感到洋溢在胸中的巨大幸福，同时也无时不感到肩上的巨大责任。我要用我的行动爱她，不但要让她幸福成长，还要让她懂事明理，成为既有知识有教养又有人品有人格的人，我要让她目睹我的努力，让我陪伴她的成长，让她见证我的脚印，从而促进她的性格与品德培养。为她努力是我奋斗的理由，也是我幸福的源泉！

最后，感谢所有支持和帮助过我的人！没有你们的陪伴，我的生活将是多么的空白与孤单！

附　录

马丁・艾米斯创作年表

The Rachel Papers《蕾切尔档案》(1973)

Dead Babies《死婴》(1975)

Success《成功》(1977)

Other People: A Mystery Story《他者:神秘的故事》(1981)

The Rachel Papers《蕾切尔档案》(1974)

Invasion of the Space Invaders《空间侵略者来袭》(1982)

Money《金钱》(1984)

The Moronic Inferno: And Other Visits to America《愚蠢的灾难:美国见闻录》(1986)

Einstein's Monsters《爱因斯坦的恶魔》(1987)

London Fields《伦敦场地》(1989)

Time's Arrow or *The Nature of the Offence*《时间箭》(1991)

Visiting Mrs Nabokov: And Other Excursions《拜访纳博科夫:及其他旅程》(1993)

Two Stories《两个故事》(1994)

God's Dice《上帝的骰子》(1995)

The Information《隐情》(1995)

Night Train《夜行列车》(1997)

Heavy Water and Other Stories《重水及其他故事》(1998)

Amis Omnibus《艾米斯合集》(1999)

The Fiction of Martin Amis《马丁・艾米斯短篇小说集》(2000)

Experience《经历》(2000)

The War Against Cliché: Essays and Reviews 1971—2000《反对陈词滥调的战争:散文与评论1971—2000》(2001)

Koba the Dread: Laughter and the Twenty Million《恐怖的科巴:笑声与两千万》(2002)

Yellow Dog《黄狗》(2003)

Vintage Amis《短篇小说集》(2004)

House of Meetings《会面室》(2006)

The Second Plane《第二架飞机》(2008)

The Pregnant Widow《怀孕寡妇》(2010)

The State of England: Lionel Asbo, Lotto Lout《英国状态:莱昂内尔反社会与大乐透》(2012)

伊恩·麦克尤恩创作年表

First Love, Last Rites《最初的爱情,最后的仪式》(短篇小说集,1975)

In Between the Sheets《床第之间》(短篇小说集,1978)

The Cement Garden《水泥花园》(1978)

The Comfort of Strangers《只爱陌生人》(1981)

The Imitation Game《亲密游戏》(1981)

Or Shall We Die《我们会死吗?》(1983)

The Ploughman's Lunch《农夫的午餐》(1985)

The Child in Time《时间中的孩子》(1987)

Sour Sweet《酸甜》(1988)

The Innocent《无辜者》(1990)

Black Dog《黑犬》(1992)

The Daydreamer《梦想家彼得》(1994)

Enduring Love《爱无可忍》(1997)

Amsterdam《阿姆斯特丹》(1998)

Atonement《赎罪》(2001)

Saturday《星期六》(2005)

On Chesil Beach《在切瑟尔海滩上》(2007)

For You: A Libretto《为你:一个剧本》(2008)

Solar《追日》(2010)

Sweet Tooth《甜牙》(2012)

The Children Act《儿童行为》(2014)

朱利安·巴恩斯创作年表

Metroland《伦敦郊区》(1980)

Before She Met Me《她遇见我之前》(1982)

Flaubert's Parrot《福楼拜的鹦鹉》(1984)

Staring at the Sun《凝视太阳》(1986)

A History of the World in 10 $^1/_2$ *Chapters*《10 $^1/_2$ 章世界史》(1989)

Talking It Over《谈心》((1991)

The Porcupine《豪猪》(1992)

Letters from London《伦敦来信》(1995)

Cross Channel《穿越海峡》(1996)

England, England《英格兰,英格兰》(1998)

Love, etc《爱及其他》(2001)

Something to Declare《有事宣布》(2002)

In the Land of Pain《痛苦之地》(2002)

The Pedant in the Kitchen《厨房里的书呆子》(2003)

The Lemon Table《柠檬桌》(2004)

Arthur & George《亚瑟与乔治》(2005)

Nothing to Be Frightened of《没有什么好怕的》(2008)

Pulse《律动》(2010)

The Sense of an Ending《终结感》(2011)

Through the Window《穿过窗子》(2012)

Levels of Life《生命的层次》(2013)